JOHN CONNOR

Feuertod

Buch

Am Morgen des 31.12.1999 fällt ein Mann mitten im Zentrum von Leeds brennend aus seiner Penthouse-Wohnung im 9. Stock. Als der ermittelnde Kriminalbeamte Pete Bains an den Tatort kommt, tappt er zunächst im Dunkeln. War es Mord, ein Unfall oder Selbstmord? Immerhin wurde ein Abschiedsbrief im Safe der Wohnung gefunden. Zumindest die Identität des Opfers ist schnell klar: Es handelt sich um den erfolgreichen Immobilienhändler Nicholas Hanley. Als Bains die Lebensgefährtin des Opfers, die Galeriebesitzerin Anna Hart, und deren Tochter Rachel dazu befragen will, sind diese jedoch nirgends zu erreichen ... Auch der Staatsschutz versucht, eine Person ausfindig zu machen – Karen Sharpe. Sie wurde auf Nicholas Hanley angesetzt und ist ebenfalls verschwunden. Bains interessiert das nicht weiter, hat sie ihn doch vor 18 Monaten ohne ein Wort verlassen und sich seither nicht mehr gemeldet. Sharpe befindet sich aber in äußerster Gefahr, denn Hanley hatte sich auf schmutzige Geschäfte eingelassen mit gefährlichen Partnern, denen das Leben eines Menschen nichts bedeutet. Sharpe muss dies am eigenen Leib erfahren – sie und ihre Tochter werden von ebendiesen Menschen gekidnappt. Diesmal hat sie sich vielleicht zu sehr in ihren Fall verstrickt ...

Autor

John Connor ist Strafverteidiger der britischen Staatsanwaltschaft. Während seiner fünfzehnjährigen Karriere hat er über vierzig Mordfälle bearbeitet und stand der Polizei als Berater in zahllosen verdeckten Drogenermittlungen zur Seite. Zuletzt leitete er eine Sondereinheit, die das organisierte Verbrechen in der Gegend um Leeds bekämpft. John Connor lebt und arbeitet in West Yorkshire. »Feuertod« ist der dritte Band der Serie mit Detective Karen Sharpe.

Von John Connor außerdem bei Goldmann lieferbar:

Gejagt. Ein Karen-Sharpe-Roman (46032)
Vergiftete Seelen. Ein Karen-Sharpe-Roman (46033)

John Connor

Feuertod

Ein Karen-Sharpe-Roman

Aus dem Englischen
von Heike Steffen

GOLDMANN

Die Originalausgabe erschien 2005
unter dem Titel »A Child's Game« bei Orion,
an imprint of the Orion Publishing Group Ltd., London.

FSC
Mix
Produktgruppe aus vorbildlich
bewirtschafteten Wäldern und
anderen kontrollierten Herkünften

Zert.-Nr. SGS-COC-1940
www.fsc.org
© 1996 Forest Stewardship Council

Verlagsgruppe Random House FSC-DEU-0100
Das FSC-zertifizierte Papier *München Super* für Taschenbücher
aus dem Goldmann Verlag liefert Mochenwangen Papier.

1. Auflage
Deutsche Erstveröffentlichung Juli 2007

Umschlaggestaltung: Design Team München
Umschlagfoto: Getty Images/Gullachsen
Redaktion: Werner Bauer
NG · Herstellung: Str.
Satz: deutsch-türkischer fotosatz, Berlin
Druck und Bindung: GGP Media GmbH, Pößneck
Printed in Germany
ISBN: 978-3-442-46427-2

www.goldmann-verlag.de

Für Anna

Mit ganz besonderem Dank an Yvette Goulden.

Außerdem geht mein Dank erneut
an John Markham, Ray Dance und Max McLean
von der West Yorkshire Police.
Danke auch an Sue Hogg (BBC), Phil Patterson
und Luke Speed (Marjacq Scripts).
Und erneut an Rachel Leyshon
für ihre zahlreichen wunderbaren Anregungen.

Freitag, 31. Dezember 1999

1

Stijn konnte spüren, wie der Mann zitterte. Als sie ihn mit Benzin übergossen hatten, hatte sich der Blick in seinen Augen verändert. In diesem Moment hatte er begriffen, dass es keinen Sinn mehr hatte, zu schreien oder sich zu wehren. Wenn er schrie, würden sie ihm nur den Knebel noch enger ziehen, bis er keine Luft mehr kriegte, und Stijn bezweifelte, dass er überhaupt noch Kraft hatte, sich zu wehren. Akhtar, der Kaffer, den sie ihm hier an die Seite gestellt hatten – und der jetzt in der hintersten Ecke der Wohnung vor sich hin fluchte und schimpfte –, hatte den Kerl so heftig verprügelt, dass er wahrscheinlich ohnehin sterben würde. Mit einem abgebrochenen Stuhlbein hatte Akhtar auf Kopf und Gesicht des Mannes eingedroschen, bevor Stijn ihm das Ding hatte abnehmen können.

Bevor sie aufgebrochen waren, hatte Stijn ihn gefragt, ob er mit Gewalt umgehen könne. Akhtar hatte ein überhebliches Grinsen aufgesetzt, als hielte er die Frage für eine Beleidigung. Nur drei oder vier Stunden später waren sie hier eingetroffen, doch sie hatten kaum angefangen, da wusste Stijn bereits, dass er einen Fehler gemacht hatte.

Er bezweifelte, dass Akhtar überhaupt schon mal einen Menschen geschlagen hatte. Alle seine Bewegungen verrieten seine Angst – er schlug wild und ungezielt um sich, wollte es so schnell wie möglich hinter sich bringen. Stijn hatte ihn angewiesen, dem anderen keine offenen Wunden beizubringen, die bluteten. Und trotzdem hatte er das Stuhlbein gepackt und auf den Kopf des Mannes eingeprügelt – und sich dabei fast übergeben.

Jetzt lief dem Mann Blut aus einer Platzwunde in der Schädeldecke. Es lief Stijn über die Hand, und das ärgerte ihn. Der Mann stand kurz vorm Schock, er atmete schnell und flach, sein Puls wurde langsamer. Der Schock allein würde ihn umbringen, wenn sie ihn sich selbst überließen. Aber das war nicht das, was man ihm aufgetragen hatte.

Mittlerweile stank alles nach Benzin. Er würde seine Kleider wegwerfen und sich baden und abschrubben müssen, um den Gestank und die Spuren loszuwerden. Typisch Kaffer, dachte er, den Kerl verbrennen zu wollen. In diesem Fall hatten sie einen guten Grund, aber nach allem, was er gehört hatte, hatten die einfach ein Faible dafür, ob mit oder ohne Grund. In Pakistan bestand die favorisierte Form der politischen Gewalt darin, Leute aus einem Zug zu zerren und sie in Brand zu stecken. Er fand es nicht so toll, Menschen zu verbrennen. Es produzierte ziemlich unangenehme Gerüche. Andererseits hatte er in Südafrika schon in ganz normalen Gefängnissen Schlimmeres gerochen.

Als Kind im Veld hatte er oft die Rehböcke in den Eisenfallen beobachtet, die stundenlang um ihr Leben kämpften, sich die Gelenke auskugelten und sich Sehnen und Muskeln zerrissen, um sich zu befreien. Doch wenn die Zeit gekommen war, sie aus der Falle zu holen und zu töten, lagen sie nur noch vollkommen ruhig da, Hilflosigkeit im Blick: teilweise, weil sie erschöpft waren, teilweise, weil es eben nur Tiere waren. Weil sie im Grunde keine Vorstellung vom Tod hatten, konnten sie an einen Punkt gelangen, an dem die Angst aufhörte, an dem sie nur noch warteten. An genau dem gleichen Punkt war auch dieser Mann jetzt. Er wartete.

Er war ein Tier gewesen, als sie ihn gefesselt hatten – völlig durchgedreht, nicht mehr fähig zur Vernunft und ohne die Kraft, seine Angst unter Kontrolle zu halten. Diesen Verlust an Würde mit ansehen zu müssen, hatte Stijn Übelkeit bereitet – das Bitten und Betteln, das Wimmern bei jedem Schlag. Er hatte einen Namen gerufen, *Susie* – vielleicht seine Frau, vielleicht seine Mutter. Er hatte in Büchern gelesen, dass manche Menschen im Sterben nach ihrer Mutter riefen, aber er hatte es selbst noch nie erlebt und konnte sich nicht vorstellen, dass er es tun würde. Allerdings hatte er seine Mutter auch kaum gekannt.

Die Benzindämpfe hatten den anderen zurück auf den Teppich gebracht. Jetzt zitterte er nur noch, denn er wusste, was geschehen würde. Sich wehren zu wollen, war sinnlos – Stijns Hand lag in seinem Nacken, und diese Hand war so groß, dass er ihm mit den Fingern die Kehle zudrücken konnte, wenn er wollte. Der Mann war schon fertig gewesen, bevor Akhtar sich den Ausraster mit dem Stuhlbein geleistet hatte. Stijn betrachtete ihn. Er war klein, vielleicht halb so groß und schwer wie er, und er hatte die gleichen sanften, hilflosen Augen wie ein Rehbock.

Was Stijn dazu brachte, sich unwohl zu fühlen. Vielleicht sollte er irgendwas sagen – ihm die Sache irgendwie erleichtern. Aber das ging nicht. Der Mann war allein, niemand konnte ihm helfen. Außerdem würde er dann womöglich wieder anfangen, sich zu wehren. Mitgefühl machte die Leute schwach. Noch dazu stank er – nach Schweiß und Angst, nach Pisse, Blut und Verzweiflung, und nach Benzin. Man musste ihn aus seinem Elend erlösen.

»Du hättest deine Schulden bezahlen sollen«, sagte Stijn und bereute es sofort. Wahrscheinlich konnte der Idiot ihn sowieso nicht mehr hören. Er hing zusammengesunken auf einem Stuhl, die Fußknöchel eng zusammengebunden, die

Hände hinterm Rücken gefesselt. Als Knebel hatten sie ein Küchentuch benutzt. Das Stück, das ihm durch den Mund lief, war rot vom Blut, hellem, schaumigem Blut, das vermutlich aus den Lungen kam. Akhtar war mit beiden Füßen auf seinem Brustkorb rumgesprungen, als er schon längst nicht mehr in der Lage gewesen war, sich zu schützen.

Genervt schaute Stijn zu Akhtar hinüber. Der stand am Spülbecken und wurde immer panischer, während er versuchte, die Blutung an seiner Hand zu stoppen. Er hatte es fertiggebracht, sich selbst zu verletzen, als er auf den anderen einprügelte. Die Wunde musste genäht werden. Stijn hatte ihm das bereits gesagt und war davon ausgegangen, dass er sich irgendwas um die Hand wickeln und es gut sein lassen würde. Aber Akhtar ließ Wasser über die Wunde laufen und suchte im Küchenschrank über der Spüle nach irgendwelchen Salben und Verbandszeug. Das Badezimmer hatte er bereits ohne Erfolg auf den Kopf gestellt.

Stijn schaute auf die Uhr. 3:57 Uhr.

»Wir müssen los«, sagte er ruhig. »Sie haben schon genug Zeit verplempert.«

Akhtar sah zu ihm herüber, in seinen Augen stand die Angst. »Die ganze Wohnung ist voll von meinem Blut …«

»Darüber hätten Sie sich eher Gedanken machen müssen. Wir fackeln die Bude ab. Schreiben Sie den Brief, wie ich es Ihnen gesagt habe.«

»Die Bude abfackeln? Und was ist mit dem?« Akhtar deutete auf den Mann.

»Schreiben Sie den Brief«, sagte Stijn. Er hatte Akhtar nur das Nötigste erzählt, aber der Kaffer hatte Angst vor ihm. Er würde tun, was er ihm sagte.

Als der Brief im Tresor im Kleiderschrank lag, befahl Stijn Akhtar, ein Auge auf den Mann zu haben. Dann ging er quer durchs Wohnzimmer und öffnete die Schiebetür zum schmalen Balkon. Einen Moment lang stand er in der kalten Nachtluft da und schaute über die Stadt hinaus. Gelegentlicher Verkehrslärm mischte sich mit dem Gegröle betrunkener Jugendlicher.

Sie waren in einem Penthouse, neun Stockwerke über der Erde. Unter ihm lag die Stadt namens Leeds, ein asymmetrisches Muster aus Lichtern. Im Norden schnitten niedrige, dunkle Keile in das Lichtmuster hinein. Er vermutete, dass es sich um Berge handelte, aber es war zu dunkel, um sie zu erkennen. Tief hängende, dichte Wolken verdeckten den Himmel und den Mond. Das Gebäude, in dem er sich befand, war eines der höchsten der Stadt.

Er trat an die Brüstung – die über einen halben Meter breit war – und schaute nach unten, in den Kniekehlen spürte er das Kitzeln, das früher einmal ein Symptom seiner Höhenangst gewesen war. Er blickte in eine enge Gasse voller Müllcontainer hinab. Für einen sicheren Tod war es nicht hoch genug, wie er aus den Fehlern anderer gelernt hatte. Selbst einen Sturz aus doppelter Höhe hatten schon Menschen überlebt und davon berichten können.

An der Wand neben der Schiebetür war eine kurze Leiter befestigt, die auf das Flachdach hinaufführte. Er kletterte hoch und schaute über den Rand, um sicherzugehen, dass da niemand war. Dann ging er wieder hinein.

»Schnappen Sie sich einen«, sagte er zu Akhtar und zeigte auf die drei Plastikbenzinkanister neben der Tür. »Sie nehmen sich das Büro unten vor. Ich kümmere mich um die Wohnung. Kippen Sie reichlich über die Schreibtische und den Papierkram. Die Wände können Sie sich sparen. Und legen Sie eine Spur die Hintertreppe hoch und durch dies Zimmer hier bis ins Schlafzimmer.«

»Ist das nicht gefährlich?« Akhtars Stimme klang entschieden zu hoch. Stijn wusste, dass er gern noch mal nach dem Mann gefragt hätte, aber er traute sich nicht.

»Sie sollen es ja noch nicht anzünden. Nur verteilen. Und beeilen Sie sich – die Dämpfe sind giftig.«

Er schaute ihm nach, bis er durch die Tür zur Treppe verschwunden war, dann sah er noch einmal nach dem Mann. Der hatte die Augen inzwischen geschlossen, sein Atem ging unregelmäßig. Er ließ ihn allein, schraubte den Deckel von einem Kanister und legte breite Benzinspuren von sämtlichen brennbaren Objekten im Zimmer bis zur Wohnungstür. Der Fußboden war mit teurem Parkett ausgelegt, auf dem sich das Benzin rasch verteilte.

Die Wohnung lag in einem Viertel, das in diesem Teil der Welt, so vermutete er, wohl als nobel galt. Das einzelne Hochhaus mitten in der Innenstadt überragte ein relativ neues Einkaufszentrum mit Atrium, durch dessen Glasdach er Gruppen junger Menschen sehen konnte, die sich auch zu dieser frühen Stunde noch dem Alkohol widmeten. In den oberen Stockwerken unterhielten Finanzdienstleister und Anwälte ihre Büros. Das wusste er, weil er das Gebäude sorgfältig überprüft hatte. Die Wohnung, in der sie sich befanden, verfügte über eine Verbindungstreppe zu einem dieser Büros eine Etage tiefer, und es war die einzige Wohnung im ganzen Gebäude. Gewiss nicht ganz billig.

Dennoch gab es nur wenige Möbelstücke, die er in Brand setzen konnte: ein schlichtes Ledersofa, einen Breitbildfernseher, den Stuhl, auf dem der Mann saß, einen zweiten, den Stijn im Laufe des Kampfes zerbrochen hatte, ein paar Tische, im Schlafzimmer ein Doppelbett mit Holzrahmen – ohne Bettzeug –, einen Kleiderschrank, in dem sich nur der bis auf den Brief leere Safe befand, ein paar alte Zeitungen. An den Wänden nur ein einziges Bild – witzigerweise eine Ansicht von Kapstadt und dem Tafelberg im Morgengrauen. Im Bad weder Toilettenpapier noch Seife oder Zahnpasta. Keine Topfpflanzen, keine Bücherregale.

Er war vor Akhtar fertig, packte den Mann an den Fußknöcheln und zog ihn vom Stuhl, so dass er mit dem Hinterkopf auf den Holzboden knallte. Stijn schleifte ihn an den Füßen zu den Schiebetüren, dann beugte er sich zu ihm hinunter und zog ein Klappmesser aus der Tasche. Sanft presste er dem Mann die Spitze an die Kehle, doch der reagierte nicht. Mit schnellen Bewegungen durchschnitt er die Plastikbänder, mit denen er an Händen und Füßen gefesselt war, zertrennte den Knebel und steckte Fesseln und Knebel ein. Der Mann rang leise nach Luft, aber seine Augen blieben geschlossen. Stijn packte ihn wieder bei den Füßen und zog ihn auf den Balkon.

Draußen schlug ihm die frische Luft entgegen. Zum Schutz vor den Benzindämpfen zog Stijn die Schiebetür hinter sich zu. Dann hievte er den Mann an den Schultern hoch, bis er vornübergelehnt an der Brüstung stand. Er meinte, ihn etwas sagen zu hören, aber seine Kiefer waren so demoliert, dass er nicht zu verstehen war. Die Arme hingen ihm schlaff an den Seiten herunter.

Stijn trat einen Schritt zurück, holte sein Zippo aus der Tasche und zündete es an. Ohne zu zögern, hielt er es an das Jackett des anderen und wartete eine Sekunde, bis es Feuer fing. Es entflammte mit einem dumpfen Knall wie ein Gasherd, wenn schon eine Weile Gas ausgetreten war, die blauen Flammen schlugen ihm sofort hoch ins Gesicht, bevor sie gelb und orange aufloderten – so heiß, dass es Stijn die Augenbrauen versengte. Er trat zurück und schaute fasziniert zu.

Die Flammen breiteten sich rasch aus. Schon bald hatten sie die Kleiderschichten unter dem Jackett erreicht und züngelten dem Mann durchs Haar, bevor er reagierte. Als er sich zu bewegen versuchte, packte Stijn ihn bei den Beinen und riss sie hoch. Der Oberkörper des Mannes lag auf der Brüstung, und Stijn sah, wie er den Kopf zu ihm drehte, die Augen geöffnet. Sein Ausdruck zeigte Verwunderung, keinen Schmerz. Stijn sah, wie er seinen Blick zu fokussieren versuchte, als ihm die Flammen bereits um den Kopf loderten. Er öffnete den Mund und schnappte nach Luft wie ein Goldfisch. Jetzt hatte auch seine Hose Feuer gefangen – in wenigen Sekunden würde er komplett in Flammen stehen. Seine Arme erwachten zum Leben, er hob sie zum Kopf und schlug wild in die Luft. Stijn trat zurück und versetzte ihm einen Fußtritt. Der Körper ruckte nach vorn und hing einen Moment lang über dem Abgrund.

Noch im Fallen schlug er auf sein brennendes Haar ein. Er unternahm keinen Versuch, den Fall aufzuhalten, gab kein Geräusch von sich, keinen Schrei. Von einem Moment auf den nächsten war er verschwunden. Wo er an der Brüstung gelehnt hatte, hingen eine kleine Wolke beißenden Rauchs und der Geruch nach verbrannter Haut in der Luft.

Stijn schaute nicht über die Brüstung, um nachzusehen, wie er gelandet war. Vielmehr duckte er sich und rannte zurück in die Wohnung, wo ihm Akhtar in die Arme lief, der ihn mit entsetzter Miene ansah. *»Was haben Sie getan?«*, schrie er.

Achtlos ging Stijn an ihm vorbei zur Tür. »Sie haben das alles angeleiert«, sagte er knapp. »Das war nur die Konsequenz.«

Akhtar stand wie versteinert da, hin- und hergerissen zwischen dem Bedürfnis, auf den Balkon zu rennen und nachzuschauen, ob er richtig gesehen hatte, und dem Drang, vor Stijn die Flucht zu ergreifen.

»Wir müssen hier raus, schnell«, sagte Stijn. Er sah, dass

die Tür zum Büro offen stand, sah die Benzinspur, die Akhtar durch diese Tür gelegt hatte. Es wäre besser, in beiden Stockwerken Feuer zu legen, aber dazu war jetzt keine Zeit mehr. Er öffnete die Wohnungstür – die zu den Fahrstühlen und zum Notausgang führte – und holte noch einmal das Zippo hervor. Die Benzindämpfe im Zimmer nahmen ihm die Luft zum Atmen. Er trat hinaus ins Treppenhaus und rief nach Akhtar.

»Es wird gleich ziemlich ungemütlich da drin. Kommen Sie jetzt?«

Als Akhtar hinter ihm im Treppenhaus stand, schleuderte er das brennende Feuerzeug flach über den Fußboden.

2

Der Wecker neben ihrem Bett zeigte 4:35 Uhr. Liz Hodges brauchte eine Weile, um zu begreifen, warum sie ihn anstarrte. Das Klopfen kam nicht aus ihrem Traum. Da war jemand an der Haustür.

Mit fahrigen Bewegungen zog sie sich den Bademantel über und ging zum Schlafzimmerfenster. Sie wohnte in einer Sackgasse am Ortsrand von Gargrave westlich von Skipton. Gargrave hatte keine zweitausend Einwohner, und in ihrer Straße gab es nur noch fünf weitere Häuser. Da war es schwer, sich im Haus zu irren. Vorsichtig schaute sie an den schweren Filzvorhängen vorbei, die sie vor drei Jahren aus London mitgebracht hatte.

Auf ihrem Hof parkten zwei Autos. Eines davon war nicht ihres. Vom Fenster aus konnte sie nicht sehen, wer unter dem Vordach vor ihrer Haustür stand – und wie viele. Doch in dem Wagen hinter ihrem – der sie einparkte – sah sie zwei Leute auf der Rückbank sitzen. Vermutlich Männer. Die nächste Straßenlampe war zwei Häuser entfernt. Sie streckte die Hand nach dem Telefon aus und horchte auf das Klopfen. Ein freundliches, höfliches Klopfen, das nichts Dringliches oder Alarmierendes an sich hatte. Wäre da nicht die Uhrzeit. Direkt gegenüber, im Haus der Armstrongs, und zwei Häuser weiter bei den Byfields sah sie Licht angehen, die Vorhänge bewegten sich. Sofort fühlte sie sich etwas sicherer.

Seit sie nach Yorkshire gezogen war, hatte sie keine Probleme mehr gehabt, aber sie hatte einige zurückgelassen. Es war nicht ausgeschlossen, dass eines dieser Probleme sie eines Tages wieder einholte. Sie besaß ein schnurloses Telefon mit Nummernspeicher und ging alle Einträge durch, bis sie die Notrufnummer gefunden hatte, die man ihr gleich nach ihrer Ankunft hier gegeben hatte. Unten sah sie einen Mann aus der Dunkelheit des Vordachs heraustreten und zum ersten Stock hochschauen. Sie rührte sich nicht von der Stelle.

Es sah aus, als blickte er ihr direkt ins Gesicht, dabei bezweifelte sie, dass er mehr sehen konnte als einen dunklen Spalt zwischen Vorhang und Wand. Für Liz sah er eindeutig offiziell aus. Sie atmete durch. Er trug einen schicken Trenchcoat, den Kragen nicht hochgeschlagen, darunter Anzug und Krawatte. Seine Schuhe sahen aus wie frisch geputzt. Sein Gesicht war jung, die Züge hart.

Plötzlich klingelte das Telefon in ihrer Hand. Sie fuhr zusammen, schaute aufs Display. Die Nummer war unterdrückt. Sie trat vom Fenster weg und ging ran.

»Miss Hodges?« Eine leise, männliche Stimme.

»Ja. Wer ist da?«

»Francis Doyle. Erinnern Sie sich an mich?«

Sie dachte nach. Der Name kam ihr bekannt vor. Sie trat zum Fenster und schaute hinaus. Ein zweiter Mann hatte sich zu dem ersten gesellt. Er stand mit dem Rücken zu ihr und sprach in ein Handy.

»Nein, tut mir leid«, sagte sie.

»Ich habe Sie hergebracht. Vor drei Jahren.«

Jetzt fiel es ihr wieder ein. Sie lächelte, war erleichtert. Von allen Menschen, an die sie damals weitergereicht worden war, war er der mitfühlendste gewesen. Und sie hatte Mitgefühl gebraucht.

»Ja«, sagte sie.

»Ich stehe vor Ihrem Haus. Sind Sie da?«

Der Moment der Erleichterung war von kurzer Dauer, danach kam die Verunsicherung. Warum waren die hier?

»Ich lasse Sie rein«, sagte sie.

Doyle war gealtert. Ihr fiel auf, wie er sie noch auf der Türschwelle musterte. Sein kräftig gebauter Kollege hielt sich weiter hinten in der Dunkelheit.

»Was ist los?«, fragte sie.

»Wir sind auf der Suche nach Karen Sharpe.«

Sie zog die Stirn in Falten. »Um diese Uhrzeit?«

»Ja. Ist sie bei Ihnen?«

»Nein. Warum sollte sie?«

»Sie sind doch mit ihr befreundet.«

»War ich. Ich habe sie seit über einem Jahr nicht gesehen. Warum sind Sie …?«

»Kann ich reinkommen?«

»Natürlich.«

Er ging an ihr vorbei ins Haus, sie blieb stehen und wartete auf den anderen.

»Der bleibt draußen«, sagte Doyle. »Machen Sie die Tür ruhig zu. Das ist in Ordnung.«

Sie führte ihn ins Wohnzimmer. Er schaute sich um und horchte, als könnte sich Karen hinterm Sofa versteckt haben.

»Wann haben Sie sie zuletzt gesehen?«, fragte er.

»Das weiß ich nicht mehr. Ist ihr was passiert?«

Langsam drehte er sich zu ihr um und sah sie an. »Ich hoffe nicht. Aber womöglich ist sie in Gefahr. Kann ich mich mal oben umschauen?«

Sie merkte, wie sie langsam wütend wurde. »Warum? Glauben Sie mir nicht?«

Er hob die Hände, zuckte mit den Schultern. »Ich mache nur meine Arbeit. Sie wissen doch, wie das ist.«

»Vielleicht sollten Sie mir mal Ihren Ausweis zeigen«, sagte sie. »Ist schließlich mitten in der Nacht.«

Lächelnd griff er in seine Innentasche. »Aber Sie kennen mich doch. Sie wissen, wer ich bin.«

»Ich weiß, wer Sie vor drei Jahren behauptet haben zu sein. Wer Sie heute sind, weiß ich nicht. Ich weiß nicht einmal, für wen Sie arbeiten.«

Er hielt ihr eine Plastikkarte vor die Nase. »Ich bin immer noch bei der Polizei. Zeugenschutzprogramm.«

Sie begutachtete den Ausweis. Ein ganz normaler Dienstausweis der Londoner Metropolitan Police. Sie nickte. »Okay. Gehen Sie hoch. Wenn's denn sein muss.«

Übermäßig lange brauchte er nicht. Sie setzte sich aufs Sofa und wartete. Bevor er sie gefragt hatte, ob er das Haus durchsuchen dürfe, hatte sie ihm noch einen Tee anbieten wollen. Sie hörte, wie er Schränke und Türen öffnete, die Leiter zum Dachboden herunterzog und hochkletterte.

»Schönes Haus haben Sie«, sagte er, als er zurückkam. Er strich sich den Staub von der Jacke – ein billig aussehender Anorak, nicht so ein teurer Mantel, wie ihn der Mann draußen trug. »Alles in Ordnung bei Ihnen?«

»Alles bestens«, sagte sie. »Karen ist also Zeugin? Und Sie haben sie verloren?«

»Nein, keine Zeugin.« Er suchte in seiner Brieftasche

herum und zog eine Visitenkarte heraus. Sie nahm sie und las: »Sergeant Francis Doyle: Diplomatischer Sicherheitsdienst.« Sie hielt es nicht für der Mühe wert, ihn auf die zwei unterschiedlichen Karten anzusprechen. So viel hatte sie schon vor drei Jahren gelernt: Er würde niemals sagen, für wen er wirklich arbeitete.

»Rufen Sie mich an, wenn Sie von ihr hören.«

»Ich habe Ihre Nummer doch schon.«

»Sie haben Sutherlands Nummer. Rufen Sie diese hier an. Das geht schneller.«

»Karen Sharpe ist also tatsächlich verloren gegangen?«

»Verloren?« Er zog die Stirn in Falten, als hätte er das Wort noch nie gehört. »Wir müssen sie nur schnell finden. Das ist alles.«

»Ich dachte, sie arbeitet wieder für Ihren Verein. Ich dachte, deshalb wäre sie verschwunden.«

»Ist sie verschwunden?«

Sie zog eine Grimasse und stand auf. »Das wissen Sie genau. Sie hätten auf sie aufpassen müssen. Sie hat ein Kind bei sich. Sie sind für sie verantwortlich.«

Einen Augenblick lang sah er beschämt aus. »Ich tue nur, was man mir sagt«, sagte er. »Wenn sie sich mit Ihnen in Verbindung setzt, rufen Sie mich an. Auch wenn sie Sie bittet, das nicht zu tun. Wahrscheinlich weiß sie gar nicht, in welcher Gefahr sie schwebt.«

Sie blieb in der Haustür stehen und sah zu, wie das Auto davonfuhr. Sie winkte Fred Armstrong zu – der noch immer an seinem Fenster im ersten Stock stand und zu ihr herüberschaute –, um ihn wissen zu lassen, dass alles in Ordnung war, dann ging sie wieder hinein, um nachzudenken.

DC Karen Sharpe war ihre hiesige Kontaktperson gewesen, als sie nach Yorkshire gekommen war. Sie gehörte nicht zur Polizei von North Yorkshire, die für Gargrave zuständig war, sondern zum Bezirk West Yorkshire, der direkt im Süden angrenzte. Die Polizei von North Yorkshire hatte keine Informationen über Liz bekommen.

Karen hatte sich mit ihr angefreundet und auf sie aufgepasst. Nicht, weil das zu ihrem Beruf als Kriminalbeamtin gehörte, sondern weil jemand sie darum gebeten hatte, jemand aus der Welt, der sie einst angehört hatte. Jemand, den Francis Doyle wahrscheinlich kannte. Karen hatte verstanden, was Liz durchgemacht hatte, weil sie selbst etwas ganz Ähnliches erlebt hatte. Durch einen glücklichen Zufall war Karens Tochter Mairead in Liz' Klasse gegangen. Oder vielleicht war es auch kein Zufall, schließlich hatten die Leute, für die Doyle arbeitete, ihr den Posten als Lehrerin besorgt. Damals hatte Karen nur fünf Autominuten von Gargrave entfernt gelebt. Unter anderem deswegen hatte Liz Karen ziemlich gut kennen gelernt, wenn auch nicht so gut, wie sie geglaubt hatte.

Sie ging die Treppe hoch in das Zimmer, das sie als Arbeitszimmer nutzte, und holte einen Umschlag mit Fotos heraus. Sie war hellwach. Sie fand ein Foto von Karen, Mairead, Pete Bains und ihr selbst und las das Datum auf der Rückseite: Januar 1998. Die Zeit war schneller vergangen, als sie gedacht hatte. Es war schon fast zwei Jahre her, dass sie Karen Sharpe zuletzt gesehen hatte. Gut einundzwanzig Monate, seit Karen sie so urplötzlich verlassen hatte. Sie betrachtete das Foto, auf dem sie alle lächelten. Karen hatte sich leicht vorgebeugt, ihr Gesicht war im Profil, sie sagte etwas zu Mairead. Sie sah erschöpft aus und trotzdem glücklich. Sie war eine große Frau, fast so groß wie Liz selbst, mit zu dünnen Gliedern und schulterlangem, dunklem Haar. Sie trug Jeans, aber Liz konnte sich gut an die noch heilende Schusswunde auf ihrem rechten Oberschenkel erinnern. Das Foto war sechs Monate nach der Schießerei aufgenommen worden, aber die Wunde hatte ihr noch immer Probleme bereitet. Pete hatte Karen einen Arm um die Schultern gelegt und hielt Mairead an der Hand. Liz stand ein wenig abseits. Sie hatte die Kamera auf einen Felsen gestellt und das Foto per Selbstauslöser gemacht.

Sie suchte Pete Bains' Handynummer heraus und rief ihn an. Er ging fast sofort ran.

»Pete?«

»Liz. Was ist los?«

Sie stockte. Es war viel passiert seit Januar 1998. Zwischen Pete und ihr entwickelte sich etwas, etwas sehr Intimes und relativ Neues. Sie wusste nicht genau, wie man es nennen sollte, fühlte sich nicht wohl bei der Vorstellung, dass sie »zusammen« waren, aber irgendetwas war da. Doch sie hatten sich durch Karen kennen gelernt, und keiner von beiden konnte das vergessen. Ungefähr zu der Zeit, als dieses Foto aufgenommen worden war, hatte Karen ihr Haus verkauft und war zu Pete nach Bradford gezogen. Als Karen dann verschwunden war, hatte Liz eine Freundin verloren, Pete aber noch sehr viel mehr. Selbst wenn er über Karen hinweg war, Mairead war wie eine Tochter für ihn gewesen. Sie musste behutsam vorgehen.

»Hast du schon Besuch gehabt?«, fragte sie.

»Besuch?« Bains klang verwirrt.

Ihr fiel wieder ein, wie spät es war. »Entschuldige, es ist mitten in der Nacht. Hab ich dich geweckt?«

»Nein. Ich bin in Bridewell, immer noch im Dienst. Ich bin die ganze Nacht nicht weggekommen. Besuch von wem?«

»Von jemandem vom Zeugenschutzprogramm. Die waren hier und sind gerade wieder gefahren. Sie haben nach Karen gefragt.«

»Zeugenschutzprogramm?«

»Das haben sie zumindest behauptet. Aber sie sind nie die, die sie zu sein vorgeben.« Sie lauschte der Stille am anderen Ende der Leitung. »Sie meinten, ich hätte sie vielleicht bei mir versteckt.« Noch immer Stille. Wie würde sie sich fühlen, wenn Karen bei ihm wäre, wenn er ihr das jetzt mitteilte? »Und da dachte ich …«

»Ich habe sie nicht gesehen«, sagte er, er hatte ihre Gedanken gelesen. »Hast du?«

Gegen ihren Willen war sie einen Augenblick lang erleichtert. »Nein. Ich rufe an, um dich zu warnen. Ich schätze, dass sie als Nächstes zu dir kommen werden.«

»Dann werde ich ihnen sagen, wie es ist. Sie ist vor einundzwanzig Monaten verschwunden, und seither habe ich nichts mehr von ihr gehört. Das weißt du.«

Liz schwieg und dachte nach. Er glaubte, sie habe angerufen, weil sie ihm irgendetwas unterstellte. Vielleicht tat sie das. »Ich mache mir Sorgen um sie«, sagte sie schließlich. »Die haben gesagt, sie sei in Gefahr …«

»Sie hat ihre Wahl getroffen, Liz. Sie hat ihre Tochter mitgenommen. Sie ist nicht mehr unser Problem.«

»Ich weiß, aber …«

»Kein Aber. Sie hat ihre Wahl getroffen. Wir können ihr nicht helfen. Wir haben damit nichts mehr zu tun.«

Einen Moment lang hingen beide ihren Gedanken nach. Dann hörte sie, wie Bains gerufen wurde.

»Ich muss Schluss machen, Liz«, sagte er. »Wir haben hier einen Toten. In der Innenstadt ist einer aus dem neunten Stock gesprungen, seine Wohnung stand in Flammen. Anscheinend hat er auch schon gebrannt, als er fiel. Ich ruf dich später an.«

Sie nickte schweigend und versuchte, den hingeworfenen Brocken aus seiner Arbeitswelt zu ignorieren.

»Okay?«

»Okay«, sagte sie.

»Und nicht vergessen: Sie ist nicht unser Problem.«

3

Anna Hart träumte zu schweben. Diesen Traum hatte sie oft. In dieser Nacht war sie ganz tief unten im blauen Ozean. Sie konnte problemlos atmen. Sie lag auf dem Rücken und trieb mit mühelosen Bewegungen durchs Wasser, als wäre sie schwerelos. Sie war nackt, aber der Ozean war warm und strömte sanft über ihre Haut, er trug sie. In der Ferne hörte sie Walgesänge, und weit, weit oben sah sie die Wellen, die die Oberfläche kräuselten. Als sie sich nach oben gleiten ließ, leuchtete ihr das Sonnenlicht in breiten Strahlen durchs Wasser entgegen. Sie war wie in Ekstase.

Doch etwas zerrte an ihr – eine Stimme, ein Geräusch. Noch immer im Halbschlaf, drehte sie sich von dem Geräusch weg und zog sich die Decke über die Ohren. Zu spät – sie hatte es bereits erkannt: Ein Telefon klingelte, und jemand rüttelte sie an der Schulter. Sie schlug die Augen auf. Ihre elfjährige Tochter stand mit dem Telefon in der Hand neben dem Bett. Sie stöhnte.

Rachel hatte sorgenvoll die Augenbrauen zusammengezogen. »Das ist der Weckruf. Es ist fünf Uhr.«

»Weckruf? Wieso?«

Dann fiel es ihr wieder ein. Sie setzte sich auf. Sie waren in einem Hotel westlich des Flughafens Leeds/Bradford. Sie waren gestern Nacht angekommen, um heute zeitig wieder abzureisen. Für fünf Uhr hatte sie einen Weckruf bestellt, und in einer halben Stunde würde das Taxi da sein.

Sie schwang die Beine über die Bettkante und versuchte, sich den Schlaf aus den Augen zu wischen. Rachel hatte wieder diesen ernsten Blick, den sie immer aufsetzte, wenn es irgendwelche Zeitpläne einzuhalten galt.

»Alles in Ordnung«, sagte Anna. »Ich bin wach. Mach dir keine Sorgen.« Ihre Tochter war schon angezogen. »Hast du dich gewaschen?«

»Ich habe geduscht.«

»Und ich habe nichts gehört?« Anna fuhr sich mit den Händen durch das kurze blonde Haar. Sie hätte gut und gerne noch vier Stunden Schlaf vertragen können. »Ich weiß nicht, ob ich mich jetzt wirklich ...«

»Mum! Wir müssen uns beeilen!«

Anna stand auf. »Das war ein Witz, Rachel. Warum bist du so panisch?«

»Ich bin nicht panisch. Ich bin aufgeregt. Ich will das Flugzeug nicht verpassen ...«

»Wir haben es gechartert, es kann gar nicht ohne uns losfliegen.«

»Das nicht, das am anderen Ende.«

Am anderen Ende. Diese ewigen Anspielungen auf ihren unbekannten Zielort waren ihr schon längst langweilig geworden. Seit Nick diese Reise vor zwei Wochen angekündigt hatte, hatte ihre Tochter nichts anderes mehr im Kopf gehabt. Am Anfang hatte Anna ihre Aufregung noch geteilt – zumindest ein bisschen, denn Rachel war so aus dem Häuschen gewesen, dass es praktisch unmöglich war, sich nicht anstecken zu lassen –, und sie hatte Verständnis dafür, dass Nick Rachels Vorfreude noch steigern wollte, indem er ihren Zielort geheim hielt, aber sie begriff nicht, warum er es ihr nicht sagen konnte. Sie war neununddreißig Jahre alt.

Zu ihrer Überraschung hatte er einen Learjet gechartert, der sie direkt nach Paris fliegen sollte, von wo aus sie einen

Linienflug zu einem unbekannten Ort nehmen würden, um dort das »neue Jahrtausend« einzuläuten. Anna vermutete, dass sie Richtung Osten fliegen würden, wo das neue Jahrtausend früher eintraf, aber Genaueres war aus dem Wenigen, das er ihnen über den Reiseplan verraten hatte, nicht herauszulesen gewesen. Sie ging davon aus, dass sie so früh aufbrechen mussten, weil sie einen langen Flug vor sich hatten, aber allzu lang konnte der auch wieder nicht sein, weil sie dann Mitternacht verpassen würden. Es ging also nicht auf die Südseeinseln, zum Beispiel.

Sie selbst hätte sich diese Reise nicht ausgesucht. Nicht in ihrem Alter, vielleicht nicht einmal, als sie noch jünger gewesen war. Nick wusste das natürlich. Er war zehn Jahre älter als sie, und auch er hätte es sich wohl anders gewünscht. Diese Reise hatte etwas Maßloses und doch Billiges an sich – Tausende von Meilen zu fliegen, nur um Silvester zu feiern. Im letzten Jahr hatten sie mit ein paar Freunden in Tiny Chadwicks Haus in Argyle gefeiert, ein unaufgeregtes und entspanntes Beisammensein. Aber dieses Mal ging Rachel vor, und Anna und Nick mussten das Beste daraus machen. Wenigstens würde ihr Zielort angenehm und geschmackvoll sein. Sie tröstete sich mit dem Wissen, dass andere Eltern Ausflüge nach Disneyland und dergleichen über sich ergehen lassen mussten. Glücklicherweise hatte sich Rachel für so etwas nie interessiert.

Eigentlich hätte Nick bei ihnen sein und hätten sie alle schon eine Woche eher fliegen wollen. Am 4. Januar 2000 hatte Anna in ihrer Galerie in York eine Vernissage, weshalb die Reise nicht verlängert werden konnte, aber die vorherige Woche einschließlich der Weihnachtsfeiertage war eigentlich frei gewesen. Doch zwei wichtige Immobiliengeschäfte in Northumberland hatten ihnen einen Strich durch die Rechnung gemacht. Nick konnte nicht weg. Wo auch immer sie hinflogen, er würde getrennt auf einer anderen Route anreisen, sobald er die Geschäfte im Norden zum Abschluss gebracht hatte.

Als sie aus der Dusche kam, hielt Rachel ihr eine Tasse unappetitlich aussehenden Instantkaffee hin, den sie selbst im Zimmer zubereitet hatte. Anna sah, dass es Instantkaffee war, weil oben auf der Wolke aus H-Milch, die den Kaffee schmutzig aussehen ließ, kleine Klümpchen schwammen.

»Du bist ein Schatz, Rach«, sagte sie, schließlich war es der Wille, der zählte. Sie ließ sich auf der Bettkante nieder und trank.

»Dein Handy hat gepiept.« Rachel reichte es ihr. »Die gleiche SMS, die du gestern schon sechsmal gekriegt hast.«

Anna nahm ihr das Handy ab und las die Nachricht: »Zeit für ein neues Handy. Holen Sie sich dringend ein neues Handy.«

»Schon wieder die Telefongesellschaft.«

»Aber das ist nicht von Orange. Die Nummer ist unterdrückt.«

»Na und?«

»Warum sollten die das tun, wenn sie dir was verkaufen wollen?«

»Du meinst also, dass es nicht jemand ist, der mir was verkaufen will?«

»Keine Ahnung, Mum. Ich finde nur, du solltest mal drüber nachdenken.«

Anna sah sie mit gerunzelter Stirn an, sie war noch immer nicht ganz wach.

»Soll ich schon mal ins Foyer runtergehen und auf das Taxi warten?«, fragte Rachel.

»Und wozu soll das gut sein?«

»Falls es schon kommt und wir nicht da sind.«

Sie hatten das Taxi erst in letzter Minute bestellt, und auch das war für Rachel Anlass zur Sorge. Irgendwie war sie zu der Überzeugung gelangt, dass man sich auf nichts, was in letzter Minute geschah, verlassen konnte. Am Vortag waren sie schon am Nachmittag mit Annas Range Rover im Hotel eingetroffen, um nicht frühmorgens, wenn die Straßen vielleicht noch glatt waren, fahren zu müssen. Von ihrem Zuhause – Black Carr Hall am Ortsrand von Reeth in Swaledale – bis zum Flughafen Leeds/Bradford waren es keine sechzig Kilometer Luftlinie, aber die Straße durch Swaledale war ziemlich schlecht und im Winter tückisch. Weshalb sie normalerweise vom Flughafen Cleveland aus flogen. Nick hatte darauf bestanden, dass Rachel und Anna die Nacht in einem Hotel in der Nähe des Flughafens verbrachten und die Fahrt dorthin noch bei Tageslicht zurücklegten. Kurz vor Mitternacht hatte er aus Newcastle angerufen und sie gedrängt, auch die kurze Strecke zum Flughafen nicht selbst zu fahren, sondern ein Taxi zu nehmen.

»Vielleicht ist die Tür unten abgeschlossen und der Fahrer findet uns nicht«, beharrte Rachel.

»Die Rezeption ist die ganze Nacht besetzt. Ich habe nachgefragt.«

»Vielleicht fährt er einfach wieder, wenn wir noch nicht fertig sind.«

»Dann würde er nicht allzu viel Geld verdienen, oder?«, sagte Anna.

»Kannst du dich nicht beim Kaffeetrinken schon mal anziehen, Mama? Wir haben nur noch zehn Minuten.«

Anna betrachtete ihre Tochter. Diese Nervosität angesichts von Terminen und Zeitplänen war eine relativ neue Entwicklung in ihrem Leben und für gewöhnlich eher amüsant. Zum Beispiel rannte sie im Kaufhaus Harvey Nichols ständig vor, um den Fahrstuhl zu rufen, nur um dann sichtlich aufgeregt die Ankunft ihrer Mutter zu erwarten, bevor sich die Türen wieder schließen konnten. Und jeden Morgen stand sie fünfzehn Minuten vor der Zeit abfahrbereit da und wartete auf den Mann, der dazu angeheuert war, sie zur Schule zu fahren – was sie jedoch nur schaffte, indem sie das Frühstück ausfallen ließ.

Doch in Situationen wie dieser drohte die Angst, etwas zu verpassen, zu spät zu kommen, sie so sehr aufzuwühlen, dass es alles verderben konnte. Erst letzte Woche hatte Nick sie wegen eines Schulkonzerts, zu dem sie pünktlich erscheinen musste, derartig verrückt gemacht, dass sie in Tränen ausgebrochen war.

»Wir werden es schaffen, Rachel. In Paris haben wir eine ganze Stunde Zeit.«

»Aber wir müssen noch einchecken.«

»Wir fliegen Businessclass. Da geht das schnell. Komm mal her.« Sie wartete, bis Rachel vor ihr stand. Anna war groß, etwas über eins achtzig, ohne Schuhe. Ihre Tochter würde wahrscheinlich noch größer werden, sie war schon jetzt die Größte in ihrer Klasse. Sie hatte ein eindrucksvolles, schmales Gesicht mit hohen Wangenknochen, das hager aussehen könnte, sollte sie je ihren Appetit verlieren.

»Freust du dich auf die Reise?«, fragte Anna.

»Natürlich. Ich will nur nicht …«

»Ich freue mich genauso. Also vertrau mir, und beruhig dich. Denk nach. Überleg dir, was dir solche Sorgen bereitet. Werde ich dich da hinbringen oder nicht?«

Sie beobachtete, wie Rachel nachdachte. Sie machte einen intelligenten Eindruck, dachte Anna, aber vielleicht war das nur der Falte auf ihrer Stirn geschuldet. Nick gefiel das, denn er hatte auch eine, aber Anna fand, dass sie zu oft die Stirn runzelte, und hatte für alle Fälle schon ihre Augen überprüfen lassen. Die waren hundertprozentig in Ordnung, es lag also allein an der Konzentration. Was ja zumindest nicht schlecht war, sagte sich Anna. Sie fuhr Rachel mit der Hand durchs Haar. Es war füllig und zurzeit tiefschwarz. Sie hatte es vor drei Wochen gefärbt, ohne Anna vorher davon zu erzählen. An diesem Morgen trug sie es offen und hinter die Ohren geklemmt, es reichte ihr bis über die Schultern.

»Werde ich dich da hinbringen?«, wiederholte Anna.

»Na ja, im Juni in Amsterdam haben wir den Zug verpasst, weil du verschlafen hast, und …«

Anna lächelte. »Aber ich habe aus meinem Fehler gelernt. Du hast so sehr mit mir geschimpft, dass es nicht wieder vorkommen wird.«

Rachel sah sie mit zusammengezogenen Augenbrauen an. »Nun mach dich endlich fertig.«

»Kuss?«

Rachel umarmte sie kurz und drückte ihr einen Kuss auf die Wange. Als Anna sie losließ, spürte sie, dass ihre Tochter nicht im Mindesten beruhigt war.

Rasch zog sie sich an: enge schwarze Moleskin-Hosen von Swaine, Tod's aus weichem Kalbsleder, ein schlichtes weißes T-Shirt unter einer buttermilchfarbenen Wildlederjacke, darüber ein helles Schultertuch aus Kaschmir. Den schweren Mohairmantel stopfte sie kurzerhand in die Reisetasche. Sollte es im Taxi kalt sein, könnte sie ihn immer noch überziehen. Abgesehen von dem Mantel war ihre Kleidung für den englischen Winter eher ungeeignet, aber eine der wenigen Informationen, die sie aus Nick herausgekriegt hatte, lautete, dass es am Ziel ihrer Reise wärmer sein würde.

Sie trafen pünktlich im Foyer ein, genau in dem Moment, als draußen das Taxi vorfuhr. Der Fahrer sah müde aus. In der eisig kalten Morgenluft bemühte sich Anna, wach zu werden, während Rachel mit dem Gepäck beschäftigt war.

Das Hotel war im Chalet-Stil gebaut und bestand aus mehreren niedrigen Gebäuden inmitten eines frisch gepflanzten Birkenhains. Es war zweckmäßig und sauber und lag in der Nähe des Flughafens. Ohnehin hatten sie nur eine Nacht dort zubringen müssen.

Der Eingang ging zu den älteren Wäldern hinaus, die bis hoch zum Otley Chevin gut eineinhalb Kilometer entfernt reichten. Ihr Blick wanderte zu den Bäumen, die die Zufahrtsstraße säumten: dunkle Silhouetten, die den Blick zur Landstraße dahinter verstellten. Ihren Wagen würde sie bis zu ihrer Rückkehr hier stehen lassen. Zitternd und mit einem unguten Gefühl lauschte Anna in die nächtliche Stille.

Sie mochte Dunkelheit nicht. Sie sehnte sich nach Licht – hellem, mediterranem Licht und Hitze, staubigen, stillen Nachmittagen voller Sonnenlicht. Genauso war auch ihr Kunstgeschmack. Zwar waren die meisten Arbeiten, die sie ausstellte, modern, doch ihre persönliche Vorliebe galt den Stilen, die sich dem Erbe Corots und Pissarros verdankten. Das Entscheidende war das Licht. Sie besaßen ein Haus in der Provence, wo das Licht ganz genau so war, wie sie es haben wollte, aber die Reise dorthin war ziemlich aufwändig und lohnte sich nur, wenn man mindestens zwei Wochen blieb. Und den Luxus von so viel freier Zeit konnte sie sich nicht leisten.

Der Himmel, den sie durch die Zweige der Bäume sehen konnte, war schwarz, die Wolken hingen tief, nicht ein Stern in Sicht. Der Boden war mit Raureif überzogen, doch es hatte nicht geschneit. Für die Vögel war es noch zu früh, und als der Taxifahrer den Motor seines Mercedes abstellte, herrschte eine fast vollkommene Stille. Fast. Ihr Atem hing in einer Wolke vor ihrem Gesicht, als sie der Zufahrtsstraße mit den Augen bis hinein in die Bäume folgte und die Quelle des Geräuschs entdeckte, das die Stille durchbrach: ein schwaches rotes Glühen weit hinten zwischen den Bäumen, vermutlich die Bremslichter eines Wagens, der dort stand. Anscheinend waren sie nicht die Einzigen, die so früh aufbrachen. Sie wühlte in ihrer Tasche nach den Zigaretten.

»Wir müssen los, Mama! Für die Stinkstängel haben wir jetzt keine Zeit mehr!«

Sie seufzte und steckte die Schachtel wieder weg. Im Taxi zu rauchen, würde ihre Tochter ihr nie erlauben.

Im Wagen war es zu warm, die Heizung war voll aufgedreht, die Fenster beschlagen. Sie setzte sich zu Rachel auf die Rückbank.

»Tut mir leid, dass wir Sie so früh aus dem Bett gescheucht haben«, sagte sie zu dem Fahrer, als der den Wagen anließ.

»Kein Problem. Ich habe die Nacht gearbeitet, das hier ist meine letzte Fuhre.« Er sprach mit heftigem Akzent. Am Rückspiegel hing eine Art Wimpel mit geschwungenen arabischen Schriftzeichen in Gold auf grünem Grund. Er war um die fünfzig und trug ein weißes, traditionelles Gewand und eine eng anliegende runde Kappe. Seine Haut hatte die Farbe von Leder, der Bart auf seinen Wangen war sauber gestutzt. »Wo soll's hingehen?«, fragte er.

»Zum Flughafen.«

»Manchester?«

»Nein, Leeds/Bradford. Das habe ich denen gesagt, als ich Sie gestern bestellt habe. Ist nur fünf Minuten von hier.«

Sie sah, wie seine Augen sie im Rückspiegel musterten.

»Wir fliegen ziemlich früh«, sagte sie.

Er zuckte mit den Achseln und fuhr los. Sie wischte das Fenster rechts neben sich frei. Auf der Zufahrt hielt sie nach dem Wagen Ausschau, den sie dort hatte stehen sehen, aber er war verschwunden.

»Wann geht Ihr Flieger?«, fragte er, als sie auf die Landstraße einbogen. »So früh fliegt noch keiner.«

»Es ist ein Charterflug.«

Wieder zuckte er mit den Achseln. »Egal. Die dürfen erst in einer Stunde wieder starten, frühestens.«

Sie schaute auf die Uhr. Viertel vor sechs. Die Maschine war für sechs gechartert. »Der wird starten«, sagte sie.

»Ich glaube nicht, dass der Flughafen schon offen ist«, beharrte er.

»Mein Papa hat den Flug extra für uns gebucht«, sagte Rachel. »Der Flughafen muss offen sein.«

Anna sah, wie der Stolz in ihrem Gesicht der Verunsicherung wich. Sie tätschelte ihr das Bein und flüsterte: »Keine Sorge«, dann schaute sie sich um.

»Was suchst du?«, fragte Rachel.

»Ich habe ein Auto gesehen«, antwortete sie. »Ich habe mich nur ...« Hinter ihr kamen Scheinwerfer in Sicht. Sie schaute nach vorn und sah, dass der Fahrer sie ebenfalls bemerkt hatte. Am Straßenrand eine Mauer und Bäume. In den Lichtkegeln der Scheinwerfer sah es aus, als würden kleine Eispartikel durch die Luft fliegen. Weiter vorn sah sie eine Kreuzung.

Sie drehte sich wieder zu den Scheinwerfern um. Der Wagen kam viel zu schnell näher. Sie konnte sogar schon den Motor hören. Gerade wollte sie eine Bemerkung machen, als der Fahrer anfing zu fluchen und sie einen kurzen Blick nach vorn warf. Schnell drehte sie sich wieder nach hinten um. Kein Zweifel, der Wagen hinter ihnen fuhr viel zu schnell. Er würde entweder scharf bremsen müssen oder auf sie auffahren. Zum Überholen war die einspurige Straße zu schmal. Als der Wagen ganz nah war, drehte Anna sich von den Scheinwerfern weg, die sie blendeten. Den Blick nach vorn, spürte sie einen Welle Adrenalin im Nacken.

»Der fährt in uns rein«, sagte sie leise vor sich hin, dann schrie sie es hinaus: »Der fährt in uns rein!« Sie bemerkte, wie Rachel sie anstarrte (sah, dass sie angeschnallt war), und schrie noch einmal: »Der fährt in uns rein!« In Rachels Augen flackerte Panik auf. Anna streckte ihr die Hand hin, als der Aufprall kam.

Ohrenbetäubender Lärm, eine gewaltige Kollision von Metall auf Metall. Sie sah, wie Rachel nach vorn in den Gurt geworfen wurde, über ihrem Kopf eine Explosion aus Tausenden kleinen Glasstücken. Sie spürte, wie das Auto sich zu drehen begann. Vorn schrie der Fahrer. Rachel kreischte. Hinter sich hörte sie Bremsen quietschen, dann einen Motor, der größer und lauter war als ihrer, im Rückwärtsgang. Aus dem Aufprall wurde das Knirschen von Metall. Die beiden Fahrzeuge hatten sich ineinander verkeilt und schlitterten über den Asphalt. Sie wurde zur Seite geschleudert, prallte mit dem Kopf gegen das Seitenfenster. Sie sah, wie die Steinmauer auf sie zuraste.

Das Taxi prallte mit dem Heck gegen die Mauer, drehte sich um 360 Grad und blieb mitten auf der Straße stehen. Anna wurde zurück in den Sitz geworfen, ihr Kopf nach hinten geschleudert. Als sie wieder nach vorn fiel, spürte sie den eiskalten Luftzug, der durch das zerborstene Heckfenster kam. Dann Stille. Sie hörte nicht einmal Rachel atmen.

4

Francis Doyle saß im warmen Volvo und spürte, wie die Angst ihm in die Eingeweide kroch. Es ging alles viel zu langsam. Kein Mensch nahm die Sache richtig ernst, nicht einmal Sutherland, der ihm mitgeteilt hatte, dass Karen Sharpe abgetaucht sei. Er glaubte, dass sie wieder bei Pete Bains war. Aber Doyle sorgte dafür, dass seine Leute am

Leben blieben, indem er vom Schlimmsten ausging. Sie hatten ihr mehrere Nachrichten mit höchster Priorität und der Aufforderung geschickt, sich unverzüglich zurückzuziehen, und sie hatte nicht reagiert. Normalerweise bedeutete das »sofortigen Einsatz« mit allen zur Verfügung stehenden Kräften.

Doch dazu war Sutherland nicht bereit. Doyle hatte sich mit ihm gestritten, aber es hatte nichts genutzt. Entweder ließ sich Sutherland in seinem Urteilsvermögen von Sharpes Unzuverlässigkeit beeinflussen, oder es war etwas anderes im Busch. Er hatte Doyle nur drei Männer zugeteilt, die allesamt so trottelig waren, dass er sie unmöglich allein auf die Menschheit loslassen konnte.

Einer von ihnen – Brian White – stand gerade vor Bains' Haustür und fummelte nun schon seit über zehn Minuten am Schloss herum. Glücklicherweise lag das Haus ein gutes Stück von der Straße zurück hinter Bäumen, und die kiesbestreute Auffahrt bot genug Platz, um beide Autos vor den Augen der Nachbarn zu verbergen. Doyle hatte bereits vorn und hinten an die Türen geklopft und war zu dem Schluss gekommen, dass Bains nicht zu Hause war.

»Warum zum Teufel tritt er die Tür nicht einfach ein?«, fragte Kirk, der neben ihm hinterm Steuer saß.

Doyle zog eine Zigarette aus der verknitterten Schachtel, zündete sie an und sog vorsichtig den Rauch in die Lungen, dann schaute er zu Kirk. Bis vor kurzem hatte er Kirk nur vom Fuhrpark in Marylebone gekannt, als Fahrer. Sutherland hatte es für richtig befunden, ihn ein wenig zu befördern – wenn auch nur ein wenig –, und diese Beförderung war ihm zu Kopfe gestiegen. Zu Kirks neuem Job gehörte es unter anderem, Sutherland von allem zu berichten, was Doyle tat. Kirk glaubte, das verleihe ihm eine gewisse Autorität. Doyle hatte die Nase davon gestrichen voll.

»Weil ich ihm gesagt habe, dass er das nicht tun soll«, sagte Doyle.

»Wenn sie nicht ganz blöd ist, hört sie ihn und verschwindet durch die Hintertür.«

Doyle kurbelte das Fenster runter und blies Rauch in die Dunkelheit. »Robbins steht hinten«, sagte er müde. »Und Sharpe ist sowieso nicht hier.«

»Das wissen wir nicht. Und selbst wenn: Bains weiß vielleicht, wo sie steckt.«

Doyle rieb sich die Stirn. Die Falten dort wurden immer tiefer. Es war, als hätte er einen Fünfjährigen neben sich. Kirk hörte einfach nicht auf zu quatschen. Doyle ignorierte ihn, nahm noch einen Zug von der Zigarette und spürte, wie ihm der Rauch in der Kehle kratzte.

»Vielleicht versteckt er sie irgendwo«, sagte Kirk. »Vielleicht wissen die beide, wo sie steckt – Liz Hodges und Bains. Ich schätze, da läuft was zwischen den dreien.«

Doyle musste husten, dann räusperte er sich und spuckte aus dem Fenster. »Glauben Sie das, ja?«

»Das ist meine Meinung.«

»Die ich wirklich sehr schätze, Kirk.« Wieder hustete er, diesmal saß das Rasseln tiefer. Vor nicht allzu langer Zeit war er wegen Bronchitis krankgeschrieben gewesen.

»Sie sollten echt damit aufhören. Rauchen ist scheiße«, sagte Kirk mit einem selbstzufriedenen Lächeln auf den dünnen Lippen.

»So wie Sie?«

»Ganz genau. Ist schon zwei Jahre her. Ich war bei vierzig am Tag …«

»Aber Sie waren so klug, eine Entscheidung zu treffen, richtig?«

Kirk drehte sich zu ihm und starrte ihn an. Endlich gab White ein Zeichen, dass er das Schloss geknackt hatte.

Doyle öffnete die Autotür und wollte aussteigen. Kirk tat es ihm gleich.

»Nein. Sie warten hier«, sagte Doyle.

»Warum? Es geht doch schneller, wenn ...«

»Sie warten hier. Tun Sie, was ich Ihnen sage.«

Er schlug die Tür hinter sich zu.

White stand vor der Haustür und spielte mit einem Teleskopschlagstock herum.

»Hat ja ziemlich lange gedauert«, sagte Doyle und stieß die Tür auf.

»Tut mir leid, Boss.«

»Folgen Sie mir – und stecken Sie das Ding weg.«

»Sharpe ist vielleicht gefährlich.«

»Sie ist nicht gefährlich, sie ist in Gefahr. Wir sind hier, um ihr zu helfen.«

Er trat in Pete Bains' dunklen Hausflur. Sie hätten es kommen sehen müssen, dachte er. Vor fünfzehn Monaten, im Oktober 1998, hatte er sie wegen Karen Sharpe gewarnt, hatte insbesondere Sutherland gewarnt, nachdem sie sich zwei Wochen lang nicht gemeldet hatte. Zu jener Zeit waren sie davon ausgegangen, dass sie zusammen mit ihrer zehnjährigen Tochter Mairead in einem Haus in Stainforth unweit von York lebte. Die Umstände ihres Einsatzes machten es erforderlich, dass sie dort als sie selbst, als Karen Sharpe wohnte, tagsüber aber eine Kunstgalerie in einer der nobleren Straßen unweit des Stadtzentrums führte. Doyle war bei dem Haus in Stainforth vorbeigefahren und hatte festgestellt, dass es leer war und zu vermieten stand. In der Schule am Ort hatte er erfahren, dass Mairead Sharpe nach den Ferien nicht wieder zum Unterricht erschienen war. Diese Informationen hatten eine mittlere Panik bei ihm ausgelöst.

Jetzt schaltete er das Licht ein und betrachtete Pete

Bains' Zuhause. Die Stille verriet ihm, dass das Haus leer war. »Sie ist nicht hier«, sagte er zu White. »Gehen Sie rein und sehen Sie nach. Ich warte hier. Und nichts anfassen.«

White schlich voran, die Hand noch immer an dem Schlagstock in seiner Manteltasche. Doyle ging wieder nach draußen. Kirk spähte angestrengt aus dem Auto herüber, unter keinen Umständen wollte er eine Gelegenheit verpassen, seine Fäuste zum Einsatz zu bringen. Das war seine zweite Spezialität. Doyle drehte ihm den Rücken zu und rauchte seine Zigarette zu Ende.

Sharpe hatte ihn überrascht, damals vor fünfzehn Monaten, und das in mehrerlei Hinsicht. Sutherland hatte ihm natürlich von ihr erzählt. Es war offenkundig, dass der sie nicht mochte, dass er ihr vielleicht nicht einmal vertraute, und dennoch zollte er ihr widerwillig Respekt für das, was zu leisten sie imstande war. Doyle war also gewarnt gewesen. Sutherland hatte ihm alles über ihre Vergangenheit erzählt, hatte ihm sogar Zugang zu ihrer Akte verschafft. Und trotzdem hatte ihre Wandlung ihn kalt erwischt.

Vor jenem Tag im Oktober 1998 hatte er sie vielleicht viermal getroffen, und immer war es um die Anmietung der Kunstgalerie gegangen. Der Besitzer war ein kränkelnder Witwer, der den Laden dringend loswerden wollte. Alles andere an dem Geschäft war nicht echt gewesen. Doyle hatte damals David Morris geheißen, Anwalt aus Schottland und Freund der zukünftigen Mieterin, die Gelder kamen – wenn auch auf Umwegen – von der Regierung Ihrer Majestät, und Karen Sharpe, die neue Galeristin, nannte sich Anna Hart.

Das war ihr neuer Name. Aber kennen gelernt hatte er sie als DC Karen Sharpe. Sie waren sogar einmal in Bradford zusammen essen gegangen. Sie kannte ihn also. Weshalb er mit irgendeiner Reaktion gerechnet hatte, als er in der Galerie aufgetaucht war. Das war die erste Überraschung gewesen. Sie hatte durch die obere Scheibe der Glastür gespäht, ihn kurz angesehen, den Schlüssel im Schloss umgedreht und die Tür aufgezogen.

»Hallo. Kommen Sie doch rein. Entschuldigen Sie, dass die Tür abgeschlossen war, aber hier ist gestern Nacht eingebrochen worden.« Sie hatte ihn freundlich angelächelt und einen Schritt zur Seite getan, damit er eintreten konnte. Nicht das geringste Anzeichen, dass sie ihn erkannt hatte.

Er hatte ziemlich unbeholfen in der Galerie herumgestanden, einem ehemaligen viktorianischen Stadthaus, während Sharpe an ihm vorbei zu dem reich verzierten Mahagonischreibtisch an der Rückwand des langen Raumes gegangen war. Er hatte sie mit ungutem Gefühl beobachtet. »Glücklicherweise haben die nur Kleingeld mitgenommen«, sagte sie mit dem Rücken zu ihm. Sie sah vollkommen anders aus als die Frau, der er sechs Monate zuvor zum ersten Mal begegnet war.

Natürlich war sie komplett anders gekleidet. Jetzt trug sie teure Designerklamotten: einen langen, locker fallenden Rock von Lauren, ein pastellfarbenes Hemd von New & Lingwood, Schuhe mit roten Sohlen von Louboutin und eine Diamantkette um den Hals – weit entfernt von den Jeans und dem T-Shirt, die sie als Polizistin getragen hatte. Sie sah aus wie eine wohlhabende, verwöhnte Hausfrau, die aus purer Langeweile eine kleine Galerie führte.

Dazu passend auch die Frisur. Karen Sharpe, das wusste Doyle, hatte dunkles Haar, Anna Hart hingegen trug ihr Haar kurz, bis zu den Wurzeln blond gebleicht – es war nicht ein Millimeter ihrer natürlichen Haarfarbe zu sehen – und stylisch zerzaust.

Aber die Kleidung und die Frisur waren nur das i-Tüpfelchen. So gut wie alles an Karen Sharpe hatte sich subtil verändert. Die Frau, die da vor ihm stand, sprach mit anderer Stimme – die Intonation, der Akzent und wie sie zum Ende eines Satzes hin immer leiser wurde, selbst das Vokabular – und hatte einen anderen Gang, weniger Hüftschwung, dafür mehr Grazie und Haltung. Alle ihre Bewegungen hatten sich verändert, ihre Gesten waren sanfter geworden, ihre Mimik eher verhalten, wo sie sonst ausdrucksstark gewesen war. Winzige, fast unmerkliche Veränderungen, die aber zusammengenommen den überwältigenden Eindruck vermittelten, es mit einer völlig anderen Person zu tun zu haben.

Sechs Monate zuvor war Karen Sharpe nervös, angespannt und gereizt gewesen. Man hatte ihm nichts über ihr derzeitiges Leben erzählt, das sie so hatte werden lassen, aber von der tiefen Falte auf ihrer Stirn – wie hatte Hart es bloß geschafft, die wieder wegzukriegen? – bis zu ihrer kurz angebundenen Art hatte alles von einer nur schwer zu unterdrückenden Wut gezeugt. Anna Hart dagegen wirkte vollkommen entspannt, ruhig und gelassen. Es war überzeugend und unheimlich. Er hatte das Gefühl, sie zum ersten Mal zu sehen. Und der Ausdruck in ihren Augen war aufrichtig. Sie stand ihm gegenüber als Leiterin dieser Galerie, als Anna Hart.

Ein lächerlicher Wortwechsel über die Frage, ob er ein Gemälde erstehen wolle oder nicht, hatte sich entsponnen. Er hatte es damals kaum glauben können, aber sie hatte ihn sogar von oben bis unten gemustert, hatte den billigen Anzug von Marks & Spencer zur Kenntnis genommen, den schäbigen grünen Anorak darüber, die verschrammten Schuhe, und er war sich sicher gewesen, dass sie die Dicke seines Geldbeutels abschätzte, dass sie sich fragte, ob er über genügend Bares verfügte, um ein Bild aus ihrer Galerie zu erstehen.

»Ich suche was für meine Frau«, hatte er gesagt. Er hatte

der Versuchung nicht widerstehen können, das Spiel mitzuspielen und zu sehen, wie weit sie gehen würde. »Sie beklagt sich ständig, dass ich ihr nie Blumen mitbringe. Da dachte ich, ich könnte ihr ein Gemälde mit Blumen drauf schenken.«

»Nun, wir haben in der Tat einige Stillleben da«, hatte sie geantwortet. »Aber ich bin mir nicht sicher, ob die Ihren Vorstellungen entsprechen würden. Wie Sie sehen«, sie hatte eine ausladende Geste durch den Raum gemacht, »liegt unser Schwerpunkt eher auf der zeitgenössischen Kunst. Da findet sich wenig Gegenständliches.«

Wenig, was er verstehen würde, hatte sie gemeint.

Nach diesem Satz hatte er es aufgegeben und sich vorgestellt. Überraschung Nummer zwei: Sein Name sagte ihr nichts. Zumindest hatte es so ausgesehen. Normalerweise konnte er ziemlich gut erkennen, ob jemand log.

Sutherlands Name hatte eine etwas vielversprechendere Reaktion ausgelöst – ein Flackern der Angst? –, aber als er dann auch noch erklärt hatte, dass Sutherland den Einbruch vom Vortag arrangiert habe, um alle Wanzen beseitigen zu lassen, damit Doyle nun mit ihr als ihr selbst, als Karen Sharpe, sprechen könne, war sie sofort ganz außer sich gewesen. Als er dennoch weitersprach, standen ihr plötzlich Tränen in den Augen. Sie schien vergessen zu haben, wer sie war. Er hatte hier die Spitze eines psychologischen Eisbergs vor sich, und er sah sich nicht in der Lage, damit umzugehen. Sehr deutlich hatte er den Eindruck gewonnen, dass sie zusammengebrochen wäre, hätte er weiter auf diesem Thema beharrt.

Er war fast erleichtert gewesen, als hinter ihm die Tür aufgegangen war. Ein kleines Mädchen und ein Mann waren hereingekommen, das Mädchen hatte »Hier sind wir, Mum!« gerufen.

Das war die dritte und größte Überraschung gewesen, die er in seinem Bericht an Sutherland auch besonders hervorgehoben hatte. Sharpes Tochter – Mairead – war *mit Hanley* reingekommen. *Mit Nicholas Hanley*. Doyle hatte sich größte Mühe geben müssen, sich nichts anmerken zu lassen. Sharpe hatte sich hastig die Tränen aus den Augen gewischt und war auf ihre Tochter zugerannt, an Doyle vorbei, doch sowohl das Kind als auch Hanley hatten bereits gemerkt, dass etwas nicht in Ordnung war. An dieser Stelle hatte Doyle verkündet, er sei Polizist und wegen des Einbruchs gekommen, woraufhin die Spannung verflogen war.

»Der Gedanke an den Einbruch hat Miss Hart etwas aufgewühlt«, erklärte er Hanley. »Sehr verständlich. Zumal hier auch einige Ihrer Werke hängen.« Das war ihm herausgerutscht.

»Kenne ich Sie, Officer?«, hatte Hanley ihn gefragt und ihm mit schmerzhaftem Griff die Hand geschüttelt.

»Nein, aber ich kenne Sie, Sir. Ich habe ein Foto von Ihnen in der Lokalzeitung gesehen.« Die beste Erklärung, die ihm auf die Schnelle einfiel. Und keine schlechte, zumal er sich erinnerte, dass Hanley tatsächlich im lokalen Käseblatt abgebildet worden war – er hatte bei irgendeinem Wohltätigkeitsbasar seine Gemälde gezeigt.

Dann hatte Hanley sich des Langen und Breiten über all die Kriminellen, Junkies und Randalierer beklagt, und die ganze Zeit hatte Sharpe hinter ihm gestanden und Doyle gerade in die Augen gesehen. In dem Moment hatte er ihren Gesichtsausdruck wiedererkannt, die unterdrückte Wut, mit der sie ihn anblitzte, genau wie bei ihrer ersten Begegnung.

Zehn Minuten später hatte sich Doyle sein Bild gemacht und es in seinem Bericht an Sutherland ausführlich geschildert. Die Vergangenheit war dabei, sich zu wiederholen – sofern man Sharpes Akte glauben konnte. Sie war, ohne ihnen davon zu erzählen, bei Hanley eingezogen. Schlimmer noch, ihre Gefühle für ihn schienen echt zu sein. Sie hatte in Doyles Beisein seine Hand gehalten, hatte mit ihm gesprochen wie mit einem Geliebten. Hanley hatte ihr in gleicher Weise, wenn auch etwas peinlich berührt, geantwortet. Und die ganze Zeit hatte das Kind zwischen den beiden gestanden, die Arme mit den beiden verschränkt, und hatte mit einem glücklichen Lächeln zu ihm aufgeschaut.

»Die haben ausgesehen wie eine Familie, Herrgott«, hatte er Sutherland gesagt. »Selbst das Mädchen steckt voll mit drin. Sie müssen Sharpe da rausholen.«

Aber Sutherland hatte nur gegrinst. »Sie da rausholen? Sie macht das, was sie am besten kann. Dazu haben wir sie ja schließlich.«

»Ich habe sie gesehen. Ich glaube nicht, dass sie noch weiß, wer sie ist. Wenn Sie sie da drinlassen, wird sie irgendwann zusammenbrechen. Es wird genauso laufen wie beim letzten Mal.«

»Sind Sie jetzt unter die Psychologen gegangen, Doyle?«

Wütend und hilflos hatte er sich umgedreht, er wollte raus aus dem Büro.

»Ich weiß, was ich tue«, hatte Sutherland ihm nachgerufen. »Sie sollten mir vertrauen.«

Doyle hatte sich wieder zu ihm umgedreht. »Ich habe den Bericht auch an den psychologischen Dienst geschickt.«

»Natürlich. Ganz, wie es sich gehört, Doyle. Gut gemacht.«

Aber geändert hatte es nichts.

Kirk rief ihm vom Wagen aus etwas zu. Das Kontrollzentrum hatte sich gemeldet. Doyle ließ die Zigarette vor

Bains' Haustür fallen, trat sie aus und ließ sie liegen. Drinnen hörte er Whites Schritte auf dem Holzfußboden im ersten Stock. Er ging zum Wagen.

»Liz Hodges?«, fragte er Kirk, nachdem er die Wagentür hinter sich geschlossen hatte.

»Ja. Sie hat Bains angerufen, kaum dass wir weg waren. Ich wusste, dass sie das machen würde.«

Sie hatten eine Telefonüberwachung für alle Gespräche von und zu Liz Hodges' Handy und Festnetz beantragt.

»Wo ist er?«

»Auf der Wache in Milgarth. Wir müssen das Sutherland erzählen. Sie hat Bains gewarnt, dass wir kommen würden ...«

»Das spielt doch nun wirklich keine Rolle.«

»... Sutherland sollte das wissen.« Da war er wieder: Sutherlands kleiner Spion.

»Das finde ich nicht.«

»Er hat mich gebeten, ihn zu warnen, wenn ...«

»Ich sage Ihnen, wann Sie hier wen warnen können, Kirk.«

»Aber sie hat Bains von uns erzählt.«

»Na und? Herrgott. Wusste sie denn, wo Sharpe ist?«

Kirk schüttelte den Kopf.

»Dachte ich mir. Was ist mit Bains?«

»Auch nicht.«

»Scheiße.«

Er lehnte sich zurück. Kirk hatte recht. Er müsste Sutherland davon berichten. Warum zögerte er? Wenn sie nicht bei Bains war, war die Lage ernst. Er spürte es wie eine Last, die erdrückende Last der Erfahrung; all die Jahre, in denen er Menschen wieder rausgeholt hatte, er brachte sie rein und holte sie wieder raus. Er biss sich auf die Unterlippe.

»Verflucht«, sagte er. »Sie steckt in der Scheiße. Das weiß ich genau.«

5

Sie beugte sich zu Rachel hinüber und nahm ihr Gesicht zwischen beide Hände, um es zu betrachten. Rachel war benommen, aber sie hatte die Augen geöffnet und atmete. Kein Blut. Anna strich ihr ein paar Glasstücke aus dem Haar.

»Bist du verletzt?« Sie legte den Gurt ab und öffnete auch die Schnalle an Rachels Gurt. Sie musste ihre Tochter aus dem Auto kriegen. Von dem anderen Wagen war nichts mehr zu hören, aber er konnte nicht an ihnen vorbeigefahren sein. Sie wusste, was geschehen war. Sie waren von hinten gerammt worden, und das mit voller Absicht. Als sie sich umdrehte, um durch das zerborstene Heckfenster zu schauen, sah sie, dass beide Fahrzeuge mitten auf der Straße standen, so dass niemand durchkam.

»Alles in Ordnung, Rachel? Sag doch, geht es dir gut?«

Rachel nickte. Vorn hörte Anna den Fahrer auf Urdu fluchen. Dann hörte sie, wie er den Türgriff betätigte.

»Nein!«, schrie sie. »Nicht aussteigen. Fahren Sie weiter.« Aber er war schon draußen. Sie spürte Panik aufkommen. »Das war kein Unfall«, schrie sie. »Das war Absicht.«

Draußen schimpfte der Fahrer in gebrochenem Englisch auf irgendjemanden ein. Durch die offene Tür sah sie eine kurze, heftige Bewegung, hörte den Fahrer nach Luft schnappen. Ihre Hand in der Tasche fand das Handy und zog es heraus.

Sie wollte gerade die Tür öffnen, als sie von außen aufgerissen wurde. Im Türrahmen die Umrisse eines Mannes, er leuchtete erst ihr, dann Rachel mit einer Taschenlampe ins Gesicht. Sie schirmte sich die Augen ab und versuchte, seine Züge zu erkennen.

»Raus aus dem Wagen, alle beide. Sofort.« Die Stimme ein tiefes Krächzen, als würde er schreiend flüstern. Vor lauter Panik erkannte sie seinen Akzent nicht. Sie sah eine Hand in den Wagen greifen, um sie rauszuziehen, und wich zurück, drückte sich so tief in den Sitz, dass er sich in den Wagen beugen musste, um sie an der Jacke zu packen. Das Telefon fiel ihr aus der Hand. Sie schrie auf ihn ein, entwand sich seinem Griff, lehnte sich über Rachel, um die Tür auf der anderen Seite zu öffnen.

»Raus, Rachel«, flüsterte sie. »Steig aus, und lauf weg.« Der Mann zog sich wieder zurück, ließ die Taschenlampe auf die Straße fallen, dann war er plötzlich wieder im Wagen und drückte ihr etwas an den Kopf.

»Raus aus dem Wagen. Sofort. Raus, oder ich knall dich gleich hier ab!«

Er war so nah, dass sie seinen Atem auf der Haut spürte. Und er presste ihr eine Pistole an den Kiefer.

»Okay. Ich steige aus«, sagte sie und versuchte erneut, ihm ins Gesicht zu sehen. Rachel rührte sich nicht von der Stelle. »Wer sind Sie? Was wollen Sie?«

Mit der freien Hand packte er ihr an die Kehle. »Keine Fragen. Raus aus dem Wagen.«

Sie spürte eine Eiseskälte in der Magengrube. Wollte der Kerl den Wagen? Oder ihr Geld? Sie überlegte, wie viel Bargeld sie bei sich hatte.

»Ich habe nicht viel Geld …«

Er schlug ihr ins Gesicht, hielt die Waffe beiseite und schlug ihr mit einer kurzen, gezielten Bewegung die Faust ins Gesicht. Sie sah es kommen, konnte aber nicht schnell genug ausweichen. Der Kopf wurde ihr in den Nacken geschleudert, ihr Blick wurde trüb. Eine Sekunde lang hörte sie nur ein Schrillen in den Ohren. Dann schrie er wieder auf sie ein. *»Raus aus dem Wagen! Sofort!«* Rachel fing an zu weinen.

»Ich kann nicht aussteigen!«, schrie Anna. »Ich kann nicht aussteigen, wenn Sie in der Tür stehen!«

Er trat einen Schritt zurück, auf die Straße. Sie sah ihre Tochter an.

Rachel starrte auf ihre Nase, die er voll getroffen hatte. Anna spürte den Geschmack von Blut im Mund.

»Mami, ich hab Angst …«

»Raus aus dem Wagen! Und Mund halten!«

Sie beachtete ihn nicht, drehte sich nicht einmal zu ihm um. »Denk dran, wer du bist, Rachel. Denk dran, was wir über solche Situationen besprochen haben. Vergiss das nicht!«

»Deine Nase blutet …«

»Das spielt jetzt keine Rolle. Hör mir zu. Hab keine Angst. Weine nicht. Zeig ihm nicht, dass dir an ….«

»Aber er hat …«

»Raus jetzt! Sofort!«

»Ich komme. Ich komm ja schon.«

Mit zittrigen Beinen stieg sie aus. Der Taxifahrer saß vor der vorderen Stoßstange, er rang nach Luft. Ihre Blicke kreuzten sich, als sie sich umdrehte, um Rachel aus dem Wagen zu helfen. Was war mit ihm geschehen? Sie hatte keinen Schuss gehört, es war kein Blut zu sehen. Sie nahm Rachel bei der Hand und wandte sich dem Mann mit der Pistole zu, und in dem Licht, das aus dem Taxi drang, konnte sie ihn zum ersten Mal richtig sehen. Er war klein und untersetzt, und er trug eine Sturmhaube. Wie ein Terrorist. Hatte er mit irischem Akzent gesprochen?

»Was wollen Sie?« Ihre Stimme zitterte, verriet ihre Angst. Sie wäre so gern furchtlos erschienen.

»Steig mit der Kleinen in den Wagen. Sofort. Irgendwelche Tricks und ich knall euch ab. Kapiert?«

Liverpool. Er hatte einen Merseyside-Akzent. Mit der Waffe deutete er auf seinen Wagen. Es war eine Automatik, das sah sie jetzt. Eine Automatik mit Schalldämpfer. Sie schaute an der Waffe vorbei zu dem Auto, das mitten auf der Straße stand, die Fahrertür offen, Scheinwerfer aus. Ein Range Rover, altes Modell, mit Bullenfänger. Von dem Aufprall war nicht ein Kratzer zu sehen.

»Du steigst vorn ein«, sagte er. »Ich geh mit der Kleinen nach hinten. Los, rein.«

Wenn sie erst im Wagen saßen, waren sie verloren, das wusste sie. »Nein«, sagte sie. »Sagen Sie mir, was Sie wollen. Ich werde nicht in Ihren Wagen steigen.« Ihre Stimme zitterte so heftig, dass sie die Worte kaum über die Lippen kriegte. Er gab einen grunzenden Laut von sich, gut zwei Meter von ihr entfernt. Sie hielt Rachel fest an der Hand und blickte die Straße hoch und runter. Schätzungsweise eineinhalb Kilometer waren sie jetzt vom Hotel entfernt. Die Straße war leer, der Nachthimmel schwarz, die Luft eiskalt. Rachel zitterte, hoffentlich war es die Kälte und nicht ein Schock. Wie lange konnte es dauern, bis hier ein Auto vorbeikam? Sie wusste nicht einmal, wohin die Straße führte. Der Taxifahrer war vom Hotelgelände nach links und nicht nach rechts abgebogen, und sie kannte nur den anderen Weg zum Flughafen. Vermutlich war es eine Abkürzung, aber in der Dunkelheit sah sie um sich herum nur Bäume und Felder. Ihre einzige Chance bestand darin, den Fremden so lange aufzuhalten, bis ein Auto vorbeikam. Er kam auf sie zu, und sie wappnete sich.

»Blöde Kuh«, sagte er und presste ihr die Waffe auf den

Brustkorb. »Ich kann dich auch gleich hier abknallen, mir ist das egal.«

»Wir steigen nicht in den Wagen.« Ihre eigene Stimme klang wie von weit entfernt. Das Pochen ihres Herzens war lauter. Sie sah, wie er innehielt, seine Augen kleine weiße Punkte in den Sehschlitzen der Sturmhaube. Er wollte Geld. Das musste sie im Gedächtnis behalten und ruhig bleiben. Etwas anderes konnte es gar nicht sein, einen anderen Grund gab es nicht. Sie waren reich, er hatte sie ausspioniert. So einfach. Es gab keinen Grund, sie umzubringen. »Ich habe Geld«, sagte sie und gab sich Mühe, seinem Blick standzuhalten. »Ich kann Ihnen Geld geben …«

Plötzlich packte er Rachel beim Haar und zerrte sie zu sich. Anna wollte sie festhalten, ihn stoppen, aber er holte zur Seite aus und traf sie mit dem Pistolengriff an der Schulter, so dass sie nach hinten taumelte, gegen das Taxi. Zum ersten Mal spürte sie seine Stärke. Er war klein, aber kräftig. Als sie sich wieder gefangen hatte, hielt er Rachel am Haar fest und zielte ihr mit der Waffe mitten ins Gesicht.

»Soll ich sie abknallen? Willst du das?«

Rachel schrie, der schrille Schrei eines kleinen Mädchens. Er riss ihr am Haar, riss ihren Kopf zurück. »Sei still. Still sein, verdammt.« Seine Stimme wurde immer nervöser, er war besorgt. Er schaute die Straße hoch und runter und zurück zu ihr. Er wusste, was sie vorhatte. Er hatte nicht unbegrenzt Zeit, irgendwann würde jemand vorbeikommen.

Sie verlegte sich aufs Betteln. »Lassen Sie sie los, bitte. Lassen Sie sie los, und ich gebe Ihnen Geld. Ich habe jede Menge Bargeld. Wir haben …«

»Hier geht's nicht um Geld, verdammt! Steig in den Wagen.«

Neben ihm bewegte sich etwas. Der Taxifahrer rappelte sich mühsam auf die Füße.

»Wir können zu einem Geldautomaten fahren …«

»Ich will kein Geld. Steig in den Wagen.«

Der Taxifahrer hatte sich aufgerichtet und versuchte, etwas zu sagen. Der Mann mit der Pistole sah ihn an.

»Lass das Mädchen los«, sagte der Taxifahrer. Seine Stimme klang gepresst, als hätte er Schmerzen.

»Halt's Maul. Halt dich da raus.«

»Ich sagte, lass das Mädchen los.« Sie beobachtete, wie er sich neben der Mercedes-Tür vorbeugte und wieder aufrichtete. Er hielt eine kurze Metallstange in der Hand.

»Leg das hin, und geh ein paar Schritte zurück.« Der andere war nervös. Die Sache drohte, außer Kontrolle zu geraten.

Der Taxifahrer tat einen Schritt auf ihn zu, die Metallstange hatte er auf Schulterhöhe erhoben. »Ich habe keine Angst vor dir«, sagte er. »Lass das Mädchen los.«

Mit einer winzigen Handbewegung richtete der Vermummte die Waffe auf den Fahrer. Aber der ging einfach weiter auf ihn zu. Sie machte sich darauf gefasst, dass der andere schießen würde, doch er trat einen Schritt zur Seite, die Hand weiter in Rachels Haar. *Hier geht's nicht um Geld.* Hatte er das gesagt? Ihr schwirrte der Kopf, sie konnte nicht mehr klar denken. Sie musste etwas tun. Der Taxifahrer sah kräftig und wütend aus, aber mit einer Pistole konnte er es nicht aufnehmen. Oder war das alles etwa nur Bluff? Die Szene spielte sich direkt vor ihren Augen ab, aber sie war wie gelähmt, hilflos. *Hier geht's nicht um Geld.* Das waren seine Worte gewesen. Sie sah, wie der Taxifahrer ausholte. Mit einem zischenden Geräusch fuhr die Stange in einem Bogen durch die Luft, die Spitze dicht vor dem Gesicht des anderen. Rachel duckte sich. Der Fahrer blieb nicht stehen. Er trat noch einen Schritt vor und holte wieder aus, die Stange mit beiden Händen gepackt. Diesmal war der mit der Waffe nicht schnell genug. Die Stange traf ihn direkt überm Ellbogen, und sofort ließ er Rachels Haar los. Er schrie auf, es war ein seltsames, krächzendes Geräusch, das ihm in der Kehle stecken blieb. Sofort rannte Rachel auf Anna zu. Anna packte sie, der Taxifahrer trat noch einen Schritt vor. Es fiel ein Schuss.

Ein Knall wie ein Peitschenhieb. Im gleichen Moment klappte der Taxifahrer vornüber, fiel auf die Knie und dann nach vorn. Ein ersticktes Geräusch drang aus seinem Mund. Anna drückte Rachel an sich, drehte ihr Gesicht weg. Der Mann mit der Pistole riss sich die Maske vom Kopf, so dass nun sein braunes Haar und das erschrockene, pockennarbige Gesicht zu sehen waren. Sie schätzte ihn auf etwa vierzig. Er trat vor und beugte sich über den Taxifahrer, seine Wangen zitterten, die Lippen hatte er zusammengepresst, er gab kein Wort von sich. Der Fahrer rollte sich zusammen, sein Gesicht war starr vor Schmerz oder Schock. Unter ihm bildete sich eine Blutlache auf der Straße.

»Sie haben ihn erschossen«, sagte Anna. Es klang idiotisch. Sie wartete auf eine Reaktion, aber der Mann rührte sich nicht. Er hielt sich den Arm fest, wo er mit der Metallstange getroffen worden war.

Sie standen da und sahen zu, wie der Fahrer von Krämpfen geschüttelt wurde. Die Laute aus seiner Kehle wurden zu einem Würgen. Ihm lief Blut aus dem Mund, er schien daran zu ersticken.

»Sie müssen ihm helfen«, sagte Anna. »Sie müssen einen Krankenwagen rufen.«

Sie hörte den Mann leise fluchen. In einer einzigen Bewegung beugte er sich vor, zielte auf den Kopf des Taxifahrers und drückte ab.

6

DS Pete Bains presste sich das Handy fest ans Ohr. Er hatte sich hinter den Einsatzleitwagen der Feuerwehr zurückgezogen, um dem Getöse der Löschfahrzeuge und Funkgeräte zu entgehen, und konnte den Besetztton dennoch kaum hören.

Er hatte drei Nummern von Detective Chief Superintendent Alan White: seine Festnetznummer, die Handynummer und die des Pagers. Als diensthabender Senior Investigating Officer – SIO – müsste White eigentlich jederzeit unter einer der drei Nummern erreichbar sein, aber Bains hatte es in der letzten halben Stunde vergeblich mehrmals bei allen dreien versucht.

Bains schaute zurück zum Spencer Tower, wo gerade die ersten mit Atemschutzgeräten ausgestatteten Feuerwehrleute aus dem Foyer kamen. Über die Seitenwand des Gebäudes blitzte rotes und blaues Licht, so dass es aussah, als würde es hinter jedem einzelnen Fenster brennen. Tatsächlich aber war der Brand auf die neunte Etage beschränkt gewesen.

Zur Sicherheit war die Feuerwehr mit einem Einsatzleitfahrzeug und sechs Löschfahrzeugen angerückt – von denen sich nur zwei als notwendig erwiesen. Das Hochhaus stand mitten in Leeds neben dem neuen Freizeit- und Einkaufszentrum namens Light. Um Platz für sechs Löschfahrzeuge, einen Rettungswagen, fünf Streifenwagen und zwei Ambulanzen zu schaffen, waren Albion Street und Great George Street an der jeweils nächsten Kreuzung gesperrt worden. Glücklicherweise herrschte um sechs Uhr morgens noch nicht allzu viel Verkehr.

Trotzdem hatten sich auf der Headrow und der Great

George Street kleine Gruppen Schaulustiger versammelt, weshalb Bill Chambers, der diensthabende Sergeant der Wache Leeds City, sechs Leute zur Sicherung hatte abstellen müssen. Für den ganzen Vorfall hatte er nur insgesamt neun Leute zusammentrommeln können. Bains, der vor Ort für die Ermittlungen zu dem Mann verantwortlich zeichnete, der aus der brennenden Wohnung gestürzt war, hatte noch weniger zusammengekriegt. Nach mehreren Anrufen bei anderen Dienststellen hatte er stolze drei Kriminalbeamte um sich geschart. Der diensthabende Detective Chief Inspector hatte den Tod bereits vorsorglich für verdächtig erklärt, doch solange die Entscheidung nicht von einem SIO – in diesem Falle White – bestätigt wurde, würde Bains nicht mehr Leute kriegen.

Er stieg über die Schläuche, die sich von den Löschfahrzeugen zum Hochhaus schlängelten, und marschierte auf den Einsatzleiter zu. Der Abschnittsleiter hatte ihm mindestens zehn Minuten lang Bericht erstattet, und bisher durfte niemand das Gebäude betreten. Bains sah auf die Uhr. 5:56 Uhr. Er hatte noch immer keine Ahnung, womit er es hier zu tun hatte. Unfall, Mord oder Selbstmord? Den Leichnam hatte er bereits gesehen und untersucht. Der würde ihm seine Fragen erst beantworten, wenn er von einem Experten in Augenschein genommen worden war. Das Innere des Gebäudes würde ihm da vielleicht eher weiterhelfen.

Nicht zum ersten Mal in dieser Nacht bereute er es, vor zwei Wochen freiwillig seinen Dienst getauscht zu haben. Wäre es beim ursprünglichen Dienstplan geblieben, hätte er vom 28. bis 31. Dezember frei gehabt und erst am Silvesterabend um 20:00 Uhr wieder arbeiten müssen. Die gesamte Polizei war Silvester im Einsatz, weil die Führung vor zehn Monaten, als wegen des »Millennium-Bugs« Hysterie ausgebrochen war, eine allgemeine Urlaubssperre verhängt hatte. Bains war das egal – er hatte keine Pläne für die letzte Nacht des Jahrtausends und hätte sie im Grunde lieber ignoriert –, aber ein anderer Sergeant hatte ihn zwei Wochen zuvor gebeten, vom 28. bis zum 30. für ihn einzuspringen. Und kurz vor seinem Dienstschluss war ein bewaffneter Raubüberfall im Stadtzentrum gemeldet worden, der ihn die ganze Nacht beschäftigt hatte, bis der Anruf für diesen Fall eingegangen war. Jetzt war damit zu rechnen, dass er direkt durcharbeiten würde.

Er ging nach vorn zum Leitwagen und hörte dem Einsatzleiter zu, wie er seinem Assistenten Anweisungen gab. Erst als er damit fertig war, hatte er Zeit für Bains.

»Alles gelöscht«, sagte er. »Keine ernsten Schäden am Gebäude. Sieht nach Brandstiftung aus. Im Büro eine Etage tiefer ist Brandbeschleuniger gelegt worden, wahrscheinlich Benzin, aber eine Feuerschutztür zwischen den beiden Stockwerken ist zugefallen, so dass nur die Wohnung im neunten Stock betroffen ist. Übrigens die einzige Wohnung im ganzen Gebäude. Glücklicherweise keine Verletzten – bis auf Ihren Kunden natürlich. Ansonsten waren die oberen Stockwerke leer. Aus spurentechnischer Sicht nichts Auffälliges, bis auf die Überreste von Kraftstoffkanistern und ein Zippo-Feuerzeug. Unsere Spurensicherung kommt erst zur Tagschicht her. Wir haben alles an seinem Platz gelassen, aber natürlich gibt es Wasserschäden. Im achten Stock sind noch Dämpfe, da können wir Sie also noch nicht reinlassen.«

Bains nickte höflich. Sollte sich dieser Fall als Mord erweisen, würde er die Spurensicherung der Feuerwehr nicht einmal in die Nähe des Tatorts lassen.

»Kann ich jetzt in die Wohnung?«, fragte er.

»Können Sie.«

Bains dankte ihm und ging zu einer DC namens Jodi Hayward hinüber, die gerade drei Feuerwehrleute befragte, die soeben aus dem Gebäude gekommen waren.

»Sie können rein, Jodi«, sagte er. »Keine Schäden am Gebäude.«

»Gut. Danke, Jungs.« Sie drehte sich zu Bains um. »Kommen Sie mit?«

»Noch nicht. Erst wenn ich hinten fertig bin. Nehmen Sie einen Uniformierten mit, und sichern Sie alle Spuren, die die Wassernymphen nicht weggespült haben.«

»Okay.«

»Lassen Sie sich Zeit, und gehen Sie gründlich vor. Bis jetzt wissen wir noch nicht, womit wir es hier zu tun haben.«

Er bemerkte, wie die drei Feuerwehrleute ihn schief ansahen, drehte sich weg und schaute nach oben, wo noch immer eine dicke schwarze Rauchwolke in der Luft hing. Neben dem Lärm der Kompressoren hörte er ein Rauschen wie von Regen, verursacht von der Wasserflut, die vom Dach plätscherte. Ähnliche Wassermengen bahnten sich vermutlich gerade ihren Weg durchs Gebäudeinnere nach unten. Wahrscheinlich würde das ganze Haus auf Wochen, wenn nicht Monate unbenutzbar sein.

Bei seinem Eintreffen hatte das oberste Stockwerk noch gebrannt, waren die Flammen aus den Fenstern geschlagen. Trotzdem und ungeachtet der Gefahr, dass brennende Teile herabstürzen konnten, war er in die schmale Gasse an der Rückseite des Gebäudes gegangen. Er war nicht der Erste am Tatort gewesen. Ein Türsteher eines Clubs auf der Great George Street hatte von dem Unglück gehört und war mit einem Feuerlöscher hergerannt. Er hatte den Mann gelöscht, der zu diesem Zeitpunkt jedoch bereits tot gewesen war, wahrscheinlich eher durch den Sturz als durch die Flammen zu Tode gekommen.

Rücken, Haare und Gesicht des Opfers waren stark verbrannt, die Kleidung teilweise verkohlt, die Haut darunter eine nässende Fläche aus Schwarz und Rot. Es war so schlimm, dass Bains einen Moment lang hatte zurücktreten und sich den Mund zuhalten müssen. Dennoch war die Kleidung größtenteils unbeschädigt, und in der Innentasche hatte er eine Brieftasche gefunden, die zwar angesengt war, aber nicht so sehr, dass die Kreditkarten geschmolzen wären. In einer anderen Tasche hatte er einen angekokelten britischen Pass gefunden, ausgestellt auf den Namen Nicholas Hanley. Seine Adressen waren nicht schwer herauszufinden gewesen. Er hatte vier. Eine davon die Wohnung, aus der er gestürzt war. Jetzt schritt Bains durch die größer werdenden Wasserpfützen und duckte sich unter dem Flatterband hindurch, mit dem man die Gasse abgesperrt hatte. Es war feucht und kalt, ein ungewohnter Geruch hing in der Luft.

Der diensthabende Sergeant Bill Chambers stand mit Paul North zusammen, dem Detective, den Bains aus Milgarth mitgebracht hatte. Beide starrten auf den Leichnam. In der Gasse waren noch keine Scheinwerfer installiert worden, und der Nachthimmel wurde gerade erst langsam grau, die ersten Vorboten der Dämmerung. Bains stellte sich zu ihnen, und erneut verspürte er den Ekel, der ihn beim Anblick eines toten Menschen immer überkam. Dabei waren es nicht die Verletzungen, die ihm zu schaffen machten – zumindest nicht *nur* die Verletzungen. Dafür hatte er in seinen zehn Jahren bei der Polizei schon zu viele übel zugerichtete Leichen gesehen. Bei schlimmen Verbrennungen musste er immer noch gegen einen Brechreiz ankämpfen: Der Anblick – die wirklich harten Fälle sahen nicht viel anders aus als ein gut gebräunter Rinderbraten –, dieser ganz bestimmte Geruch, aber das waren rein körperliche Impulse, die er kontrollieren konnte. Was wirklich an ihm nagte, waren die Gedanken, die sie in ihm auslösten. Alle Toten hatten etwas Absurdes an sich. Sie sahen einfach nicht mehr aus wie ein menschliches Wesen.

Er erinnerte sich nur zu gut an seine erste Leiche: eine Exekution im Milieu. Die Mörder hatten das Opfer bewusstlos geschlagen, seinen Kopf sorgfältig auf einer Bordsteinkante platziert und waren rückwärts mit dem Auto drübergefahren. Als Bains am Tatort angekommen war, war der Kopf sauber in zwei Hälften zerteilt gewesen, von oben bis hinunter zum Hals, der Schnitt war genau mitten durchs Gesicht verlaufen. Nachdem Bains seinen körperlichen Abscheu überwunden hatte, hatte er den Blick nicht mehr abwenden können. Der Kopf sah nicht aus wie etwas, das einmal gelebt und geatmet hatte, eher wie ein Requisit aus der Abteilung Spezialeffekte.

Seither hatte er das bei praktisch jeder Leiche so erlebt. Was immer es war, das Leben gab – sobald es wegfiel, blieb nur noch träge Masse übrig. Die Würdelosigkeit dieses Vorgangs war jedes Mal ein Schock für ihn. Der Mensch war ein komplexes Wesen. Er kämpfte mit Gedanken, Sehnsüchten, Überzeugungen und Abneigungen, er besaß die Gabe der Sprache. Und doch konnte er von einer Sekunde zur anderen zu etwas sehr Einfachem reduziert werden, zu einem toten Stück Fleisch. Diese Erkenntnis erwischte ihn jedes Mal aufs Neue völlig unvorbereitet.

Dieser hier bildete da keine Ausnahme. Er lag zwischen einem leeren Container und einer Reihe von Mülltonnen, den Oberkörper nach vorn gebeugt, der Brustkorb lag auf den Beinen, was vermuten ließ, dass die Wirbelsäule kurz über der Hüfte gebrochen war. Von den verkohlten äußeren Schichten seiner Kleidung und der Haare stiegen noch immer kleine Rauchfahnen auf, doch davon abgesehen sah er aus wie eine in sich zusammengefallene Stoffpuppe; seine Stirn ruhte auf dem rechten Fuß.

Der Türsteher hatte alles unter Wasser gesetzt, so dass die verschiedenen Wunden und Flüssigkeiten kaum zu unterscheiden waren, doch auf den ersten Blick sah es aus, als sei nur am Kopf Blut.

»Ich würde sagen, er ist im Fallen mit dem Kopf an den Container geschlagen«, sagte North laut. »Daher die Kopfwunde.«

»Da ist kein Blut am Container«, entgegnete Chambers.

North zuckte mit den Achseln. »Wahrscheinlich hat der Türsteher mit seinem Feuerlöscher alles weggespült.«

»Ich glaube auch, dass er auf den Container geknallt ist«, sagte Chambers. »Aber mit dem Rücken. Deshalb ist der auch gebrochen.«

»Und die Kopfwunde?«, fragte North.

»Vom Aufprall auf den Boden.«

Bains seufzte. »Also, was sagen wir denn jetzt?«, fragte er mit leiser Stimme. Noch so etwas, das er in Gegenwart eines Toten einfach nicht vermeiden konnte.

»Wie bitte?«, fragte North.

Bains war drauf und dran, ihn zu bitten, etwas leiser zu sprechen, aber er hielt sich zurück. »Was sagen wir jetzt, womit wir es zu tun haben?«, wiederholte er. »Selbstmord oder Mord?«

Chambers zuckte mit den Achseln. »›Wir‹? Bis White kommt, haben Sie hier das Sagen, Pete, nicht wir. Sind die vom Labor schon auf dem Weg?«

»Ja. Und der Rechtsmediziner auch.«

»Dann würde ich abwarten. Was sagen die Zeugen?«

Bains zückte sein Notizbuch. »Nichts Brauchbares. Im Moment haben wir erst drei …«

»Und den Wachmann«, sagte North.

»Der hat den Sturz nicht mitgekriegt. Und die anderen haben nichts Brauchbares gesehen. Eine ›menschliche Fackel‹, die aus dem Gebäude *gefallen* ist, vom Balkon *gesprungen* oder durch die Luft *geflogen* – mehr nicht. Keiner hat eine zweite Person auf dem Balkon gesehen.«

»Er ist also vom Balkon gekommen und nicht vom Dach?«

»So haben sie es gesagt. Aber keiner hat wirklich den Moment gesehen, in dem er gesprungen ist.«

»War der Kerl schon tot, als der Türsteher hier ankam?«, fragte Chambers.

»Er meint, ja.«

Sie schwiegen eine Weile und starrten auf die zerschmetterte Leiche. Bains fragte sich, ob Chambers und North überhaupt irgendetwas fühlten. Sie waren fast zehn Jahre älter als er. Vielleicht würde er irgendwann genauso werden wie sie.

»Er hatte einen Pass auf den Namen Nicholas Hanley bei sich«, sagte er schließlich. »Immobilienhändler. Seine Firma sitzt in einem Büro im achten Stock.« Er zeigte an der Wand des Spencer Tower hinauf, weniger als einen Meter hinter ihm. »Die kleine Wohnung darüber gehört ihm. Die Zeugen haben ausgesagt, er sei aus der Wohnung gestürzt, in der es gebrannt hat.«

»Sind unsere Leute schon drin?«, fragte North.

»Ja. Jodi ist hochgegangen. Es gibt Hinweise auf Brandstiftung, sagen die Wassernymphen.«

»Wer spricht mit den Angehörigen?« Es war Chambers, der die Frage stellte.

Bains setzte ein schiefes Grinsen auf. »Damit haben wir nichts zu tun. Hanley lebt oben in Swaledale. Ich habe schon mit North Yorkshire gesprochen.«

»Frau und Kinder?«

Bains zuckte mit den Achseln. »Keine Ahnung. Er lebt mit jemandem zusammen …« Er suchte in seinem Notizbuch nach dem Namen.

»Wie haben Sie das alles so schnell rausgekriegt?«, fragte Chambers.

»Ich habe Chris Greenwood drauf angesetzt. Der ist ziemlich gut in diesen Dingen.« Er hatte die Seite gefunden. »Anna Hart«, sagte er. »So heißt sie. Sie sind also wahrscheinlich nicht verheiratet.«

7

1998. Ein kalter, klarer Herbsttag unter wolkenlosem, tiefblauem Himmel. Eingehüllt in dicke Wintermäntel gingen sie den langen Feldweg zum Gestüt hinauf und wirbelten mit den Füßen das Laub auf, das bereits von den Buchen gefallen war. Vom frühen Frost waren die Blätter spröde und brüchig geworden, die Erde darunter so hart, dass sie ihnen nicht an den Stiefeln hängen blieb. Wenn sie lachten, bildeten sich Atemwolken vor ihrem Gesicht. Sie lachten alle, aber Rachel am meisten. Anna konnte sich nicht erinnern, sie je so glücklich gesehen zu haben. Den ganzen Weg von Swaledale herüber hatte Nick alberne Witze erzählt, und sie lachte so heftig, dass sie kaum noch Luft kriegte. Zum Teil lag das an der Aufregung. Nick hatte ihr eine Überraschung versprochen, und sie glaubte zu wissen, was es war. Als sie von der A658 abbogen, wusste Rachel, dass sie zu den Ställen von Nicks Schwester in Calverley unterwegs waren. Das genügte ihr als Hinweis.

Das Reitfieber hatte Rachel plötzlich und unerwartet gepackt. Innerhalb weniger Monate hatte sich ihr eher oberflächliches Interesse an Pferden zu einer Obsession ausgewachsen und Anna nicht wenig in Erstaunen versetzt. Bei ihrer ersten Begegnung hatte Nick Rachel zum Gestüt eines Nachbarn mitgenommen, um ihr zwei erst eine Woche alte Fohlen zu zeigen. Damit war es um sie geschehen gewesen. Seitdem wünschte sie sich ein eigenes Pferd.

In den Ställen von Black Carr Hall, Nicks Anwesen, standen bereits sieben Pferde. Vier davon gehörten Kiki Camitz, der Frau, die Nick für die Pflege seiner diversen Tiere angestellt hatte. Die anderen drei waren zu alt, um noch geritten zu werden, und wurden meist zum Grasen auf die obere Wiese gebracht. Eines davon, das vor fünfzehn Jahren Nicks Lieblingspferd gewesen war, konnte kaum noch gehen, und die Tierarztrechnungen verschlangen jeden Monat ein Vermögen. Nick brachte es einfach nicht übers Herz, es einschläfern zu lassen.

Seit sie zu ihm gezogen waren, war Rachel versessen darauf, Kiki bei der Arbeit mit ihren Stuten zu helfen. Sie stand jeden Morgen bei Tagesanbruch auf, mistete die Ställe aus, striegelte die Pferde, kratzte die Hufe aus und ließ sich zeigen, wie die geruchsintensive Leinsamenmischung aufgekocht wurde, die die Pferde einmal die Woche als besonderen Leckerbissen vorgesetzt bekamen. Im Gegenzug ließ Kiki sie eine ihrer Stuten reiten. Ein gutes Pferd, erfahren und hervorragend ausgebildet, und sie hatte genau das Temperament, das Anna für sicher hielt. Darüber hinaus fuhr Nick jeden Samstag mit Rachel zu einer Reithalle auf der anderen Seite von Reeth und blieb manchmal dort, während sie Reitunterricht nahm.

Aber für Rachel war das alles nicht genug. Während der vielen Stunden, die sie in den Sommerferien mit Kiki verbracht hatte, hatte diese ihr einen anderen Floh ins Ohr gesetzt. In ihrer Jugend war Kiki professionelle Dressurreiterin gewesen, bevor ein böser Sturz ihren Ambitionen ein Ende gesetzt hatte. Die Pferde, die sie heute besaß, waren weniger impulsiv, aber Kiki konnte noch immer voller Leidenschaft vom Dressurreiten erzählen und hatte offensichtlich genau das getan und Rachel vollkommen entflammt, bevor diese überhaupt eine Ahnung hatte, was Dressurreiten überhaupt bedeutete.

»Für die Hohe Schule braucht man ganz besondere Pferde, Mama«, hatte Rachel ihr eines Abends verkündet. »Die Pferde in Reeth haben dazu alle nicht genug Kraft.«

»Hohe Schule?«

»Ja. Ich will nicht nur auf Ponys rumhüpfen. Ich will das professionell machen.«

»So wie Kiki?«

»Genau.«

»Und musst du damit jetzt gleich anfangen – mit elf?«

»Ich bin fast zwölf.«

Da war nichts zu machen gewesen. Rachel wollte ein Pferd, das gefährlich war, jung und mit Biss, und sie wollte lernen, es selbst auszubilden. Anna ahnte die Ausmaße dieses Traumes – er lag jenseits der Fähigkeiten einer Elfjährigen. Sie hatte gehofft, Nick würde sie nicht auch noch darin bestärken.

Sie sah zu, wie Nick und Rachel zusammen losrannten, und hatte das Bedürfnis, sich in den Arm kneifen. Noch keine drei Monate war sie mit Nick zusammen – und Rachel kannte er noch nicht einmal so lange –, und trotzdem fühlte es sich an, als sei alles schon immer so gewesen. Sie konnte sich kaum an die Zeit erinnern, als sie ihn noch nicht gekannt hatte.

»Sind wir nicht etwas zu schnell, Nick?«, hatte sie ihn noch am Morgen gefragt, während Rachel sich fertig machte. »Machst du dir keine Sorgen?« Sie hatte hinter ihm gestanden, die Arme um seinen Bauch geschlungen, und hatte sich an seinen Rücken geschmiegt. Es war auf den Tag genau einen Monat her, dass sie mit Rachel nach Black Carr Hall gezogen war.

»Wenn wir uns noch mehr Zeit lassen, bin ich tot, bis wir so weit sind«, hatte er scherzhaft geantwortet und sich zu ihr umgedreht. Er war zehn Jahre älter als sie. »Machst du dir Sorgen?«

Sie hatte genickt, und die Angst war in ihrer Brust aufgeflattert wie ein Vogel. »Ich war noch nie so ruhig«, hatte sie gesagt. »Irgendjemand wird uns das wegnehmen.«

»Nun mach mal halblang«, hatte er lächelnd gesagt. »Du warst noch nie so ruhig? Ist das nicht etwas zu dick aufgetragen, nur weil ich in dein Leben getreten bin?«

Sie hatte sein Lächeln erwidert. »Du bist immer ruhig, Nick. Du bist mit dieser Ruhe geboren worden. Du weißt gar nicht, wie wichtig das ist.«

»Dann bleib ruhig. Hör auf, dir Sorgen zu machen. Wir sind keine neunzehn mehr. Wir haben beide viel Zeit damit verbracht, die Schlechten rauszufiltern. Meinst du nicht, dass wir mittlerweile wissen, was wir wollen?«

Aber die Angst wollte nicht verschwinden. Irgendetwas würde geschehen, würde sich ihnen in den Weg stellen. Ihr würde alles wieder genommen werden.

Und er hatte Rachel ein Pferd gekauft – »zur Feier unseres einmonatigen Zusammenlebens«. Er hatte es nicht getan, um sich bei Rachel oder gar bei Anna einzuschmeicheln. Das war überhaupt nicht nötig. Rachel war seit ihrer ersten Begegnung auf eine kindische, vorpubertäre Art in ihn vernarrt gewesen. Vielleicht gerade weil er so wenig Erfahrung hatte mit Kindern, hatte er, so schien es, ganz genau gewusst, wie er mit ihr umgehen musste. Vom ersten Tag an hatte er mit ihr geredet wie mit einer Gleichaltrigen, war ihr mit genau der richtigen Mischung aus Interesse und Distanz begegnet, die sie dazu gebracht hatte, von ihm gemocht werden zu wollen – als wäre sie kein Kind, sondern Annas Zwillingsschwester. Gelegentlich hatte Anna sie sogar dabei erwischt, wie sie nahezu mit ihm zu flirten versuchte.

Natürlich hatte Anna das auch vorher schon erlebt. Es hatte bereits andere Männer gegeben, und an den einen oder anderen hatte Rachel sich genauso gehängt. Dieser Gedanke bescherte ihr stechende Schuldgefühle und verstärkte noch ihre Angst. Sie musste nicht nur an sich selbst denken. Jedes Mal, wenn sie es vermasselte, endete Rachel mit gebrochenem Herzen. Ihre Sehnsucht nach einer Vaterfigur war praktisch mit Händen zu greifen. Man musste ihr nicht allzu viel Interesse entgegenbringen, um sie für sich zu gewinnen. Dass sie auf Großzügigkeit ansprach, war ja verständlich, aber Anna hatte mit Sorge beobachtet, dass sie ganz ähnlich reagierte, wenn sie auf Distanz gehalten wurde. Wenn sie sich das nicht noch vor der Pubertät abgewöhnte, würde sie sich irgendwelchen Jungs an den Hals werfen, die ihr bloß wehtun konnten.

Anna kannte das alles nur zu gut, schließlich war sie genauso gewesen. Mit das Deprimierendste am Muttersein war es, hilflos mit ansehen zu müssen, wie all die Charakterzüge unbewusst weitervererbt wurden, die zusammengenommen ihr eigenes Leben ruiniert hatten. Sie war an all dem schuld, da gab es kein Entrinnen. Ihr Lebensstil, ihre Unfähigkeit, sich zu binden, ihr Geschmack und in gewisser Weise auch ihre Geschichte hatten Rachel zu dem gemacht, was sie war. Über kurz oder lang würde sie zu Nick »Papa« sagen.

Die beiden waren vor ihr am Tor des Gestüts angelangt, warteten auf sie und forderten sie lautstark auf, sich zu beeilen. Das Gestüt gehörte Nicks Schwester Diana, aber die war vermutlich nicht da. Sie waren schon zwei- oder dreimal hier gewesen und hatten sie nie angetroffen. Nick verstand sich nicht besonders gut mit ihr. Anna hatte ihn nach dem Grund gefragt. Anscheinend hatte es mit Geld zu tun. In jüngster Zeit verbrachte Diana den Großteil des Jahres in Portugal. Sie hatte jemanden aus dem Polo Zirkus kennen gelernt, der dort lebte, und hatte ihren Mann und ihre Kinder nach zwanzig Jahren Ehe mit Freuden, wie Nick sagte, sitzen lassen. Nick war damit nicht einverstanden. Deshalb fuhr er nicht nach Calverley, wenn Diana da war.

»Geht schon vor«, rief Anna. Der Tag war einfach zu schön zum Rennen.

Sie marschierten los, um Lisa Beadle zu suchen, die in Diana Hanleys Abwesenheit das Anwesen verwaltete, und Anna lehnte sich einen Augenblick lang an den Zaun neben den Torpfosten und beobachtete, wie sie zusammen hin und her liefen und Rachel ununterbrochen plapperte. Als die Hunde kamen, nahm Nick sie an der Hand und stellte sich schützend vor sie.

Lisa hatte alles für Nick arrangiert, von der Auswahl des Pferdes bis zur Verschiffung über den Kanal. Anna wusste schon, was es war und wie viel er ausgegeben hatte. Er hatte es bei einem Pferdehändler in Paris erstanden, der sich auf Dressurpferde spezialisiert hatte: ein Dänisches Warmblut. Rachel hatte in einer ihrer Zeitschriften etwas über diese Rasse gelesen, und Nick hatte sich gemerkt, wie begeistert sie gewesen war. Es hatte ihn fast 15 000 Pfund gekostet.

Als die beiden zu den Ställen gingen, folgte sie ihnen, doch ein Impuls, den sie sich selbst nicht erklären konnte, hielt sie zurück, und sie wartete vor dem großen Scheunentor, bis sie Nick sanft und leise sprechen hörte und Rachel endlich vollkommen verstummt war. Dann ging sie hinein.

Rachel weinte. Nicht, weil sie traurig war oder enttäuscht, das sah Anna sofort, sondern weil ihr noch nie im Leben etwas so Schönes passiert war. Sie waren ungefähr in der Mitte des Gangs mit den acht Boxen stehen geblieben, und Rachel verharrte stocksteif vor dem Pferd, das Lisa für sie herausgeführt hatte. Sie streichelte es nicht, bewegte sich nicht, stand nur mit den Händen an den Seiten da, und ihre Schultern bebten still. Nick wusste nicht, was er tun sollte. Keiner von beiden hatte gemerkt, dass Anna hinter ihnen eingetreten war.

Sie beobachtete, wie Rachel sich zu Nick drehte und die Arme zu ihm hochstreckte. Er beugte sich zu ihr hinunter, schloss die Arme um sie und drückte sie eine Sekunde lang an sich, dann gingen sie genauso schnell wieder auseinander. Er trat einen Schritt zurück und blickte verschüchtert drein, genau wie Rachel. Sie hatten sich gerade zum ersten Mal umarmt.

Gerührt ging Anna zu ihnen und legte Rachel eine Hand auf den Kopf. »Das ist bestimmt ein ganz besonderes Pferd«, sagte sie.

»Sie heißt Hilsen«, bemerkte Lisa Beadle. Das Pferd riss den Kopf hoch, und Lisa hatte Mühe, es festzuhalten. »Im Moment kannst du noch nicht drauf. Kiki muss sie erst einreiten.«

Rachel stand immer noch da und starrte das Tier an, als könnte sie kaum glauben, dass es echt war. »Eines Tages werde ich sie reiten«, flüsterte sie. Dann schaute sie hoch zu Anna. »Mama, sie heißt Hilsen«, sagte sie.

Anna warf Nick einen Blick zu und zwinkerte. Er stand neben Lisa und lehnte sich mit dem Arm auf die offene Tür der Pferdebox. Er war vor Verlegenheit rot angelaufen. Anna sah ihm an, wie sehr Rachels Reaktion ihn überraschte. Er war mit Geld und Geschenken aufgewachsen, ihm hatte es an nichts gefehlt. Dadurch war er im Umgang mit Geld sorglos geworden, aber auch großzügig. Wahrscheinlich war er bis zu diesem Tag noch nie in die Nähe eines Menschen gekommen, der sich über ein Geschenk so freuen konnte.

»Danke, Nick«, sagte Anna.

Er nahm Lisa die Zügel aus der Hand und führte das Pferd zusammen mit Rachel nach draußen. Anna setzte sich auf die Terrasse und sah ihnen zu. Lisa steckte sich eine Zigarette an und rief Anweisungen, Warnungen und Ermutigungen.

»Die beiden sehen gut aus zusammen«, sagte Lisa. »Ich kann mich nicht erinnern, den guten alten Nick je so glücklich gesehen zu haben.«

Anna dachte darüber nach. Diese Sache hier war anders. Tief in ihr drin, in ihrer Brust, fühlte es sich anders an. Sie war nicht ruhelos. Sie war glücklich, genau hier zu sitzen und den beiden zuzuschauen. Der ewige Kampf in ihrem Innern war vorbei. Wie hatte er das angestellt?

Er sah nicht schlecht aus. Das Haar noch einigermaßen füllig, kein Bauch und ein jungenhaftes Gesicht, das trotz seines Alters noch Neugier ausstrahlte. Natürlich war er kleiner als sie – fast alle ihre Ex waren kleiner als sie. Er zog sich vernünftig an, wie von einem Mann seines Alters und seiner Schicht zu erwarten: Country-Stil (Cordhose, Barbour-Jacke, Guernsey-Pullover, Gummistiefel) oder Anzug. Da war nichts, dachte sie, was es an ihm zu bemängeln gäbe. Aber war das schon das Beste, was sie über ihn zu sagen wusste? Und wenn ja, warum machte ihr Herz dann solche Sprünge, sobald sie ihn und Rachel zusammen sah?

Alles in ihrer Vergangenheit war schiefgelaufen, weil sie damals anders gewesen war. Aber sie hatte sich verändert. Sie war bereit für diese Beziehung, bereit, zur Ruhe zu kommen. Erst jetzt fing sie richtig an zu leben. Selbst ihre Beziehung zu Rachel hatte sich verbessert. Früher hatten sie ständig nur gestritten, doch in den letzten Monaten war alles perfekt gewesen: Mutter und Tochter, genau wie sie sich das vorstellte.

Das war es, was ihr solche Angst machte. Dies hier war kein Spiel. Sie hatte es nicht so geplant, es war einfach so gekommen, und es war echt. Wenn sie eines mit Sicherheit wusste, dann das: Alles, was sie für Nick empfand, was Rachel für ihn empfand, alles, was in ihrem Leben passierte, war echt.

8

Im ersten Morgenlicht sahen die Felder rosa aus, und der Reif war so dick, dass es auch Schnee hätte sein können. Michael Kenny konnte sich nicht sattsehen. Der Anblick war überwältigend. Von den ersten Orange- und Rosatönen, die sich wie eine Flüssigkeit über den Horizont ergossen, zu dieser plötzlichen Explosion von Licht, die alles einfärbte, Weiß in Rosa verwandelte, Grau in Rot, Schwarz in Violett, und in den höheren Wolkenbändern hing, als wäre direkt hinterm Horizont etwas zerborsten und hätte ein ganzes Spektrum von Farben hinausgeschleudert. So etwas hatte er noch nie gesehen. Direkt über ihm war der Himmel noch tiefschwarz, war noch Nacht. Nur der Horizont war voller Farben und Geräusche. In der Reihe kahler Bäume am jenseitigen Ende des Feldes zwitscherten die Vögel. Sein Blick blieb an den Ästen hängen, die sich in die Luft krallten, an dem Blutrot der aufgehenden Sonne, das zwischen den Zweigen hindurchfloss. Das Ganze sah aus wie ein Bild, das er als Kind in einem Kunstbuch gesehen hatte. Sogar der Himmel sah aus wie gemalt, überall verrückte, willkürliche Farbkleckse. So hatten die Bilder ausgesehen, die seine Töchter vor drei oder vier Jahren gemalt und ihm aus der Schule mitgebracht hatten.

Er schaute auf seine Hand, die auf dem Rahmen des offenen Autofensters lag, auf die Zigarette zwischen seinen zittrigen Fingern. Warum fielen ihm diese Dinge auf? War es eine Art Omen, dass er auf einmal Notiz nahm von der Welt? Er hatte von Leuten mit Gehirntumoren gehört, die alles auf einmal viel intensiver wahrnahmen, deren Sinne auf einmal wie aufgeputscht waren. Er konnte sogar die Luft riechen, die Frische, die Frostpartikel, die sie herantrug, und den Geruch der schweren schwarzen Erde.

Seit über acht Monaten schon begleitete ihn Tag für Tag die Überzeugung, dass er bald sterben würde. Das kam ja nicht von ungefähr. Es musste einen Grund dafür geben, den sein Körper oder sein Geist ihm mitzuteilen versuchten. Sein Arzt hatte gemeint, er sei deprimiert oder Hypochonder oder neurotisch – genau wie er sämtliche körperlichen Beschwerden auf einen »Virus« schob. Aber da war mehr dran.

Ständig hatte er irgendetwas. Andere Leute waren nicht so, nicht mit dreiundvierzig. Selbst kleine körperliche Beschwerden dauerten bei ihm lange: Eine Erkältung blieb drei Wochen, die quälenden Gelenkschmerzen wollten einfach nicht verschwinden. Jedes Mal, wenn er zur Toilette ging, hatte er Blut im Stuhl. Man hatte jede Menge Tests mit ihm gemacht und ihm mitgeteilt, man wisse nicht genau, was es sei, aber umbringen werde es ihn bestimmt nicht. Und wenn sie sich irrten?

Kenny zog an der Zigarette und riss sich von dem Panorama los, füllte Lungen, Mund und Nase mit dem ekligen

Tabakgestank. Er konnte Zigaretten nicht ausstehen. Die würden ihn tatsächlich ins Grab bringen. Ein langes Stück Asche fiel ihm in den Schoß des Jogginganzugs. Ungeduldig wischte er es mit ungeschickten Bewegungen weg. Sein Herz raste noch immer. Wenn er darüber nachdachte, würden die Bilder wiederkommen. Alles war schiefgelaufen, und das nicht nur heute. Sein ganzes Leben war ein einziges Desaster. Verbittert spuckte er aus dem Fenster. Wie hatte es nur so weit kommen können, wie war er hier gelandet? Aus dem Augenwinkel sah er, wie die Frau ihn anstarrte, ihn beobachtete.

Er schaute auf die Schwellung hinab, die sich kurz über seinem linken Ellbogen bildete. Der Arm war inzwischen so steif, dass er ihn kaum noch beugen konnte. Er hätte den Taxifahrer sofort abknallen sollen, als der mit der Metallstange angekommen war. Da lag der Fehler. Aber er hatte den Fahrer nicht auf dem Plan gehabt. So ein alter Trottel, zur falschen Zeit am falschen Ort. Dabei hatte sich Kenny nur für die Frau und das Mädchen interessiert, nur für die beiden wurde er bezahlt. Er hatte keine Lust, irgendwelche Leute umzubringen.

Die Frau fing schon wieder an zu quatschen. »Wie lange wollen Sie …«

»Halt's Maul!«, schrie er sie an und schaute sofort wieder weg. Jedes Mal, wenn sie eine solche Reaktion von ihm kriegte, hatte sie gewonnen. Und genau das wollte sie. Er hatte schon jetzt Angst vor ihr. Sie tat nichts, was er ihr sagte, ohne rumzudiskutieren. Das Blag war noch schlimmer. Die Pistole jagte ihnen Angst ein, aber sie glaubten nicht, dass er schießen würde, nicht auf sie. Er bewegte den Arm ein wenig, so dass er der Kleinen die Pistole ans Bein presste. Sie saß neben ihm auf der Rückbank.

Bis er den Taxifahrer abgeknallt hatte, hatten sie nicht

geglaubt, dass er überhaupt schießen würde. Also hatte sein Tod immerhin einen Nutzen gehabt. Sie waren endlich in den Wagen gestiegen. Er erinnerte sich noch an das Entsetzen auf ihren Gesichtern, als der Mann sich auf dem Boden krümmte und sich eine Blutlache um seinen Kopf bildete. Es war so kalt, dass das Blut gedampft hatte. Er zog erneut an der Zigarette und schnippte die Asche aus dem Fenster.

»Kann ich jetzt wenigstens rauchen?«, fragte sie. Zum dritten Mal.

»Nein.«

An Zigarettenkippen klebte jede Menge DNA, und er musste alles vermeiden, was zu ihm führen könnte. Er hätte auch selbst nicht rauchen sollen. Oder spucken. Aber die Spucke würde weggewaschen werden oder austrocknen. Und seine eigenen Zigarettenkippen konnte er einsammeln. Aber er sah keinen Grund, hinter ihr herzuräumen. In Kürze würde es für sie keine Rolle mehr spielen, ob sie noch einen letzten Zug genommen hatte oder nicht. Sobald er den Anruf kriegte, würde er die beiden aussteigen lassen und es hinter sich bringen. Neben der Straße verlief ein schmaler Graben. Da konnten sie sich reinlegen. Er würde von hinten an sie rantreten und jeder eine Kugel in den Kopf jagen. Ohne langes Federlesen. Sie würden nicht einmal wissen, wie ihnen geschah.

Das Mädchen neben ihm fing wieder an zu flennen. Er warf ihr einen kurzen Blick zu. Er wollte sie nicht allzu häufig ansehen. Wie alt mochte sie sein? Elf, zwölf? Genauso alt wie seine Sally. Die Mutter war groß, blond und attraktiv. Lange Beine, kurzes Haar mit irgendwelchen Strähnchen oder Reflexen, grüne Augen, die direkt durch einen hindurchsahen. Er schätzte sie auf dreiunddreißig, sie war schlank und gut in Form. Ihre Hände und ihre Haut hatten nie etwas anderes gekannt als Ruhe und Müßiggang.

In einem Magazin würde sie ihm auffallen, in Fleisch und Blut jedoch war sie eine echte Zicke. Eine reiche Zicke noch dazu. Ihre Kleidung, ihre Art zu sprechen, auch wie sie mit ihm sprach – alles verriet ihre Herkunft. Wahrscheinlich empfand sie nichts als Verachtung für ihn. Wahrscheinlich konnte sie schon an seinem Akzent, an dem billigen Jogginganzug, an seiner Frisur und an seinem Gang erkennen, aus was für einem kinderreichen katholischen Dreckloch er gekrochen war. Seine Herkunft stand ihm auf die Stirn geschrieben, genau wie Vornehmheit und Reichtum ihr auf die Stirn geschrieben waren. Nicht einmal den Geruch ihres Parfüms konnte er richtig wertschätzen. Für ihn roch es nach Orangen.

Sein Handy klingelte. Endlich. Er hielt es sich ans Ohr. »Ja«, sagte er.

»Wo sind Sie?« Stijns Stimme.

»Wo wir vereinbart hatten.« Er schaute sich um. Der Feldweg war noch immer verlassen. Weit und breit keine Häuser, keine Menschen. Plattes, nacktes Land zu allen Seiten. Er hatte drei Tage gesucht, bis er diese Stelle ausfindig gemacht hatte. Total abgelegen und doch nur wenige Meilen von der Straße von Harrogate nach Skipton entfernt – vielleicht würde irgendjemand die Schüsse hören, aber sie würden erst hier sein, wenn er über diverse Schleichwege längst das Weite gesucht hatte. Er hatte fast dreißig Minuten hierher gebraucht und seither auf weitere Anweisungen gewartet.

»Erfolg?«, fragte Stijn.

Er dachte eine Sekunde nach. Über kurz oder lang würden alle Medien davon berichten. »Wie man's nimmt«, sagte er. »Ich habe sie. Aber es ist was schiefgelaufen. Der Fahrer ist verletzt.«

Stijn schwieg.

»So was passiert, Mr. Stijn«, sagte er und gab sich Mühe, nicht verängstigt zu klingen. »Es ging nicht anders.« Die Frau auf dem Fahrersitz ließ ihn nicht aus den Augen. Er kannte diesen Typ. Sobald sie eine Chance sah, würde sie zu fliehen versuchen.

»Wie schwer verletzt?«, fragte Stijn.

»So, dass wir uns um ihn keine Sorgen mehr zu machen brauchen. Reden wird er nicht.«

Wieder Pause.

»Was ist das für ein Lärm?«, fragte Stijn.

»Die Kleine heult«, antwortete er. Und warf ihr noch einen Blick zu. »Wie lauten die Anweisungen?« Er wollte es hinter sich bringen.

»Planänderung. Ich muss die beiden erst sehen.«

»Es sind die Richtigen. Ich habe die Fotos mit ihren Pässen verglichen.«

»Ich muss sie trotzdem erst sehen.«

»Trauen Sie mir nicht?«

»Ich bin sicher, dass es die Richtigen sind. Aber die Situation hat sich geändert.«

Kenny überkam das Bedürfnis, den Kerl anzuschreien. Er war kein Entführer, er nahm keine Geiseln. Die Sache war schon jetzt einige Nummern zu groß für ihn. Aber Stijn war nicht der Typ, den man anschrie. Außerdem zahlte er. Also atmete Kenny tief durch. »Okay. Kommen Sie hierher?«

»Nein. Wir brauchen was, wo wir ganz unter uns sind.«

Kenny wartete.

»Ich weiß da was«, sagte Stijn schließlich. »Bei dieser Ruine, Kirkstall Abbey oder so, auf der A65, Abbey Road. Kennen Sie die?«

»Das ist praktisch mitten in Leeds. Ich weiß nicht …«

»Da sind wir unter uns. Ich war gestern da und habe mich mit … jemandem getroffen.«

»Aber das würde bedeuten, dass ich mit ihr durch halb Leeds gurken muss. Wahrscheinlich werden die beiden inzwischen gesucht.«

Die Frau streckte die Hand zwischen den Sitzen hindurch nach hinten und nahm die Hand ihrer Tochter. Sie hatte das schon einmal versucht, und er hatte sie geschlagen. Jetzt hatte er beide Hände voll. Er würde sie schlagen, sobald er aufgelegt hatte.

»Sie werden einen Weg finden müssen«, sagte Stijn so laut, dass die Frau es bestimmt gehört hatte. »Es gibt da einen Schlachthof unten am Kanal. Sonst kenne ich hier nichts, wo wir sicher wären.«

Kenny biss sich auf die Zunge, während Stijn ihm in seinem knarrenden südafrikanischen Akzent die genaue Anschrift nannte. »Wann?«, fragte er, nachdem er die Adresse leise vor sich hin wiederholt hatte.

»So schnell Sie können.« Stijn legte auf.

Sie zog ihre Hand zurück, bevor er sie schlagen konnte, sie war nicht dumm.

»Sie haben Angst vor diesem Mann«, bemerkte sie, bevor er etwas sagen konnte. Er spürte, wie ihm der Schweiß den Nacken hinunterlief. Wie sollte er sie sicher durch halb Leeds bringen? Sie würde irgendwelche Tricks versuchen, ganz bestimmt.

»Richtig«, sagte er. »Zu viel Angst, um die Sache hier zu vermasseln. Mach dein Gesicht sauber.«

Seit er sie geschlagen hatte, lief ihr Blut aus der Nase. Sie wischte es mit dem Ärmel weg.

»Nicht damit«, sagte er. »Das kann doch jeder sehen.« Zu spät. Der ganze Ärmel war voller Blut. »Nimm das Tuch, das ich dir gegeben habe.«

»Kann ich jetzt rauchen?«, fragte sie wieder. Sie machte das mit Absicht.

Er seufzte. Immerhin hatte das Blag neben ihm endlich aufgehört zu heulen. Er sah auf die Uhr. Kurz nach halb sieben. Eigentlich hätte die Sache schon längst erledigt und vorbei sein sollen. »Nicht beim Fahren«, sagte er. »Du kannst eine rauchen, wenn wir da sind.« Ein Zugeständnis. Noch während er das sagte, spürte er, wie sich seine Eingeweide aufblähten und zusammenkrampften. Er war sich nicht sicher, ob er es bis nach Leeds schaffen würde, ohne auf die Toilette zu müssen. Das Abendessen vom Vortag schwappte ihm im Bauch herum wie Wasser.

Seit über einem Jahr war mit seinem Magen und Darm was nicht in Ordnung. Wenn er nervös war, wurde es noch schlimmer. Es hatte als leichter Durchfall angefangen und war schnell chronisch geworden. Die Ärzte meinten, es könnte vielleicht eine Krankheit namens Morbus Crohn sein, aber sicher waren sie sich nie. Sie wollten ihm nur immer noch mehr Blut abnehmen, mehr Endoskope einführen, mehr Tests machen. Derweil hatte er sämtliche Medikamente ausprobiert, die sie ihm verschrieben hatten, aber nichts hatte geholfen. Nichts außer Imodium, aber er war heute Morgen so nervös gewesen, dass er es zu Hause vergessen hatte.

»Wenn wir wo sind?«, fragte sie und ließ den Motor an, bevor er ihr den Befehl gegeben hatte. Für sie war das alles nur ein Spiel.

»Das hast du doch gehört«, sagte er. »A65, Abbey Road.«

Sie setzte den Blinker und fuhr auf die Straße.

»Und vergiss nicht, was ich dir gesagt habe«, sagte er mit lauter Stimme. »Ich darf das hier nicht vermasseln.«

Ihr war nicht anzumerken, ob sie ihn gehört hatte. Sie fuhr aufmerksam und ohne Panik, konzentrierte sich ganz auf die Straße. Ohne nachzufragen, folgte sie dem Weg, auf dem sie – nach seinen Anweisungen – hergekommen waren, anscheinend hatte sie sich die Strecke bereits eingeprägt. Ohne zu zögern, bog sie nach rechts auf die zweispurige Landstraße ein, die zur A59 führte.

»Sie wollen sicherlich nicht die Straße zum Flughafen nehmen«, sagte sie. Es war nicht einmal eine Frage. »Inzwischen ist da bestimmt die Polizei. Ich fahre lieber übers Ilkley-Moor und runter nach Shipley.« Ihre Stimme war so ruhig, dass ihm schwindelig wurde. Wie konnte sie ihm das nur antun?

»Ich darf das nicht vermasseln!«, schrie er. »Ich warne dich. Du hast gesehen, was da am Taxi passiert ist. Ich kann es wieder tun, hier hinten im Wagen, gleich jetzt.« Immer noch keine Reaktion. »Ich habe nichts zu verlieren«, fügte er peinlicherweise hinzu.

»Das glaube ich nicht«, sagte sie und, etwas lauter, zu der Kleinen: »Hab keine Angst, Rachel. Er wird dir nichts tun. Denk dran, was ich dir gesagt habe.«

Er biss die Zähne zusammen. Am liebsten würde er sich vorbeugen und ihr die Pistole über den Schädel ziehen oder den Wagen anhalten, sie rauszerren und auf sie eintreten, bis sie nicht mehr laufen konnte. Aber er brauchte sie zum Fahren. Selbst die Kleine gaffte ihn schon neugierig an.

»Geht es hier um Erpressung oder so?«, fragte die Frau. Sie war total von oben herab. »Zu wem bringen Sie mich? Zu Ihrem *Boss*?«

»Halt's Maul«, brummte er. Es hatte keinen Sinn, mit ihr zu diskutieren.

»Wir können eine andere Lösung finden«, sagte sie.

»Halt's Maul.« Seine Stimme klang verzweifelt. Er merkte es selbst, aber er konnte nichts dagegen tun.

»Ich könnte Ihnen …«

»Ich sagte, halt's Maul, verdammt!« Er schnellte nach

vorn, Zorn im Blick. Er holte mit der Waffe aus, um sie ihr über den Schädel zu ziehen, als aus der Gegenrichtung ein Auto an ihnen vorbeifuhr. Das Kind schrie auf.

»Scheiße!«

Er lehnte sich zurück, drückte sich in den Sitz und versuchte, gleichmäßig zu atmen. Wenn er nicht aufpasste, würde er noch anfangen zu hyperventilieren. Ein Blick aus dem Heckfenster. Rote Lichter, die in der Ferne verschwanden. Bremslichter? Hatte der Fahrer irgendetwas gesehen? Als er sich wieder nach vorn drehte, sah er, wie ihre Augen im Rückspiegel auf ihm ruhten. Ihr Gesicht ausdruckslos, sie fuhr ungerührt weiter.

Er spürte die ersten Krämpfe in den Eingeweiden.

9

Bains stand an der offenen Balkontür und beobachtete, wie die Morgensonne in den heller werdenden Nachthimmel blutete. Er holte tief Luft und genoss den eiskalten Wind, der von Norden kam. Der Raum hinter ihm stank nach patschnassem, verkohltem Holz, beißenden verbrannten Kunststoffen und Benzin.

Keine zwei Meter vor sich sah er einen schwarzen Fleck auf der Balkonbrüstung, von der Nicholas Hanley augenscheinlich gesprungen war. Eigentlich müsste er jetzt die paar Schritte nach vorn gehen und über den Rand nach unten schauen. Das war seine Aufgabe. Und zwar nicht aus reiner Neugier, sondern für den Fall, dass da Beweismittel zu finden waren, dass von Hanleys Sturz noch etwas zu sehen war: Fasern, die am Mauerwerk hängen geblieben waren, Blut, wo es nicht hingehörte, so etwas. Aber er wollte nicht.

Er hob den Blick weg von dem Fleck, wieder in die Ferne, und beobachtete, wie das erste Licht des Tages über die grauen Hausdächer von Headingley kroch. Weit hinten, am dunstigen Horizont, konnte er gerade noch die südlichsten Höhenzüge der Dales ausmachen. Am liebsten wäre er jetzt dort. Dort oder im Lake District. Er erlaubte sich einen kurzen privaten Moment und dachte daran zurück, wie er am Rande eines weiten, klaren Felsensees am Fuße von Hell Gill in der Sonne gelegen hatte, im Ohr das Gurgeln des Flusses, das Summen der Insekten und den Gesang der hoch aufsteigenden Lerchen, die Hochsommersonne auf dem Gesicht und dem nackten Oberkörper, über ihm die gewaltigen Felsmassen von Bowfell. Dann trat er vor und nahm die Brüstung in Augenschein.

Bis auf den Rußfleck gab es auf dieser Seite nichts zu sehen. Er trat einen Schritt zur Seite, um den Fleck nicht zu berühren, beugte sich weiter vor und schaute über den Rand. Einen Moment lang zitterten ihm die Beine. Er konnte Höhen nicht leiden, noch nie. Als Kind war er bei einem Schulausflug zum Clifford's Tower in York ganz oben auf der Mauer regelrecht erstarrt, stocksteif vor Angst. Er hatte es nicht mehr ertragen können, am Abgrund zu stehen, und war auf die Knie gesunken, und als auch das nichts genutzt hatte, hatte er sich flach auf den Bauch gelegt und sich am Mauerwerk festgeklammert, als würde der ganze Turm schwanken. Jemand hatte ihn nach unten führen müssen, begleitet vom Gespött und Gejohle der ganzen Klasse. Er war später als Erwachsener noch einmal dort gewesen. Die Zinnen waren gar nicht so hoch.

Nicht so hoch zum Beispiel wie der neunte Stock hier. Auch das eigentlich halb so wild, aber ihm reichte es. Er hatte das unerträgliche Gefühl, ganz leicht zu schwanken, deshalb trat er von der Brüstung weg und holte tief Luft. Irgendwo hatte er mal gelesen, dass Höhenangst eigentlich eine unterdrückte Sehnsucht nach dem Fliegen war. Er träumte oft vom Fliegen, in den unterschiedlichsten Variationen, und es stimmte, dass auch seine Angst vor diesem Abgrund den starken inneren Drang zu springen nicht ganz überdecken konnte. Aber war das die Sehnsucht nach dem Fliegen oder nur der Wunsch, die Angst zu überwinden?

Er trat wieder nach vorn, stellte sich breitbeinig hin und schaute erneut nach unten. Dort auf der Straße sah er Natasha Atkinson, die Rechtsmedizinerin, die er bei der Leiche zurückgelassen hatte, neben ihr Paul North, das Notizbuch gezückt. Eine dritte Person, wahrscheinlich der Polizeifotograf, lief hin und her, anscheinend baute er irgendetwas auf. Vor ihnen lag die in sich zusammengesunkene Gestalt von Nicholas Hanley.

Hinter sich hörte er Schritte, die durch die Wohnung auf ihn zukamen, und streckte warnend die Hand nach hinten aus, damit die Person stehen blieb. Er konnte sich dazu zwingen, über diese Brüstung in die Tiefe zu schauen, aber nicht, wenn dabei jemand neben oder hinter ihm stand. Langsam ließ er seinen Blick von unten nach oben über die Hauswand wandern, ohne etwas Auffälliges zu bemerken, bis er zu einer Stelle wenige Zentimeter unterhalb des Randes kam. Dort sah er, ungefähr auf gleicher Höhe mit den Rußspuren auf der Innenseite, verschmierte schwarze Flecke. Er trat noch einen Schritt vor, ignorierte das Kribbeln in den Kniekehlen und verdrehte den Kopf, um sich das genauer anzusehen. Eine längliche, verschmierte Blutspur, da war er sich so gut wie sicher.

Er atmete tief durch und drehte sich um. In der Balkontür, noch in der Wohnung, stand Jodi Hayward und musterte ihn mit leichtem Stirnrunzeln.

»Haben Sie Höhenangst, Sir?«, fragte sie.

Er nickte. »Habe ich.«

Sie lächelte.

»Das ist nicht witzig«, sagte er. Dann: »Sehen Sie sich das hier mal an. Ist das Blut? Aber nichts anfassen.«

Er machte ihr Platz, trat zurück in die Wohnung und betrachtete das Chaos, das das Feuer und die Feuerwehr angerichtet hatten. Überall kleine Häufchen schwarzer Asche, darauf die verzogenen, unkenntlichen Überreste irgendwelcher Objekte. Wände und Decke waren praktisch komplett schwarz. Und alles von dreckigem, eiskaltem Wasser getränkt. Es tropfte von der Decke, als ein Stück Putz abfiel und auf dem Fußboden landete.

Hayward kam wieder herein. »Sieht so aus«, sagte sie. »Und was bedeutet das?«

»Wenn es von Hanley stammt, muss er schon vor dem Sturz verletzt gewesen sein.«

»Oder vor dem Sprung«, bemerkte sie. Sie reichte ihm den Beweismittelbeutel, den sie in der rechten, latexbehandschuhten Hand hielt.

»Was ist das?«

»Ein Abschiedsbrief, lag im Kleiderschrank im Safe.«

Er versuchte, ihn durch das durchsichtige Plastik zu lesen, aber ohne Erfolg. Hinter sich hörte er, wie die letzten beiden Feuerwehrleute durch die Wohnung stapften und weiter alles kontaminierten.

»Was steht da?«

»*›Es hat keinen Sinn. Es hat alles keinen Sinn mehr. Sagt Rachel, dass es nicht ihre Schuld ist.‹*«

»Das ist alles?«

»Ja. Mehr oder weniger. Er hat es unterschrieben und datiert. Zumindest sieht es aus wie sein Name.«

»Komischer Abschiedsbrief für jemanden, der sich mit Benzin übergießt und aus dem neunten Stock springt.«

Sie sah ihn stirnrunzelnd an. Hayward war seit ungefähr drei Monaten bei der Kriminalpolizei. »Das ist ein ganz normaler Abschiedsbrief«, sagte sie.

»Eben. Normale Selbstmörder nehmen Tabletten. Man muss schon verrückt sein, um sich selbst anzuzünden.«

»Man muss verrückt sein, um sich selbst umzubringen«, sagte sie mit etwas zu viel Selbstgewissheit.

»Dann waren Sie wohl noch nie an dem Punkt«, sagte er. Wieder zog sie die Stirn in Falten. Er sah ihr an, wie sie sich einen Reim darauf zu machen versuchte.

»Vielleicht hat er nur aus Versehen selbst Feuer gefangen«, sagte sie. »Vielleicht wollte er nur die Wohnung abfackeln.«

»Und das Büro«, ergänzte er. Es gab genügend Seltsamkeiten, die ihn misstrauisch machten, aber mit Spekulationen kam er nicht weiter. Er musste abwarten, was Natasha Atkinson zu der Leiche zu sagen hatte. »Wie praktisch, so ein feuerfester Safe«, murmelte er. Hayward hörte es nicht.

Atkinson hatte versprochen, sich den Leichnam vorzunehmen, sobald er im Krankenhaus Leeds General eingetroffen wäre. Das würde gegen neun Uhr der Fall sein, hatte sie geschätzt. Er sah auf die Uhr. Kurz vor sieben.

»Wissen Sie, wer Rachel ist?«, fragte Hayward.

»Seine Tochter vermutlich. Wir brauchen die Spurensicherung hier. Am besten, wir versiegeln die Wohnung und fahren zurück nach Milgarth. Mal sehen, was Chris rausgefunden hat. Wenn das untere Stockwerk freigegeben wird, kommen wir wieder und sehen uns das Büro an.«

»Werden die Angehörigen schon informiert?«

»Das machen die Kollegen von North Yorkshire, hoffe ich. Haben Sie noch mal versucht, Chief Superintendent White zu erwischen?«

Sie hob die Hand an die Lippen. »Tut mir leid, Boss. Ich

hab total vergessen, Ihnen das zu sagen. Die Einsatzzentrale hat mir mitgeteilt, dass er an einem Tatort in der Nähe des Flughafens ist. Da ist jemand erschossen worden.«

In Milgarth fing Chris Greenwood sie auf dem Flur im ersten Stock ab.

»Da warten Leute auf Sie«, sagte er zu Bains. »Im Büro des DI.«

Bains schaute an ihm vorbei durch die offene Tür in den Raum der Kriminalpolizei. Hinter der Glaswand, die das Büro von Detective Inspector Greg Oxford abtrennte, sah er zwei Männer auf und ab laufen.

»Ist Greg auch da?«, fragte er. Er wusste bereits, wer die beiden Besucher waren.

»Nein. Mich haben sie nicht reingelassen. Sie wollten auch nicht sagen, wer sie sind. Ich schätze, die ...«

»Ich weiß, wer das ist.« Jetzt war er Liz dankbar, dass sie ihn vorgewarnt hatte. »Was können Sie uns Neues erzählen? Bevor ich zu den beiden reingehe.«

Bains hatte schon öfters mit Chris Greenwood zusammengearbeitet. Greenwood war klein und dürr und trug eine Brille, er sah aus wie der typische harmlose Stubenhocker, dabei eilte ihm ein zweifelhafter Ruf voraus, der auf ein undurchsichtiges Disziplinarverfahren wegen angeblicher sexueller Belästigung zurückging. Und der Dreck war hängen geblieben. Aber auch Bains' Personalakte war nicht gerade klinisch rein, und er kannte Greenwoods Qualitäten sehr gut: Er war ein Meister der gewissenhaften, langwierigen Recherche und in allem, was mit Computern, Videos und CCTV zu tun hatte.

»Wie nennen wir es denn jetzt?«, fragte Greenwood gähnend. »Mord oder nicht Mord?«

»Das hängt von der Autopsie ab, von der Spurensicherung und von dem, was Sie mir jetzt zu erzählen haben. Und, was haben Sie mir zu erzählen?«

»Die Autopsie ist um neun«, ließ sich Hayward vernehmen, die neben ihm stand. Sie hatte nur mit halbem Ohr zugehört, während sie einen Blick auf die Männer zu erhaschen versuchte, die im Büro des DI warteten. »Die Spurensicherung ist in einer Stunde da.«

»Und was haben Sie?«, wiederholte Bains seine Frage an Greenwood.

»Nicht viel«, sagte er. »Nach Größe und Körperbau zu urteilen, könnte es Hanley sein …«

»Warum sollte es nicht Hanley sein?«

Greenwood zuckte mit den Achseln. »Man weiß ja nie. Ich gehe nur alle Eventualitäten durch. Im Moment ist er noch nicht identifiziert, noch nicht offiziell. Aber das dürfte in einer guten Stunde erledigt sein. Ich habe seine Schwester ausfindig gemacht.« Er schaute auf seinen DIN-A4-Block hinab, nahm den kurzen Bleistift, den er sich hinters Ohr geklemmt hatte, und ging die Liste mit seinen Stichpunkten durch. »Sie heißt Diana Hanley. Die Kollegen aus North Yorkshire haben sie vor zwanzig Minuten in einem seiner Häuser – Black Carr – angetroffen …«

»Und seine Frau?«

»Sie meinen Anna Hart?«

»Ist das seine Frau?«

»Nein. Sagt zumindest die Schwester. Die zwei sind noch keine anderthalb Jahre zusammen. Die Schwester sagt, die beiden hätten sich gestern gestritten, und Hart und ihre Tochter« – er suchte den Namen – »Rachel Hart, elf Jahre alt, Hart und die Tochter sind aus dem Haus gestürmt. Nicholas Hanley ist hinterher und hat seine Schwester allein im Haus zurückgelassen. Das war gegen drei Uhr gestern Nachmittag. Seitdem hat sie sie nicht mehr gesehen.«

»Und wird die Schwester den Leichnam identifizieren?«

»Ja. Sie kommt zuerst zur Wache Bridewell.«

»Gut. Jodi, rufen Sie Natasha Atkinson an, und sagen Sie ihr, dass wir mit einer Angehörigen bei ihr vorbeischauen werden.«

»Ich habe auch seinen Geschäftspartner ausfindig gemacht, Imran Akhtar. Er arbeitet in dem Büro unter der Wohnung, in der es gebrannt hat. Ein ziemlich großer Laden mit nur zwei Partnern: Hanley und Akhtar. Sie kaufen und verkaufen teure Häuser und Grundstücke.«

»Immobilienfuzzis«, sagte Hayward.

»Nobelimmobilienfuzzis«, ergänzte Greenwood. »Zumindest Hanley. Er wickelt die Geschäfte mit den reichen Privatkunden ab. Akhtar ist für die Geschäftskunden zuständig. Sie unterhalten ein zweites Büro in York. Akhtar lebt in Heaton – da wohnen Sie doch auch, oder?« Fragend sah er Bains an.

»Ich kenne ihn nicht«, sagte Bains. »Falls Sie das meinen. Es gibt wahrscheinlich um die hundertfünfzig Imran Akhtars in Bradford.«

»Das meinte ich nicht, nein.« Greenwood sah ihm gerade in die Augen. Bains wartete, bis er fortfuhr. »Akhtar müsste in einer Stunde hier sein können. Er könnte Hanley auch identifizieren, wenn Sie wollen. Falls er nicht zu sehr verbrannt ist.«

»Das halbe Gesicht ist noch da«, sagte Hayward.

Greenwood warf ihr einen missbilligenden Blick zu.

»Gut«, sagte Bains. »Warten wir erst ab, was die Schwester sagt. Vielleicht brauchen wir Akhtar gar nicht mehr für die Identifizierung, aber wir sollten trotzdem mit ihm reden.«

»Was gibt es vom Ort des Geschehens zu berichten?«, fragte Greenwood weiter.

Bains bemerkte, dass der Mann im Anorak ihn gesehen hatte und die Bürotür aufzog. »Einen Abschiedsbrief, der mir nicht echt vorkommt«, sagte er. »Möglicherweise Blutspuren. Aber ich muss gehen und mich mit den beiden unterhalten.«

»Sie meinen, es war Mord?«, fragte Greenwood.

»Schon möglich. Wir müssen die Autopsie abwarten.« Er ging an Greenwood vorbei auf den Mann zu, der ihm durchs Büro der Kriminalpolizei entgegenkam.

»Pete Bains?«, rief er.

Bains nickte, dann blieb er mitten im Büro stehen und wartete ab.

»Können wir uns unterhalten?«, fragte der Mann.

»Und Sie sind?«

Der Mann verzog genervt das Gesicht. »Sie wissen, wer ich bin, Bains. Kann ich unter vier Augen mit Ihnen reden?«

»Ich bin ziemlich beschäftigt«, sagte Bains.

»Das spielt jetzt keine Rolle.« Er drehte sich um und ging zurück ins Büro.

Bains wusste, dass er ihn nicht einfach ignorieren durfte.

»Ich brauche einen Kaffee«, sagte er, schloss die Tür hinter sich und ging zur Kaffeemaschine in der Ecke. »Ich war die ganze Nacht im Dienst«, erklärte er.

»Wir auch«, meldete sich der andere zu Wort. Er trug einen teureren Mantel, und auf seinem Gesicht lag ein leicht überhebliches Grinsen.

»Ich bin Francis Doyle«, sagte der Erste, jetzt mit freundlicherer Stimme. »Ich bin auf der Suche nach Karen Sharpe.«

»Ich habe sie nicht gesehen«, sagte Bains und schaufelte einen gehäuften Löffel von Greg Oxfords Kaffee in den Filter. »Wollen Sie auch einen Kaffee?«

»Nein danke. Wann haben Sie sie zuletzt gesehen?«

Bains fiel ein, dass er Wasser aus der Küche würde holen müssen. Er drehte sich zu den beiden um. »Für wen arbeiten Sie? Haben Sie einen Ausweis?«

Doyle holte seine Brieftasche hervor und hielt ihm eine kleine Plastikkarte von der Größe einer Kreditkarte hin. »Selbstverständlich«, sagte er. »Wir arbeiten für die SO13.« Bains betrachtete die Karte. Es war ein ganz normaler Dienstausweis der Londoner Metropolitan Police. Die Angehörigen der Antiterroreinheit, vermutete er, würden sich wohl nicht unbedingt per Ausweis als solche zu erkennen geben, es konnte also durchaus stimmen. Aber Liz hatte ihm erzählt, sie hätten behauptet, vom Zeugenschutzprogramm zu sein. Er seufzte. »Ich habe sie vor einundzwanzig Monaten zum letzten Mal gesehen«, sagte er. »Am vierundzwanzigsten März neunzehnhundertachtundneunzig.«

»Hat sie sich seither noch mal bei Ihnen gemeldet?«

Er schüttelte den Kopf. »Nicht ein Wort. Verbindungen zu halten, ist nicht Karens Art. Warum suchen Sie sie?«

»Wir wollen ihr helfen.«

»Braucht sie Hilfe? Uns hat man gesagt, sie sei nach Hause, nach Nordirland, zurückgekehrt, um beruflich eine Pause einzulegen und sich ganz ihrer Tochter zu widmen.« Er wiederholte die offizielle Version mit einem guten Schuss Sarkasmus.

»Sie steckt in Schwierigkeiten«, fuhr Doyle unbeirrt fort. »Wir müssen sie so schnell wie möglich finden.« Er biss sich auf den Fingernagel, er sah nervös aus. »Und das Kind«, fügte er hinzu.

Bains erwiderte seinen Blick. Er war fest entschlossen, nichts zu sagen und sich nichts anmerken zu lassen.

»Machen Sie sich keine Sorgen um die Kleine?«, fragte Doyle. »Sie könnte zu Schaden kommen.«

»Ich habe nichts von den beiden gehört.«

»Sie standen dem Mädchen doch sehr nahe.«

»Ich habe sie nicht gesehen. Daran wird sich nichts ändern, egal was Sie mir erzählen.«

Doyle atmete tief durch, sah Bains ins Gesicht, versuchte, ihn einzuschätzen. Bains erwiderte den Blick, in seinen Augen war nichts zu lesen. »Ich hoffe, dass Sie die Wahrheit sagen, Bains.«

»Warum sollte ich nicht?«

»Weil sie Ihnen vielleicht gesagt hat, dass sie keine Hilfe will.«

»Ich habe nichts mehr mit ihr zu tun. Sehen Sie doch bei mir zu Hause nach, wenn Sie mir nicht glauben.«

»Haben wir schon.«

Wütend trat Bains auf ihn zu. »Sie waren in meinem Haus?«

»Sie haben uns doch gerade die Erlaubnis gegeben«, schaltete sich der andere ein.

»Aber doch erst jetzt! Sie haben kein Recht …«

»Die Tür war offen«, sagte Doyle.

Der andere erhob sich. Er war ein gutes Stück größer als Doyle und kräftig gebaut. »Wir haben sie zugemacht«, sagte er ohne den Anflug eines Lächelns. »Sie sollten uns dankbar sein.«

Die beiden gingen zur Tür. Doyle hielt ihm eine Visitenkarte hin.

»Wenn Karen und Mairead Ihnen am Herzen liegen, rufen Sie mich an, sobald Sie von ihnen hören. Egal was. Verstanden?«

»Was hat das mit Terrorismus zu tun?«, fragte Bains. Er konnte sich nur mit Mühe unter Kontrolle halten.

Doyle sah ihn nur schweigend an und hielt ihm die Karte hin. Bains nahm sie.

Er sah ihnen nach, bis sie das Büro verlassen hatten, dann

ging er zum Fenster und beobachtete, wie sie aus der Wache kamen. Sie gingen zu einem wild geparkten Volvo. Bains wartete, bis sie abgefahren waren, dann erst lehnte er sich mit dem Rücken an die Wand und schloss die Augen.

Vor seinem inneren Auge sah er Mairead, er hatte noch an dem Tag, an dem Karen gegangen war, mit ihr gesprochen. Dienstag, 24. März 1998. Er konnte das Datum einfach nicht vergessen. Sie hatte ihn nicht vorgewarnt, hatte keine Nachricht hinterlassen. Und so war es an Mairead gewesen, ihm einen Zettel zu schreiben, wahrscheinlich ohne dass Karen davon gewusst hatte. *»Ich will das nicht machen, Pete. Ich hoffe, du kommst drüber hinweg.«* Von einer Zehnjährigen! In diesem Moment hatte er Karen Sharpe gehasst, hatte es bereut, ihr je über den Weg gelaufen zu sein. In der ganzen Zeit, die sie mit ihm zusammen gewesen war, hatte sie sich ununterbrochen mit ihrer Tochter gestritten und gezankt, und dennoch hatte sie sie ohne ein Wort der Erklärung aus seinem Leben gerissen.

10

Es glitt ihr aus den Händen. Alles, was sie miteinander verband, sie drei, der Mensch, der sie geworden war, all das glitt ihr aus den Händen. Schon jetzt waren die Bilder in ihrem Kopf – Nick, Rachel und sie – nur noch Szenen aus einem Traum, Erlebnisse einer anderen Person. Wieder geschah das, was sie am allermeisten gefürchtet hatte: Die Vergangenheit kam in ihr hoch, genau wie es immer gewesen war, und drohte, alles zu zerstören, was sie sich aufgebaut hatte. Sie musste sich dagegen zur Wehr setzen. Sie musste sich daran erinnern, wer sie war.

Ich bin Anna Hart. Ich bin Anna Hart, sagte sie sich immer und immer wieder vor.

Angst. Sie konnte sie körperlich spüren, wie eine elektrische Ladung, sie überschwemmte sie mit so viel Adrenalin, dass ihre Haut prickelte. Er presste ihrer Tochter die Waffe in die Rippen. Dem Taxifahrer hatte er einen Kopfschuss verpasst. Was immer er wollte, was immer auch geschah, sie musste die Nerven behalten. Es war jetzt nicht an der Zeit, irgendwelche voreiligen Schlüsse zu ziehen. Der Schrei, der sich tief unten in ihrer Kehle formte, musste zurückgehalten werden. Sie hatte keine Ahnung, worum es hier ging. Sie musste herausfinden, was er wollte, was hier vor sich ging. *Dann* entscheiden, was zu tun war. Bis dahin war sie Anna Hart.

Aber da war noch eine andere Person in ihr, die sie achtzehn Monate lang zu vergessen versucht hatte. Diese Person wollte gleich jetzt die Kontrolle übernehmen. Sie wollte aus vollem Halse losschreien, wollte der Angst nachgeben, wollte um sich schlagen. Vor allem das: um sich schlagen. Dem Kerl die Waffe entreißen, sie auf ihn richten und ihm das ganze Magazin in die Eingeweide jagen. Sie musste das unterdrücken. Er hatte die Waffe auf Rachel gerichtet. Er würde sie töten, wenn sie einen Fehler machte. *Sei Anna Hart*, dachte sie.

Aber sie hatte es mit einem Typ Mensch zu tun, dem Anna Hart noch nie zuvor begegnet war. Er gehörte nicht zu ihrer Welt, gehörte nicht zu den Menschen, mit denen sie sich umgab, denen sie je begegnen oder mit denen sie je zu tun haben könnte. Dort auf der Straße hatte er sich einfach vorgebeugt und dem Fahrer eine Kugel in den Kopf gejagt. Wenn er dazu fähig war, war er zu allem fähig.

Sie hatte schon so oft eine Rolle gespielt, das hier war nichts anderes. Sie musste beobachten, wahrnehmen, einschätzen, planen, nachdenken. *Denk nach!*, rief sie sich schweigend selbst zu. *Denk nach!*

Eine Geiselnahme. Sie wusste, was sie tun musste. Sie musste so tun, als hätte sie keine Angst vor ihm. Musste ihn zum Reden bringen, ihn kennen lernen, ihm von sich erzählen. Ihn dazu bringen, sie nicht mehr als einen Job zu betrachten, als Objekt, das nur ein Mittel zum Zweck war. Sie musste ihm vor Augen führen, dass sie ein Mensch war. Dann würde es ihm schwerer fallen, ihnen wehzutun.

»Sie sehen aus, als hätten Sie Schmerzen«, sagte sie. »Haben Sie sich verletzt?«

Sie hörte, wie er ein verächtliches Zischen von sich gab – vielleicht war es auch die Wut, sie konnte es nicht unterscheiden. Ihm liefen Schweißperlen aus dem Haar, und seine Hände zitterten. Vielleicht hatte der Mord ihm doch zugesetzt. Vielleicht musste sie einfach nur lange genug still sein, und er würde irgendwann ganz von allein zusammenbrechen und heulend aufgeben. Aber er war ganz gezielt an den Taxifahrer herangetreten, als hätte er so was schon mal gemacht.

Sie hatte die Worte des Anrufers gehört. *Planänderung*. Das hatte er gesagt. Was also war der ursprüngliche Plan gewesen? Vielleicht war das hier gar kein Überfall und keine Entführung. Vielleicht hatten sie vorgehabt, sie umzubringen. *Hier geht's nicht um Geld*. Sie biss sich auf die Lippe und verbannte den Gedanken aus ihrem Hirn.

Anna Hart hatte keine Feinde. In ihren ganzen neununddreißig Jahren hatte sie nie etwas Böses, Grausames oder Verachtenswertes getan. Sie führte eine winzige Kunstgalerie in York, lebte in einem Haus ohne Nachbarn, kümmerte sich um ihre Tochter, blieb für sich. Das Einzige, was er von ihr wollen könnte, war ihr Geld. Was auch immer er sagte, es musste um Geld gehen.

»Ich sehe doch, dass Sie Schmerzen haben«, versuchte sie es erneut. »Brauchen Sie Hilfe? Wenn Sie verletzt sind, können wir …«

»Halt's Maul! Halt verdammt noch mal das Maul!« Er beugte sich zwischen den Sitzen nach vorn und brüllte ihr ins Ohr. Sie hielt den Atem an. Sie hörte Rachel wieder weinen, etwas leiser diesmal. Ihre Tränen versetzten sie in Panik.

»Entschuldigung«, sagte sie. »Ich wollte Ihnen nur helfen.«

Sie fuhren nach Addingham hinein. Sie ging vom Gas, sah zu beiden Seiten die Häuser vorübergleiten. Zwanzig nach sieben und erst wenige Menschen auf den Beinen. Da war niemand, der sie sehen oder sein Geschrei hören konnte. Plötzlich kam ihr alles seltsam unwirklich vor. Wie konnte ihr so etwas passieren? Wie konnte dieser Mann damit drohen, ihre Tochter zu töten? Wie war es möglich, dass sie gesehen hatte, wie der Kopf eines Menschen von einer Kugel zerfetzt wurde? Sein Blut und seine Hirnmasse klebten an ihrem Hosensaum, und in diesem Dorf schliefen die Leute weiter seelenruhig hinter zugezogenen Vorhängen, standen langsam auf und machten sich fertig für die Arbeit.

»Soll ich durch Ilkley fahren oder …«

»Ich sag dir schon noch Bescheid. Fahr einfach.«

Sie sah, wie er das Gesicht verzog. Er hatte Schmerzen, da war sie sich ganz sicher.

An der Kreuzung mit der A65 befahl er ihr, nach rechts Richtung Ilkley abzubiegen. Im Osten wurde der Himmel langsam heller, die Morgenröte ging rasch in Yorkshire-Grau über. Ein ungutes Gefühl kroch ihr den Rücken hinauf. Eine Alarmglocke. Sie war seit fast achtzehn Monaten nicht mehr hier gewesen. Sie spürte den Druck vergrabener

Erinnerungen, die an die Oberfläche drängten. Sie musste sich einen Halt suchen, musste die Realität für sich zurückgewinnen. Sie versuchte, sich ihre Kindheit in Erinnerung zu rufen, um dort etwas zu finden, das ihr Kraft geben konnte. Doch Anna Hart war wohl behütet aufgewachsen, hatte ein privilegiertes und sorgenfreies Leben geführt. Nichts in ihrer Vergangenheit hatte sie auf eine solche Situation vorbereitet.

»Hier nach rechts. Sofort.«

Eine Nebenstraße hoch ins Moor. Keine Zeugen, kein Verkehr, keine Polizei. Aber was würde sie tun, wenn es anders wäre? Den Wagen anhalten, die Tür aufreißen und um Hilfe schreien? Einen Unfall verursachen? Diesmal nicht. Er hatte die Waffe auf ihre Tochter gerichtet. Solange diese Drohung bestand, würde sie kein Risiko eingehen. Säße er neben ihr auf dem Beifahrersitz und würde die Waffe auf sie richten, wäre alles anders. Das würde ihr Möglichkeiten eröffnen. Doch solange sie in diesem Wagen saßen, konnte sie nichts tun.

Am liebsten hätte sie losgeheult. Sie war vollkommen unfähig geworden, hatte sich in eine Märchenwelt des Reichtums und der Privilegien verstrickt. Konnte sie sich überhaupt noch daran erinnern, was sie *im wirklichen Leben* in einer solchen Situation hätte tun sollen? Sie kniff sich ins Bein, bis der Schmerz in ihrem Gehirn aufflammte. *Wach auf!* Sie hatte einen Traum gelebt, und die ganze Zeit über hatte der Abschaum in der Welt draußen auf sie gewartet.

Mühsam schluckte sie den Kloß in ihrer Kehle hinunter und zwang sich zum Nachdenken. Dort auf der Straße hatte sie nur dagestanden und alles dem Taxifahrer überlassen. Dumm und unfähig. Das wäre der richtige Zeitpunkt zum Handeln gewesen. Sie durfte nicht noch so eine Gelegenheit ungenutzt verstreichen lassen. Wenn sie nicht irgendetwas tat, würde er sie an sein Ziel bringen – *wo wir ganz unter uns sind*, hatte sie gehört –, und das wäre dann ihr Ende. Er konnte sie gar nicht mehr laufen lassen. Sie hatte ihn gesehen, ihre Tochter hatte ihn gesehen. Sie würden ihn identifizieren können. Er hatte einen Mord begangen. Der erste Schuss hatte noch wie ein Unfall ausgesehen, hatte sich einfach gelöst, als der Taxifahrer auf ihn zugegangen war. Aber nicht der zweite. Er hatte den Mann hingerichtet, um einen Zeugen aus dem Weg zu räumen.

»Anhalten! Sofort!« Wieder brüllte er sie an.

»Wo?« Sie war verwirrt. Da war Verzweiflung in seiner Stimme, aber sie waren ein gutes Stück von der A65 entfernt, und sie konnte nirgends anhalten. Warum wollte er hier stehen bleiben? Die einspurige Straße führte durch Buchen- und Ahornwälder den Berg hinauf, es war eine Nebenstraße, die hoch ins Rombald's Moor und weiter bis nach Keighley führte oder Richtung Osten nach Shipley. Sie fuhr langsamer und hielt nach einer breiteren Stelle Ausschau, wo sie stehen bleiben konnte.

»Anhalten!« Er war wieder zwischen den Sitzen nach vorn gekommen und hielt ihr die Pistole an den Kopf. *»Tu, was ich dir sage!«*

Sie stieg auf die Bremse. Er wurde nach vorn geworfen, verlor das Gleichgewicht. Eine Sekunde lang dachte sie daran, ihm die Waffe zu entreißen, aber er hatte sich zu schnell wieder gefangen.

»Aussteigen. Ich gehe vor. Und mach ganz genau, was ich dir sage.« Ihm war alle Farbe aus dem Gesicht gewichen. Als er wieder nach hinten rutschte, um Rachel zu packen, bemerkte sie, wie er sich mit der freien Hand kurz den Bauch hielt. Hatte der Taxifahrer ihm in die Magengrube geschlagen? Es war kein Blut zu sehen, keine Wunde.

Sie stieg aus dem Wagen und schaute die Straße hoch und

runter. Es war kein Fahrzeug zu sehen, und es würde auch keines an ihnen vorbeikommen. Der Range Rover versperrte die ganze Straße. Was hatte der Kerl vor? Sie sah, wie er Rachel auf der anderen Seite aus dem Wagen zerrte, und rannte laut schreiend zu ihm. »Lassen Sie sie los! Reißen Sie nicht so an ihr rum!«

Er zerrte sie zwischen die Bäume. Ihr Herz machte einen Satz. Mit der einen Hand hielt er Rachel an den Kleidern fest, mit der anderen wedelte er die Waffe durch die Luft. Rachel fiel auf die Knie und heulte auf vor Schmerz. Erbarmungslos zog er sie hinter sich her.

»Was tun Sie da?« Plötzlich kam ihr der fürchterliche Gedanke, dass er vielleicht ein Vergewaltiger war, dass es hier um Sex ging, nicht um Geld, dass er ihre Tochter vergewaltigen würde. Sie rannte hinter ihm her und hielt nach einem Ast oder einem Stein Ausschau.

Dann drehte er sich unvermittelt zu ihr um und zielte mit der Waffe auf Rachels angsterfülltes Gesicht. »Halt endlich den Mund, und komm mit. Wenn du nicht mitkommst, ich schwör dir, ich knall das Mädchen ab.« Sein Gesicht war schmerzverzerrt. »Ich will das nicht«, sagte er. »Ich habe selbst eine Tochter. Aber ich werde es tun, wenn es sein muss. Also komm jetzt mit.«

Sie blieb stehen. Sein Tonfall hatte sich verändert. Er bettelte. Irgendwas war mit ihm los.

»Ich komme«, sagte sie hastig. »Aber was auch immer Sie vorhaben, ziehen Sie meine Tochter da nicht mit rein. Lassen Sie sie in Ruhe.«

Plötzlich klappte er vornüber zusammen und hielt sich den Bauch. Sie waren noch ziemlich dicht an der Straße. Wenn jetzt ein Auto käme, würde der Fahrer sie sehen können.

»Ich schaff's nicht weiter«, sagte er. Plötzlich begann er,

an seinem Jogginganzug zu zerren, und riss schließlich mit der einen Hand den Reißverschluss auf; mit der anderen, die auch die Waffe hielt, hatte er Rachel beim Haar gepackt. Er ließ Anna nicht aus den Augen.

»Was haben Sie vor?« Ihre Stimme zitterte vor Angst. Sie tat einen Schritt auf ihn zu. Zu ihrer Rechten sah sie einen Stein ungefähr von der Größe eines halben Ziegels.

»Ich muss scheißen«, sagte er.

Sie erstarrte. *»Was?«*

»Ich muss scheißen.«

Die Hose hing ihm auf den Fußknöcheln. Rachel zog eine Grimasse und drehte sich weg. Er stützte sich auf sie und versuchte, sich gleichzeitig hinzuhocken, sie festzuhalten und weiter auf sie zu zielen.

»Ich bin krank«, sagte er. »Ich habe da ein Problem ...« Er verzog das Gesicht, dann entleerte er seinen Darm. Nicht zu fassen! Sie drehte sich weg, hin- und hergerissen zwischen Erleichterung und Ekel.

»Mama, mir wird schlecht«, sagte Rachel.

»Halt's Maul, kleines Miststück.«

Anna drehte sich wieder zu ihm um und zwang sich, ihm zuzusehen.

»Hol mir Papier«, sagte er.

Jetzt konnte sie es riechen. Sie hielt sich den Ärmel vor die Nase.

»Ich hab Papier im Auto, im Handschuhfach. Geh und hol's.«

Er richtete die Waffe auf sie und riss Rachel dabei am Haar. Sie zog den Kopf weg, was ihn beinahe aus dem Gleichgewicht gebracht hätte.

»Steh still! Steh still, oder du wirst es bereuen.« Er riss ihr wieder am Haar, so dass sie laut aufschrie.

»Bleib still stehen, Rachel«, sagte Anna.

»Hol mir das Papier!«

Sie drehte sich um, eilte zum Wagen, zog eine Rolle Toilettenpapier aus dem Handschuhfach, ließ die Tür offen und ging zu ihm zurück. Dabei ließ sie den Stein nicht aus den Augen. Er war gerade dabei, sich mühsam aufzurichten, die Hose hing ihm noch auf den Fußknöcheln, und er starrte hinunter auf den Haufen, den er gerade auf dem Erdboden hinterlassen hatte. Er schaute nicht zu ihr hin. Kurz vor ihm ließ sie das Toilettenpapier fallen und auf ihn zurollen, beugte sich dann aber blitzschnell vor, um es festzuhalten. Er bemerkte die Bewegung und wollte gerade etwas sagen, doch als sie sich wieder aufrichtete, schloss sich ihre Hand um den Stein und schwang zu ihm hoch.

Er sah es kommen und zuckte zusammen, der Schreck war ihm anzusehen. Sie hielt den Stein flach in der Hand, schwang ihn von unten zu ihm hoch und traf ihn am Kinn. Der Kopf wurde ihm in den Nacken geschleudert, er gab ein kleines Grunzen von sich. Sie trat einen Schritt vor und holte noch einmal aus, diesmal war es ein Schwinger von der Seite. Sie traf ihn an der Stirn, er taumelte nach hinten und ließ Rachel los.

»Lauf!«, schrie Anna. Aber Rachel war darauf nicht vorbereitet gewesen. Verwirrt tat sie einen Schritt, zögerte, sah sich um. In dieser Sekunde der Unentschlossenheit löste sich ein Schuss.

Der Knall verhallte im Wald. Sie sah den Rückstoß, neben ihm wurden Erde und Blätter aufgewirbelt. Er lag flach auf dem Rücken, den Arm ausgestreckt. Rachel war aus der Schusslinie. Anna trat vor und versuchte, ihm die Waffe aus der Hand zu treten.

»Lauf!«, schrie sie erneut. Aber Rachel hatte Angst und blieb wie versteinert stehen.

Er rollte sich durchs Laub und setzte sich auf, in seinen

Augen brannte der Zorn, er war hochrot geworden, zielte Rachel mitten auf die Brust. Sie erstarrte. Er fluchte und schimpfte lauthals, versuchte, aufzustehen und dabei weiter die Waffe auf sie zu richten.

»Lauf los und du bist tot.«

Er riss sich die Hose hoch, puterrot im Gesicht, er keuchte. Anna trat einen Schritt nach hinten, wich vor ihm zurück. Sie hatte versagt. Die perfekte Gelegenheit – verpatzt. Sie hatte ihn geschlagen, aber nicht fest genug. Sie war davon ausgegangen, dass er bewusstlos zu Boden gehen und sich nicht mehr rühren würde. Sie hatte geglaubt, ihm die Waffe abnehmen zu können. Sie hatte sich mehr erhofft, als ihn nur aus dem Gleichgewicht zu bringen. Sie war jetzt selbst wie versteinert.

Wütend packte er Rachel beim Arm und riss sie zu sich heran.

»Du kleines Dreckstück!«, schrie er sie an. »Du hast mich in die Scheiße geschubst!« Er ließ die Waffe auf Rachels Kopf niedergehen und schickte sie zu Boden.

11

»Es war keine gute Beziehung.«

Bains nickte und gab sich Mühe, Diana Hanleys Worten zu folgen, was ihm nicht leichtfiel. Seit vier Wochen waren in der Wache Milgarth die Handwerker, weshalb die Hafträume und die meisten Verhörzimmer dort zurzeit nicht nutzbar waren, so dass sämtliche Inhaftierte und die meisten Zeugen nach Leeds City Bridewell gebracht werden mussten, einem riesigen unterirdischen Zellenkomplex unter dem Magistrates Court am anderen Ende der Headrow.

Bridewell verfügte über kein Tageslicht, niedrige Decken und enge Korridore und wurde über ein endloses Rohrsystem mit abgestandener Luft versorgt. Das Ganze erinnerte mehr an ein Transportschiff denn an eine Polizeistation. Die Belüftungs- und Heizungsanlage erzeugte ein unaufhörliches Hintergrundbrummen wie das Wummern eines Schiffsmotors, und die Wände sahen aus wie Schotten. Und in dem Labyrinth aus zahllosen Gängen und Abzweigungen konnte Bains sich selbst nach fast zehn Jahren bei der Polizei noch immer verlaufen.

Nun saß er in dem winzigen, luftleeren Verhörzimmer und dachte darüber nach, was Hanleys Schwester ihm bisher hatte berichten können.

»Sie haben den Kollegen aus North Yorkshire erzählt, Ihr Bruder und Anna Hart hätten gestern einen Streit gehabt?«, fragte er.

Sie tupfte sich mit einem Taschentuch aus der Box, die er ihr gegeben hatte, die Augenwinkel. Warum, war nicht ganz klar. Tränen waren jedenfalls nicht zu sehen. Offensichtlich befand sich Diana Hanley noch im ersten Stadium der Trauer, in dem die brutale Wirklichkeit dessen, was sie gerade gesehen hatte, noch nicht im Gehirn angekommen war. Entgegen dem Ratschlag der Kollegen war sie direkt zum Tatort gefahren, bevor der Leichnam ihres Bruders ins Leeds General geschafft und ihr in angemessenem Zustand vorgeführt werden konnte. Der Anblick hatte sie in einen schockähnlichen Zustand versetzt, eine Art klinische Fühllosigkeit. Bains vermutete, dass es noch eine Weile dauern würde, bis sie richtig zu weinen anfing.

»Sie haben sich ständig gestritten«, sagte sie. Sie hatte eine tiefe Stimme mit übertriebenem Public-School-Akzent. »Ich sagte ja schon, es war eine schreckliche Beziehung. Die beiden passten nicht zusammen.«

Bains nickte mitfühlend. »Und Sie waren bei dem Streit gestern dabei?«

»Ja. Sie hat sogar Sachen nach ihm geworfen.«

»Könnte er dabei verletzt worden sein?«

»Schon möglich. Ich weiß es nicht. Ich habe versucht, mich da herauszuhalten. Ich war bei Rachel in der Zeit.«

»Rachel? Ist das die Tochter?«

»Es ist *ihre* Tochter. Ich sagte doch bereits, dass sie erst seit etwas mehr als einem Jahr zusammen waren.«

»Dann also ihre Tochter. Standen Nick und Rachel sich nahe?«

»Er war wie ein Vater zu ihr. Das Kind stand Nick näher als ihrer eigenen Mutter, und das hat Anna natürlich gefuchst. Es passte nicht in ihre Pläne.«

»Ihre Pläne?«

»Genau. Ich glaube, sie wusste sehr gut, was sie tat.«

Bains wartete auf weitere Ausführungen, doch die kamen nicht.

»Sie sagten, er sei depressiv gewesen«, fuhr er fort. »Hat er Antidepressiva genommen?«

Sie schüttelte den Kopf. »Das weiß ich nicht. Ich glaube nicht. Ich bezweifle, dass er überhaupt mit jemandem darüber geredet hat. In meiner Familie wurde nie viel geredet.« Sie schaute zu ihm hoch. »Wir Engländer mögen es nicht besonders, andere um Hilfe bitten zu müssen, wissen Sie …« Sie hüstelte verlegen. »Wenn Sie verstehen, was ich meine.«

Bains wusste, was sie meinte, aber gesagt hatte sie noch etwas anderes. »Wir Engländer« bedeutete, dass er nicht dazugehörte. Er ging nicht darauf ein. »Hat er schon vorher mal versucht, sich das Leben zu nehmen?«

»Um Gottes willen, nein! Er war noch nie depressiv. Das kam alles nur wegen ihr.«

»In weniger als anderthalb Jahren?«

»Warum nicht? Sie wollte ihn krank machen, und sie hat es geschafft.«

»Warum?«

Hanley zog die Augenbrauen in die Höhe. »Was glauben Sie, warum?«

Bains schüttelte den Kopf. »Ich weiß es nicht. Sagen Sie es mir.«

»Mein Bruder war ein reicher Mann, Officer. Ich glaube, dass es letztendlich nur ums Geld ging.«

Bains rieb sich die Schläfen. Die Neonröhren in Bridewell ähnelten der Notbeleuchtung auf einem Kriegsschiff, wie er sie aus Filmen der fünfziger Jahre kannte. Er bekam Kopfschmerzen davon.

»Sie mögen Anna Hart also nicht?«, fragte er und versuchte, es möglichst freundlich klingen zu lassen.

Sie schaute zu ihm auf. »Ist das so offensichtlich?«

Sarkasmus. Zwanzig Minuten, nachdem sie den Leichnam ihres Bruders identifiziert hatte. Aber er durfte ihr das nicht zum Vorwurf machen. Jeder Mensch musste einen eigenen Weg finden, mit Trauer umzugehen. Das wusste er aus eigener, bitterer Erfahrung. Manche Menschen wurden einfach für eine Weile unausstehlich.

»Ich bin überzeugt, dass sie meinen Bruder umgebracht hat, Inspector. Sie hat ihn in den Tod getrieben. Sie wusste genau, was sie da tat. Sie ist nicht dumm.«

Ihm wurde bewusst, wie müde er war. Er war seit fast zwanzig Stunden im Dienst, hatte seit über fünfzehn Stunden keine Pause gemacht. Die Zickigkeit dieser Frau war für ihn nur schwer zu verkraften.

»Sie ist eine intrigante Person, Inspector. Das werden Sie merken, sollten Sie je das Pech haben, ihr zu begegnen.«

»Sergeant«, sagte er gähnend. »Ich bin kein Inspector.«

Sie zuckte mit den Achseln. »Meinetwegen, dann eben Sergeant.«

»Und Sie sind sicher, dass es Ihr Bruder war?«, fragte er erneut.

Sie wich seinem Blick aus. »Ich habe genug gesehen ...«

Sie zog die Stirn in tiefe Falten. Sie war fast attraktiv, wenn sie das tat. Die Stirnrunzeln verliehen ihrem Gesicht Charakter, das für Bains' Geschmack ansonsten zu sehr nach englischer Upperclass aussah, nach Reithosen-und-Gerte-Fraktion. Leute ihres Schlages schafften es im Gespräch fast immer, ihm das Gefühl zu vermitteln, nicht mehr als ein braunes Stück Scheiße an ihren Schuhsohlen zu sein.

»Dieses Muttermal, das ich erwähnte«, sagte sie und schniefte leise. »Das war unverwechselbar. Es war ohne jeden Zweifel Nicky.«

Er notierte sich ihren Verweis auf das Muttermal. Der würde in der Aussage auftauchen müssen.

»Hatte er einen Hausarzt?«

»Ich denke, ja. Vermutlich jemanden in der Harley Street. Wen genau, weiß ich nicht.«

»Niemand hier vor Ort?«

»Wohl kaum.« Es klang fast spöttisch. Natürlich konnte kein Arzt hier vor Ort gut genug sein.

Einige Sekunden lang starrte er sie wortlos an und versuchte, seine Gedanken zu ordnen. Sie hatte ihm alles geliefert, was er brauchte, um die Akte zu schließen. Sie hatte den Leichnam identifiziert, hatte ihm von ihrem Verdacht auf eine psychische Störung berichtet und ihm sogar einen netten kleinen Auslöser in Form einer schwierigen Beziehung präsentiert. Warum war er trotzdem nicht zufrieden?

»Haben Sie eine Ahnung, was ihn dazu gebracht haben könnte, sich selbst anzuzünden?«, fragte er und fasste damit nur den nächstliegenden seiner Zweifel in Worte.

Sie schaute zu ihm auf, und zum ersten Mal sah er so etwas wie ein echtes Gefühl auf ihrem Gesicht. Aber was war es? Mitleid war es nicht, auch nicht Trauer oder Schock oder Entsetzen. Es war Angst, was er dort ganz tief in ihren Augen sah. Weil sie genauso gut wusste wie er, dass ein Mensch wie Nick Hanley so etwas nicht tat. Sie schüttelte den Kopf.

»Okay«, sagte er. »Ich kann mir vorstellen, wie schrecklich das alles für Sie sein muss.« Er faltete das Blatt Papier zusammen, auf dem er sich Notizen gemacht hatte. »Ich werde Ihre Aussage kurz abtippen lassen, Sie können das dann später unterschreiben. Sicherlich wollen Sie jetzt zurück zu Ihrer Familie.« Sie hatte ihm erzählt, dass sie mit ihrem Mann und zwei Kindern in »Chelsea und Cornwall« lebte und zurzeit wegen »geschäftlicher Angelegenheiten« in Yorkshire zu Besuch war.

»Bleiben Sie in Reeth?«, fragte er. Der Name von Hanleys Anwesen war ihm entfallen. »Oder fahren Sie direkt zurück in den Süden?«

»Ich weiß es noch nicht«, sagte sie. »Ich habe ein Haus in Calverley – wir züchten dort Cleveland Bays ...« Sie sah ihn an, um zu sehen, ob er wusste, was das war. Er erwiderte ihren Blick mit ausdrucksloser Miene. »Eine vom Aussterben bedrohte Rasse«, erklärte sie.

»Natürlich«, sagte er. Schweine, Schafe, Pferde? Er hatte nicht den leisesten Schimmer.

Sie zog die Stirn in Falten. »Meistens übernachte ich dort. Sie – Anna Hart – wollte mich in Black Carr nicht haben. Meistens nicht ... Ich weiß nicht ... Ich habe keine Ahnung, was ich jetzt tun soll ...«

»Wenn Sie uns nur wissen lassen, wo Sie sich aufhalten«, sagte er. »Für den Fall, dass wir noch Fragen haben.« Er erhob sich. Man konnte sich sehr gut vorstellen, wie das Anwesen in Calverley aussah. Diana Hanley war zur Identifizierung ihres Bruders in einer grünen Steppweste, einer abgenutzten Barbour-Jacke, engen braunen Reithosen und Gummistiefeln erschienen.

Sie stand auf und fuhr sich mit der Hand durch das ungekämmte, schulterlange braune Haar. Ihr Alter hatte sie mit vierundvierzig angegeben, doch ihre Haut war glatt und leicht gebräunt, in ihrem Haar keine graue Strähne zu sehen.

»Und Sie haben keine Ahnung, wo wir Miss Hart finden könnten?«, fragte er noch einmal.

»Absolut nicht. Aber warum sollten Sie das wollen, Inspector? Sie hat ihn gestern verlassen. Und schließlich gehört sie ja auch nicht zur Familie.«

12

Die Tränen liefen ihr über die Wangen, und sie hatte Mühe, den Wagen unter Kontrolle zu halten, konnte kaum geradeaus fahren. Er saß auf dem Rücksitz, hatte Rachels Kopf in seinen Schoß gedrückt, den Arm eng um ihren Hals gelegt, und presste ihr die Waffe an die Schläfe. Sobald sie irgendetwas sagte, schleuderte er ihr wilde Beschimpfungen entgegen und drückte Rachel den Hals zu, bis sie aufschrie. Aber ihre Schreie klangen verhalten und gepresst.

Der Schlag hatte Rachel am Hinterkopf getroffen und sie von den Füßen geholt. Anna war sofort zu ihr gerannt und hatte sich zwischen die Pistole und ihre am Boden liegende Tochter geworfen. Sie hatte Rachels Kopf zu sich gedreht, um sie zu untersuchen, ihre Augen waren offen gewesen, aber unter Schock. Rachel war nicht ohnmächtig geworden, aber bei dem harten Schlag war es gut möglich, dass sie einen Schädelbruch davongetragen hatte. Er hatte sie von Rachel wegziehen wollen, hatte sie beim Haar gepackt.

In dem Moment war sie auf ihn losgegangen, hatte die Waffe gepackt und war aufgesprungen, um ihn zu treten und zu schlagen, sie hatte ihn angebrüllt, aus schierer Angst. Ihr wurde schlecht, wenn sie daran zurückdachte. Sie war vollkommen unfähig. Sie hatte ihm zwei Schläge mit einem Stein verpasst, ohne ihn zu verletzen. Sie hatte mit schlaffen Bewegungen ausgeholt, unkoordiniert und kraftlos, wie ein albernes Schulmädchen, das einen Ball zu werfen versucht. Sie hatte mit aller Kraft und in voller Rage auf ihn eingeschlagen und -getreten, und er hatte nicht einen Kratzer davongetragen. Sie konnte nichts tun, um ihn aufzuhalten. Er hatte ihr schnell hintereinander vier Schläge versetzt, einen in den Bauch, so dass sie keine Luft mehr bekommen hatte, dann drei an den Kopf, und zwar so heftig, dass sie augenblicklich ohnmächtig geworden war. Als sie wieder hatte aufrecht stehen können, hatte er Rachel bereits in den Wagen verfrachtet, alle Türen abgeschlossen und war zurückgekommen, um sie zu holen.

Der ganze Wagen stank nach seiner Scheiße. Er hörte nicht auf, sie deshalb zu beschimpfen. Sie wollte nicht mehr weinen, versuchte, sich auf die Straße zu konzentrieren, aber in ihrem Kopf herrschte blinde Panik. Rachel hatte nicht geblutet, es hatte sich lediglich sofort eine Beule oben auf ihrem Kopf gebildet, trotzdem war der Schlag ziemlich heftig gewesen. Womöglich hatte sie eine Hirnblutung. Sie musste sie ins Krankenhaus bringen.

»Sie haben gesagt, Sie haben auch eine Tochter«, schrie sie. »Würden Sie Ihrer Tochter so etwas antun?«

Zum ersten Mal antwortete er nicht mit einer Beleidigung.

»Warum tun Sie das? Sie ist erst elf Jahre alt. Was auch immer Sie von mir wollen, sie ist unschuldig.«

»Es geht ihr gut«, sagte er mit fester Stimme. »Ich kann noch ganz anderes mit ihr anstellen.«

»Sie wissen doch gar nicht, ob es ihr gut geht …« Sie versuchte, einen Blick auf sie zu erhaschen.

»Dreh dich nach vorn! Konzentrier dich auf die Straße!«

»Setzen Sie sie hier nach vorn, damit ich sie sehen kann …«

»Guck nach vorn!«

Sie hörte Rachel stöhnen, als er sich nach hinten lehnte und Anna durch den Spalt zwischen den Sitzen zu treten versuchte. Sie drehte sich sofort wieder nach vorn und wischte sich die Tränen aus den Augen. Sie waren fast am Ortsausgang von Rodley auf der B6157. Den ganzen Weg von Baildon waren sie nur Seitenstraßen gefahren, durch Shipley, Calverley und Rodley. Sie hatte ihn davon überzeugen können, dass es der beste Weg war, um einen Bogen um Guiseley und den Flughafen zu machen, aber nur mit dem Hintergedanken, durch so viele bewohnte Gebiete wie möglich zu fahren. War es denkbar, dass kein Mensch sie gesehen hatte? Sie hatten mehrere Autos und Fußgänger passiert. Die Uhr im Armaturenbrett zeigte 7:50 Uhr. Die Leute gingen aus dem Haus, um zur Arbeit zu fahren, der Verkehr wurde dichter. Es war ein grauer Tag, die Sonne stand noch tief am Himmel. Aber in Kürze würde es ganz hell sein.

»Vielleicht ist sie verletzt. Das können Sie doch nicht wissen …«

»Dann beeil dich. Je schneller wir da sind, umso schneller ist alles vorbei.«

»Macht es Ihnen denn gar nichts aus, dass Sie einem Kind wehgetan haben?«

Er antwortete nicht. Sie spürte, wie ihr die Schuldgefühle die Brust einengten. *Sie* hatte Rachel das angetan, *sie* hatte sie in diese Situation gebracht. Da war etwas Böses in ihr, eine uneingeschränkte Rücksichtslosigkeit. Wie hatte sie Rachel nur mit Nick zusammenbringen können? Es hatte alles so einfach ausgesehen, so sicher, aber es gab Regeln. Nichts war jemals so, wie es aussah. Sie hatte alle Regeln in den Wind geschlagen und sich in ihn verliebt.

Sie hielt den Atem an. Sie war dabei, in Panik zu geraten, ihre Gedanken rasten viel zu schnell. Er hatte gesagt, es ginge nicht um Geld. Wenn sie nur herausfinden konnte, worum es ging, würde sie vielleicht einen Ausweg finden und dafür sorgen können, dass alles wieder so wurde wie früher. Sie musste ihre Welt zusammenhalten.

»Geht es dir gut, Rachel?«, fragte sie. »Sprich doch mit mir, bitte.« Seit dem Schlag hatte Rachel kein Wort mehr von sich gegeben. »Sie kann mich nicht hören …«

»Sie hört dich sehr gut.« Seine Stimme klang gepresst und wütend.

»Wenn sie mich hören könnte, würde sie …«

»Die macht uns nur was vor. Die spielt Spielchen, genau wie du. *Sprich mit deiner Mutter.*« Er hatte die Aufforderung zwischen zusammengebissenen Zähnen hervorgestoßen.

Anna lauschte. Gerade voraus sah sie die Kreuzung mit der Kirkstall Road, eine Ampel. Sie musste links auf die A65, Abbey Road, abbiegen.

»Wenn du nicht sofort was sagst, hau ich dir dermaßen …«

»Schon gut. Ich sage was.« Plötzlich klang Rachels Stimme ganz klar. »Du stinkst nach Scheiße.«

Anna hielt den Atem an. An der Ampel stand ein Streifenwagen und wartete auf Grün. »Sie ist doch nur ein Kind«, sagte sie. »Bitte tun Sie ihr nicht weh …«

»Maul halten!«

Sie hörte, wie Rachel scharf einatmete. Was tat er da mit ihr?

»Da vorne steht ein Streifenwagen«, sagte sie hastig, um ihn abzulenken. Sie hörte, wie er sich bewegte, wie Rachel nach Luft schnappte und auf ihn einschimpfte. Dann war er vorn, den Kopf zwischen den Sitzen.

»Wo?«

»Da vorn, an der Ampel.« Sie zeigte mit dem Finger.

»Nimm die Hand runter, verdammt! Nicht zeigen!« Er setzte sich wieder nach hinten. »Wenn du irgendwas anstellst, jag ich ihr eine Kugel in den Kopf.«

»Ich mache nichts.«

»Das möchte ich dir auch geraten haben. Ich meine es ernst. *Ich meine es ernst.*« Er wurde wieder panisch.

Sie bog vor dem Streifenwagen nach links ab. Es war ein Volvo, auf den Vordersitzen zwei Männer, beide sahen sie an. Sie erwiderte ihren Blick mit Verzweiflung in den Augen, aber ausdruckslosem Gesicht. Dann war sie vorbei. Rasch wischte sie sich erneut mit dem Ärmel das Blut von der Nase. Im Rückspiegel sah sie, wie er sich umdrehte und aus dem Heckfenster schaute, um zu sehen, ob der Streifenwagen ihnen folgte. Hatten sie das Blut gesehen, das ihr aus der Nase lief?

Sie verstellte den Rückspiegel so, dass sie Rachel sehen konnte. Sie hatte das schon einmal versucht, und er hatte es ihr verboten, aber er starrte noch aus dem Heckfenster. Sie sah Rachels Augen, die weit offen standen und vor Wut blitzten, ihren Kopf hielt er fest in der linken Armbeuge. Anna versuchte, mit den Augen mit ihr zu kommunizieren, ihr zu sagen, dass sie bald in Sicherheit sein würden, dass es bald vorbei sein würde. Aber Rachel starrte sie nur an. Er drehte sich wieder nach vorn. Sie schaute weg.

»Sie folgen uns nicht«, sagte sie. Zur Linken lagen die Ruinen von Kirkstall Abbey, dahinter der Park, der bis hinunter zum Aire und zum Kanal führte. Die Straße hinter ihr war verlassen.

»Hier abbiegen«, zischte er. »Wir sind da.«

Auf dem Schild stand »Industriegebiet Abbey«. Auf einer großen Tafel daneben die Namen mehrerer Unternehmen, einige Zeilen waren noch frei. Sie bog ab und fuhr eine kurze Abfahrt hinunter, weg von der Hauptstraße Richtung Fluss und Kanal.

»Stopp!«

Ein hoher Maschendrahtzaun und ein Tor, das auf das Industriegelände führte. Sie hielt an und schaute sich um, versuchte, sich die Umgebung einzuprägen. Mehrere große, niedrige Hallen – lange, moderne Leichtbauhallen –, dahinter einige ältere Gebäude. Dann eine Reihe hoher Pappeln, wahrscheinlich am Kanal- oder am Flussufer. In ihrem Rücken führte die Abbey Road hinter Bäumen und Büschen hoch nach Horsforth. Zu ihrer Linken, ebenfalls von Buschwerk verdeckt, lagen das offene Parkgelände und die Spielfelder, die bis zur Kirkstall Abbey reichten. Das Gelände war eindeutig viel zu abgeschieden. Weder von der Straße noch vom Park oder vom Fluss einzusehen.

»Fahr durch das Tor.«

Sie spürte, wie ihr Herz wieder zu rasen anfing. »Wohin denn? Da sind …«

»Fahr durch das Tor!«

Sie lenkte den Range Rover hindurch und sah, dass in der hintersten Halle eine Tür geöffnet wurde. Weiter hinten stieg aus einem Schornstein oder einer Esse, die sie nicht sehen konnte, Dampf oder Rauch in den Himmel. Der Hof war betoniert und verdreckt, Kaugummipapier und alte Kartons lagen herum. Vor einigen Hallen standen zwischen den geparkten Autos Container mit Büromüll, zerbrochenen Holzkisten und Maschinenteilen. Aus der Tür der hintersten Halle trat ein groß gewachsener Mann und winkte sie zu sich. Sie fuhr auf ihn zu.

»Das ist er. Das ist Stijn«, flüsterte der Kerl im Auto. »Tut, was er sagt.«

Sie blieb vor der Halle stehen, und der Mann namens Stijn rief jemandem drinnen etwas zu. Sie drehte sich nach Rachel um. Er hatte sie losgelassen. Ihre Tochter rieb sich den Nacken, sie sah noch immer wütend aus.

»Wir sind praktisch mitten in Leeds«, sagte Anna. »Hier kann uns keiner was tun.«

Der große Mann kam zu ihrer Tür und öffnete sie.

»Aussteigen«, sagte er. Er sprach mit südafrikanischem Akzent. Sie musterte ihn. Er war groß und muskelbepackt. Sie betrachtete seine Hand, die die Tür aufhielt. Eine Schaufel aus gebrochenen Knöcheln und dicken, schwieligen Fingern. Der Kopf kahl rasiert, so dass der knochige, unregelmäßige Schädel zu sehen war, auf den Wangen alte Aknenarben, die Nase krumm und mehrfach gebrochen, alte Narben an den Augenbrauen, die Ohren deformiert: ein Rugbyspieler oder Boxer. Er trug einen sauberen, makellos gebügelten Anzug, ein hellblaues Hemd mit passender Krawatte. Selbst die schwarzen Lederschuhe sahen gepflegt aus.

Sie stieg aus, und sofort schlug ihr der Geruch entgegen: der Gestank lebender Tiere, die eingepfercht waren und Angst hatten, Kot und der ekelerregende Geruch von Fäulnis und frischem Blut. Sie musste würgen und warf einen Blick zurück zu Rachel, die das Gesicht verzog. Aus der Halle, die ihr am nächsten stand, hörte sie das Brüllen einer Ziege oder einer Kuh, es war ein langer, verzweifelter, schwermütiger Laut, durchbrochen vom Wummern einer Maschine.

Der Mann neben ihr lächelte breit und zeigte seine perfekten weißen Zähne, dann legte er ihr die Hand auf den Kopf, packte ihren Schädel wie einen Football und zwang sie vor sich auf die Knie. Ohne ein Wort kickte er ihr mit dem Knie ins Gesicht, so dass sie gegen den Wagen geworfen wurde. Sie hörte ihre Nase brechen und spürte, wie ihr das Blut über den Mund lief. Rachel fing an zu schreien, doch der Schrei wurde von einem heftigen Schlag erstickt. Anna versuchte aufzustehen, sie wollte sehen, was da geschehen war, aber ihre Beine versagten ihr den Dienst.

»Bring sie rein.«

Jemand packte sie unter den Achseln. Wieder zwei Hände in ihrem Haar. Sie wurde über den Betonboden geschleift. Ihr Blick wurde wieder klarer, und sie versuchte aufzustehen. Sie hörte sich selbst schreien: »Ich kann laufen. Lasst mich los, ich kann selbst laufen.«

Dann stand sie da und schaute sich verzweifelt nach Rachel um. Der erste Mann, der mit der Pistole, trug sie. Sie hing schlaff in seinen Armen. Der Kahlköpfige, der neben ihr stand, packte ihren Kiefer und drückte zu, bis sie vor Schmerz aufschrie. Sie hörte, wie in ihrem Mund etwas splitterte. Er presste ihr die Lippen ans Ohr.

»Du bist mir scheißegal. Es ist mir egal, ob du lebst oder stirbst. Ich werde dafür sorgen, dass deine Tochter alles sieht. Ich werde dich mit dem Messer traktieren, werde dich schlagen und dich vergewaltigen. Dann kommt sie an die Reihe. Hast du mich verstanden?«

Sie versuchte zu sprechen, wollte ihm sagen, dass sie verstanden hatte, aber er hielt ihren Kiefer fest umklammert.

»Du wirst mir alles erzählen, was ich wissen will.« Er ließ sie los. Sie schnappte nach Luft vor Schmerz und tastete sich den Kiefer ab. Sofort stieß er ihr in den Rücken, so dass sie wieder zu Boden ging.

»Steh auf, und geh rein. Du hast gesagt, du kannst laufen, also lauf.«

Sie rappelte sich auf die Knie und hörte, wie er von hinten an sie herantrat. Er packte ihr Haar und ließ es wieder los. Es war zu kurz, deshalb trat er nach ihr. Sie taumelte zur Seite und stand auf.

»Ich geh ja schon!«, schrie sie. Ihre Stimme klang dünn und jämmerlich, erfüllt von unschuldiger Angst. »Aber lassen Sie meine Tochter laufen, bitte. Ich tue alles, was Sie wollen.«

Sie stolperte an einem Haufen zerbrochener Käfige vorbei, in denen Hühner oder Truthähne transportiert worden waren. An manchen Stäben klebten noch Federn. Er folgte ihr mit schnellen Schritten, stieß sie in die Halle und zog die Tür hinter sich zu. Sie hörte ihn rufen: »Versteckt den Wagen. Fahrt ihn nach hinten.«

Ihre Augen gewöhnten sich an das flackernde Neonlicht. Die Maschinen machten einen ungeheuren Lärm, trotzdem konnte sie die erbärmlichen Schreie verängstigter Tiere hören. Ein Schlachthof. Sie sah einen länglichen Bereich mit Kisten und Pferchen, auf dem Fußboden Stroh und alter Mist. In der Rückwand mehrere Türen, der Maschinenlärm kam von jenseits dieser Wand. Sie sah einen Mann in Overall und Gummistiefeln, ein Inder oder Pakistani, der gemächlich an einer der langen Reihen von Pferchen entlangging und einen tropfenden Schlauch hinter sich herzog. Sie schaute sich nach Rachel um, aber der andere Kerl war mit ihr verschwunden.

Der Mann namens Stijn packte sie am Arm und zog sie in einen Korridor. Wieder schloss er eine Tür hinter ihr und schubste sie in ein Büro, das aus mehreren wackligen Trennwänden gebildet wurde. Als sie eintrat, sah sie Rachel auf dem Fußboden liegen, der erste Mann stand neben ihr und zündete sich eine Zigarette an. Rachel hatte die Augen geöffnet, sie lag zusammengerollt da und zitterte und weinte. Aus ihrer Nase lief Blut. Anna wollte zu ihr, aber Stijn hielt sie am Arm fest.

»Stell sie hin«, befahl er dem anderen. Erst jetzt fiel Anna auf, dass er eine ziemlich hohe Stimme hatte, die nicht zu seinem Körper passte. Er sprach in nüchternem Tonfall, ohne den anderen anzusehen, der sich vorbeugte und Rachel hochzog. Stijn streckte die Hand aus und nahm ihm die Zigarette ab. »Hier wird nicht geraucht.« Er zerknüllte sie in der Hand und warf sie auf den Boden.

Anna wollte sich im Raum umsehen, konnte aber ihre Augen nicht von Rachel abwenden. Was hatte Stijn da draußen auf dem Hof mit ihr gemacht? Sie weinte hemmungslos. Anna ging auf sie zu, doch bevor sie bei ihr war, bemerkte sie, wie Stijn von unten etwas in ihre Richtung schleuderte. Sie sah, wie es durch den Raum flog, wie der andere Mann zur Seite trat, um auszuweichen. Rachel stand, als es sie traf. Es klatschte ihr auf den Kopf und ins Gesicht, und eine dunkle Flüssigkeit troff an ihr hinab. Anna begriff, was es war, als ihr der Gestank in der Kehle stecken zu bleiben drohte. Er hatte einen Eimer Blut nach ihr geworfen.

Rachel taumelte nach hinten, sie prustete, das Blut lief ihr in die Augen und am Hals hinab. Sie versuchte, es mit den Händen wegzuwischen, dann erkannte sie, was es war, und musste sich übergeben. Stijn drehte sich zu Anna um und stellte den Eimer ab.

»So wird sie aussehen«, sagte er. »Aber das Blut wird ihr eigenes sein.«

Anna spürte, wie ihre Beine wieder nachgaben. Sie wusste nicht genau, ob sie sich vielleicht in die Hose gemacht hatte. Sie streckte eine Hand aus, um sich irgendwo festzuhalten, aber Stijn packte sie erneut am Kiefer und hielt sie auf Armeslänge aufrecht.

»Ich habe zwei Fragen«, sagte er. »Verstehst du mich?« Er wartete, bis sie ihm in die Augen sah. »Ich will keine Lügen hören.«

Sie versuchte, ihm zu sagen, dass sie einverstanden war, dass sie nicht lügen würde, aber sein Griff war zu fest.

»Fangen wir mit der einfachen an«, sagte er. »Wo ist Nicholas Hanley?«

13

Bains saß mit Imran Akhtar in einem provisorischen Verhörzimmer in Milgarth, als Alan White den Kopf zur Tür hereinsteckte.

»Pete. Ich muss mit Ihnen sprechen.« White warf Akhtar einen kurzen Blick zu, dann trat er zurück in den Flur und schloss die Tür. Er hatte nicht geklopft.

Bains sah lächelnd zu Akhtar hinüber. »Entschuldigung. Wenn Sie einen Moment warten könnten.«

Auf dem Flur marschierte White sofort los, auf die Räume der Kriminalpolizei zu. Er war klein, aber er konnte ziemlich schnell gehen. Bains hatte Mühe, mit ihm Schritt zu halten.

»Ich habe versucht, Sie zu erreichen«, sagte Bains.

»Ich weiß. Ich habe Ihre Anrufe ignoriert.« White grinste ihn an. Er war vielleicht fünf Jahre älter als Bains, hatte kurzes schwarzes Haar und einen blassen, gelblichen Teint. Im Gegensatz zu Bains war er sauber rasiert, sein teuer aussehender Anzug perfekt gebügelt. Es hieß, er sei gut, erziele gute Ergebnisse, aber Bains hatte sich jedes Mal, wenn er mit ihm gesprochen hatte, über die schnellen Wechsel zwischen wütender Konzentration und träumerischer Zerstreutheit gewundert. White strebte geradewegs auf Greg Oxfords Büro zu. Jodi Hayward saß dort am Schreibtisch und telefonierte. Es war kurz vor halb neun, und die ersten Kollegen trudelten langsam ein.

»Könnten wir das Büro haben, bitte?«, fragte White, ohne sich die Mühe zu machen herauszufinden, wer sie war und mit wem sie telefonierte. Sie murmelte eine Entschuldigung in den Hörer, legte auf und erhob sich.

»Wird nicht lange dauern«, sagte Bains.

»Wie heißen Sie?«, fragte White, der plötzlich realisiert hatte, dass sie eine Frau war.

»DC Hayward, Sir.«

»Sie arbeitet mit mir an dem Selbstmord«, sagte Bains.

»Sie sehen ziemlich jung aus«, bemerkte White. »Es hat immer was Erfrischendes, mit jüngeren Detectives zusammenzuarbeiten.« Hayward lief rot an und wusste nicht recht, was sie sagen sollte. White ging hinter den Schreibtisch, um sich zu setzen, während sie noch dabei war, aufzustehen. Bains beobachtete, wie er sich über sie lehnte und ihr den Stuhl nach hinten schob. Er kam ihr ein Ideechen zu nahe.

»Besonders mit jüngeren Frauen«, bemerkte White. »Tolles Parfüm, das Sie da tragen. Happy, stimmt's?«

Bains zog die Stirn in Falten. Hayward wurde noch röter.

»Stimmt«, sagte sie. Sie stand jetzt direkt vor White. »Woher wissen Sie das?«

»Ich benutze es auch«, sagte er. »Happy für Männer, versteht sich. Riechen Sie es denn nicht?« Bains sah fassungslos zu, wie er Hayward den Hals hinhielt, damit sie an ihm schnuppern konnte. Hayward wirkte leicht panisch. Sie trat einen Schritt zurück.

»Sehr schön, Sir«, sagte sie.

White zwinkerte ihr zu. »Da haben wir zwei beide wohl einiges gemeinsam, wie? Und werden Sie uns heute bei der Bug-Wache mit Ihrer Anwesenheit beehren?«

Verzweifelt sah sie zu Bains hinüber, als wollte sie ihn fragen, von welchem Planeten dieser Mann bloß stammte.

»Das Millennium«, sagte White. »Der Y2K-Bug. Das öffentliche Leben in diesem Land wird heute Nacht zusammenbrechen. Schon vergessen?«

»Oh.« Sie lächelte nervös. Es gab einen sogenannten »Notfallplan der Polizei« für den Fall, dass um Schlag Mitternacht sämtliche Computer des Landes abstürzten.

»Arbeiten Sie?«, fragte White und grinste sie an.

»Heute Nacht?«

»Ja.«

Bains sah ihr an, dass sie die Befürchtung hegte, Whites Frage könne das Vorspiel zu einer wie auch immer gearteten Einladung sein. »Wir haben eigentlich beide schon Feierabend«, schaltete er sich ein. »Wir sind um acht wieder im Dienst. Wie alle anderen auch.«

»Was für ein Pech«, sagte White und musterte sie rasch von oben bis unten, als sie ihm den Rücken zudrehte. »Ich wollte Sie gerade meinem Team zuteilen. Sie hätten mir Gesellschaft leisten können.«

Bains sagte nichts, bis sie die Tür hinter sich geschlossen hatte.

»Sie ist verheiratet«, sagte er dann. Eigentlich hätte er eine eindeutigere Warnung aussprechen wollen, aber er kannte White gut genug. Es hatte keinen Sinn.

»Was spielt das schon für eine Rolle«, sagte White und setzte sich. »Super Titten.«

Er schaute Bains an, als warte er auf eine Antwort. Bains schwieg.

»Kann sie auch denken?«, fragte White.

»Sie ist ziemlich gut«, antwortete Bains, der noch immer stand. »Obwohl sie noch nicht lange dabei ist.«

»Haben Sie die Titten gesehen?«, fragte White.

Bains schaute ihm gerade ins Gesicht. Auch White war verheiratet, und Bains kannte seine Frau. Jane White war bei der Kriminalpolizei in Killingbeck für häusliche Gewalt zuständig. Eine intelligente, zupackende Frau, die sich seit fast zehn Jahren mit männlicher Borniertheit herumschlug. Bains fragte sich, wie um alles in der Welt die beiden miteinander klarkamen. War es möglich, dass White zu Hause ein völlig anderer Mensch war? Würde er Jane gegenüber auch nur vage andeuten, dass er so über weibliche Polizeibeamte sprach, würde er ganz gewiss nicht mehr viel zu lachen haben, vermutete Bains.

»Ich liebe Frauen«, sagte White und zog etwas aus seiner Aktentasche. »In allen Formen und Größen. Ich liebe sie alle. Ich würde sie alle sofort vögeln, zumindest einmal. Sind Sie ein treuer Mensch, Bains?«

»Ich bin nicht verheiratet.«

»Nein. Natürlich nicht. Ein echter Hingucker, finden Sie nicht?« Er schob ein Foto über den Schreibtisch. Bains setzte sich und nahm es. Das Foto einer Frau.

»Wer, Sir?«

»DC Hayward. Die kleine Brünette. Ich verstehe gar nicht, wie Sie die Hände von ihr lassen können.« Verträumt schaute er aus dem Fenster. »Es ist mir unbegreiflich, wie ein Mann wie Sie Single sein kann. Hat das was mit Ihrer Religion zu tun?«

Bains verzog das Gesicht. »Nein, Sir, hat es nicht.«

»Was halten Sie von der?«, fragte White und zeigte auf das Foto. Bains betrachtete es ein zweites Mal. Offensichtlich ein Urlaubsfoto: eine Frau im Bikini am Strand, groß, schlank, kurzes blondes Haar. Sie hatte den Kopf in den Nacken gelegt und schaute in den Himmel. Sie kam Bains irgendwie bekannt vor, aber weil sie das Gesicht nach oben gedreht hatte und im Profil aufgenommen worden war, war er sich nicht sicher. »Wer ist das?«, fragte er.

»Hinreißend, finden Sie nicht?«

Bains schüttelte den Kopf. White war so penetrant, dass es fast schon lustig war.

»Das ist Anna Hart«, sagte White. »Wir haben das in ihrem Gepäck gefunden.«

»Anna Hart? Wie haben Sie …? Wie? Wieso in ihrem Gepäck?«

White lächelte zufrieden, dass ihm die Überraschung gelungen war. »Womöglich ermitteln wir im gleichen Fall«, sagte er. »Ich habe einen einundfünfzigjährigen Pakistani mit zwei Schusswunden: eine in der Brust, die andere im Hinterkopf. Beide wurden aus nächster Nähe abgegeben, der Kopfschuss aus höchstens einem halben Meter, als er bereits verwundet am Boden lag. Sieht nach einem Profi aus.«

»Die Sache am Flughafen?«

»Genau. Der Mann war der Taxifahrer. Er wurde mitten auf der Straße neben seinem Taxi liegend gefunden. Eine kleine Landstraße westlich des Flughafens. Das Taxi war in einen Unfall verwickelt gewesen – es ist jemand von hinten aufgefahren. Alle Türen standen offen. Im Kofferraum haben wir vier Reisetaschen gefunden. Aus einer davon stammt dieses Foto. Anhand der Dokumente in einer anderen Tasche wissen wir, dass das Gepäck Anna und Rachel Hart gehört. Anna ist neununddreißig, hat sich aber ziemlich gut gehalten, wie Sie auf dem Foto sehen können, Rachel ist elf. Ein Bild von ihr habe ich noch nicht auftreiben können. Sie sind gestern Nachmittag in einem Hotel keine drei Kilometer vom Tatort entfernt abgestiegen. Der Typ von der Rezeption hat ausgesagt, dass sie heute Morgen um kurz nach halb sechs mit einem Taxi weggefahren sind. Wenige Minuten später liegt der Taxifahrer tot auf der Straße. Ich war um kurz nach sechs da. Von Anna oder Rachel Hart keine Spur. Also schicke ich DC Gainsford zu der Anschrift, die sie im Hotel angegeben haben – so ein riesiges Herrenhaus irgendwo in Swaledale –, aber es ist niemand zu Hause, nur ein Bobby aus North York steht vor der Tür. Und so stellt sich heraus, dass Sie ebenfalls nach ihr suchen.«

»Glauben Sie, sie hat den Taxifahrer erschossen?«

White zuckte mit den Achseln. »Wer weiß? In jedem Fall müssen wir sie finden. Und jetzt erzählen Sie mir, warum Sie sie suchen.«

Bains erläuterte ihm die wichtigsten Punkte zum Tod von Nicholas Hanley. »Ich habe Sie mehrmals angerufen, damit Sie entscheiden, was wir aus dem Fall machen«, sagte er, als er fertig war.

»Glauben Sie, dass es Selbstmord war?«, fragte White.

»Nein, ganz und gar nicht. Ich warte noch auf die Autopsie.«

»Und das ist sein Geschäftspartner da im Verhörraum?«

»Ja. Er war gerade im Leeds General und hat den Leichnam identifiziert.«

»Die Schwester auch?«

»Ja.«

»Trauen Sie ihr nicht?«

»Wie meinen Sie das?«

»Sie hatte ihn doch schon identifiziert. Warum haben Sie es nicht dabei belassen? Warum haben Sie noch diesen Akhtar rangeholt?«

Bains zuckte mit den Achseln, er wusste es selbst nicht genau. »Keine Ahnung. Um ganz sicherzugehen. Vielleicht habe ich ihr auch nicht getraut.«

White nickte, als habe er dafür vollstes Verständnis. »Und sind Sie jetzt sicher, dass es Hanley ist?«

»So weit, ja.«

»Hat die Schwester Fotos von ihm?«

»Sie sagt nein. Waren keine in dem Gepäck?«

»Nein. Nur das von Hart. Im Koffer des Mädchens: Bilder von Mami.«

»Sie wissen, dass es um die Uhrzeit noch keine Flüge von Leeds/Bradford gibt, oder?«

»Ach wirklich?«, fragte White mit gespieltem Erstaunen.

Bains beugte sich vor. Vor diesem Gespräch mit White war er die Sache leid gewesen und hatte nur noch nach Hause ins Bett gewollt. Aber jetzt hatte es ihn gepackt, er wollte herausfinden, wie die beiden Fälle zusammenhingen. »Und was machen wir jetzt?«, fragte er.

»Kennen Sie diesen Imran Akhtar?«, fragte White.

Bains zog die Stirn in Falten. »Er ist nicht polizeibekannt. Keine Vorstrafen. Ein ganz normaler Geschäftsmann.«

»Ich meine, kennen Sie ihn persönlich?«

Bains musste fast lachen. »Warum? Weil er so aussieht wie ich?«

White grinste und hob die offenen Hände. »Warum nicht? Sie kommen von da unten, er kommt von da unten. Ja. Genau das habe ich gemeint.«

»Ich bin Sikh, er ist Muslim. Und selbst abgesehen davon …«

»Sikh? Und wo ist das Equipment?«

»Welches Equipment?« Bains wurde langsam wütend.

»Turban, langes Haar und das Ganze.«

»Ich bin nicht religiös. Und ich bin nicht der Meinung, dass es sonderlich …«

White stand auf und fiel ihm ins Wort. »Das war ein Witz, Pete. Wo ist Ihr Sinn für Humor geblieben?«

Bains klappte den Mund zu.

»Jetzt gehen Sie, und plaudern Sie weiter mit Akhtar, da waren wir ja stehen geblieben, und dann sehen Sie zu, dass Sie hoch zum Einsatzzentrum in Weetwood kommen, zur ersten Dienstbesprechung. Wir müssen diese beiden Fälle zusammenlegen.«

»Sie nehmen mir den Fall also weg?«

»Ach wo. Sie können ihn behalten fürs Erste. Zumindest bis wir die Ergebnisse der Autopsie haben. Ich muss nachdenken. Im Moment fällt mir noch keine Geschichte ein, in die das alles reinpasst. Aber es muss eine geben. Behalten Sie das im Hinterkopf, wenn Sie mit Akhtar reden.«

»Wie meinen Sie das?«

»Klären Sie ihn über seine Rechte auf.«

Bains musterte Akhtar eingehend, als er sich erneut ihm gegenüber an den Tisch setzte. Er trug einen dunkelgrauen Anzug, eine goldene Krawattennadel mit einem großen Diamanten drin, eine üppig gemusterte Seidenkrawatte und schwarze Schuhe. Ein leichter Duft nach Aftershave, das Haar noch nass vom Duschen, das Gesicht leicht pockennarbig, aber sauber rasiert. Kurzes, geöltes schwarzes Haar. Er sah aus wie ein ganz normaler Geschäftsmann. Das einzig Ungewöhnliche war der Verband um seine rechte Hand.

»Entschuldigen Sie«, sagte Bains, »aber der Korrektheit halber werde ich jetzt ein Band einlegen und unser Gespräch aufzeichnen.« Er schob zwei Kassetten in den Rekorder, der zwischen ihnen auf dem Tisch stand.

Akhtar zuckte mit den Schultern. »Meinetwegen. Wenn das immer so gemacht wird.«

Bains schaltete das Gerät ein und sprach die Einleitung: »DC Bains 4705 im Verhörzimmer der Wache Milgarth mit …« Er deutete auf Akhtar: »Könnten Sie sich vorstellen, Sir?«

»Imran Akhtar.«

»Okay. Sie sind nicht in Gewahrsam genommen, Mr. Akhtar. Sie können jederzeit aufstehen und gehen. Sie können jederzeit einen kostenlosen Rechtsbeistand in Anspruch nehmen. Haben Sie das verstanden?«

Akhtar blickte verwundert drein. »Natürlich«, sagte er.

»Dennoch muss ich Sie darauf aufmerksam machen, dass Sie, sollten Sie sich entscheiden zu bleiben, nichts sagen müssen, wenn Sie aber doch etwas sagen, wird es auf Band aufgezeichnet, und alles, was Sie sagen, kann als Beweismittel gegen Sie verwendet werden. Es kann sich bei Ihrer Verteidigung nachteilig auswirken, wenn …«

»Moment mal …«

Bains hob die Hand. »Lassen Sie mich erst ausreden, bitte. Es gibt da eine Standardformulierung. Es kann sich bei Ihrer Verteidigung nachteilig auswirken, wenn Sie auf eine Frage hin einen Umstand nicht erwähnen, auf den Sie sich später vor Gericht stützen möchten.«

»Verteidigung? Gericht? Habe ich was verbrochen?«

»Das ist eine Formalität, eine sogenannte Rechtsbelehrung. Haben Sie alles verstanden?«

»Ja. Aber ich bin doch hier, um Ihnen zu helfen. Wozu brauche ich eine Rechtsbelehrung?«

Bains lehnte sich zurück, spielte mit seinem Kugelschreiber und dachte nach. Akhtar hatte ihm bereits ein durch und durch glaubhaftes Alibi präsentiert – und zwar ohne dass er danach gefragt hätte –, hatte ihm ausführlich seine Geschäftsbeziehungen zu Hanley geschildert und klar und deutlich erklärt, dass er Hanley nicht für die Art Mensch halte, die sich selbst in Brand setzte. Er hatte ausgesagt, er habe an Hanleys Betragen nichts bemerkt, was darauf schließen ließ, dass dieser sich mit Selbstmordgedanken trug. Aber er behauptete zugleich, zum letzten Mal vor drei Wochen mit Hanley gesprochen zu haben.

Akhtar wiederholte seine Frage, warum er eine Rechtsbelehrung brauche. Bains schaute zu ihm auf und zuckte mit den Achseln. »Machen Sie sich darüber keine Gedanken«, sagte er. »Das ist nur eine Formalität. Ich würde jetzt gern noch einmal kurz alles mit Ihnen durchgehen, was Sie mir bereits erzählt haben, damit wir es auf Band kriegen. Das macht es mir leichter, das Ganze als Aussage niederzuschreiben. In Ordnung?«

»In Ordnung.«

»Dürfte ich Ihnen vorher noch eine persönliche Frage stellen?«

Akhtar rutschte auf seinem Stuhl hin und her. »Was für eine persönliche Frage?«

»Standen Sie Nicholas Hanley nahe?«

Die Frage schien ihn zu überraschen.

»Ob ich ihm nahestand? Wie meinen Sie das?«

»Waren Sie mit ihm befreundet?«

»Er war mein Geschäftspartner.«

»Aber es gab nur Sie beide, nur zwei Partner?«

»Das ist richtig.«

»Verdienen Sie an seinem Tod?«

Akhtar zog ein finsteres Gesicht. »Nein, das tue ich nicht. Sein Anteil am Geschäft geht an denjenigen, dem er es vermacht hat.«

»In einem Testament?«

»Ja.«

»Wissen Sie, wo sich das Testament befinden könnte?«

»Im Safe im Büro, oder bei ihm zu Hause. Oder bei seinem Rechtsanwalt. Ich weiß es nicht.«

»Haben Sie das Testament gesehen?«

»Ja. Ich war Zeuge. Schon deshalb kann ich keinen Vorteil daraus ziehen.«

Bains war in juristischen Fragen nicht firm genug, um beurteilen zu können, ob das stimmte. »Ist es ein kompliziertes Testament?«

»Nein. Er hat alles seiner Schwester vermacht.«

Bains war überrascht. »Nicht Anna Hart?«

»Nein.«

»Oder Rachel Hart?«

»Nein. Damals hatte er die beiden gerade erst kennen gelernt.«

»Verstehe.« Bains nickte vor sich hin. »Lebte er denn da schon mit den beiden zusammen?«

»Ja. Aber sie gehören nicht zur Familie.«

Bains musterte ihn erneut. Es war das zweite Mal in einer Stunde, dass Anna Hart abgeschrieben wurde, weil sie nicht zur Familie gehörte.

»Was haben Sie mit Ihrer Hand gemacht?«, fragte er.

»Wie bitte?«

»Ihre Hand.« Bains zeigte darauf. »Sie tragen einen Verband. Mit Blutflecken drauf. Haben Sie sich erst kürzlich verletzt?«

Akhtar wollte etwas sagen, überlegte es sich aber doch anders. »Warum? Was hat das mit Hanleys Tod zu tun?«

Bains starrte ihn einen Moment lang an. Verglichen mit der Intensität der Emotionen, die Hanleys Geschäftspartner an den Tag legte, war seine Schwester regelrecht gefühlsduselig gewesen.

»Sie haben recht«, sagte er mit einem Lächeln. »Ich war nur neugierig.«

14

Stijn wartete nicht auf eine Antwort.

»Bring mir die Kleine.« Der Befehl galt dem anderen, dem mit der Waffe. Dann presste er erneut seine Lippen an Annas Ohr. »Ich will euch zeigen, was passieren wird«, flüsterte er. Er packte sie im Nacken und schob sie aus dem Raum. Sie schnappte nach Luft. Sein Griff war so fest, dass sie spürte, wie es in ihrem Gehirn zu pochen anfing, weil die Blutzufuhr blockiert war. Hinter sich hörte sie Rachel schluchzen.

Er führte sie durch einen anderen Korridor auf einen Hof, in dem lauter eingepferchte Schafe hilflos blökten. Dann weiter in ein älteres Ziegelsteingebäude. Sie wollte sich umdrehen, um zu sehen, was mit Rachel passierte, aber er hielt ihren Nacken so fest umklammert, dass sie den Kopf nicht drehen konnte, und ließ sie auf Armeslänge vor sich herlaufen. Voraus sah sie drei Männer an einer Maschine stehen, sie sahen wie Inder oder Pakistani aus und trugen dunkelgraue Overalls. Sie traten etwas zur Seite, als er näher kam, in ihren Augen war Angst zu lesen. Sie kannten ihn und fürchteten ihn – sie würden ihr nicht helfen. Es war auch ein älterer Mann mit Bart dabei, der ein weißes, traditionelles Gewand trug. Er hielt ein langes Messer mit einer sehr dünnen Klinge in der Hand. Der Mann neben ihm hielt ihm ein Bündel hin, das in eine Decke gewickelt war. Sie sah, wie die Augen des alten Mannes sie betrachteten, wie sein Blick dann tiefer wanderte zu Rachel, die sie weinen hörte. Stijn sagte etwas in wütendem Tonfall, er befahl ihm, weiterzumachen und nicht blöd zu glotzen. Einer der Männer im Overall beugte sich vor und flüsterte dem Alten hektisch etwas ins Ohr. Plötzlich nahm Anna direkt vor ihm eine Bewegung wahr und erkannte, dass da der Kopf eines Schafes aus der Maschine herausragte. Es hatte die Augen weit aufgerissen. Die Männer um sie herum sahen sie mit ängstlichen Blicken an, als stellte auch sie eine Bedrohung für sie dar.

Einer der Männer, der direkt neben der Maschine stand, betätigte einen Hebel, und die Maschine fing an zu brummen. Sie sah, wie sich das Schaf versteifte, wie ihm die Zunge zwischen den Lippen hervorkam. Es steckte in einer Art Zylinder, der sich zu drehen begann. Schließlich hing das Schaf mit dem Kopf nach unten, die Zunge baumelte ihm aus dem Maul, die Kehle war dem Mann in Weiß hingestreckt. Der murmelte vor sich hin – betete er? – und schaute nervös zu Stijn hinüber. Dann hob er die Hand und zog die Klinge in einer einzigen, sauberen Bewegung über die Kehle des Schafes. Blut strömte aus der Wunde. Sie hörte, wie Rachel wieder anfing zu schluchzen. Stijn, der neben ihr stand, sagte: »Halt ihren Kopf fest. Sie soll sich das ansehen.«

Sie sah, wie das Schaf zitterte. Die Blutfontänen verloren an Druck. Stijn flüsterte ihr wieder ins Ohr. *»Wir werden die Kleine da reinstecken«*, zischte er. *»Wir schlitzen ihr die Kehle auf und lassen sie ausbluten.«* Sie hatte keine Zeit zu reagieren. Er schubste sie vorwärts, durch die Gruppe der Männer hindurch und eine Metalltreppe hinauf.

»Geh weiter«, sagte er. Sie hörte, dass Rachel noch hinter ihr war.

Sie kamen zu einer Holztür, die in einen Besprechungs- oder Pausenraum mit einem langen Tisch und Stühlen führte.

»Du wartest mit der Kleinen hier«, rief er über die Schulter zurück. »Und sorg dafür, dass sie alles hört. Sie soll zuhören.« Er schubste Anna durch den Raum zur nächsten

Tür, die in eine Art Lagerraum führte. In mehreren Regalen standen Kisten gestapelt. Ihr war schwindelig, sie hatte sich von dem Schlag ins Gesicht noch nicht erholt. Er zwang sie vor sich auf die Knie und ließ die Tür leicht offen stehen. Der Lärm der Maschinen war nicht mehr zu hören, aber sie hörte Rachel weinen. Stijn stellte sich vor sie hin.

»Wo ist Hanley?«

»In Newcastle.«

Er holte aus und schlug ihr ins Gesicht, so dass sie rücklings zu Boden ging. Sie schrie auf, dann biss sie sich auf die Zunge, um den Schrei zu unterdrücken. Schließlich hatte er dafür gesorgt, dass Rachel alles hören konnte.

»Schlechte Antwort«, sagte er. Er fasste sich in den Mund, löste seine Zähne mit einer leichten Drehbewegung vom Gaumen und hielt sie hoch, damit sie sie sehen konnte. Er trug ein Gebiss. Das Gleiche tat er mit dem Unterkiefer, dann legte er beide auf das Regal neben ihm.

»Ich bereite mich vor«, sagte er. Seine Stimme klang jetzt nuschelig und undeutlich, mit den eingefallenen Wangen sah er aus wie ein alter Mann. Er öffnete sich die Gürtelschnalle. »Du bist eine sexy Frau«, lispelte er. »Zieh dich aus.«

Sofort heulte sie los, dann steckte sie sich die Faust in den Mund, um es zu unterdrücken.

»Zieh dich aus, oder ich mach's.«

Sie rappelte sich hoch auf die Knie. »Ich schwöre Ihnen, er ist in Newcastle.«

Er packte sie an der Jacke, stieß sie mit der einen Hand nach hinten und zerrte mit der anderen an ihrer Kleidung. Sie hörte den Stoff reißen und wollte die Jacke festhalten. Er schlug zu, nur einmal, traf sie mit der Faust seitlich am Kopf. Es war, als würde zwischen ihren Ohren etwas explodieren. Ihre Beine gaben nach, sie ging zu Boden. Stille hüllte sie ein und isolierte sie vom Rest der Welt. Sie hatte keinerlei Kontrolle mehr über ihre Motorik und spürte, wie sie wie ein gestrandeter Fisch auf dem Boden umherplatschte, während er sich an ihr zu schaffen machte, sie hierhin und dorthin drehte, ihr die Kleider vom Leib riss. Sie konnte nicht sprechen, nichts hören, nichts tun. Das Zimmer drehte sich um sie. Sie sah, wie er sich die Hose auszog, wie er sie auf den Bauch drehte, er presste ihr die Hand auf den Hinterkopf, drückte ihr Gesicht auf den Fußboden. Sie spürte eine Last mitten auf ihrem Rücken, die ihr die Luft zum Atmen nahm, dann schob er ihre Beine auseinander. Sie wusste, dass sie schrie, aber sie konnte es nicht hören. Sie wollte sich zusammenreißen, wollte den Mund schließen, die Panik kontrollieren. Sie musste leise sein, für Rachel …

15

Michael Kenny spürte das Entsetzen von Minute zu Minute größer werden. Er hockte in diesem Zimmer, passte auf das Mädchen auf und versuchte zu ignorieren, was da im Nebenzimmer vor sich ging. Die Tür zum Lagerraum war halb aufgegangen, so dass er und die Kleine alles hören konnten, aber zu sehen waren Stijn und die Frau nicht. Er wunderte sich, dass Stijn es nicht vor ihren Augen tat. Aber vielleicht konnte er nicht, wenn Leute zusahen. Wenn ein Kind zusah.

Das Mädchen an seiner Seite hatte aufgehört zu weinen und zitterte jetzt am ganzen Körper. Er hatte sie am Tisch auf einen Stuhl gesetzt, neben sich, und hielt sie jetzt nur noch am Handgelenk fest, für alle Fälle. Im Auto war sie ein freches kleines Miststück gewesen, er hatte sie geschlagen, was er nicht hätte tun sollen. Das wusste er. Aber die beiden hatten ihm ganz schön zugesetzt, um ein Haar wären sie abgehauen. Stijn hätte ihn umgebracht, wenn sie entwischt wären.

Die Frau hätte ihn einfach nicht mit diesem Stein schlagen sollen. Sie spielte mit ihrem und mit seinem Leben, sie war sich über die Konsequenzen nicht im Klaren. Er war in seine eigene Scheiße gefallen, den Geruch hatte er immer noch in der Nase, und das Zeug klebte ihm noch am Hintern. Der Schlag hatte der Kleinen nicht geschadet. Sie war auch nachher noch vorlaut und frech gewesen. Und verglichen mit dem, was Stijn mit ihr gemacht hatte, war er doch echt harmlos. Kenny hatte gesehen, wie er ihrer Mutter das Knie ins Gesicht gerammt hatte. Die Kleine hatte es auch gesehen und sofort angefangen zu heulen, woraufhin Stijn ihr ohne das geringste Zögern mit der geballten Faust mitten ins Gesicht geschlagen hatte. Jetzt war sie nicht mehr so vorlaut.

Er betrachtete sie, wie sie vor sich hin schniefte und schluchzte. Sie hatte noch immer das Schafsblut im Gesicht und in den Haaren, das Stijn ihr übergeschüttet hatte. Ihre dicke Lippe war nur Show gewesen, nur Angeberei. Seine eigenen Kinder waren genauso. Sie konnten frech sein und einem das Leben zur Hölle machen, aber sobald man ihnen eins überzog, war sofort klar, was sie wirklich waren: verängstigte kleine Gören, die sich wie Erwachsene aufspielten. Die hier hatte ganz schön Angst jetzt. Jedes Mal, wenn ihre Mutter aufschrie, zuckte sie zusammen. Er fragte sich, ob sie wusste, was Stijn da mit ihr trieb. Das war alles nicht richtig so.

Die Mutter gab sich Mühe, leise zu sein, sich zusammenzureißen. Das hörte er daran, wie sie ihr Schluchzen in der

Kehle erstickte. Stijn dagegen war ziemlich laut. Es hörte sich an, als ob er sie auch noch schlug. An einer Stelle stieß die Frau einen unkontrollierten, schrillen Schrei aus, dazwischen heftiges Ausatmen, als prügelte er ihr gleichzeitig die Luft aus den Lungen. Dann fing Stijn an zu brüllen, aber nicht auf Englisch, sondern in irgendeiner südafrikanischen Sprache, die Kenny nicht verstand. Seine Stimme klang verändert, irgendwie undeutlicher. Kenny musste aufhören, sich vorzustellen, was da jenseits dieser Wand vor sich ging. Stijn war so groß und so schwer, die Frau so dürr. Der Gedanke ließ ihn zusammenzucken.

Stijn war regelrecht erregt jetzt. Kenny hatte geglaubt, dass er es tat, um sie einzuschüchtern, um alles aus ihr rauszukriegen, was er wissen wollte. Aber er hatte seinen Spaß dabei, das hörte er an seinem Keuchen. Es wurde immer schlimmer. Kenny drückte das Handgelenk der Kleinen etwas fester, um ihre Aufmerksamkeit auf sich zu ziehen, um sie abzulenken. Sie schaute zu ihm auf, und in ihren Augen sah er blankes Entsetzen und Unverständnis. Er spürte, wie es ihm die Brust zusammenzog. Kein Kind sollte so etwas mit anhören müssen. Die Mutter war eine reiche Zicke, vielleicht hatte sie es verdient, aber dafür konnte die Kleine ja nichts.

»Alles in Ordnung«, sagte er leise. Ihm fiel nichts ein, was sie hätte trösten können. »Ist gleich vorbei«, sagte er. »Deine Mama wird sich schon wieder erholen.«

Aber es hörte einfach nicht auf. Kenny rutschte unruhig auf seinem Stuhl hin und her. Er hatte wahnsinnige Lust auf eine Zigarette. Stijn hatte ihm das Rauchen verboten, weil er den Gestank nicht ausstehen konnte. Kenny hatte das vergessen, dabei wusste er es eigentlich noch vom letzten Mal. Ob er jetzt genug Zeit hatte? Er legte die Pistole auf den Tisch und zog die Schachtel aus der Jackentasche.

In dem Moment war von Stijn ein langgezogenes, langsames Stöhnen zu hören. Die Frau fing an zu schreien, aber Stijn brachte sie zum Schweigen – vielleicht hatte er sie geschlagen, ihr den Mund zugehalten oder ihr die Luftröhre abgeklemmt –, der Schrei wurde erstickt, und für eine ganze Weile war nur noch Stijn zu hören, wie er lautstark zum Abschuss kam.

In der anschließenden Stille steckte Kenny die Zigaretten wieder weg. Nervös schaute er zu der Kleinen hinüber. Die Mutter gab keinen Mucks von sich. Hatte Stijn sie umgebracht? Plötzlich hörte er sie keuchen und spucken. Er war erleichtert. Er hörte Schritte, dann das Rascheln von Kleidern. Vorsichtshalber nahm er die Pistole wieder in die Hand.

Stijn erschien im Türrahmen und wischte sich mit dem Ärmel seines zerknitterten Hemdes über den Mund, als hätte er gerade einen tiefen Schluck getrunken. Mit den Augen fixierte er das Mädchen. Dann fletschte er die Zähne und biss sie einmal fest zusammen.

»Hat sie alles mitgekriegt?«, fragte er. Seine Beine waren nackt, bedeckt mit dichten roten Haaren und so dick wie Baumstämme. Die Socken hatte er anbehalten. Er hätte lächerlich aussehen können, wäre da nicht unterhalb des Hemdes sein schlaffer Schwanz zu sehen gewesen. Es sah aus, als wäre er voller Blut.

»Sie hat alles gehört«, sagte Kenny.

»Gut.« Stijn verschwand wieder im Nebenzimmer. »Das war erst der Anfang.« Kenny hörte die Frau wimmern. Stijn trat wieder in die Tür, zog sich die Hose an und holte sein Handy aus der Tasche. Er schnallte sich den Gürtel zu, dann wählte er eine Nummer. Seine Finger waren zu dick, so dass er mehrere Anläufe unternehmen musste. Das Telefon sah winzig aus in seiner Hand, wie ein Spielzeug. Im

Türrahmen stehend, hielt er es sich ans Ohr und schaute zurück ins Zimmer, auf den Fußboden, wo vermutlich die Frau lag.

»Wo sind Sie?«, fragte er ins Telefon.

Die Antwort konnte Kenny nicht hören.

»Haben Sie ihn gefunden?«

Jetzt lief Stijn im Lagerraum auf und ab, das Telefon am Ohr. Die Frau weinte noch, aber leiser.

»Nein. Sie sagt, er ist in Newcastle ... Weiß ich noch nicht. Ich bin noch nicht fertig mit ihr ...« Kenny konnte die andere Stimme ganz leise hören, aber kein Wort verstehen. »Was haben die gefragt? Das spielt keine Rolle. Kein Grund zur Panik. Besorgen Sie die Sachen, um die ich Sie gebeten habe, und bringen Sie alles her. Dann kann ich sie danach fragen. Sie weiß bestimmt, wo er ist. Es ist nur eine Frage der Zeit, bis sie es mir erzählt. Nein, besser nicht. Nicht, wenn die Sie schon gesehen haben.« Mit einer Hand an die Wand gelehnt, stand Stijn in der Ecke und schaute nachdenklich auf den Fußboden. »Ich komme zu Ihnen«, sagte er schließlich. »Sagen Sie einen Treffpunkt, wo wir sicher sind ... Warten Sie ...« Er drehte sich zu Kenny und rief: »Merk dir das mal«, dann horchte er wieder ins Telefon. Offensichtlich gab die Person am anderen Ende ihm eine Adresse. Stijn wiederholte sie, dann drehte er sich zu Kenny um und sagte: »11a Clifton Lane, Pudsey. Merk dir das.«

Kenny gab sich Mühe, sich die Adresse einzuprägen. Das Mädchen neben ihm flüsterte ihm etwas zu. Warnend packte er ihr Handgelenk fester.

Stijn telefonierte weiter. »Können wir uns auf die Leute hier verlassen? Wenn nicht, haben Sie ein Problem.«

Kenny sah dem Mädchen ins Gesicht und hob den Finger an die Lippen. Sie starrte ihn mit wirrem, schwer zu deutendem Blick an. Sie klappte den Mund zu, sah aber aus, als hätte sie nicht ein Wort begriffen.

»Ich bin in vierzig Minuten bei Ihnen«, sagte Stijn und beendete das Gespräch. Dann verschwand er wieder im Nebenzimmer, und Kenny hörte drei heftige Schläge, danach Geraschel. Stijn erschien wieder in der Tür, er hatte die Frau unter den Achseln gepackt und zog sie hinter sich her. Das Mädchen quiekte vor Entsetzen. Die Frau war nackt und über und über blutverschmiert. Erfolglos versuchte sie, ihre Beine zusammenzupressen. Kenny erhob sich.

»Damit kann ich mich jetzt nicht befassen«, sagte Stijn und ließ sie zu Boden fallen. Kenny sah, dass ihre Augen offen standen, aber sie schien unter Schock zu stehen. Das eine Auge schwoll zu, aus Nase und Mund lief Blut. Kenny veränderte seinen Griff, so dass er dem Mädchen die Hand hielt, ohne sie loszulassen.

»Ich weiß, wer du bist«, sagte Stijn, er hatte sich vorgebeugt und sprach der Frau ins Ohr. »Verstehst du mich? Das Spiel ist aus. Ich weiß ganz genau, wer du bist.« Sie versuchte, sich von ihm wegzudrehen, sich zusammenzurollen. »Denk drüber nach, was gerade passiert ist, und überleg dir, ob du möchtest, dass deinem Balg das Gleiche widerfährt. Wenn ich wiederkomme, will ich wissen, wo Hanley ist, und ich will alles hören, was du weißt. Hast du mich verstanden?« Er trat ihr mit der Fußkante gegen den Kopf.

»Ich hab's verstanden!«, schrie sie. *»Ich hab's Ihnen doch schon gesagt! Ich habe Ihnen alles gesagt, was ich weiß!«*

Stijn richtete sich auf. »Du hast nicht mal damit angefangen«, sagte er. »Ich habe keine Ahnung, was du glaubst, wer dich beschützt, auf jeden Fall sind die wohl gerade nicht hier. Keiner wird dich retten. Wenn du mir nicht die Wahrheit sagst, sobald ich wieder hier bin, nehme ich mir die Kleine vor.«

Er ließ sie liegen und kam auf Kenny zu.

»Ich muss für ein paar Stunden weg«, sagte er. Kenny fluchte leise in sich hinein. »Du passt auf die beiden auf.«

Stijn schnupperte in die Luft und musterte Kennys verdreckten Jogginganzug. »Nebenan ist eine Dusche«, sagte er. »Wasch dich, bevor ich wiederkomme. Du stinkst.«

16

Bains war zu spät für die Autopsie, was ihm nur recht sein konnte. Anders als viele andere erfahrene Beamte hatte er es nie vermocht, das Durchtrennen von menschlichem Gewebe und Knochen mit einer chirurgischen Säge als etwas anderes zu begreifen denn als genau das. Das hohe Sirren des Blattes und die sich anschließenden Ansichten und Gerüche waren für seinen Magen so früh am Morgen schlicht nicht zu verkraften. Und so wartete er in ihrem Sprechzimmer im dritten Stock des Leeds General auf Natasha Atkinson und überließ es Paul North, dem Ereignis als Zeuge beizuwohnen. North wiederum schien unfähig, eine Leiche als etwas anderes wahrzunehmen denn als integralen Bestandteil seines Berufes.

»Tut mir leid, ich war zu spät«, sagte er, als Atkinson und North eintraten. Er trank den Kaffee aus, den Atkinsons Sekretärin ihm gekocht hatte, und spürte, wie das Koffein in seinem leeren Magen umherschwappte. Er hatte erst vor kurzem angefangen, Kaffee zu trinken, und konnte die Auswirkungen auf seinen Magen noch immer nicht vorhersehen.

»Das sollte es auch«, sagte North. Er wirkte regelrecht begeistert.

Bains war schon immer der Meinung gewesen, dass Atkinson viel zu jung aussah für ihren Beruf. Er schätzte sie auf weit unter dreißig. Sie trug einen smarten grauen Hosenanzug, das braune Haar hatte sie zu einem festen Dutt gebunden. Wahrscheinlich, damit es nicht mit den Leichen in Berührung kam. Auf der Nase eine modische Metallbrille, ihre Ohrringe sahen ganz nach echten Diamanten aus. Sie sah aus, als würde sie gleich eine Geschäftsbesprechung leiten, und nicht, als hätte sie soeben einen Leichnam zersägt.

»Ich bin noch nicht fertig«, sagte sie und ließ sich hinter ihrem Schreibtisch nieder. »Die Leiche vom Flughafen ist gerade reingekommen, und ich hatte vorher schon zwei auf dem Tisch. Ich jongliere hier mit Leichen.« Sie schenkte ihm ein Lächeln. »Aber ein paar vorläufige Erkenntnisse kann ich Ihnen schon mitteilen.«

Er schlug sein Notizbuch auf und wartete.

»Todesursache war möglicherweise der Sturz. Wenn dem so ist, dann ist der Tod kurz nach dem Aufprall eingetreten. Es sieht aus, als sei er auf den Füßen gelandet.«

Bains zuckte zusammen.

»Fast ein Drittel der Leiche weist Verbrennungen zweiten Grades auf. Außerdem kleinere Stellen mit Verbrennungen dritten Grades. Hauptsächlich am Rücken, am Kopf und im Gesicht. Aber daran wäre er nicht gestorben, nicht unter normalen Umständen. Natürlich kenne ich die Umstände in diesem Fall nicht. Es kann passieren, dass jemand infolge solcher Verletzungen an Herzversagen stirbt.«

»Verstehe«, sagte Bains. »Normal wäre es nicht, aber Sie wissen es nicht genau.«

Sie lächelte ihn an. »Korrekt, Officer, ich weiß es nicht

genau. Umso weniger, als er schwere Kopfverletzungen aufweist, die er vielleicht, vielleicht aber auch nicht, schon vor dem Sturz erlitten hat. Erst wenn ich die Autopsie abgeschlossen habe, kann ich mit Sicherheit sagen, ob er schon tot war, bevor er auf dem Boden aufkam. Vielleicht werde ich es auch nie mit Sicherheit sagen können.«

Bains schrieb alles mit. Er erinnerte sich wieder, wie nervtötend vage sie sein konnte.

»Ich hab das schon alles aufgeschrieben«, sagte North.

Bains beachtete ihn nicht. »Fahren Sie fort«, sagte er zu Atkinson.

»Abgesehen von den tieferen Kopfverletzungen weist er noch andere, oberflächlichere Wunden auf, die womöglich nicht vom Sturz stammen.«

Bains schaute auf. »Womöglich nicht? Heißt das: wahrscheinlich nicht?«

»Nein, nicht wahrscheinlich nicht. Vielleicht. Verdacht auf stumpfe Gewalt am Kopf und am Körper. Ich kann das nicht mit Sicherheit sagen, weil der Sturz natürlich ebenfalls großflächige Traumata verursacht haben muss. Aber auch das werde ich genauer wissen, sobald ich mir den Leichnam eingehender angeschaut habe, aber fürs Erste würde ich sagen, dass einige Wunden – ich habe Sie Mr. North gezeigt – so klar umgrenzt aussehen, dass sie womöglich nicht vom Sturz stammen.«

»Wo?«

»Große Risswunden oben auf dem Schädel …« Sie zeigte die genaue Stelle auf ihrem eigenen Kopf.

»Nicht vom Sturz?«

»Ich glaube nicht. Zumindest sieht sie bis jetzt noch zu oberflächlich aus. Aber ich kann wieder nur …«

»Hat die Wunde geblutet?«, fragte Bains.

»Ja, reichlich, wie alle Kopfwunden. Außerdem zwei eisenbahnschienenartige Doppelmuster an den Oberarmen, drei auf dem rechten Oberschenkel und mehrere auf dem Brustkorb.«

»Eisenbahnschienen?«, fragte Bains mit gerunzelter Stirn. Anscheinend kreierten sich sämtliche Pathologen ihren ganz eigenen Jargon. »Sie meinen zwei parallele Striemen?«

»Die von Schlägen mit einer Stange oder Ähnlichem herrühren. Zumindest wäre das die wahrscheinlichste Ursache, es könnte natürlich auch andere geben.«

Bains schrieb alles auf. Offensichtlich konnte sie keine Aussage machen, ohne sie sofort zu relativieren.

»Aber das Wichtigste«, fuhr sie fort, »er hat Fesselmale an den Hand- und Fußgelenken.«

»Er war gefesselt?«

»Und wahrscheinlich geknebelt«, ergänzte North. Bains sah Atkinson mit erhobener Augenbraue an.

»Wahrscheinlich geknebelt«, bestätigte sie. »Blutergüsse an den Lippen und an der linken Wange, die vereinbar sind mit einem sehr eng gezogenen Knebel. Vermutlich.«

Bains nickte und dachte nach. »Aber dass er gefesselt wurde, steht fest?«, fragte er.

»Ja.«

Er wartete auf die Einschränkung, aber die kam nicht. Er nickte anerkennend. »Gut«, sagte er. »Damit können wir arbeiten.«

Sie zuckte mit den Achseln, als wollte sie sagen: Ich tue mein Bestes. Er wagte es kaum, sie nach weiteren Erkenntnissen zu fragen.

»Können Sie sagen, wann er gefesselt war?«

Sie blickte nachdenklich drein. »Nicht mehr, nachdem er die Verbrennungen erlitten hat.«

Bains nickte und sah sie fragend an. Sie meinte es ernst.

»Vielleicht kurz vor den Verbrennungen?«, fragte er.

Sie drehte einen teuer aussehenden Drehbleistift zwischen den langen, manikürten Fingern und zog die Stirn in tiefe Falten. Bains wartete.

»Das wäre ein vorschnelles Urteil«, sagte sie schließlich.

»Vielleicht einen Tag vor den Verbrennungen?«, versuchte Bains.

Sie hob die Hand. »Ich weiß, was Sie von mir wollen, Officer. Lassen Sie mich kurz nachdenken.«

Wieder wartete er.

»Ich würde sagen ...«, hob sie an und stockte. »Ich würde vermuten, dass er mit großer Wahrscheinlichkeit wenige Stunden vor seinem Tod mit etwas Hartem gefesselt war.«

Bains zog die Augenbrauen in die Höhe. »Was Hartes?«

»Es war kein Seil oder Strick. Eher Draht oder Plastik zum Beispiel. Die Fesseln haben ihm ins Fleisch geschnitten, er hat keine Verbrennungen wie von einem Seil.«

»Okay«, sagte Bains und schrieb es auf. »Aber die Fesseln sind nicht mehr da?«

»Sie waren weg, als er hier ankam. Und am Tatort habe ich auch keine gesehen. Aber ich bin keine Tatortspezialistin.«

»Erzählen Sie das der Spurensicherung«, sagte Bains an North gewandt. »Damit die wissen, wonach sie suchen sollen.«

»Habe ich schon«, sagte North in gereiztem Tonfall.

Bains drehte sich wieder zu Atkinson. »Ist das alles?« Er gab sich Mühe, höflich zu klingen.

»Ich fürchte, ja. Mehr Zeit hatte ich nicht. Den Rest kriegen Sie morgen Abend.«

Handys waren im Krankenhaus verboten, trotzdem rief er Alan White im Einsatzzentrum in Weetwood an, sobald er aus ihrem Büro war.

»Ich habe gerade die vorläufigen Autopsieergebnisse für Hanley bekommen«, sagte er. »Er war vor dem Sturz gefesselt.«

White schwieg, er dachte nach. »Sonst noch was?«, fragte er schließlich.

»Nichts Bestimmtes. Natasha Atkinson hat die Autopsie vorgenommen. Wir können von Glück sagen, dass sie den Tod bestätigt hat.«

White lachte.

»Was machen wir jetzt?«, fragte Bains, während er Richtung Crown Court ging, wo er seinen Wagen geparkt hatte.

»Wir nennen es Mord«, sagte White. »Ich rufe die Polizeiführung an, damit die mir den Fall zuteilen. Wir müssen die beiden zusammenlegen.«

»Soll ich trotzdem noch zur Dienstbesprechung kommen?«

»Klar. Sie müssen dranbleiben. Ich werde Ihnen das Team geben, das nach Anna Hart suchen soll. Das hat jetzt oberste Priorität.«

Bains fuhr sich mit der Hand übers Gesicht. Der Schlafmangel machte ihm zu schaffen. Er war sich nicht sicher, ob er Lust hatte, ein Team in einem Mordfall zu führen. Aber White ließ ihm ohnehin keine Wahl.

»Gehen Sie mit der Sache an die Presse?«, fragte er.

»Schon passiert. Müsste heute Morgen auf Radio Leeds gesendet werden. Die Mittagsausgaben der *Yorkshire Evening Post* und des *Telegraph & Argus* bringen Fotos von ihr. In ein paar Stunden spreche ich mit dem Lokalfernsehen. Unser Hubschrauber dreht Kreise über dem Moor, falls sie abgehauen ist. Innerhalb der nächsten Stunde werden hier zwanzig Detectives einlaufen. Wir müssen davon ausgehen, dass sie in Gefahr ist. Sie gehört nicht zu den Menschen, die wissen, wie man eine Waffe benutzt, und ganz bestimmt würde sie keinen Taxifahrer hinrichten. Sie müssen sie finden, Pete. Wenn nicht, haben wir zum Schluss womöglich noch ein totes Kind.«

Einen kurzen Moment lang spürte Bains Panik aufkommen. Auf diese Verantwortung war er nicht vorbereitet gewesen.

»Ich tue mein Bestes«, sagte er unsicher.

»Und ist das gut genug?«, fragte White. »Es ist Ihre Aufgabe, es liegt jetzt an Ihnen. Aller Augen werden auf Sie gerichtet sein. Ich weiß nicht genau, ob ›Ihr Bestes‹ da ausreicht.«

Bains fing an zu stottern und murmelte, er würde wohl Unterstützung brauchen.

»Entspannen Sie sich, Pete«, fiel White ihm ins Wort. »War nur ein Witz. Ich trage hier die Verantwortung.«

Bains schloss die Augen und zählte bis fünf. Die Nacht war zu lang gewesen für solche Späße. »Was glauben Sie, worum es hier geht?«, fragte er. »Wenn es eine Entführung wäre, sehe ich keinen Grund, Hanley umzubringen.«

»Es ist zu früh für feste Theorien. Im Moment können wir nur spontan vorgehen. Wir werfen ein paar Ideen in die Luft und gucken, wo sie landen. Versuchen Sie's.«

Bains gab sich Mühe, die Augen offen zu halten, und dachte über die vor ihm liegende Aufgabe nach. »Wie viele Leute habe ich …«

Wieder fiel White ihm ins Wort. »Ich sagte, versuchen Sie es.«

»Was versuchen?«

»Erzählen Sie mir eine Geschichte, spinnen Sie eine Theorie. Folgen Sie Ihren Eingebungen. Lassen Sie mich an Ihren Einsichten teilhaben.«

»Ich glaube nicht, dass ich schon genug über …«

»Nur so zum Spaß.«

»Wie bitte, Sir?«

»Machen Sie es zum Spaß, mir zuliebe. Es tut gar nicht weh. Wir tappen hier alle völlig im Dunkeln rum. Kein Mensch hat einen Schimmer, worum es geht.«

Bains schaute über den Oxford Place zur Headrow, auf der der Verkehr langsam dichter wurde. White flößte ihm nicht gerade Zuversicht ein. Er durchstöberte sein Gehirn nach einem Gedanken, aber da war nichts zu wollen. Er musste was essen und schlafen.

»Ich habe keine Ahnung«, sagte er zu guter Letzt. »Ich habe keine Ahnung, wie die beiden Fälle zusammenhängen könnten.«

»Ich auch nicht«, sagte White. Anscheinend war er die Ruhe selbst. »Und wissen Sie, was man in solchen Fällen tut?«

»Nein.«

»Man schaut ins Buch.«

»Welches Buch?«

»Das ›Handbuch Mord‹, herausgegeben von der Vereinigung der leitenden Polizeioffiziere. Das ist der Unterschied zwischen Ihnen und mir. Ich war im SIO-Lehrgang, Sie nicht. Bei dem Lehrgang kriegt man das Buch. Da steht drin, wie man einen Mordfall löst. Ich habe es hier bei mir. Es kann also gar nichts schiefgehen.«

Stille, während Bains überlegte, ob er lachen sollte oder nicht.

»Das war ein Witz«, sagte White.

17

Es lauerte in ihr, dieses tödliche Etwas. Sie kannte es aus den schrecklichen Albträumen, die sie schon als Kind gehabt hatte, es kauerte in ihr wie in einem Käfig, ein knorriges, hässliches Fabelwesen voller zerstörerischer Gewalt, das nur darauf wartete loszuschlagen. Und der Bastard hatte die Bestie freigesetzt. Mit seinen dicken, dreckigen Fingern hatte er es von der Kette gelassen. Sie musste einen Weg finden, die Käfigtür wieder zuzuschlagen. Sie sagte sich die Sätze immer und immer wieder vor: *Ich bin Anna Hart. Ich führe eine alberne, provinzielle kleine Kunstgalerie in York. Gewalttätigkeit ist mir vollkommen fremd. Ich habe eine Tochter, die ich liebe …*

Sie drehte den Kopf und schlug die Augen auf. Rachel hatte den Kopf in ihren Schoß gelegt, die Arme fest um ihre Hüften geschlungen. Sie schluchzte, sie hatte Tierblut im Haar und im Gesicht. Neben ihr stand der Mann mit der Pistole und schrie irgendwas. Sie spürte, wie dieses Wesen in ihr sich wand und zuckte. Sie schaffte es nicht, dagegen anzukämpfen. Die Welt, die sie um sich herum aufgebaut hatte, war kurz davor, zusammenzubrechen. Sie hatte ihr ganzes Leben damit verbracht, gegen die Wut anzukämpfen, sie im Zaum zu halten. In den letzten Monaten hatte sie – als Anna Hart – vergessen, dass sie überhaupt existierte. Aber diese Idioten hatten das in wenigen Minuten zunichtegemacht. Das Wesen war da, es war wach, und es erfüllte sie mit einer dunklen Energie, blendete den Schmerz aus und suchte sich laut schreiend einen Weg ins Freie. Sie spürte seine Kraft durch ihre Adern fluten wie Adrenalin. Wenn sie nachgab, würde es sie überschwemmen, würde ihr den Blick vernebeln, sie in Wut ertränken.

Sie wandte sich von ihm ab. Sie musste etwas finden, an das sie sich klammern konnte, das sie aus dieser Hölle herausziehen würde. Also zwang sie sich, sich an all das zu erinnern, was sie über diese Anna Hart gelernt hatte, sagte sich die Fakten auswendig auf: *Ich habe ein wunderbares Leben geführt. Meine Eltern haben mich abgöttisch geliebt. Dieses Gefühl gehört nicht zu mir. Ich bin Anna Hart. Ich bin ruhig, ausgeglichen, sachlich. So werde ich von allen Leuten beschrieben. Auch von meiner besten Freundin – Sue Mostyn-Phillips. Der lieben Sue …* dieser neidzerfressenen, argwöhnischen Zicke mit einem Herzen wie ein Abwasserkanal. Es war mehr als wahrscheinlich, dass Sue sie nicht ausstehen konnte.

Sie atmete tief durch. So etwas würde Anna niemals denken. Hatte sie nie getan. *Meine Mutter hat mir erzählt, dass ich eines der glücklichsten Kinder gewesen bin, die sie je gesehen hat. Nicht ein einziges Mal hat sie mir gegenüber laut werden müssen …*

Dieser Mann – Stijn – hatte behauptet zu wissen, wer sie war. Aber das hatte sie schon einmal gehört. Im Dezember 1986. Drei Tage lang hatte sie im Keller einer Kneipe in Manchester an der Wand gehangen, und irgendwelche Männer hatten ihr erzählt, sie wüssten, wer sie war. Dann hatten sie sie mit Feuer traktiert, hatten sie geschlagen und ausgehungert. Aber sie hatte durchgehalten. In diesem Spiel gab es keine Gewissheiten. Man musste nur lange genug durchhalten, dann glaubten sie einem alles. Sie hatten Vermutungen, Ängste, vielleicht sogar Hinweise, aber wissen konnten sie es nicht, nicht mit Gewissheit. Und mehr als diesen Raum zwischen Verdacht und Gewissheit brauchte sie nicht, um zu überleben.

… Anna Harts Eltern waren Diplomaten. Ich habe meine Kindheit in mehreren Ländern verbracht, bin nie sehr

lange irgendwo geblieben, immer auf der Durchreise. Ich habe die Welt gesehen – Leid, Trauer, Armut –, aber immer nur von fern, von diesseits der getönten Scheiben einer Botschaftslimousine …

Damals in Manchester hatte sie gewonnen. Sie hatte sie davon überzeugen können, dass sie im Unrecht waren. Auch jetzt konnte sie gewinnen. Wenn sie nachgab, war es vorbei, aus und vorbei. Wenn der Mann, der ihr das angetan hatte, wirklich wüsste, wer sie war, würde er sie nicht mehr laufen lassen. Wenn er es wirklich wüsste, wäre sie wahrscheinlich schon tot. Deshalb musste sie ihre Wut unterdrücken, musste sich immer wieder daran erinnern, dass sie Anna Hart war. Sie hatte ihren Stil, ihre Kleider, ihre Art zu sprechen, ihre Erinnerungen …

… Nick, wie er ihr im Westzimmer in Black Carr Hall am Tisch gegenübersitzt, ein stolzes Lächeln auf den Lippen. Juni 1998 – ihr erstes Rendezvous, seit sie sich in der Kunstgalerie kennen gelernt hatten. Er hatte für sie gekocht: Fasan in Rotwein, Herzoginkartoffeln und grüne Bohnen. Er hatte Mrs. Rimmer für den Abend freigegeben, und so waren sie allein im Haus gewesen. Danach waren sie im warmen Licht der Abendsonne im Westteil des Gartens spazieren gegangen, und sie hatte ihm von sich erzählt …

Diese Erinnerungen waren echt. Sie musste nichts erfinden. Dieser Mann – Stijn – hatte sie gefragt, wo Nick war. Was bedeutete – wenn ihre Deckung wirklich aufgeflogen war –, dass Nick nicht dahintersteckte, was wiederum bedeutete, dass es noch Hoffnung gab. Sie konnte zu ihm zurückkehren, konnte hier raus, konnte dort weitermachen, wo sie aufgehört hatte. Sie konnte weiter Anna Hart sein, weiter mit ihm zusammenleben. Daran konnte sie sich festhalten. Wieder fing sie an zu weinen. Sie hatte diesem

Mann sofort, ohne das geringste Zögern erzählt, wo Nick war. Sie hatte ihn verraten. Nick war immer gut zu ihr gewesen. Er hatte ihre Tochter ins Herz geschlossen, als wäre sie sein eigen Fleisch und Blut. Sie dagegen hatte nicht gezögert, Stijn auf ihn loszulassen, nur um … um was? Um zu vermeiden, was ohnehin geschehen war? Um Rachel zu schützen? *Rachel.* Ihre Tochter hieß nicht so. Aber sie musste an sie als Rachel denken, musste weiter Rachel in ihr sehen.

Plötzlich merkte sie, dass der Mann sie mit der Waffe anstupste und wild auf sie einschrie. Sie sah zu ihm auf, und zum ersten Mal nahm sie den Raum um sich herum klar und deutlich wahr. Das Besprechungszimmer, sie erinnerte sich. Ein langer Tisch, an einer Wand eine dreckige Fensterfront, auf den Tischen benutzte Plastikbecher, ein Wasserkocher auf der Fensterbank, eine Kaffeedose, ein billiges Radio, ein einzelnes Poster an der Wand, ein Panorama schneebedeckter Berge, darunter arabische Schriftzeichen … Wahrscheinlich verbrachten die Arbeiter hier ihre Pausen. Sie lag vor dem Tisch auf dem abgetretenen PVC-Fußboden, hatte sich zusammengerollt und hielt Rachel fest an sich gedrückt. Der Mann mit der Waffe saß vorgebeugt auf einem Stuhl und sprach mit ihr. An seinen Lippenbewegungen hatte sie zu sehen geglaubt, dass er schrie, aber das stimmte nicht. Er hielt ihr etwas hin.

Sie setzte sich auf und versuchte, sich auf seine Stimme zu konzentrieren.

»Zieh das an, sonst wird dir noch kalt. Das macht es auch nicht besser.«

Sie sah sich an, was er ihr hinhielt – Kleidung, nicht ihre. Sie schaute an sich hinunter, sie war nackt, überall war Blut.

»Wo sind meine Sachen?«, fragte sie. Ihre Stimme klang seltsam.

»Zerrissen und dreckig. Die würdest du nicht anziehen wollen, glaub mir. Der hier ist sauber.«

Sie nahm das Bündel entgegen. Es war ein grauer Overall, wie ihn die Arbeiter trugen. Sie schaute sich um und fragte sich idiotischerweise, wo sie sich anziehen konnte. Er zeigte auf eine Tür in der Ecke des Zimmers.

»Da drin ist eine Dusche. Da kannst du dich waschen …« Er sah aus, als wäre er ziemlich durcheinander. Im Augenblick wollte er wohl nett zu ihr sein, aber er hatte immer noch die Waffe. »Du kannst dich waschen und den hier anziehen. Ich passe solange auf die Kleine auf.«

Sie schob Rachel ein Stück von sich weg. »Erst muss ich Rachel waschen«, sagte sie. »Ich muss ihr das Blut abwaschen.« Sie fühlte sich total benommen. Nichts um sie herum schien ihr real. Sie hatte das Gefühl, als hätte ihr jemand zwischen die Beine getreten, ziemlich heftig sogar.

»Am besten gehen wir alle duschen«, sagte er. »Wir müssen uns alle waschen.«

Eine Welle der Übelkeit überkam sie. »Bleiben Sie uns bloß vom Leib. Sie haben schon genug Schaden angerichtet.« Sie hob Rachels Kopf. »Bist du verletzt, Schatz?« Rachel zitterte. Sie zitterten beide.

»Es geht ihr gut«, sagte er. »Ich habe sie durchgecheckt. Sie ist nur … unter Schock …«

Rachels Lippen bluteten, und auch aus der Nase lief Blut.

»Was hat er mit dir gemacht?«, fragte Anna.

Rachel schüttelte den Kopf. »Der war das nicht. Es war der Große. Er hat mich geschlagen.« Sie fing wieder an zu weinen.

Anna wollte fühlen, ob Rachels Zähne locker waren, aber ihre Finger zitterten zu sehr.

»Kannst du durch die Nase atmen?«

Rachel nickte.

»Sie hat Glück gehabt«, sagte der Mann. »Er hätte ihr die Nase brechen können.«

Anna schaute zu ihm hoch. »Und du hättest ihr den Schädel zertrümmern können, Arschloch …«

Er biss sich auf die Lippe, sprang auf und lief durch den Raum. Rachel beugte sich zu ihr.

»Mama, ich muss mal«, flüsterte sie.

»Ich habe nur eine ganz vernünftige Bemerkung gemacht …«, fing der Mann an.

»Soll ich dafür auch noch dankbar sein?«, schleuderte Anna ihm entgegen. »Wann kommt der andere Drecksack wieder?«

Er stellte sich ans Fenster an der gegenüberliegenden Wand. »Ich weiß es nicht. In ein paar Stunden, hat er gesagt. Du musst ihm geben, was er will. Ich habe dich gewarnt.«

»Er hat sich schon genommen, was er wollte.« Sie fuhr sich mit der Hand durchs Haar und spürte das Pochen in ihrem Kopf. Sie musste nachsehen, ob sie verletzt war, aber nicht jetzt. Damit konnte sie sich jetzt nicht befassen, konnte sich den Luxus von Entsetzen oder Selbstmitleid nicht erlauben. Sie waren noch immer in diesem Schlachthof. Stijn würde wiederkommen. Sie musste ihren Verstand einschalten, musste etwas tun.

Der Mann ging zum Radio und schaltete es ein. Aus dem Lautsprecher schepperte ein Popsong irgendeiner Girl-Band. Er drehte es leiser.

»Wie heißen Sie?«, fragte sie und gab sich Mühe, wieder freundlich zu wirken und sich ihren Hass nicht anmerken zu lassen. Er hatte sich übers Radio gebeugt und drehte am Sendersuchlauf herum.

»Das brauchst du nicht zu wissen«, sagte er, ohne sie anzusehen.

»Meine Tochter muss aufs Klo«, sagte sie.

Als er einen Nachrichtensender gefunden hatte, richtete er sich auf und drehte sich zu ihr um.

»Ihr könnt gehen, aber nicht zusammen«, sagte er. Wieder zeigte er mit der Pistole auf die Tür. »Da drin.«

Anna stellte Rachel auf die Füße und redete leise mit ihr. »Kriegst du das allein hin?«

Rachel nickte, dann flüsterte sie: »Aber der Mann soll draußen bleiben.« Dann drehte sie sich zu ihm um und rief: »Danke. Ich beeil mich.« Sie lernte dazu.

Er machte keine Anstalten, Rachel zu folgen. Genau genommen sah er sogar aus, als wäre es ihm unangenehm, Anna nackt zu sehen. Aber vielleicht waren es auch die Wunden und das Blut, was ihn so verlegen machte.

Im Radio liefen zwei Meldungen über die bevorstehenden Millenniumsfeiern im Londoner Dome, dann wurde zu einem Reporter am Flughafen Leeds/Bradford geschaltet. Sie sah, wie der Mann aufmerkte und sich versteifte. Es wurden nicht viele Einzelheiten genannt. Ein pakistanischer Taxifahrer, Vater von drei Kindern, war brutal ermordet worden. Mehr hatte die Polizei zur Stunde noch nicht bekannt gegeben. Es war ein kurzer Bericht. Er wollte das Radio gerade abstellen, als die nächste Nachricht kam. Sie begann genau in dem Moment, als Rachel von der Toilette zurückkehrte.

»Bei der Leiche, die früher am Morgen im Zentrum von Leeds aufgefunden wurde, scheint es sich um den Immobilienhändler Nicholas Hanley zu handeln. Wie die Polizei mitteilte, ist der Leichnam von Mr. Hanley, neunundvierzig, identifiziert worden ...« Sie hörte Rachel nach Luft schnappen, sie starrte sie mit weit aufgerissenen Augen an. »... Allem Anschein nach ist er aus einer brennenden Wohnung im Spencer Tower gesprungen. Laut Angaben der Polizei laufen die Ermittlungen noch. Die Feuerwehr hat den

Brand inzwischen unter Kontrolle, die umliegenden Straßen wurden wieder für den Verkehr freigegeben …«

»Haben die Nicholas Hanley gesagt?«, fragte der Mann.

Rachel starrte sie weiter an. Anna wurde schwindelig, sie musste sich auf den Stuhl setzen, auf dem eben noch der Mann gesessen hatte.

»Ich sagte, haben die Nicholas Hanley gesagt?«, schrie er.

»Ja doch!«, schrie sie zurück. Sie konnte einfach nicht begreifen, was sie da eben gehört hatte. Sie hatten Nicholas Hanley gesagt, hatten sogar sein Alter genannt. Und sie hatten gesagt, er sei tot. Aber für sie ergaben diese drei Informationen keinen Sinn. Meinten die Nicholas Hanley? *Ihren* Nicholas Hanley?

»Komm her, Rachel«, sagte sie.

Ihre Tochter ging quer durch den Raum und blieb vor ihr stehen. Ihre Augen waren rot gerändert und müde, sie war totenbleich. Sie hatte versucht, sich zu waschen, aber sie hatte immer noch Blut im Haar und auf der linken Wange. Ihre Lippen waren an mindestens zwei Stellen gesprungen, ihre Nase blutete weiter. Ihre Bluse war nass, sie hatte das Blut auszuwaschen versucht.

»Hör nicht darauf«, sagte Anna. »Wir wissen nicht, was das bedeutet …«

»Sie haben gesagt, die Leiche …«

»Wir wissen nicht, wer das ist. Wir wissen gar nichts.« Sie zog sie zu sich heran und schloss sie in die Arme. Da war ein lautes Klingeln in ihren Ohren. Der Mann kam zu ihr und blieb vor ihr stehen. Er redete mit ihr, stellte ihr Fragen über Hanley. Offensichtlich hatte Stijn ihm nichts erzählt. Sie wandte das Gesicht von ihm ab und vergrub es in Rachels Haar. Rachel hob die Arme und schlang sie ihr um den Hals. Anna glaubte, dass sie jetzt richtig anfangen würde zu weinen, aber stattdessen presste sie ihr die Lippen ans Ohr und flüsterte aufgeregt: »Auf der Toilette liegt ein Messer, unterm Mülleimer.«

18

Elaine Merrington – die Frau von der Spurensicherung, die man ihm zugeteilt hatte – rief Bains auf dem Handy an, als er gerade zu Chris Greenwood unterwegs war. Sie war noch am Tatort. Er berichtete ihr von den Ergebnissen der vorläufigen Autopsie.

»Alan White hat die Leitung übernommen«, fügte er hinzu. »Ab sofort wird der Fall als Mord behandelt. Wahrscheinlich besteht ein Zusammenhang zu dem Mord am Flughafen. Vielleicht sollten Sie sich die Brandexperten aus der Kriminaltechnik ranholen.«

»Ich behandle alle Todesfälle als Mord«, sagte sie, »bis zum Beweis des Gegenteils. Wollen Sie hören, was ich zu sagen habe, oder soll ich Alan White anrufen?«

Er wollte. Bisher hatte sie Blutspuren von der Hauswand direkt unterhalb des Balkons gesichert, von dem Fleck, den Bains auch schon gesehen hatte, und aus dem Büro im Stockwerk unter der Wohnung. Und jede Menge Fingerabdrücke, die meisten im Büro.

»In der Toilette im Büro habe ich auf dem Fußboden neben den Waschbecken zusammengeknüllte Geschirrhandtücher gefunden«, sagte sie. »Ebenfalls mit Blutflecken.«

»Und die sind nicht verbrannt?«

»Im Büro gibt es Rauchschäden, aber es hat nicht gebrannt«, sagte sie. »Oben in der Wohnung hat sich das Feuer an klar umgrenzten Stellen entzündet. Sie wollten auch im Büro Feuer legen, es wurde eine Spur Brandbeschleuniger nach unten gelegt, aber anscheinend ist die Brandschutztür zugefallen. Was die Spurensicherung angeht, hat das Wasser den größeren Schaden angerichtet. Aber unten im Büro und im Verbindungsflur haben wir jede Menge Abdrücke gefunden und das Blut.«

»Bei den Unmengen an Wasser, die ich da gesehen habe, überrascht es mich, dass Sie überhaupt was gefunden haben. Wissen Sie, was für ein Brandbeschleuniger benutzt wurde?«

»Noch nicht mit Sicherheit. Aber es riecht ziemlich stark nach Benzin. Das Feuer wurde im Wohnzimmer gelegt, und zwar direkt vorn an der Wohnungstür. Allem Anschein nach wurde der Brandbeschleuniger in Plastikkanistern transportiert. Einen intakten Kanister haben wir im Büro gefunden, oben in der Wohnung die Überreste von zwei weiteren, sieht zumindest so aus. Sie haben reichlich von dem Zeug verteilt. Ich habe ein Zippo-Feuerzeug gefunden, wahrscheinlich wurde der Brand damit gelegt – keine Fingerabdrücke, aber vielleicht DNA. Das Gleiche gilt für die Geschirrhandtücher und das Blut, klar. Wahrscheinlich werden wir hier jede Menge Spuren sicherstellen können, aber das wird eine Weile dauern, und es gibt keine Garantie, dass die vom Täter stammen.«

»Haben Sie Plastik oder Draht gefunden? Die Rechtsmedizinerin meint, Hanley sei mit etwas Hartem gefesselt worden. Wenn das stimmt, müssen die Fesseln vor dem Sturz entfernt worden sein.«

»Nein, nichts. Aber einige zerbrochene Möbelstücke. Ich würde sagen, es hat ein Kampf stattgefunden, bevor das Feuer gelegt wurde. Von ein paar zerbrochenen Möbeln habe ich Fasern auf dem Balkon sicherstellen können. Ich sage Ihnen Bescheid, sobald wir mehr wissen.«

Bains bedankte sich bei ihr und drückte die Tür zu dem winzigen Zimmer im Erdgeschoss auf, das Chris Greenwood für seine Videoguckerei mit Beschlag belegt hatte. Früher hatte der Raum den Reinigungskräften gehört, und in einer Ecke waren immer noch ein paar Mopps, Eimer und Schrubber zu bewundern.

»Ich habe nur fünf Minuten Zeit, Chris«, sagte er und setzte sich.

»Das müsste reichen.«

Greenwood hockte vor einem winzigen Videobildschirm. Bains zog sich einen Stuhl heran.

»In dem Gebäude gibt es drei Kameras«, sagte Greenwood. »Eine an der Eingangstür, eine in der Tiefgarage und eine, die zwei Hinterausgänge abdeckt. Zwei davon liefen: die am Haupteingang und die in der Tiefgarage. Die an den Hinterausgängen nicht, die ist kaputt. Der Schaden ist gestern Morgen um neun Uhr gemeldet worden.«

»Wir haben also nicht alles auf Band.«

»Nein. Nicht aus dem hauseigenen System. Aber ich habe fast alle Aufzeichnungen von den umliegenden Straßen und Kreuzungen – es gibt da acht Kameras, die ungefähr die Hälfte aller möglichen Fluchtwege abdecken, aber dazu brauche ich etwas mehr Zeit.«

»Nur die Hälfte der Fluchtwege?«

»Ja. Wasserdicht ist die Sache nicht. Aber sehen Sie sich erst mal an, was ich bis jetzt habe.«

Er setzte das Videogerät in Gang. Zu sehen waren körnige Schwarzweißaufnahmen, auf denen mit Mühe das Innere einer Tiefgarage zu erkennen war. Greenwood erklärte, dass die Kamera an der einzigen Ein- und Ausfahrt angebracht war und in die Garage zeigte.

»Dieser Wagen hier fährt jetzt rein«, er zeigte mit dem Finger auf den Bildschirm, »man kann ihn nicht besonders gut erkennen, aber wenn man es ganz langsam laufen lässt, erwischt man einen Moment, in dem das Nummernschild zu lesen ist. Das Auto gehört Hanley ...«

Plötzlich wechselte das Bild, und man schaute aus der Vogelperspektive in die Eingangshalle des Gebäudes, wobei die Kamera durch die Eingangstüren nach draußen zeigte. Bains sah, dass es draußen Tag war. Er schaute auf die Uhr am unteren rechten Bildrand: 15:17. Datum: 30. 12. 99.

»Die springen immer hin und her«, erklärte Greenwood. »Es werden je vier Sekunden von einer Kamera aufgezeichnet, dann kommt wieder die andere.« Auf dem Bildschirm war erneut die Tiefgarage zu sehen. Das Auto, das eben reingefahren war, parkte gerade ein.

»Die Bildqualität ist miserabel«, sagte Bains. »Was für ein Auto ist das?«

»Ein XJ8. Ein Jaguar. Admiralsrot. Einer von drei Wagen in Hanleys Besitz. Die beiden anderen sind Range Rover.«

Wieder Wechsel in die Eingangshalle. Greenwood spulte vor, bis zu sehen war, wie in der Tiefgarage ein Mann aus dem Wagen stieg. Das Bild war so unscharf, dass es praktisch unmöglich war, überhaupt nur seine Größe zu schätzen.

»Das ist völlig unbrauchbar«, sagte Bains. »Können Sie erkennen, was der anhat?«

»Ich würde sagen, dunkle Hosen und dunkle Schuhe, ein helleres Hemd und ein Jackett ...«

»Was zu unserer Leiche passen würde. Aber das heißt nicht viel.«

»Meinen Sie, es gibt Zweifel an der Identität?«

Bains schüttelte den Kopf. »Nein, im Grunde nicht. Ich will nur sichergehen. Gibt es eine vernünftige Aufnahme vom Gesicht?«

»Nein, aber es ist Hanley. Das ist sein Wagen, und er verschafft sich mit seiner ID-Karte Zugang zum Gebäude. Das System zeichnet auf, wer wann raus- oder reingegangen ist. Und die Zeiten passen.«

»Verlässt er das Gebäude wieder?«

»Nicht mit dem Wagen. Der steht immer noch in der Tiefgarage. Die Bildqualität aus der Eingangshalle ist sehr viel besser. Wenn ich ein Foto von ihm hätte ...«

»Ich habe Paul North gebeten, Ihnen eines zu besorgen.«

»... könnte ich überprüfen, ob er das Gebäude zu Fuß verlassen hat.«

Bains lehnte sich zurück. »Okay. Gute Arbeit, Chris.«

»Das ist noch nicht alles. Warten Sie.« Er drückte ein paar Knöpfe auf der Fernbedienung und sprang zu einer Uhrzeit, die er sich notiert hatte. »Sehen Sie sich das an.«

Wieder die Tiefgarage. Bains sah, wie ein Mann zu dem Jaguar ging, allem Anschein nach der gleiche. Die Uhr zeigte 16:33, gleiches Datum. Der Mann öffnete den Kofferraum, holte zwei helle Behälter heraus und ging mit einem in jeder Hand zurück zu den Aufzügen. Sie wirkten ziemlich schwer.

»Wie Taschen sehen die nicht aus«, sagte Bains mit gerunzelter Stirn.

»Er kommt noch mal wieder und holt noch einen dritten«, sagte Greenwood. »Für mich sieht das aus wie Benzinkanister.«

19

Der Mann hieß Kenny. Konnte der Vor- oder der Nachname sein, sie wusste es nicht. Sie hatte den Namen gehört, als er in ihrer Anwesenheit mit Stijn telefoniert hatte. Offensichtlich war die Verbindung schlecht gewesen, er hatte lauter sprechen und seinen Namen wiederholen müssen. Sie hatte ihn davon abhalten wollen, Stijn anzurufen, hatte ihn angefleht, hatte auf eine menschliche Regung gehofft.

»Wenn Sie ihm davon erzählen, kommt er nur früher zurück«, hatte sie gesagt. Sie hatte bestimmt verängstigt ausgesehen. Sie *war* verängstigt.

Der Mann – Kenny – hatte verunsichert gewirkt, aber nur kurz. »Ich muss es ihm erzählen«, hatte er gesagt und sich die Stirn gerieben. Seine Stimme hatte geklungen, als hätte er Kehlkopfkrebs. »Tut mir leid, aber ich muss. Vielleicht ist dann alles vorbei. Vielleicht wollte er wirklich nur wissen, wo dieser Hanley steckt.«

Das Telefonat hatte nur wenige Sekunden gedauert. Sie hatte zugehört, als er Stijn von Nicholas Hanleys Tod berichtete. Sie hatte Rachel im Arm gehalten, und sie hatten ihn beide angestarrt.

»Er wusste es schon«, hatte er gesagt, nachdem das Gespräch beendet war. Er hatte die Stirn in tiefe Falten gezogen.

Sie begriff es ebenso wenig wie er. Sie war kurz davor, wieder loszuheulen und einfach aufzugeben. Stijn wollte von ihr hören, wo Nick war, dabei wusste er, dass Nick tot war. Es war ein Albtraum, aus dem es kein Entrinnen gab. Sie erstickte das Schluchzen in ihrer Kehle und stand auf, in der Hand den Overall, den er ihr gegeben hatte.

»Ich werde duschen gehen, wie Sie gesagt haben«, verkündete sie. Sie bemerkte, wie Rachel von ihr wegschaute.

Kenny ging mit ihr zur Tür und warf einen Blick in den Waschraum. »Ich bin hier mit der Kleinen«, sagte er. »Vergiss das nicht.«

Sie nickte. »Sie heißen Kenny«, sagte sie. »Danke, Kenny.«

Es war ihm sichtlich unangenehm. »Vergiss meinen Namen wieder«, sagte er.

Sie nickte und schaute an ihm vorbei zu Rachel, die neben dem Tisch stand und sie ansah. »Bin gleich wieder da, Rachel«, sagte sie. »Wenn was ist, schrei.«

»Es wird nichts sein«, sagte er und schloss die Tür hinter ihr.

Sie wartete einen Moment, bis sie sicher war, dass er nicht reinkommen würde, dann schaute sie sich um. Es war ein kleiner, enger Raum, eine Toilettenkabine und davor eine offene Dusche mit Kacheln an den Wänden und auf dem Fußboden. Hinter der Tür ein Stuhl, ein rostiger Spiegel über dem kleinen Waschbecken, an der Wand ein Papierhandtuchspender, vor der Toilette ein Mülleimer, vollgestopft mit Papiertüchern. Sie hob ihn hoch und nahm das Messer an sich. Hatte Rachel es woanders gefunden und hier versteckt? Sie spürte eine Woge des Stolzes in sich aufsteigen.

Es war ein ganz normales Küchenmesser mit Sägeschliff. Sie fuhr mit dem Daumen darüber. Es war stumpf. Die Klinge war schmal, vielleicht fünfzehn Zentimeter lang und spitz. Dünn und biegsam. Zum Schneiden taugte es nicht, und es würde abbrechen, sobald es auf etwas Festes stieß. Aber es war das Einzige, was sie hatten. Sie steckte es in die Gesäßtasche des Overalls.

Dann drehte sie die Dusche auf und wusch sich hastig, wartete nicht einmal auf warmes Wasser, dachte nicht über das dreckige, blutige Wasser nach, das sich zu ihren Füßen sammelte. Sie dachte nur an das Messer. Dann wusch sie sich die Haare und das Gesicht, spülte sich den Mund aus und wusch sich schließlich zwischen den Beinen. Es gab keine Seife. Ihre Wunden zählte sie nicht, wollte nicht an den Schmerz denken. Sie trocknete sich, so gut es ging, mit den rauen blauen Papiertüchern ab und zog den Overall an. Er passte ihr, aber für die winterlichen Temperaturen draußen war er nicht warm genug – wenn sie denn je wieder nach draußen kamen. Sie knöpfte ihn bis oben hin zu und betrachtete den kleinen Aufnäher auf der Brusttasche. Arabische Schriftzeichen. Die Gesäßtasche war groß genug, das Messer passte rein, aber womöglich würde es sich abzeichnen, wenn sie ihm den Rücken zudrehte. Sie musste vorsichtig sein.

Sie ging zurück ins Nebenzimmer. Rachel sah ihr in die Augen, sie verständigten sich ohne Worte. Sie saß an einem Ende des Tisches, Kenny am anderen. Er stand auf, als Anna reinkam.

»Jetzt bin ich dran«, sagte er. Sie ging zu Rachel, und ihre Gedanken rasten. Wie wollte er duschen und sie gleichzeitig in Schach halten? Er würde sie hier allein lassen müssen. Das war ihre Chance. Vielleicht würde sie das Messer gar nicht brauchen.

»Ihr müsst mitkommen«, sagte er und machte ihre Hoffnungen zunichte. »Alle beide. Ich werde die Waffe auf die Kleine richten, und du musst mich waschen.«

Sie spürte, wie sie vor Fassungslosigkeit und Entsetzen das Gesicht verzog.

»Anders geht es nicht«, beharrte er, als er ihre Grimasse sah. »Ich stinke nach Scheiße, und das ist eure Schuld. Ich habe dir erlaubt zu duschen und dir was zum Anziehen gegeben. Jetzt musst du mir helfen.«

Stotternd versuchte sie zu protestieren. Gleichzeitig registrierte ihr Verstand, welche Gelegenheit er ihnen damit bot, aber sie wollte nicht, dass dieser Gedanke auf ihrem Gesicht zu lesen war.

»Anders geht es nicht«, wiederholte er. »Wenn ich euch hier allein lasse, haut ihr ab.«

»Bitte«, sagte sie. »Ich gebe Ihnen mein Wort. Wenn Sie uns hierlassen …«

»Red keinen Scheiß.« Er packte Rachel am Arm und schob sie Richtung Waschraum, die Waffe lässig in der Hand.

Anna versuchte, freundlich dreinzuschauen. »Warten Sie«, sagte sie. Er blieb stehen. »Versprechen Sie, dass das alles ist, was Sie wollen?«

Er sah regelrecht beleidigt aus. »Ich bin verheiratet«, sagte er. »Ich habe zwei kleine Töchter. Ich bin nicht wie der.«

Er hatte es fast wütend gesagt. Sie sah ihn vor sich, wie er neben dem Taxifahrer stand und die Waffe auf ihn richtete. Sie blinzelte. »Okay«, sagte sie. »Ich werde Ihnen helfen. Aber lassen Sie meine Tochter in Ruhe.«

Er ließ Rachel los. Zu dritt gingen sie in den Waschraum.

Jetzt kam der Raum ihr klaustrophobisch eng vor. Er befahl ihr, die Tür zu schließen. Sie tat es und lehnte sich mit dem Rücken dagegen. Dabei spürte sie, wie sich ihr das Messer in den Hintern presste. Er befahl Rachel, bei ihm stehen zu bleiben, dann fing er an, sich auszuziehen. Die Waffe hielt er auf Rachels Kopf gerichtet. Anna fragte sich, wie er die Waffe halten und gleichzeitig duschen wollte. Sie wartete auf den einen Moment, in dem er unaufmerksam sein würde.

»Dreh die Dusche auf«, befahl er ihr. Er stand nackt vor ihr, der Jogginganzug lag zerknautscht auf dem Fußboden. Rachel rümpfte die Nase, als sich der Gestank ausbreitete, und gab sich Mühe, ihn nicht anzusehen, Anna jedoch sah und roch nichts. Ihre Gedanken rasten.

Er war schwach. Er war nicht wie Stijn, er hatte es selbst gesagt. Den Taxifahrer hatte er erschossen, aber zu dem hatte er auch keine Beziehung gehabt. Mit ihr hatte er schon viel zu viel geredet, hatte viel zu viel von sich erzählt.

Die Situation war ganz anders. Er hatte zwei Töchter. Er hatte ein schlechtes Gewissen, weil er Rachel geschlagen hatte und wegen dem, was Stijn ihr angetan hatte. Und das alles hatte er ihr auch noch selbst erzählt.

Sie trat in die Dusche, auf die nassen Fliesen, die sich zum Abfluss hin neigten. Dabei ließ sie die Waffe, die er auf Rachels Kopf richtete, nicht aus den Augen. Wenn es sein musste, würde er ein zweites Mal töten. Aber er wollte es nicht. Und genau aus diesem Grund würde er Fehler machen. Sie nahm die Waffe in Augenschein. Es war ein altes, großes, unhandliches Ding aus dem ehemaligen Ostblock – wahrscheinlich eine 9-mm-Stetschkin, was bedeutete, dass sie über ein Zwanziger-Magazin verfügte, wenn er denn noch so viel Munition für das Ding hatte auftreiben können. Den Schalldämpfer hatte er irgendwann zwischendurch abgeschraubt; er hatte nicht besonders gut funktioniert, weshalb sie annahm, dass es irgendein Eigenbau gewesen war. Der Sicherungshebel auf der linken Seite war nicht zu übersehen, es gab drei Stellungen, alle drei beschriftet. »NP« bedeutete gesichert. Anna Hart wusste so etwas nicht, aber *sie* wusste es. Sie konnte die Buchstaben klar und deutlich erkennen und wusste, was sie bedeuteten. Er hatte die Waffe gesichert. Mehr brauchte sie nicht.

Sie nahm den Duschkopf in die Hand, drehte das Wasser auf und ließ es unter ihren Füßen ablaufen.

»Was soll ich machen?«, fragte sie. Plötzlich klang ihre Stimme ganz ruhig. Sie betrachtete ihn von oben bis unten. Er war untersetzt und muskulös. Kurze, kräftige Oberschenkel, Stiernacken, dichter Haarwuchs auf Brust und Rücken, Narben auf den Schultern. Sie konnte jeden einzelnen Muskel erkennen, genauso seinen Knochenbau. Er hatte kaum Fett am Körper. Er merkte, dass sie ihn betrachtete, und lief rot an.

»Ich ziele die ganze Zeit auf die Kleine.« Seine Stimme klang nervös und verunsichert. »Du …« Er zeigte auf die Dusche. »Wasch mich ab … Mach schon … Mit dem …«

»Wo waschen?« Sie spürte, wie ihr Herz schneller schlug.

»Na, überall. Mach's einfach. Ich hab die Pistole auf ihren Kopf gerichtet. Wenn mir irgendwas komisch vorkommt, knall ich sie ab.«

Sie hielt inne, sah ihm in die Augen und sagte sich selbst noch einmal vor, dass die Waffe gesichert war. »Okay. Aber Sie müssen einen Schritt nach hinten gehen, näher an die Dusche.«

Er tat es und drehte sich zur Seite.

»Umdrehen«, sagte sie. »Ich mach's. Sie können mir vertrauen.«

Er zweifelte. Etwas an ihrer Stimme hatte ihn misstrauisch gemacht, ein neuer Tonfall. Im Stillen verfluchte sie sich selbst, dann sagte sie: »Sie müssen mir versprechen, dass Sie ihr nichts antun …«

Er war wieder beruhigt, das konnte sie sehen. »Fang schon an«, sagte er. »Ich will nichts von euch. Ich will nur sauber sein.«

Sie prüfte die Wassertemperatur, dann richtete sie den Duschkopf auf seine Oberschenkel. Er stand immer noch seitlich zu ihr und ließ sie nicht aus den Augen, er war immer noch nervös. Mit der linken Hand hielt er Rachel fest, aber auf Distanz, so dass sie ihm nicht zu nahe kam, ihn nicht berührte. Er war viel zu sehr darauf bedacht, dass sie bloß keinen falschen Eindruck von ihm bekamen. Er unterschätzte sie. Aber mit der rechten Hand presste er Rachel weiter die Waffe an den Kopf.

»Umdrehen«, sagte sie. »Bringen wir es hinter uns.«

Langsam wandte er ihr den Rücken zu, verdrehte den Kopf, so dass er sie weiter im Blick hatte. Er sah schlimm aus, seine eigene Scheiße klebte ihm am Hintern. Sie musste ihn dazu bringen, nach vorn zu schauen.

»Sie sind total dreckig«, sagte sie. »Das Zeug klebt Ihnen am ganzen Hintern.« Sie sah ihm in die Augen. Sofort wich er ihrem Blick aus, es war ihm unangenehm und peinlich, und er drehte den Kopf nach vorn. »Ich wasch das jetzt ab«, sagte sie.

Sie nahm den Duschkopf in die linke Hand und hielt ihm den Strahl auf den Hintern. Es war nicht zu übersehen, wie er sich anspannte. Rasch zählte sie die Wirbel vom Kopfansatz nach unten. Sie waren deutlich zu erkennen, die Schulterblätter stachen klar hervor. Weil er den Arm nach unten hielt, betrug der Abstand zwischen dem linken Schulterblatt und der Wirbelsäule keine sechs Zentimeter. An dieser Stelle waren die Rippen am dicksten. Wenn sie eine Rippe traf, wäre alles vorbei – die Klinge würde abbrechen. Sie schloss die rechte Hand um den Messergriff. Im Kopf markierte sie sich den Punkt und trat näher an ihn heran. Zwischen der sechsten und der siebten Rippe. Sie stellte sich breitbeinig hin, hob das Messer über den Kopf und stach zu.

Es war wie ein kurzer, nach unten gerichteter Schlag mit der Außenkante der Faust, der ihn am Rücken traf und nach vorn stieß. Sie trat einen Schritt zurück und erwartete, den Griff mit der gebrochenen Klinge in der Hand zu halten. Sie hatte nichts gespürt, keinen Widerstand. Sie wollte den Griff festhalten, doch als er nach vorn taumelte, glitt er ihr aus der Hand.

Verwundert trat sie zurück. Die Klinge steckte bis zum Schaft in seinem Rücken, nur der Griff ragte heraus. Sie hatte ihn genau dort getroffen, wo sie ihn hatte treffen wollen. Er stolperte, fiel auf Rachel. Sie hörte, wie er nach Luft schnappte, dann drehte er sich um, die Beine knickten ihm weg. Sie trat vor, um die Hand zu packen, die die Waffe hielt. Mit einer Drehung fiel er auf den Rücken, den Mund hatte er vor Schreck weit aufgerissen, doch es kam kein Laut über seine Lippen. Mit der Linken zog er Rachel mit sich zu Boden. Sie fing an zu schreien. Als er aufkam, flogen ihm die Beine in die Luft, und er schlug mit dem Kopf gegen die Wand. Er hatte Rachel auf seinen Brustkorb gezogen, die Waffe noch immer auf ihren Kopf gerichtet.

Mühsam schnappte er nach Luft. Er sah ihr in die Augen, als sie die Waffe packte. Mit dem linken Arm presste er Rachel an sich. Er keuchte, seine Brust hob und senkte sich. Seine Augen zuckten blicklos hin und her. Mit der einen Hand packte Anna die Waffe, mit der anderen seine Hand. Rachel kreischte. Anna löste seine Finger von der Waffe. Er presste Rachel gegen den Lauf, zog immer und immer wieder am Abzug. Sie wusste nicht, ob er es mit Absicht tat oder ob es nur ein Reflex war.

»Die Pistole ist gesichert«, sagte sie und sah ihm in die Augen. »Es hat keinen Sinn.«

Er hörte sie nicht, er hörte gar nichts mehr. Er konnte nichts anderes tun als daliegen und sie anstarren, während sein Gesicht langsam blau anlief. Sie sah zu, wie seine Augen leer wurden, wie die Kraft aus seinen Fingern schwand. Dann nahm sie ihm die Pistole aus der Hand und legte sie hinter sich. Anschließend löste sie Rachel aus seiner Umklammerung. Ihre Tochter schlang die Arme um sie, und sie traten gemeinsam einen Schritt zurück, das Wasser aus dem Duschkopf spritzte ihnen um die Füße und auf seine Beine. Es war kein Blut zu sehen.

Sie strich Rachel übers Haar und wartete. Er rang weiter nach Luft, sah sie weiter an. Dann bog er den Rücken durch, sein Gesicht verzerrte sich vor Schmerz. Aus seiner Kehle drang ein Gurgeln. Sie sah, wie sein Brustkorb zuckte. Das Messer war ihm mitten durchs Herz gegangen. Er konnte nichts mehr tun. Aus seinem weit aufgerissenen Mund drang helles, schaumiges Blut.

Sie wartete, bis sich sein Brustkorb nicht mehr regte, und drehte Rachels Kopf weg, als seine Glieder zu zucken anfingen. Er hatte die Arme zu beiden Seiten ausgestreckt, den Kopf in den Nacken geworfen, die Augen weit aufgerissen. Sie schauten ins Nichts.

»Alles in Ordnung«, sagte sie zu Rachel.

Sie sah sich um. Alle ihre Sinne waren hellwach, das Adrenalin pumpte ihr durch die Adern. Sie ging zur Tür, zog sie einen Spaltbreit auf und spähte vorsichtig hinaus. Der Raum nebenan war leer. Sie drehte sich zu Rachel um. Die stand noch da, hielt eine Hand vor den Mund gepresst und starrte den Leichnam an.

Sie hatte noch nie einen Toten und erst recht niemanden sterben sehen. Anna wartete, bis sie zu ihr aufschaute, dann sagte sie: »So ist das. So stirbt ein Mensch. Mach dir keine Sorgen deswegen. Er spürt nichts mehr.«

Es klang platt und unpassend. Rachel hatte damit zu kämpfen. Anna stupste ihn mit dem Fuß an. Er rührte sich nicht.

»Er ist tot«, sagte sie. »Von einer Minute auf die andere.« Sie spürte, wie ihr Herz wieder langsamer schlug. »Los, verschwinden wir«, sagte sie.

20

Die erste Dienstbesprechung für die fünfundzwanzigköpfige Sonderkommission, die Alan White zusammengestellt hatte, verzögerte sich um über eine halbe Stunde, weil

White selbst nicht anwesend war. Bains saß an einem Ecktisch unweit der Tür und rieb sich die müden Augen. Er brauchte Schlaf. Teilnahmslos sah er zu, wie die aufgabenlosen Männer und Frauen einander begrüßten, den neuesten Tratsch austauschten und begutachteten, was White bereits auf die Weißwandtafeln geschrieben hatte, lachten, murrten und schimpften und schließlich irgendwo Platz nahmen, um schweigend zu warten. Für mehr als fünfzehn Minuten Smalltalk reichte der Gesprächsstoff nicht aus.

Dies war seine erste Pause seit Beginn seiner Schicht vor über zwanzig Stunden – seit dem Telefonat mit Liz, mit dem sie die Erinnerung an Karen in sein Gehirn gepflanzt hatte wie kleine Bruchstücke radioaktiven Abfalls. Zum Glück war er seither beschäftigt gewesen. Es gab nichts Besseres als einen Mord, wollte man einen Schutzschirm zwischen das eigene Bewusstsein und den Rest der Welt schieben. Man musste sich nur voll und ganz auf diesen Mordfall stürzen, musste ihm hundert Prozent seiner Aufmerksamkeit widmen. Egal, ob man Frau und Kinder hatte, unheilbaren Krebs, eine halbe Million Pfund Schulden und nicht die geringste Chance, die jemals abzuzahlen, alles egal. Ein Mord gab einem eine wunderbare Entschuldigung an die Hand, um alles andere für eine Weile vergessen zu dürfen.

Aber jetzt diese Atempause. Er betrachtete die Gesichter der Kollegen, die man in Kürze auffordern würde, doch bitte alle Pläne für die nächsten drei Tage zu streichen. Er sah, wie die Aufregung nachließ, je länger sie warteten, wie sie sich nach und nach an die kleinen Sorgen des Lebens erinnerten, die sie noch am Morgen beschäftigt hatten. Und er begriff, dass für ihn die Samen schon in dem Moment gesät worden waren, als Liz ihm erzählt hatte, dass Francis Doyle auf der Suche nach Karen Sharpe war.

Er stand auf und ging hinaus auf den Korridor. Er musste sich ablenken, also zog er das Handy aus der Tasche und wählte Liz' Nummer, und erst, als sie ranging, wurde ihm klar, dass er sich selbst geschickt ausmanövriert hatte. Natürlich würde sie ihn als Allererstes nach Karen fragen.

»Waren sie schon bei dir?«, fragte sie wie auf Stichwort.

»Ja. Vor einer Stunde ungefähr.«

»Und was ist los?«

»Keine Ahnung. Ich habe sie nicht gefragt.« Er ging im Flur auf und ab.

»Hättest du aber tun sollen«, sagte sie. »Ich mache mir Sorgen um sie.«

»Das sagtest du bereits.«

»Du etwa nicht?«

Er biss sich auf die Lippe und schwieg.

»Du brauchst mir nichts vorzumachen, Pete. Das ist doch kein Verbrechen. Wir haben sie gerngehabt, meine Güte. Wir haben sie beide gerngehabt. Nur weil …«

»Ich versuche, nicht an sie zu denken«, fiel er ihr ins Wort. »Das ist Vergangenheit. Wir müssen die Vergangenheit hinter uns lassen. Das hat Karen auch immer gesagt.«

Er lauschte Liz' Schweigen. »Tut mir leid, Liz«, sagte er. »Ich kann das nicht anders.«

»Ich schon«, sagte sie. »Hast du eine Telefonnummer von ihr?«

Verwundert zog er die Stirn in Falten. »Warum? Was willst du damit?«

»Sie anrufen und herausfinden, was los ist. Vielleicht braucht sie unsere Hilfe.«

»Tut sie nicht.«

»Hast du eine oder nicht?«

»Was?«

»Eine Telefonnummer? Hat sie dir eine Nummer gegeben?«

»Sie hat mir gar nichts gegeben, Liz. Das weißt du doch. Sie hat mir nicht mal einen blöden Zettel hinterlassen …« Er unterbrach sich, zügelte seine Bitterkeit, die noch so stark war, dass sie nur von einer noch immer offenen Wunde herrühren konnte. Er atmete tief durch. »Deshalb habe ich nicht angerufen.«

»Sondern?« Sie klang verärgert.

»Wegen heute Abend.«

Sie schwieg. Er ging vor den Büros der Vorgesetzten auf und ab. In einem der Büros saß Alan White und besprach den Fall mit der Führungsgruppe in Wakefield – zumindest hatte Jon Hoyle, Whites Stellvertreter, ihnen das so mitgeteilt. Hinter einer der Türen hörte Bains White mit erhobener Stimme sprechen. Er fing an zu flüstern, er wollte nicht, dass ihn jemand hörte.

»Vielleicht hätten wir uns doch verabreden sollen«, sagte er. Er hörte sie seufzen.

»Das kommt jetzt ein bisschen spät, Pete.«

Er ging weiter und dachte nach. Vor gut drei Monaten hatte sie ihn gefragt, ob sie den Millenniums-Abend miteinander verbringen wollten, und er hatte abgelehnt und gesagt, dass er arbeiten würde. Danach hatte sich herausgestellt, dass er ohnehin keine Wahl hatte, aber trotzdem hätten sie sich nach Mitternacht noch sehen können. Die Leute blieben doch die ganze Nacht auf, um solche »besonderen Ereignisse« zu feiern. Er hätte also den Rest der Nacht mit ihr verbringen können, und genau genommen auch die Zeit vor seinem Dienstantritt.

Weihnachten und Silvester waren immer schwer für ihn. Schon allein der Klang der Daten konnte ihn in eine mittlere Verzweiflung stürzen. Die allgemeine Erwartung, an diesen Tagen unbedingt allerseits Lächeln und bleibende Erinnerungen generieren zu müssen, schien ihm eine zu schwere Last, zumal er das Pech gehabt hatte, diese Ziele bereits ein paarmal verwirklicht zu haben. Und sosehr er sich auch dagegen wehrte, wurde doch jeglicher Wiederholungsversuch von der Erinnerung an jene Zeiten vergiftet. Besonders Silvester war hervorragend dazu geeignet, den rührseligen, selbstmitleidigen Trottel in ihm zu erwecken. Unglaublich eigentlich, dass er es vor zwei Jahren tatsächlich geschafft hatte, die Vergangenheit hinter sich zu lassen. Aber das hatte an Karen gelegen. Oder an Mairead. Oder an beiden zusammen. Sie waren in sein Leben getreten und hatten Wunden geheilt, von denen er geglaubt hatte, dass sie niemals heilen würden. Er dachte daran zurück, wie sie zu viert – Liz war auch dabei gewesen – im Dunkeln und bei klirrender Kälte über die Felder hinter Karens Haus und den Hügel hinaufgerannt waren, um einen Blick auf das Feuerwerk zu erhaschen, das den Himmel über Skipton erhellte. Alle – außer Mairead – waren betrunken gewesen. Mit zehn war sie noch nicht in dem Alter, in dem man sich für Alkohol zu interessieren begann. Sie hatten sogar ein paar Zeilen von »Auld Lang Syne« angestimmt. Bei dem Gedanken daran fluchte er laut vor sich hin. Sie hatten sich ein Leben zusammen vorgestellt, und sie war einfach abgehauen, ohne Grund und ohne Vorwarnung.

»Was?«, fragte Liz, die sein Fluchen gehört hatte.

»Zu spät«, sagte er.

»Ich habe dich gefragt, Pete …«

Er schüttelte die Erinnerungen ab. »Ich weiß. Das war blöd von mir. Tut mir leid. Musst du hinfahren?«

Sie hatte vor, im Laufe des Tages zu ihrer Schwester in den Süden zu fahren.

»Jetzt ja«, sagte sie. »So kurzfristig kann ich das nicht mehr absagen und alles über den Haufen werfen. Ich habe dich vor drei Monaten gefragt.«

Er hörte, wie die Tür zu Whites Büro geöffnet wurde, und machte kehrt, um in das Büro der Kripo zurückzugehen.

»Ich wäre vielleicht nicht so gern allein heute Nacht«, sagte er. Ein armseliger Satz, auf den es keine Antwort gab. Er zuckte selbst zusammen, als er sich das sagen hörte. Wenn er wenigstens gesagt hätte, dass er gern bei ihr wäre. Aber nein: nicht allein. Praktisch eine Beleidigung. Sie antwortete nicht.

»Kann ich dich noch mal sehen, bevor du fährst?«, fragte er.

»Ich breche in einer halben Stunde auf. Das ist doch albern, Pete.«

Er kam an Whites Büro vorbei und warf einen Blick durch die offene Tür hinein. Er war schon zwei Schritte weiter, das Handy noch am Ohr, als er begriff, was er da gesehen hatte. Er blieb auf der Stelle stehen.

»Pete?«

»Entschuldige, Liz«, flüsterte er. »Ich rufe dich später noch mal an.« Er steckte das Handy in die Tasche und drehte sich um. White kam aus dem Zimmer, sah ihn und wich seinem Blick sofort wieder aus, es schien ihm peinlich zu sein. Hinter ihm drei Männer. Einer davon war DI Hoyle, einen kannte er nicht – ein groß gewachsener, militärisch aussehender Typ mit Schnurrbart und Anzug. Der dritte schaute ihm unumwunden in die Augen. Francis Doyle.

21

Er hatte ihr sogar die Armbanduhr abgerissen. Sie fand sie im Lagerraum auf dem Fußboden wieder, zusammen mit ihren Schuhen und Socken und der zerrissenen und verdreckten Unterwäsche sowie dem Rest ihrer Kleidung. Kurz entschlossen bat sie Rachel, sich noch einmal Gesicht und Haare zu waschen, während sie in den Raum zurückging, ihre Gedanken ausschaltete und sich Schuhe, T-Shirt und den Overall anzog. Alles andere war entweder zu kaputt oder zu dreckig. Dann verließ sie den Raum, und erst nachdem sie die Tür hinter sich geschlossen hatte, erlaubte sie sich wieder zu denken.

Im Besprechungszimmer öffnete sie ein Fenster und schaute hinaus. Sie waren im ersten Stock, unter ihr verlief ein Wandvorsprung, ungefähr einen halben Meter breit. Er führte zu einem kleineren Dach, das zu einem engen, schmalen Gehweg zwischen dem Schlachthofgelände und einer Weißdornhecke hin abfiel. Sie steckte sich Kennys Handy in die Tasche, drehte sich zu Rachel um und flüsterte, den Finger an die Lippen gelegt: »Ab jetzt reden wir kein Wort mehr, bis ich Entwarnung gebe, okay?«

Rachel nickte.

Anna packte sie unter den Achselhöhlen, hob sie mit den Füßen voran aus dem Fenster und setzte sie auf dem Vorsprung ab. Dann kletterte sie hinterher. Sie liefen zu dem Dach hinüber, ließen sich die Schräge hinabgleiten und landeten auf der hart gefrorenen Erde. Anna sog die frische Luft tief ein, das Dröhnen der Maschinen und das dumpfe Gebrüll der Tiere waren noch immer zu hören. Aber keine Verfolger. Ihr fiel ein, dass sie die Pistole liegengelassen hatte.

Zu spät, sie konnte nicht noch mal zurück. Sie nahm Rachel an der Hand und führte sie auf die Reihe Pappeln am Ende der Hecke zu. Zwischen dem Gehweg und den Pappeln verlief ein hoher Maschendrahtzaun. Dahinter ein Abhang, unten in der Senke hing eine Nebelbank, weiter entfernt sah sie Felder, Strommasten und die Oberleitungen der Bahngleise. Vergeblich suchte sie nach einem Loch in den dichten Maschen.

»Wir müssen rüberklettern«, flüsterte sie Rachel ins Ohr. Ihr Atem bildete eine Wolke vor ihrem Gesicht. Langsam spürte sie die Kälte durch den dünnen Overall kriechen.

Sie half Rachel an einem Betonpfeiler hinauf und ließ sie unter der Schnur rostigen Stacheldrahts, die den Zaun oben abschloss, warten. Sie wollte nicht, dass sie auf der anderen Seite runtersprang und sich womöglich den Fuß verknackste. Für sie war es ein Leichtes, den Zaun zu überwinden. Sie stieß sich von der Wand des Gebäudes ab, aus dem sie gerade geflohen waren, drückte mit der einen Hand den Stacheldraht runter, stützte sich mit der anderen auf dem Pfeiler ab und schwang sich hinüber. Dann half sie Rachel nach unten.

»Okay«, sagte Anna. »Wir gehen schnell und reden mit niemandem.«

Sie rutschten die kurze, überwucherte Böschung zum Fluss hinunter und schauten sich zu allen Seiten um. Über dem Wasser hing Nebel, eine unbewegliche Bank gefrierenden Nebels. Das Wasser selbst stand hoch, es lief schnell und leise, in den Ästen und Wurzeln der Bäume, die sich übers Ufer hinauslehnten, hatte sich Müll verfangen. Das Wasser sah schlammig und unter der Oberfläche auch träge aus, bis zum gegenüberliegenden Ufer waren es vielleicht zehn Meter. Anna hatte nicht vor hindurchzuschwimmen. Am Ufer entlang verlief zwischen Büschen und Gestrüpp ein schmaler Pfad. Sie ging nach links, auf Kirkstall Abbey und die Stadt zu, und zog Rachel hinter sich her. Hinter den Pappeln konnte sie durch den Nebel den Verkehr auf der Abbey Road hören.

Sie gingen schnell, Hand in Hand, und erreichten über eine kleine Holzbrücke eine sauber gemähte Rasenfläche. Ein Stück weiter konnten sie im Nebel die dunkle Silhouette der verfallenen Abtei erkennen. Je näher sie den Ruinen kamen, umso mehr lichtete sich der Nebel. Weit und breit war kein Mensch zu sehen, doch jenseits der uralten schwarzen Steinbögen sahen sie die belebte Straße.

Anna blieb stehen, ihr Herz raste noch immer. Ein eisig kalter grauer Yorkshire-Tag. Ganz normales Leben. Die ganze Zeit über war um sie herum alles weitergelaufen wie immer. Ihr wurde schwindlig. Alles sah ganz normal aus. Sie begriff es nicht. Zum ersten Mal wurde sie sich der Schmerzen zwischen ihren Beinen bewusst. Wortlos zog sie Rachel weiter.

Das Tor zur Abbey Road stand offen. Anna ging, ohne zu zögern, schnellen Schrittes hindurch.

»Langsamer, Mama!« Rachel hatte Mühe mitzuhalten.

»Noch nicht.«

»Wir haben's geschafft, Mum. Wir sind draußen …«

Die Autos rasten an ihnen vorüber.

»Noch nicht.«

Sie wartete auf eine Lücke im Verkehr, dann sprinteten sie über die Straße. Ihr Puls raste. Sie zwang sich, nicht zurückzuschauen. So legten sie einige hundert Meter in Richtung Osten zurück, den Hügel hinab Richtung Leeds. Rachel keuchte und lamentierte. An der ersten Querstraße bog Anna ab. Eine kurze Straße mit schmalen Reihenhäusern, die vom Flusstal weg anstieg, auf beiden Straßenseiten parkten Autos. Sie hielt Ausschau nach einem, das nicht allzu modern aussah. In einem der Häuser hörte sie ein Radio John Lennons »Happy Christmas: War is Over« spielen. Aus einem offenen Küchenfenster drang der Duft von Speck und Spiegelei.

»Was machen wir jetzt?«, fragte Rachel mit viel zu hoher Stimme.

»Wir suchen einen Wagen.«

»Können wir nicht einfach irgendwo klingeln und ...«

»Nein.«

Sie ging an der einen Autoreihe entlang und spähte auf der Suche nach einer unverschlossenen Tür durch die Fahrer- oder Beifahrerfenster hinein. Bis zum oberen Ende der Straße hatten sie kein Glück und gingen auf der anderen Straßenseite wieder abwärts. Auf halbem Weg zurück zur Abbey Road zog sie die Tür eines unverschlossenen Ford Escort mit 94er Kennzeichen auf.

»Der ist doch prima. Steig ein.«

Vom Beifahrersitz aus schaute Rachel nervös zu den Häusern hinüber. Anna starrte das Zündschloss an und wartete, dass die Erinnerung zurückkam. Dann hatte sie in weniger als zwei Minuten die Lenksäulenverkleidung abgerissen, das Zündschloss herausgezogen und den Motor kurzgeschlossen. Sie legte den ersten Gang ein, fuhr los und bog an der Abbey Road Richtung Westen ab, hinaus aus der Stadt. Aus dem Augenwinkel sah sie, wie Rachel sie anstarrte.

»Was denn?«, fragte sie und konzentrierte sich auf die Straße und die Rückspiegel. »Was ist los?«

»Was machen wir jetzt, Mama?«

»Wir hauen ab.« Ihre Zähne fingen an zu klappern. Auch Rachel zitterte. Sie beugte sich vor und drehte die Heizung voll auf.

»Wo fahren wir hin?«

»Frag nicht. Ich weiß es nicht. Ich kann darüber jetzt nicht nachdenken. Erst mal müssen wir hier raus …« Ihre Stimme versagte, sie hatte einen Kloß im Hals. Bei jedem entgegenkommenden Fahrzeug suchte sie nach Stijns Gesicht hinterm Steuer.

»Wir sind doch draußen.« Rachel klang verzweifelt.

»Sind wir nicht. Noch nicht.« Das Geräusch in ihrem Kopf wurde immer lauter.

So schnell wie möglich fuhr sie hoch nach Rawdon, dann durch Nether Yeadon und wieder abwärts ins tiefe Aire-Tal in Richtung Woodhouse Lane, der Public Schools und in der Ferne, unter einem tief hängenden, grauen Himmel, der Textilmühlen und Schornsteine von Bradford. Jetzt spürte sie das Zittern in den Beinen. Sie war knallrot geworden, als müsste ihr die Scham unbedingt im Gesicht stehen. Verzweifelt suchte sie nach einem Gefühl der Angst, der Einschüchterung, der Unterwürfigkeit, der Aussichtslosigkeit. Das waren die Gefühle, die Anna Hart hätte. Aber sie empfand nichts anderes als Zorn. Sie kannte nur eine Art, damit umzugehen, und das war nicht Annas Art.

Unvermittelt bog sie auf eine schmale, von hohen, nackten Kastanienbäumen gesäumte Straße ab und blieb außer Sichtweite der Straße mit laufendem Motor stehen. Keuchend beugte sie sich übers Lenkrad. Dann war Rachel neben ihr, schlang die Arme um sie, hielt sie ganz fest und redete mit dringlicher, besorgter Stimme auf sie ein. Verzweifelt versuchte sie, das Dröhnen in ihren Ohren auszublenden, sich auf die Stimme ihrer Tochter zu konzentrieren. Wenn sie nach vorn durch die Windschutzscheibe schaute, sah sie die scharfen schwarzen Umrisse der Bäume, die viel zu dicht vor ihr standen. Die Scheibe beschlug, sie war viel zu nah. Sie wollte sie mit der Faust durchschlagen, wollte den Arm durch das zersplitterte Glas strecken, wollte etwas fühlen. Sie drückte Rachel an sich und wartete, bis ihr Herz aufhörte zu rasen. Sie konnte keinen zusammenhängenden Gedanken fassen, da war nur ein Chaos wirrer körperlicher Reaktionen. Sie atmete langsam aus und ein, zwang sich, auf ihren Atem zu achten, über allem zu stehen, sich selbst zu beobachten. Es würde vorbeigehen.

Es war, als ließe sie ihren Körper hinter sich. Sie sah Rachel, die über die Sitze zu ihr geklettert war, die Arme um sie geschlungen hatte und herzzerreißend heulte. Sie sah sich selbst, wie sie ihre Tochter an sich drückte und von Kopf bis Fuß zitterte. Über alldem war Stille, ein Teil von ihr, der unberührt blieb. Sie schaute über die kahlen braunen Hänge des Aire-Tales hinüber zum winterlichen Smog über Bradford. Bradford. Sie kehrte zurück, zurück zu ihrer Vergangenheit. Sie musste sich vorbereiten.

»Wir müssen Nick finden«, sagte sie. Sie hörte ihre eigenen Worte und sah, wie Rachel sich von ihr löste.

»Sie haben doch gesagt, er ist tot.«

»Nein. Das wissen wir nicht. Wir können das nicht glauben.«

»Aber die Frau im Radio hat gesagt …«

»Dieser Mann …« Sie stolperte über den Namen, bevor sie ihn über die Lippen brachte. »Stijn. Er hat mich gefragt, wo Nick ist, dabei wusste er schon von der Meldung im Radio. Das kann doch nur bedeuten, dass er noch am Leben ist.«

Mit dem Ärmel des Overalls rieb sie sich die Augen. Rachel starrte sie mit einem Ausdruck an, den sie nicht deuten konnte.

»Du hast doch gehört, dass Stijn nach ihm gefragt hat«, sagte Anna. »Wenn Nick noch am Leben ist, dann hat er außer uns niemanden, der ihm helfen kann. Die Polizei hält ihn für tot.«

»*Mama!*« Jetzt erkannte sie den Ausdruck. Rachel starrte sie an wie eine Verrückte. »Wir müssen aufhören, Mum. Wir müssen jetzt sofort aufhören.«

»Wir können nicht aufhören«, sagte Anna. »Nicht, solange wir nicht wissen, was mit Nick geschehen ist.«

»Wir *müssen* aufhören.« Rachel setzte sich zurück auf ihren Sitz und fing wieder an zu weinen. »Wir müssen zur Polizei gehen und erzählen, was passiert ist.«

»Damit das Schwein ungeschoren davonkommt?« Sie sprach mit zusammengebissenen Zähnen und konnte den Zorn doch nicht aus ihrer Stimme verbannen. »Ich bring ihn um für das, was er getan hat. Ich bring ihn um.«

Ihre Tochter sah verängstigt aus. »Die Polizei wird ihn kriegen …«, fing sie an.

Anna wendete den Wagen. »Darauf können wir uns nicht verlassen. Wir können uns auf gar nichts verlassen. Denk an alles, was ich dir gesagt habe.«

»Mama, bitte! Bitte.«

Anna legte den Leerlauf ein und sah ihre Tochter an, und ein nagender Zweifel überkam sie. Was tat sie ihr damit an? Was hatte sie ihr bereits angetan? Das Schuldgefühl saß ihr wie ein riesiger Knoten in der Brust. Sie hätte sie nie in diese Sache reinziehen dürfen. Das Kind musste an erster Stelle stehen.

»Ich kann das nicht mehr«, sagte Rachel und biss sich auf die Unterlippe. Sie sah sie mit großen schwarzen Augen an. »Das bin nicht ich, Mama. Ich kann das nicht.«

Anna beugte sich zu ihr rüber, nahm sie in die Arme und presste ihr die Lippen auf die Stirn. So verharrte sie, bis Rachel reagierte, bis sie die Umarmung erwiderte. Dann blieb sie noch etwas länger so sitzen und wartete, bis die Tränen versiegt waren. Oben auf der Straße hörte sie die Autos vorbeifahren.

»Du kannst das«, flüsterte sie ihr zu. »Du kannst es, für uns. Du musst mir vertrauen.«

Sanft löste sie sich aus der Umarmung und schaute ihre Tochter an. Fast zwölf Jahre alt. Eine Stimme in ihrem Kopf sagte ihr, dass sie einen Fehler machte. Aber was sollte sie tun? Sie hatte das Unverzeihliche getan und ihre Tochter mit dem Zielobjekt bekannt gemacht. Dafür würde sie bezahlen – eines Tages würden sie den Preis dafür einfordern. Kein Fehler blieb ungestraft.

Aber das Zielobjekt war ungefährlich gewesen. Das hatten sie ihr versichert. Und die Aufgabe leicht. Nick hatte sie beide geliebt, hatte ihnen ein Zuhause gegeben, ein gemeinsames Leben. Das war *real.* Es stand nicht im Drehbuch, war nicht gespielt. Wenn Nick in Schwierigkeiten steckte, mussten sie ihm helfen. Wenn sie ihn fanden, konnten sie vielleicht so weiterleben wie bisher, konnten wieder glücklich sein. Sie würde das nicht so einfach aufgeben, nicht, solange sie nicht mit Sicherheit wusste, dass das Spiel vorbei war, ihre Deckung aufgeflogen.

Sie musste zu Ende bringen, was sie begonnen hatte, musste weitermachen. Ihr Name war Anna Hart, ihre Tochter hieß Rachel. Sie war schon früher einmal an diesem Punkt gewesen, schon oft. Sie wusste, was sie tat. Sie fühlte nicht mehr wie Anna, dachte nicht mehr wie sie, sah die Welt nicht mehr so, wie die sie gesehen hatte. Aber sie konnte Anna spielen. Das würde reichen.

Wo sie Rachel auf die Stirn geküsst hatte, war ein verschmierter Blutfleck zu sehen. Sie fuhr sich mit dem Finger über die Lippen. Blut. Sie hatten beide eine aufgeplatzte Lippe. Sie seufzte.

»Bitte, Rachel«, sagte sie. Ihre Tochter wischte sich die Tränen aus den Augen. »Vertrau mir.« Rachel nickte.

»Die Adresse«, sagte Anna. »Stijn hat dem anderen eine

Adresse genannt. Er wollte sich da mit jemandem treffen.« Rachel sah sie mit gerunzelter Stirn an. »Erinnerst du dich daran?«, fragte Anna und beobachtete, wie sie nachdachte. »Irgendwo in Pudsey«, ergänzte sie. »Ich weiß nur nicht mehr, wo.«

»11a Clifton Lane«, sagte Rachel und zog in einer Art Selbstverachtung die Mundwinkel nach unten.

Anna lächelte. »Gutes Mädchen. Ich wusste, dass ich mich auf dich verlassen kann.«

22

»Ruhe bitte!« Alan White stand an der Stirnwand des Kripo-Büros an einen Schreibtisch gelehnt. Er war klein, aber stämmig, der Schreibtisch neigte sich ein wenig unter seinem Gewicht. Er trat einen Schritt vor. »Ruhe!« Er wartete, bis das allgemeine Gemurmel verstummt war. »Wir können die nächste Stunde mit einer klassischen Dienstbesprechung verbringen, können mögliche Tathergänge konstruieren, ich würde Sie um Ihre Hilfe bitten und Sie zu motivieren versuchen. Aber wir wissen doch eh alle, wie das läuft. Der Ermittlungsleiter hat irgendwelche Theorien, und denen wird gefolgt, auch wenn sie noch so idiotisch sein mögen. Kommen wir also direkt zum Punkt.« Er grinste.

Es gehörte zu Whites größten Schwächen, dachte Bains, dass er sich für beliebter hielt, als er war.

»Sie wissen bereits, worum es hier geht, ich werde also keine Zeit darauf verschwenden, Ihnen die Beweislage zu erläutern. Wenn Sie das Gefühl haben, dass Sie weitere Infos brauchen, fragen Sie einen Sergeant. Die sind bereits gründlich informiert worden. Also: Wir haben zwei Morde und eine zweifache Entführung. Das ist unser Fall. Erstens: In den frühen Morgenstunden des heutigen Tages wurde Nicholas Hanley in Brand gesteckt und aus dem neunten Stock des Spencer Tower in der Innenstadt von Leeds geworfen. Zweitens: ein Taxifahrer namens ...« Er schaute sich um, als könnte ihm da irgendwas den Namen des Taxifahrers verraten. Jon Hoyle – groß, hager und beflissen – beugte sich zu ihm vor und flüsterte ihm den Namen ins Ohr. »... Iftikar Khan«, sagte White, ohne sich bei Hoyle zu bedanken, »ein pakistanischer Taxifahrer. Er wurde in der Nähe des Flughafens erschossen. Eine Schusswunde in der Brust, danach ein Kopfschuss. Eine professionelle Exekution eines potentiellen Zeugen. Aus seinem Taxi wurden zwei Personen entführt. Eine neununddreißigjährige Frau namens Anna Hart, Hanleys Lebensgefährtin, und ihre elfjährige Tochter Rachel.« Bains zog die Augenbrauen in die Höhe. Er konnte nur hoffen, nicht zu den Sergeants zu gehören, die später von den Detectives gelöchert werden würden, er hatte nämlich keine Ahnung, wie White so schnell zu all diesen Schlussfolgerungen gelangt war. Vor nicht ganz einer Stunde hatte er zumindest noch so getan, als hätte er ebenfalls keinen Schimmer, worum es hier ging. Bains' Augen wanderten zu dem großen Armeetyp mit dem albernen Schnauzer, der rechts von White stand und den Blick durch den Raum schweifen ließ. Er hatte ihn zuvor mit Francis Doyle gesehen. Waren die neuen Gewissheiten etwa ihm zu verdanken?

»Ich weiß ganz genau, was hier passiert ist«, fuhr White fort, »es gibt also keinen Grund, sinnlos rumzurätseln. Ich sage Ihnen den Tathergang, an dem wir uns orientieren werden: Anna und Rachel Hart wurden mit vorgehaltener Waffe entführt, der Taxifahrer hat sich dazwischengestellt, also musste er sterben. Falsche Zeit, falscher Ort. Das ist tragisch, aber wir müssen nicht unsere Zeit damit verschwenden, seine Vergangenheit zu durchleuchten. Finden wir Anna und Rachel Hart, finden wir seinen Mörder. Und die Leute, die Nicholas Hanley heute Morgen aus dem neunten Stockwerk geworfen haben. Finden wir sie schnell genug, können wir einer unschuldigen Frau und einem Kind das Leben retten. Kapiert?«

Alles schwieg. Aber White wartete auch nicht auf eine Antwort.

»Ich habe vier Ansatzpunkte im Kopf«, sagte er und tippte sich an die Schläfe. Bains glaubte zu wissen, woher die gekommen waren. »Wir werden uns also in vier Teams aufteilen. Jon Hoyle ist mein Stellvertreter, unter ihm vier Sergeants, und damit hat es sich. Kein Rumgeeiere mit HOLMES und dem ganzen Zeug.«

Bains runzelte die Stirn. Das Home Office Large Major Enquire System war eigentlich als Hilfe bei der Koordination größerer Ermittlungen gedacht. White trat an eine der Weißwandtafeln. »Der Schlüssel zu allem ist nicht Anna Hart, sondern Nicholas Hanley.« Er fing an zu schreiben. »Ich zeige Ihnen jetzt die Aufteilung. Erstens: Hanleys Immobiliengeschäft. Ich möchte ein Team unter Tom Ashton, das alle Büros von Hanley und Co. aufsucht, ob Eigentum oder gemietet, auch das eine Etage unter der Wohnung im Spencer Tower. Nehmen Sie alles mit, was Sie in die Finger kriegen können. Soweit wir wissen, hat er noch zwei weitere Büros: eines in Bradford und eines in York. Nehmen Sie alles mit und bringen es her. Wenn Sie so weit sind, sagen wir Ihnen, wonach Sie suchen sollen. Und das Ganze bis vier Uhr heute Nachmittag ...« Hoyle beugte sich wieder zu ihm vor und sagte etwas.

»Richtig«, sagte White. »Auch Hanleys Haus in Reeth.

Das macht also vier Räumlichkeiten, die Sie bis vier auseinandergenommen haben müssen. Verstanden?«

Irgendwo in den vorderen Reihen meldete sich Tom Ashton zu Wort, ein übergewichtiger DS aus Pontefract, und brachte sein Einverständnis zum Ausdruck.

»Gut«, sagte White. »Irgendwann im Laufe seines Geschäftslebens ist Nicholas Hanley jemandem in die Quere gekommen. Darum geht es hier. Er hat irgendein Geschäft vermasselt oder ist über etwas gestolpert, das nicht für ihn bestimmt war. Ich weiß es nicht, ich kenne die Einzelheiten nicht ...« Er warf dem Mann mit dem Schnauzer einen schnellen Blick zu. »Aber ich brauche das alles bis vier Uhr.«

Er schrieb eine zweite Überschrift an die Tafel. »Zweitens: Hanleys letzte Stunden. Das Übliche. Jane Ferguson soll ein Team übernehmen und herausfinden, was genau Hanley getan hat, bevor er ermordet wurde. Gehen Sie in Abschnitten von je drei Stunden vor. Die letzten drei Stunden sind die wichtigsten, dann die drei davor und so weiter. Einverstanden, Jane?« Er lächelte der Brünetten mit den harten Gesichtszügen zu, die vor Bains stand. Sie nickte.

»Sprechen Sie mit Pete Bains, er steht hinter Ihnen«, sagte White. »Bevor er nach Hause geht. Pete war heute Nacht am Tatort Hanley, als wir noch nicht viel über den Fall wussten. Er kann Ihnen erzählen, was er bis jetzt weiß.«

Alle Köpfe drehten sich kurz zu Bains um. Er nickte Jane Ferguson mit unbewegter Miene zu. *Bevor er nach Hause geht.* Das war das Erste, was er hörte.

»Nächster Punkt: Martyn Cox, Sie nehmen sich Imran Akhtar vor, Hanleys pakistanischen Geschäftspartner. Wie ich gehört habe, ist er noch keine drei Jahre im Geschäft, aber gleich als Partner eingestiegen. Was ist da gelaufen? Was hat Hanley dazu veranlasst? Bis dahin war Hanley und

Co. ein Immobilienhändler für die weiße Oberschicht. Sie haben riesige Anwesen in Nordengland und Schottland an Familien mit Doppelnamen und so viel Kohle verhökert, dass das eine oder andere Hundert-Hektar-Anwesen gar nicht weiter ins Gewicht fällt, solange man sich nur das Finanzamt vom Hals halten kann. Der Laden lief ausschließlich durch Mund-zu-Mund-Propaganda. Nicht gerade ein Geschäft, in das man sich einen Ausländer holt.« Er schaffte es, das Wort *Ausländer* zu betonen, als sei es gleichbedeutend mit »Paki«. »Also was hat Akhtar da verloren? Wie ich das sehe«, wieder ein kurzer Blick zu dem Schnauzbärtigen, »hat Hanley das Stammgeschäft von seinem Büro in York aus weitergeführt, während Akhtar von Bradford aus einen eher kommerziellen Geschäftszweig aufgebaut hat. Akhtar könnte mit den Mordfällen in Verbindung stehen, oder auch nicht. Wir wissen es nicht.« Er grinste. »Also gehen wir davon aus, dass er mit drinsteckt. Ich möchte, dass Sie alle seine Räumlichkeiten auseinandernehmen, Martyn. Bringen Sie seinen kompletten Papierkram her. Pete Bains hat schon mit ihm gesprochen, als er noch als normaler Zeuge galt, er dürfte sich also in Sicherheit wiegen. Ich möchte, dass sie ihm ein wenig Angst machen und ihn beobachten. Das ist der Plan. Jagen Sie ihm Angst ein, und gucken Sie, wohin er läuft. Holen Sie sich Hilfe vom Strategieteam. Ich hab die bereits angefordert. Okay?«

Martyn Cox räusperte sich. »Ich werde einen Durchsuchungsbefehl brauchen«, sagte er.

White verzog das Gesicht, steckte sich einen Finger ins Ohr und wackelte ihn hin und her, als könnte er nicht richtig hören. »Stellen Sie sich mal hier hin«, sagte er. »Hier versteht man kein Wort.« Wieder grinste er.

Jon Hoyle, der grimmige Gegenpart zu diesem unermüdlichen Spaßvogel, meldete sich zu Wort. »Kommen Sie nachher zu mir, Martyn. Mr. Sutherland und ich werden Ihnen was besorgen.« Nun war es Hoyle, der dem Schnurrbart einen Blick zuwarf.

Sutherland – so hieß er also. Bains kannte den Namen. Karen Sharpe hatte ihm von einem Mann namens Sutherland erzählt, für den sie in ihren Tagen bei den Geheimdiensten gearbeitet hatte. Ein *Agent* also. Karen hatte ihm nicht vertraut.

»Schon gut, schon gut!«, rief White und drehte sich wieder zur Tafel. »Wir wollen die Sache nicht unnötig kompliziert machen. Schließlich haben wir Leben zu retten.« Er fing wieder an zu schreiben. »Unser letztes Team: Will Price. Sie sind für die Öffentlichkeitsarbeit zuständig. Pflastern Sie die Welt mit dem Foto, das ich Ihnen gegeben habe. Besorgen Sie sich noch weitere Fotos. Bringen Sie die in Umlauf. Überschwemmen Sie die Medien mit Bildern von Anna Hart und ihrer armen kleinen Tochter. Geben Sie Interviews in den lokalen und den landesweiten Medien. Gehen Sie raus auf die Straße. Fangen Sie am Tatort an, und arbeiten sich von dort immer weiter nach außen. Decken Sie so viele Straßen ab wie möglich, den öffentlichen Nahverkehr, alles. Ich habe mir da im Einzelnen keine Gedanken gemacht, das ist Ihr Job.«

»Ja, Sir.«

Die Stimme kam von irgendwo links von Bains.

»Gut. Dann hätten wir's. So gehen wir vor. Wenn Sie schnell arbeiten, bin ich zuversichtlich, dass wir diese Frau und ihre Tochter noch vor Anbruch des nächsten Jahrtausends finden.« Er legte eine Pause ein und schaute mit aggressivem Blick und hochgezogenen Augenbrauen in die Runde, so dass niemand zu widersprechen wagte. »Will sagen: heute«, ergänzte er.

Er zog einen Packen Karten aus der Jackentasche und

verteilte sie. »Geben Sie die weiter«, sagte er. »Jeder soll ein paar davon haben.« Bains wartete, bis er von vorn ein paar Karten gereicht bekam, und schaute sie an. Abzüge des Fotos, das er bereits gesehen hatte. Anna Hart am Strand, im Bikini. Er hörte das Raunen der Kollegen, als sie das Foto betrachteten.

»Hübsch, nicht wahr?«, sagte White. »Ein echter Hingucker. Alle Mann, die diese Frau nicht retten wollen, bitte die Hand heben!« Die Leute schauten peinlich berührt von einem zum anderen, nur White lachte lauthals. Als er fertig war, hob er die Hand, wie um den Applaus zu beschwichtigen. »Das ist bis jetzt das beste Foto, das wir von ihr haben. Ich weiß, dass es nicht perfekt ist. Ich weiß, dass man ihr Gesicht nicht richtig sehen kann, aber fürs Erste können wir damit arbeiten. Jetzt hören Sie gut zu, ich rufe die Teams auf.«

Bains wartete, um bestätigt zu bekommen, was er bereits wusste. Sein Name wurde nicht genannt. Als die Besprechung beendet war, versuchte er, sich zu White durchzukämpfen, um ihn darauf anzusprechen, aber der raunte dem Mann namens Sutherland etwas zu und verschwand eilig durch die Tür.

»Mr. White«, rief Bains. »Ich muss mit Ihnen sprechen ...«

White drehte sich zu ihm um. »Tut mir leid, Pete, aber ich werde angepiepst. Ich muss dringend ans Telefon.«

Also zupfte Bains Jon Hoyle am Ärmel. »Kann ich kurz mit Ihnen sprechen, Sir?«

Hoyle räusperte sich und ging zurück in den Raum. »Was gibt's denn, Pete?«

»Mein Name ist nicht genannt worden, genauso wenig wie meine drei Detectives aus Milgarth. Sind wir weg von dem Fall?«

Hoyle setzte einen verwirrten Blick auf. »Ich dachte, Sie haben die ganze Nacht durchgearbeitet, Pete.«

»Das stimmt, aber …«

»Nun, das ist der Grund. Sie können jetzt Feierabend machen. Sie müssen doch total fertig sein. Sagen Sie Ihren Leuten: Gute Arbeit, gut gemacht, jetzt geht schlafen.« Er wandte sich schon wieder zum Gehen.

»Mr. White hat mir gesagt, er würde mir das Team zuteilen, das nach Anna Hart sucht.«

Hoyle drehte sich wieder zu ihm um. Alan White konnte lügen, ohne rot zu werden, Jon Hoyle nicht. Er war ein Mann der alten Schule, ein aufrechter Kriminalbeamter. Die Sache war ihm peinlich. »Tut mir leid, dass er das gesagt hat, Pete. Aber Sie wissen ja, wie Alan ist. Es gibt ja noch nicht einmal ein Team für Anna Hart, nicht so speziell.«

»Und das ist alles?«

»Was?«

»Sie haben beschlossen, dass ich mich ausruhen soll?«

»Genau.«

»Und wann soll ich wieder im Dienst sein?«

Hoyle räusperte sich. »Zu Ihrer normalen Schicht, würde ich sagen.«

Bains schaute ihm in die Augen, er wollte, dass Hoyle sich unwohl fühlte. »Dieser Mann«, sagte er. »Der mit dem Schnurrbart.«

»Ja?«

»Sagten Sie, sein Name sei Sutherland?«

»Ja. Er kommt vom Innenministerium …«

»Behauptet er. Ich habe schon mal von ihm gehört. Und sein Freund heißt Doyle?«

»Ich glaube, ja. Warum?«

»Doyle hat mir heute schon einen Besuch abgestattet und nach Karen Sharpe gefragt. Wenn die behaupten, fürs

Innenministerium zu arbeiten, lügen sie. Sie gehören zum Box.«

»Box?«

»Ja, Box 500. Sie sind Geheimagenten.«

Hoyle nickte langsam, ohne ihn anzusehen. Er hatte ihn nicht gefragt, wer Karen Sharpe war, andererseits hatten sämtliche Kollegen zumindest schon mal ihren Namen gehört. Wahrscheinlich wussten die meisten auch, dass Bains mit ihr zusammen gewesen war.

»Aber das hat mit denen nichts zu tun?«, fragte er.

Hoyle zuckte mit den Achseln. »Ich bin hier nicht derjenige, der das Sagen hat, Pete«, erklärte er, weil er nicht lügen konnte. »Aber ich kann mir vorstellen, dass die nicht nur an einer Sache arbeiten. Dass die mit Ihnen über eine Sache und mit uns über eine andere gesprochen haben, heißt nicht, dass da ein Zusammenhang besteht.«

23

»Anna Hart?«

»Ja? Wer spricht da?« Sie hatte das Einsatzzentrum verlangt, das sich mit dem Mord an dem Taxifahrer beschäftigte, und ihren Namen genannt. Man hatte sie gebeten zu warten und gesagt, man würde den Zuständigen anpiepsen.

»Chief Superintendent Alan White. Ich leite die Ermittlungen. Wo sind Sie, Miss Hart?«

Sie zögerte. Sie hatte nicht damit gerechnet, gleich mit dem Einsatzleiter verbunden zu werden. Am liebsten hätte sie sofort aufgelegt. Sie spürte, wie sich ihr der Magen zusammenzog. Sie schaute zu Rachel, die auf dem Beifahrersitz saß und aufmerksam zuhörte.

»Ich rufe wegen Nicholas Hanley an«, sagte sie. Sie hörte, wie der Mann kurz den Atem anhielt, dann ein Rauschen, als würde er den Hörer mit der Hand abdecken. »Hören Sie mich?«, fragte sie.

»Ja. Können Sie einen Moment warten, bitte?«

Sie wartete. Sie hörte jemand anderen sprechen, aber er war nicht zu verstehen, dann war der Erste wieder dran. »Sagten Sie, Ihr Name sei Anna Hart?«

»Ja.«

»Ich kann nicht am Telefon mit Ihnen sprechen, Miss Hart. Wo sind Sie?«

Sie spürte Panik aufkommen. »Warum nicht? Warum können Sie nicht mit mir sprechen?«

Es folgte eine lange Pause. »Weil ich nicht mit Sicherheit wissen kann, wer Sie sind.«

»Das ist doch Quatsch.« Sie hörte, wie ihre Stimme lauter wurde. »Wer soll ich denn sonst sein?«

»Vielleicht die Presse – oder irgendjemand. Verstehen Sie mich?«

»Nein, ich verstehe Sie nicht.«

Sie hörte, wie er irgendwem zuflüsterte.

»Sie könnten zu denen gehören, die Anna Hart entführt haben«, sagte er schließlich. »Wir müssen vorsichtig sein. Verstehen Sie mich jetzt?«

Die suchten also nach ihr. Ihr Herz schlug schneller. Sie war in Gefahr. Die konnten den Anruf zurückverfolgen. Eigentlich müsste sie sofort auflegen. Woher sollte sie wissen, wer *er* war, für wen er arbeitete? Sie hatte keine Ahnung, was los war. Sie konnte nur Vermutungen anstellen. Wenn ihre Deckung aufgeflogen war, konnte sie sich auf nichts mehr verlassen. Das war schon zweimal passiert, und beide Male war es jemand von drinnen gewesen, der sie hatte auffliegen lassen. So war sie 1986 an jenen Haken an einer Kellerwand in Manchester geraten. 1996 hatte die IRA sie ins Visier genommen, nachdem ein korrupter Bulle sie erkannt und die Information verkauft hatte.

Dann waren da noch »ihre eigenen Leute« – Sutherland und seine Kumpane –, und wozu die fähig waren, wusste sie seit langem. 1987 waren sie bereit gewesen, sie sterben zu lassen, hätten sie eher verbrennen lassen, als die Operation scheitern zu sehen. Das waren Soldaten – allesamt –, und sie dachten in militärischen Kategorien: Bewertung der Risikoziele und der entbehrlichen Ressourcen. Wenn es ihnen in den Kram passte – wenn es dem »großen Ganzen« diente –, würden die sie auch jetzt verbrennen lassen. Vielleicht waren sie gerade dabei. Sie konnte niemandem trauen. Nicht solange sie nicht ganz genau wusste, was hier lief. Wahrscheinlich waren sie gerade jetzt dabei zurückzuverfolgen, in welchem Mobilfunksektor sie sich aufhielt.

Hastig schaute sie aus dem Fenster und hielt nach einer Funkstation Ausschau. Sie parkte auf der Church Lane in Pudsey. »Historische Marktstadt« hatte das Schild hinter der Ringstraße in den hübschen braunen Lettern der English-Heritage-Kommission verkündet. In Wahrheit war Pudsey Teil der wuchernden Vorstadt zwischen Bradford und Leeds – ein Notstandsgebiet mit rußschwarzen viktorianischen Wohnhäusern und hässlichen Sechzigerjahrebauten. Church Lane war eine der Hauptstraßen. In Richtung Zentrum reihten sich die Secondhandläden der Wohlfahrtsorganisationen, geschlossene Banken und Reisebüros aneinander, die Billigreisen feilboten. Weiter draußen, wo sie jetzt stand, war es eher eine Wohnstraße. Dennoch belebt: starker Verkehr und Fußgänger, die in der Mittagspause schnell Einkäufe erledigten. Mit laufendem Motor stand sie an der Ecke Church Lane und Clifton Lane. Sie wagte es nicht, den Motor abzustellen.

Sie hatte keine Ahnung, auf welchem Stand die Technik bei der Ortung von Handys war. Konnten Handytelefonate so schnell zurückverfolgt werden?, fragte sie sich. Konnte man das Signal mit Hilfe zweier Funkmasten triangulieren?

»Wer ist da bei Ihnen?«, fragte sie White. Sie konnte auch ihm nicht trauen. Sie war nicht von selbst in diese Lage geraten, irgendetwas war passiert. Es war nicht der richtige Zeitpunkt, sich naiven Vorstellungen über die normale Polizei hinzugeben. »Ich will allein mit Ihnen sprechen.«

»Ich bin allein.«

»Das glaube ich Ihnen nicht. Ich habe doch gehört, wie Sie mit jemandem gesprochen haben.«

»Sagen Sie mir, wo Sie sind.«

»Erst wenn Sie mir sagen, wer da bei …«

»Wenn Sie Anna Hart wären, würden Sie mir sagen, wo Sie sind.«

»Ich bin Anna Hart!«

»Ich kann so nicht mit Ihnen sprechen, ich muss Sie zurückrufen. Das ist das normale Prozedere. Bitte geben Sie mir die Nummer, unter der ich Sie erreichen kann.«

Wieder dachte sie daran aufzulegen. Er spielte irgendein Spiel mit ihr, das sie nicht verstand. Sie überlegte, was sein Tonfall ihr zu sagen hatte. Er klang angespannt und nervös. Wusste er, wer sie war? Wenn ja, warum sagte er das nicht einfach – oder nannte sie bei ihrem richtigen Namen?

Weil vielleicht ihre Entführer bei ihr waren, weil sie vielleicht zu diesem Anruf gezwungen wurde, weil ihre Entführer ihn vielleicht dazu bringen wollten, einen Fehler zu machen und ihre Deckung auffliegen zu lassen. Er hatte recht, das war das normale Prozedere. Solange auch er nicht mit Sicherheit wusste, was los war, musste er ihre Deckung wahren. Aber das würde bedeuten, dass Sutherland ihm erzählt hatte, wer sie wirklich war. Sie spürte, wie White auf die Hintergrundgeräusche lauschte, wie er herauszufinden versuchte, wo sie sich befand und ob jemand bei ihr war.

»Ist Nicholas Hanley tot?«, fragte sie. Das war alles, was sie wissen wollte.

Er antwortete nicht.

»Haben Sie mich gehört?«

»Ja, habe ich. Wenn Sie mir Ihre Nummer geben oder zu uns ins Einsatzzentrum kommen, können wir …«

»Ist Nicholas Hanley tot?« Sie war kurz davor, ihn anzubrüllen, und sah, wie Rachel wieder die Tränen in die Augen stiegen. »Ich muss das wissen«, sagte sie und hielt sich unter Kontrolle. »Sie müssen es mir sagen.«

Wieder hörte sie jemanden reden, diesmal lauter, fast konnte sie ihn verstehen. Die Stimme kam ihr bekannt vor. Vielleicht wusste er wirklich nicht, wer sie war. Vielleicht war er tatsächlich ein ganz normaler Polizist und suchte nach ihr, vielleicht hatte er wirklich nur Angst, dass sie gefangen gehalten und zu diesem Anruf gezwungen wurde.

»Ist Nicholas Hanley tot?«, fragte sie noch einmal.

»Ja«, sagte White. »Es tut mir leid. Er ist heute Morgen verstorben.«

Sie holte tief Luft. Rachel starrte auf ihre Füße. Sie hatte es gehört.

»Wie ist es passiert?«

»Ich kann Ihnen das nicht erzählen, solange Sie mir nicht …« Sie hatte keine Chance, ihm ins Wort zu fallen. Wer immer da bei ihm war, unterbrach ihn. Es folgte eine kurze Pause, dann sagte White: »Er wurde ermordet. Er wurde vom Balkon seiner Wohnung in Leeds geworfen. Er war sofort tot.«

Fakten. Es klang nicht so, als ob White sich die ausdachte. Aber ihr Verstand weigerte sich, sie zu akzeptieren.

Auch die Fakten konnten gelogen sein. Vielleicht wusste White selbst nicht, welche Lügen man ihm aufgetischt hatte. Vielleicht waren die dabei, sie zu begraben. Das war nicht ausgeschlossen. So hatten sie das in London genannt. Ihre eigentliche Identität wurde ausgelöscht, weil irgendjemandem irgendein Fehler unterlaufen war, von dem sie nicht einmal etwas wusste. Oder weil es ihnen aus irgendwelchen anderen Gründen in den Kram passte. Man konnte nie wissen. Nie. *Geh vom Schlimmsten aus: Die hatten sie eigenhändig auffliegen lassen und dann ihre wahre Identität getilgt. Karen Sharpe existierte nicht mehr.*

»Wer sagt, dass er es ist?«, fragte sie. »Wer hat den Leichnam identifiziert?« Sie wollte noch mehr wissen, aber sie hatte Angst jetzt, sie wusste nicht, wer da bei ihm war, was sie tun konnten.

»Sind Sie in Gefahr, Miss Hart? Wenn Sie in Gefahr sind …«

»Wer hat ihn identifiziert?«

Wieder Pause, dann hörte sie den Mann im Hintergrund klar und deutlich sagen: »Sagen Sie ihr die Wahrheit.« Sie kannte die Stimme, kein Zweifel. Ihr Herz fing an zu rasen. »Wer ist da bei Ihnen?«, fragte sie sofort.

White ignorierte die Frage. »Mr. Hanleys Schwester hat ihn identifiziert …«

»Warum? Was macht die hier? Sie lebt doch nicht mal …«

»Und Imran Akhtar, Mr. Hanleys Geschäftspartner.«

»Seine Schwester lebt doch gar nicht hier. Wann ist sie angekommen? Haben Sie sie gebeten herzukommen?«

»Das ist doch nicht wichtig.«

»Die beiden sprechen kaum miteinander. Ich verstehe das nicht.«

»Sie war bereits hier. Wegen geschäftlicher Angelegenheiten.«

»Wo? Was für Geschäfte? Sagen Sie mir, wo sie ist, dann kann ich mit ihr reden.«

»Das kann ich Ihnen nicht sagen.« Einen Moment lang war die Leitung tot, als hätte er aufgelegt.

»Hallo?« Sie hörte irgendwelche Geräusche, eine Art Scharren. »Hallo? Sind Sie noch …«

»Ja, ich bin noch da.«

»Da ist doch jemand bei Ihnen«, sagte sie. In ihrem Kopf hämmerte es. Das war alles viel zu verworren. Zu viele Möglichkeiten. »Ich traue Ihnen nicht«, zischte sie. »Sie lügen mich an.« Sie konnte kaum noch atmen vor Anspannung. »Sie spielen irgendwelche Spiele …« Wieder hörte sie die Stimme im Hintergrund. »Sagen Sie mir, wer da bei Ihnen ist, und ich werde mich mit Ihnen treffen«, schrie sie, aber er reagierte nicht. Sie wartete. Anscheinend hatte er inzwischen gelernt, die Stummtaste zu benutzen, denn diesmal hörte sie nichts. Er hielt Rücksprache, das wusste sie. Vielleicht war er dem Namen nach Ermittlungsleiter, aber zu melden hatte er nichts.

»Miss Hart?«

»Ja?«

»Ist Rachel in Sicherheit?«

Sie warf ihrer Tochter einen schnellen Blick zu, die sie anschaute, als hätte sie eine Schraube locker. Vielleicht hatte sie.

»Sagen Sie mir, wer da bei Ihnen ist«, sagte sie.

»Ein Mann namens Sutherland«, sagte White. »Einer meiner Sergeants.« Er betonte jede Silbe, als hätte ihm jemand die Worte genau vorgesagt.

Er war da. Sie nahm die Hand vom Lenkrad und wischte sie am Oberschenkel ab. Plötzlich war ihr der Schweiß ausgebrochen: an den Handflächen, am Rücken, unter den Armen, im Haar. Am ganzen Körper. Sie legte auf.

Sie steckte das Telefon in die linke Brusttasche des Overalls und sah Rachel an. »Seine Schwester hat ihn identifiziert«, sagte sie.

Rachel biss sich auf die Unterlippe, ihr standen die Tränen in den Augen. Anna konnte sehen, wie sie nachdachte.

»Warum haben die gerade *die* geholt?«, fragte Rachel schließlich. »Die beiden sprechen doch kaum miteinander.«

Anna zuckte mit den Achseln. »Ich weiß es nicht. Aber ich traue dem Braten nicht. Sie lebt in Portugal. Was macht sie auf einmal hier? Würde die ihn überhaupt noch erkennen?«

»Meinst du, er ist es gar nicht?«

»Ich weiß es nicht. Er hat mir gesagt, dass Imran Akhtar auch da gewesen ist. Aber ich traue keinem von beiden. Wir sollten mit ihr reden. Herausfinden, warum sie hier ist. Warum sollte Stijn mich nach Nick fragen, wenn er tot ist?«

»Haben sie dir gesagt, wo Diana ist?«

»Nein. Aber ich kann's mir denken. Die haben gesagt, sie ist wegen irgendwelcher geschäftlicher Angelegenheiten hier. Wenn sie nicht bei uns wohnt, dann wohl auf dem Gestüt.«

»Wer war da bei ihm?«

Anna sah sie an und fragte sich, ob sie es ihr sagen sollte. Es hatte angefangen zu regnen, und die Fenster beschlugen. Sie drehte ihres ein Stück runter und schaute durch den Spalt hinaus. Es war neblig draußen, dennoch konnte sie die Eingangstür von 11a Clifton Lane sehen, einem ganz normalen Reihenhaus mit blauer Haustür. Vermutlich war es in zwei Wohnungen aufgeteilt. Sie sah ein Klingelschild mit mehr als einem Knopf. Vor allen Fenstern waren die dunklen Vorhänge zugezogen. Vor dem Haus parkte ein schwarzer BMW-Geländewagen, der, das hatte Rachel gesagt, auch vor dem Schlachthof gestanden hatte.

»Mama?«, fragte Rachel erneut. »Wer war da bei ihm?«

Anna schaute sie nicht an. »Jemand, dem wir nicht trauen können.«

24

Bains ging auf die Herrentoilette, schloss sich in eine Kabine ein und setzte sich auf den Klodeckel. Eine ganze Weile starrte er die Tür an und las die Schmierereien, um die Flut der Gedanken, die auf ihn einströmten, etwas zu verlangsamen.

Langweilige Klosprüche, hauptsächlich Fußballwitze – oder Kommentare? Er hatte wenig Ahnung von Fußball, weshalb er das kaum beurteilen konnte: »ManU Bell Ends do it again – 12. 05. 98.« Worum ging es? Er wunderte sich, dass der Spruch auch nach über einem Jahr noch nicht entfernt worden war, falls er denn von dem genannten Datum stammte.

Er atmete langsam und tief ein. Eine neununddreißigjährige Frau, ein elfjähriges Mädchen. Ein Mann namens Doyle, der nach Karen Sharpe fragte. Doyle und Sutherland bei Alan White, um ihn bei der Suche nach Anna Hart zu unterstützen. Was hatte Jon Hoyle noch gesagt? *Dass die mit Ihnen über eine Sache und mit uns über eine andere gesprochen haben, heißt nicht, dass da ein Zusammenhang besteht.* Er zog das Foto von Anna Hart aus der Tasche.

Sie sah glücklich aus, dachte er. Die Erkenntnis bescherte ihm einen stechenden Schmerz in der Brust, schnürte ihm die Kehle zu. Er schaute von ihr weg und konzentrierte sich lieber auf den Hintergrund. Sein Verstand wollte sie ganz genau betrachten, wollte sich alle Einzelheiten genau ansehen und darüber nachdenken, doch er zwang seine Augen weg von ihr.

Sie war irgendwo am Strand. Das Foto musste mit einer Kamera aufgenommen worden sein, mit der man die Tiefenschärfe manuell regeln konnte, denn außer ihr war praktisch alles unscharf. Vage Umrisse von Strandhütten, vielleicht aus Reet oder Stroh – also wahrscheinlich nicht in Großbritannien. Auf dem Meer waren keine Wellen zu erkennen, also vielleicht das Mittelmeer. In der Ferne die Silhouetten von vielleicht fünf oder sechs Menschen. Es war hell, die Sonne stand nicht ganz hinter ihr, aber auch nicht hinter der Kamera. Weshalb sie ganz leicht überbelichtet war. Sie war in einer Vorwärtsbewegung, hatte einen Arm ausgestreckt, als wollte sie etwas fangen, sie trug einen Bikini, den er nicht kannte, knapp und einfarbig. Ein Urlaubsfoto.

Mit angehaltenem Atem ließ er seine Augen zu ihrem Gesicht wandern. Sie war fast genau im Profil aufgenommen, den Kopf hatte sie leicht in den Nacken gelegt. Ihr Haar war kurz und sehr, sehr blond – fast weiß – und sah aus, als käme sie gerade aus dem Bett. Ihm fiel auf, dass seine Handflächen feucht waren. Jetzt sah er, wie er dieses Gesicht und diese Haare hatte betrachten können, ohne die Ähnlichkeit zu bemerken. Ihr Gesicht hatte sich verändert, eine subtile, aber doch wahrnehmbare Veränderung. Vielleicht war sie es gar nicht. Er steckte das Foto zurück in die Tasche, stand auf und verließ die Toilette.

Im Kripo-Büro fragte er laut nach einer Lupe. Es war nur eine Handvoll Kollegen anwesend. Mit der Frage erntete er Gelächter und mehrere Sherlock-Holmes-Witze, aber ein DC namens Gates hatte eine. Es war ihm fast peinlich, es zuzugeben.

Bains setzte sich an einen freien Schreibtisch und zog das

Foto wieder hervor. Sorgfältig betrachtete er die Beine. Sie waren lang und schlank, die Muskeln fest. Schöne Beine. Er hielt das Vergrößerungsglas über den rechten Oberschenkel und sah sofort, wonach er gesucht hatte, legte die Lupe hastig beiseite und lehnte sich zurück.

Es war, als hätte er einen Schlag gegen den Brustkorb bekommen. Er sah sich im Raum um, alles ging weiter wie immer. Niemand beachtete ihn. Der Schweiß lief ihm den Rücken hinunter. Er nahm die Lupe wieder hoch, sah noch einmal nach, legte sie sofort wieder weg. Es war so deutlich zu erkennen, dass er nicht begriff, wie er es bei seinem ersten Blick auf dieses Foto hatte übersehen können. Eine aufgeworfene Narbe, dreizehn Zentimeter über dem Knie, fünf Zentimeter links von der Mittellinie. Im Juni 1997 war sie dort angeschossen worden. Wenige Tage davor hatte er sie kennen gelernt.

Wieder betrachtete er das Gesicht und spürte, wie sich ein fester Kloß in seiner Kehle bildete. Jetzt erkannte er auf Anhieb, dass sie es war. Sie hatte sich die Haare gefärbt, hatte sich verändert, aber es war Karen Sharpe.

25

»Da kommt jemand!«, flüsterte Rachel mit Panik in der Stimme. *»Mama! Da kommt jemand!«*

Anna hatte bereits gesehen, dass die Tür des Hauses 11a Clifton Lane langsam aufging. »Ich sehe es, Rachel«, sagte sie. »Es gibt keinen Grund zum Flüstern, keinen Grund zur Sorge. Er kann dich auf diese Entfernung nicht sehen, und hören kann er dich schon gar nicht. Bleib einfach still sitzen, wenn er rauskommt …« Sie spürte, wie ihr Herz schneller schlug. Sie atmete tief durch und ließ die Tür nicht aus den Augen, zwang sich aber, an etwas anderes zu denken. Man musste zulassen, dass die Angst da war, aber sie durfte nicht die Oberhand gewinnen. Das war der Trick. Man musste die Angst nutzen. Würde sie ihrer Tochter das beibringen können?

»Aber wenn wir ihn sehen können …«, fing Rachel an. Sie rutschte auf dem Sitz nach unten.

»Bedeutet das noch lange nicht, dass er uns sehen kann«, beendete Anna ihren Satz. »Vertrau mir. Auf diese Entfernung spiegeln die Autoscheiben. Und sie verzerren, weil sie nass sind vom Regen. Außerdem wird er wahrscheinlich gar nicht gucken.« Sie hatte den Kopf zurückgelegt und behielt die Tür aus den Augenwinkeln im Blick. Sie waren weit genug entfernt, und es war ein regnerischer, grauer Tag mit schlechter Sicht. Trotzdem, Rachel hatte recht: Wenn Stijn sich umschaute, würde er sie sehen. Auf die Entfernung und durch die regennassen Scheiben würde er sie nicht erkennen, aber er würde den Qualm sehen, der aus dem Auspuff kam, und wissen, dass da jemand im Auto saß. Wenn er gründlich war, würde er wissen wollen, wer das war.

Ein Mann trat aus der Tür. Es war nicht Stijn. Er war kleiner und dunkler als er. Sie erkannte ihn in dem Moment, in dem Rachel sagte: »Ist das Imran Akhtar?«

Anna nickte. Nicks Geschäftspartner. Sie waren ihm dreimal begegnet, in Black Carr Hall. Nick hatte ihn zum Abendessen eingeladen. Sie hatten ihn beide nicht gemocht. Bei allen drei Gelegenheiten hatte er misstrauisch und wachsam gewirkt und das nur notdürftig hinter einer unterwürfigen Höflichkeit versteckt. Keine von beiden hatte verstanden, warum Nick ihn ins Geschäft geholt hatte.

Er war in Anzug und Regenmantel und trug rechts eine

Art Handschuh – oder war es ein Verband? Abgesehen davon sah er genauso aus wie bei ihrer letzten Begegnung: elegant und gepflegt, der Bart sauber gestutzt, der Anzug wahrscheinlich teuer, sehr goldener Schmuck an den Fingern und Handgelenken, außerdem eine kleine schwarze Aktentasche – von Kopf bis Fuß der erfolgreiche, gesetzestreue Geschäftsmann. Was hatte er in einem heruntergekommenen Reihenhaus in Pudsey verloren?

Er trat auf den Fußweg und schaute hoch in den Regen, dann drehte er sich um und sprach mit jemandem im Haus, den sie nicht sehen konnten.

»Ist das wirklich Imran Akhtar?«, fragte Rachel noch einmal, als könne sie es nicht fassen.

»Ist er«, antwortete Anna, ohne ihn aus den Augen zu lassen. »Mich überrascht das nicht.«

Akhtar holte einen Schirm hervor, spannte ihn auf und trat ganz vom Haus weg. Hinter ihm kam ein größerer Mann aus der Tür: Stijn, auch auf die Entfernung nicht zu verwechseln. Er hatte eine Plastiktüte bei sich. Anna hörte, wie Rachel tief Luft holte.

»Ich sehe ihn«, sagte Anna. Sie glaubte, dass ihre Stimme ruhig klang. Aber sie war nicht ruhig. Bisher war die Vorstellung, ihn wieder zu sehen, sich in seine Nähe zu begeben, nur theoretisch gewesen. Die Angst, die diese Vorstellung in ihr ausgelöst hatte, hatte sie leicht kontrollieren können. Doch ihn dann leibhaftig zu sehen, das war etwas ganz anderes. Eine Welle des Abscheus überkam sie, eine Flut unschöner Erinnerungen blitzte vor ihrem inneren Auge auf und konzentrierte sich schließlich in dem üblen Gestank seines Schweißes, dem süßlichen Geruch seines Speichels und seines Atems. Er hatte so sehr geschwitzt, dass ihm der Schweiß vom Kopf und ihr ins Gesicht getropft war. Sein Mund war ganz nah vor ihrem Gesicht und ihren Augen gewesen, sie hatte seinen Atem gespürt. Ein Bild kam immer wieder: wie er die Faust zurückzog, um sie zu schlagen, um sie von oben ins Gesicht zu schlagen. Sie schloss die Augen, jeder Muskel in ihrem Körper war angespannt, trotzdem war sie sich bewusst, dass ihr Verstand sie schon jetzt schützte. Das, woran sie sich erinnerte, war nicht das Schlimmste gewesen.

Er schaute nicht in ihre Richtung, sondern ging an Akhtar vorbei direkt auf den BMW zu. Langsam ließ sie die Luft aus den Lungen und schaute zu Rachel hinüber. Die starrte ihn gebannt an, die Lippen fest zusammengepresst. Sie hielt den Atem an.

»Du kannst ruhig atmen, Rachel«, sagte Anna leise.

Stijn stieg in den BMW, Akhtar zog die Haustür zu. Stijn machte Anstalten, den Wagen zu wenden, was bedeutete, dass er an ihnen vorbeifahren würde, direkt vor ihrer Nase.

»Ich werde mich ducken«, sagte Anna. »Bleib du oben und beobachte ihn. Aber guck ihn nicht direkt an. Sag mir Bescheid, wenn er an uns vorbei ist. Und pass auf, was dieses Arschloch Akhtar macht.« Sie lehnte sich zur Seite, so dass sie von draußen nicht mehr zu sehen war, ihr Kopf lag auf Rachels Bein.

»Mama!«

»Ganz ruhig, Rachel. Alles in Ordnung. Er wird dich nicht sehen. Wahrscheinlich weiß er nicht mal mehr, wie du aussiehst.«

»Mama!« Ihre Stimme zitterte.

»Was macht Akhtar?«

»Ich kann das nicht, Mama. Ich habe Angst.«

»Was macht Akhtar?«

»Er fährt an uns vorbei ... o Gott ... nicht Akhtar ... der andere ...«

Anna wartete. »Ist er weg?«

Sie hörte Rachel seufzen. »Er ist weg. Akhtar fährt in die andere Richtung.« Ihre Stimme war kaum hörbar.

Anna richtete sich auf. »Braves Mädchen.« Sie hielt nach Akhtars Wagen Ausschau. »Ist das seiner, der Mercer?«

»Ja.«

Anna prägte sich das Nummernschild ein, bevor er am Ende der Clifton Lane abbog und verschwand.

»Wir müssen zur Polizei gehen, Mama. Wir müssen denen sagen, was wir gesehen haben …«

»Nein. Ich geh da rein und schau mich mal um.«

»Mama, bitte! Das können wir nicht machen.«

»Du musst ja nicht mitkommen. Du musst sowieso hierbleiben und für mich Schmiere stehen.«

Rachel warf sich über die Sitze und presste ihr das Gesicht an den Arm. Sie weinte wieder und zitterte vor Angst. Anna legte den Arm um sie und drückte sie an sich. »Lass mich das machen, Rach«, sagte sie. »Halte durch, für mich. Bitte.«

»Warum? Warum, Mama, warum?«

»Weißt du noch, wie das alles angefangen hat, Rachel?«

Rachel schwieg. Sie presste sich an ihre Brust und schluchzte.

»Weißt du noch, wie wir Nick das erste Mal getroffen haben?«

Anna spürte, wie sie ganz leicht nickte.

»Das war toll, oder nicht? Wir hatten ein schönes Leben mit Nick. Wir hatten viel Spaß.«

Sie spürte, wie Rachel darüber nachdachte, wie sie sich festklammerte und nachdachte.

»Das war vielleicht die schönste Zeit, die wir beide je miteinander hatten. Wir haben uns super verstanden. Wir haben viel zusammen unternommen.« Rachel löste sich aus ihrer Umarmung. »Und Nick hat uns geliebt. Er hat uns wirklich geliebt, Rachel. Er hat uns in sein Haus aufgenommen und uns ein Zuhause gegeben.«

Sie legte eine Pause ein. Rachel rieb sich mit dem Ärmel die Augen trocken und schaute zu ihr hoch.

»Du hast ihn gern, oder?«, fragte sie mit sanfter Stimme. »Du hast Nick genauso gern wie er dich.«

Rachel nickte langsam.

»Ich hab ihn auch gern«, sagte Anna. »Und ich glaube, dass er in Schwierigkeiten steckt. Vielleicht haben wir ihn in diese Schwierigkeiten gebracht. Ich weiß es nicht. Vielleicht ist er auch schon tot.« Sie stockte, eine Welle der Gefühle kam in ihr hoch und drängte nach draußen. »Ich hoffe nicht … Ich hoffe bei Gott …« Ihre Augen brannten vor Tränen. Sie schluckte den Kloß in ihrer Kehle runter und holte tief Luft. »Ich hoffe, dass er am Leben ist«, sagte sie. »Und wenn, dann müssen wir ihn finden, bevor dieser Mann ihn findet. Wenn dieser Mann glauben würde, dass er tot ist, würde er ihn nicht suchen. Verstehst du das?«

Rachel sah sie stirnrunzelnd an. »Klar verstehe ich das. Aber ich verstehe nicht, warum wir nicht zur Polizei gehen können.«

»Weil wir nicht genug wissen. Wir wissen nicht, was hier läuft. Weißt du noch, was ich dir gesagt habe, als wir Nick kennen gelernt haben? Weißt du noch, wie ich gesagt habe, dass es nur eine Regel gibt?«

»Drei. Du sagtest, es gibt drei Regeln.«

»Okay. Aber erinnerst du dich an die erste – die goldene Regel?«

»Die dritte ist die goldene.«

»Meinetwegen, die dritte. Erinnerst du dich an sie?«

Rachel nickte.

»Wir wissen nichts, Rachel. Wir wissen nur, dass irgendetwas gehörig schiefgelaufen ist. Und solange wir nicht mehr wissen, halten wir uns an die goldene Regel. Bis jetzt müssen wir davon ausgehen, dass das alles nur ein eiskalt berechneter Versuch ist, uns dazu zu bringen, diese Regel zu brechen. Und wenn das passiert – und Nick am Leben ist –, dann könnte das bedeuten, dass wir ihn im Stich gelassen haben, als er uns wirklich brauchte.« Sie drückte Rachel wieder an sich. »Ich würde das nicht machen, wenn es nicht sein müsste. Aber es muss sein.«

Sie wartete, bis Rachel aufgehört hatte zu weinen und wieder ruhig atmete.

»Okay«, sagte sie. »Du wartest hier. Wenn du irgendetwas siehst, das dir komisch vorkommt – wenn jemand auf die Tür zugeht oder den Weg da hinter den Häusern nimmt, was auch immer, dann legst du dich flach auf die Sitze und hupst dreimal. Ich lasse den Motor an. Schaffst du das?«

Rachel sah sie an. »Natürlich schaffe ich das, Mama. Aber du, schaffst du das?«

Anna zog die Stirn in Falten.

»Ich war dabei, Mama«, sagte Rachel. »Ich habe gehört, was er mit dir gemacht hat.« Sie machte sich Sorgen um sie. »Bist du sicher, dass du das kannst?«

Anna biss sich auf die Lippe. Sie wollte nicht darüber nachdenken. Wenn sie darüber nachdachte, würde sie nur wieder losheulen. »Ich schaffe das«, sagte sie. »Ich muss, Rachel. Und ich muss weiter wütend sein. Wenn ich nicht mehr wütend bin, kann ich nicht mehr weitermachen.«

Den Blick nach vorn gerichtet, ging sie rasch die Clifton Lane hinab. Sie bog ohne zu zögern durchs Gartentor auf den kleinen Fußweg ein, der zur Nummer 11a führte, marschierte zur Tür und las das Klingelschild. Es gab zwei Klingeln: Wohnung 11a und Wohnung 11b. Der Anordnung nach zu urteilen, war 11a die Erdgeschosswohnung.

Sie drückte beide Klingeln. Vorsorglich hatte sie sich bereits eine Geschichte zurechtgelegt: Sie war Akhtars Assistentin – der Overall würde ihr vielleicht helfen; er entsprach zwar nicht dem üblichen Sekretärinnenoutfit, aber er hatte einen arabischen Schriftzug auf der Brusttasche –, er, Akhtar, hatte etwas vergessen, und sie war jetzt hier, um es zu holen, hatte aber den Schlüssel nicht dabei. Doch es machte niemand auf, und die Tür war abgeschlossen.

Also ging Anna zurück zur Straße, zwinkerte Rachel zu und bog in die schmale Gasse ab, die zur Rückseite der Grundstücke führte. Sie zählte bis zur Nummer 11 und betrat einen kleinen Hof mit hohen Mauern. Es gab eine Hintertür, daneben ein Küchenfenster. Die Tür war abgeschlossen, das Fenster zu.

Sie betrachtete das Schloss. Es war zu knacken, aber nicht ohne das entsprechende Werkzeug, und sie hatte nichts bei sich. Sie schaute sich nach einem brauchbaren Stein um und entdeckte oben auf der Mauer einen losen Ziegelstein, dann ließ sie den Blick über die Fenster der Häuser nebenan und gegenüber schweifen. In den Fenstern ohne Gardinen sah sie niemanden stehen, was nicht bedeutete, dass sie nicht von irgendwelchen neugierigen Nachbarn beobachtet wurde, die nur darauf warteten, ihre staatsbürgerliche Pflicht tun zu können. Das war jetzt nicht zu ändern. Sie trat ans Küchenfenster und klopfte sanft mit dem Ziegelstein dagegen, so lange, bis die Scheibe brach.

Vorsichtig und in aller Ruhe räumte sie die Scherben zwischen Zeigefinger und Daumen beiseite und konzentrierte sich ganz auf ihre Aufgabe. Vielleicht würden interessierte Zuschauer sie wegen des Overalls für einen Handwerker im Auftrag der Stadtverwaltung halten. Als sie alle Scherben entfernt hatte, griff sie nach innen und öffnete das Fenster. Einen kurzen Augenblick lauschte sie auf die Stille im Haus, dann kletterte sie hinein.

In der Küche nichts Auffälliges. Ein Wasserkocher, ein paar Teller auf dem Abtropfgestell, Tassen und Löffel. Kein Herd, kein Kühlschrank. Sie ging durch eine von zwei Türen in den nächsten Raum, der wohl das Wohnzimmer gewesen wäre, würde hier jemand wohnen. Was nicht der Fall war. Auf einem Tisch in der Mitte des Zimmers stapelten sich Berge von Papieren. An den Wänden drei Aktenschränke, ein kleines Kopier- und Faxgerät und ein Aktenvernichter. Offensichtlich hatte Akhtar die Wohnung als Büro genutzt.

Was suchte sie eigentlich? Es sah aus, als stammten die Papiere, die über den ganzen Tisch verstreut waren, aus den Aktendeckeln, die um den Tisch herum auf dem Fußboden lagen. Ein paar Kontoauszüge, aber hauptsächlich Immobilieninformationen. Sie schaute sie in Ruhe durch.

Auf einer Seite des Tisches – die relativ unberührt aussah – stapelten sich Fotokopien von Käufen und Verkäufen von Hanley und Co. Da waren Immobilien in Schottland, Lancashire, Northumberland, Yorkshire und Wales. Auf der anderen Seite lagen ungefähr dreißig Seiten Exposés zu weniger hochpreisigen Immobilien, hauptsächlich in Yorkshire. Sie hatte nicht einmal gewusst, dass Nick überhaupt mit solchen Gebäuden handelte.

Daneben stand eine halb volle Kaffeetasse, noch lauwarm. Entweder Akhtar oder Stijn hatte die Unterlagen gerade angesehen. Systematisch ging sie alle auf der Suche nach etwas Bekanntem oder Auffälligem durch. Nichts. Sie dachte gerade darüber nach, alle Unterlagen zu kopieren, als sie sehr deutlich hörte, wie draußen auf der Straße dreimal gehupt wurde.

Sie nahm alle dreißig Exposés, stopfte sie sich in die hintere Hosentasche und trat ans Fenster, um die Straße in Augenschein zu nehmen. Nichts zu sehen. Sie ging nach hinten in die Küche. Auch hinterm Haus war nichts zu sehen. Sie blieb stehen und lauschte. Kein Laut. Plötzlich kam ihr der Gedanke, dass Stijn oder Akhtar vielleicht zurückgekehrt waren und Rachel entdeckt hatten, die dort draußen auf sie wartete. Hastig zog sie den Riegel an der Hintertür zurück, drehte den Schlüssel im Schloss, zog die Tür auf und trat hinaus. Im gleichen Moment hörte sie es wieder hupen.

26

»Sie arbeiten mit Leuten zusammen, die behaupten, vom Innenministerium zu sein«, sagte Bains. Er erwartete, dass White es leugnen oder ihm den Mund verbieten würde, aber er blieb nur reglos ihm gegenüber am Schreibtisch sitzen und starrte ihn an. Seit Bains sein Büro betreten hatte, wirkte White feindselig.

»Jon Hoyle hat mir das erzählt«, fuhr Bains fort. »Er hat auch gesagt, die Tatsache, dass die an Ihren Ermittlungen beteiligt sind, muss nichts mit dem Umstand zu tun haben, dass sie mir heute Morgen einen Besuch abgestattet und nach Karen Sharpe gefragt haben.«

White rutschte ein wenig in seinem Stuhl hin und her und spielte mit einem dicken goldenen Füllfederhalter herum, ohne Bains aus den Augen zu lassen. Der Ausdruck auf seinem Gesicht drückte milde Gereiztheit aus.

»Ich glaube nicht, dass das der Wahrheit entspricht«, sagte Bains. »Ich gehe davon aus, dass man Ihnen das so in den Mund gelegt hat, und ich mache es Ihnen beiden nicht zum

Vorwurf, dass Sie tun, was man Ihnen sagt. Ich weiß, wie das läuft. Ich weiß auch einiges über einen der Männer, für die Sie arbeiten. Genug, um zu wissen, dass er nicht vom Innenministerium kommt.«

White schaute weg, er hatte die Augenbrauen zusammengezogen. »Hatte ich Ihnen gesagt, Sie sollen Feierabend machen, Pete?«

Bains dachte nach. »Nein«, sagte er. »Ich glaube nicht.«

»Gut, dann tue ich das jetzt. Gehen Sie nach Hause, Pete. Sie sind müde, und ich habe zu tun. Ich glaube nicht, dass diese Grübeleien, wer wo herkommt und warum für wen arbeitet, uns irgendwie weiterhelfen.«

»Ich weiß nicht, was die Ihnen über mich erzählt haben«, fiel Bains ihm ins Wort. »Aber ich gehe davon aus, sie haben erwähnt, dass ich mit Karen Sharpe zusammen war. Ich weiß nicht, wie viel man Ihnen über Karen erzählt hat«, White sog lautstark Luft durch die Zähne ein, »aber ich begreife nicht, warum der Umstand, dass ich mit ihr zusammen war, bedeuten sollte, ich sei in diesem Fall nicht vertrauenswürdig.«

»Ich auch nicht, Pete.« White sah ihm gerade in die Augen. »Ich kann da keinen Zusammenhang entdecken. Schließlich suchen wir ja nicht nach Karen Sharpe, oder etwa doch?«

Bains nickte, dann zog er das Foto aus der Tasche und legte es auf den Schreibtisch. »Das klingt jetzt vielleicht verrückt«, sagte er, »wo ja keine Verbindung besteht zwischen Ihren Freunden vom Innenministerium und unserem Fall« – White zog eine Grimasse –, »aber ich glaube, mir ist an diesem Foto etwas aufgefallen.«

White rieb sich das Gesicht. »Ach ja?« Inzwischen klang er ernsthaft genervt.

»Wenn man dieses Foto mit einer Lupe betrachtet, erkennt man eine kleine, unverwechselbare Narbe auf dem rechten Oberschenkel.«

White grinste, dann zog er das Foto zu sich und betrachtete es. »Tatsächlich?«

»Es ist eine alte Schusswunde.«

»Sind Sie jetzt auch Arzt?«

»Nein, aber ich kenne die Narbe. Sie ist ziemlich unverwechselbar.«

White nickte, sein Gesicht spiegelte Widerwillen. »Ich weiß, worauf Sie hinauswollen ...«, hob er an.

Bains fiel ihm ins Wort. »Ich habe die Narbe bei Karen gesehen, Sir. Dies ist ein Foto von Karen Sharpe.«

White stand auf. »Und da sind Sie sich ganz sicher, ja?«

»Ja, ganz sicher. Ich war dabei, als sie angeschossen wurde.«

»Diese verdammte Karen Sharpe. Die suchen wir also, ja? Das ist also Ihre Theorie, ja?« Er ging zur Tür, öffnete sie, spähte hinaus auf den Flur, schloss sie wieder, ging zurück zum Schreibtisch und nahm den Hörer von der Gabel.

»Das glaube ich, ja. Ich war davon ausgegangen, dass Sie das bereits wissen. Ich bin ...«

»Ein verdammter Sherlock Holmes.«

Bains schloss den Mund und sah ihn an.

»Ihr Problem, Pete«, sagte White, »ist, dass Sie auch einen Wink mit einem noch so großen Zaunpfahl nicht begreifen.«

Bains wartete schweigend, während White eine Nummer wählte.

»Ich hätte Ihnen etwas mehr Verstand zugetraut«, sagte White und schaute aus dem Fenster. Bains war sich nicht sicher, mit wem er sprach. »Ich dachte, man könnte sich auf Ihre Diskretion verlassen.«

»Sprechen Sie mit mir?«

»Ist hier sonst noch jemand im Zimmer?« White legte auf. »Besetzt.«

»Ich will nur wissen, was los ist«, sagte Bains. »Ich finde, man sollte mir sagen …«

»Warum?« White starrte ihn an. Seine Mundwinkel hatten etwas Verkniffenes. »Warum sollte man Ihnen irgendetwas erzählen? Warum Ihnen?«

»Weil ich …«

»Weil Sie mit Karen Sharpe im Bett waren?«

Bains öffnete den Mund, hielt sich dann aber doch zurück.

Plötzlich wirkte White müde. »Ich kann Ihnen gar nichts sagen«, sagte er. Er fuhr sich mit der Hand durchs Haar. »Ich muss erst fragen.« Er setzte sich wieder.

»Sutherland fragen?«, sagte Bains.

White drehte den Kopf zur Seite und bewegte den Mund, als wolle er auf den Fußboden spucken. »Richtig«, sagte er. »Sutherland fragen. Bis dahin verschwinden Sie aus meinem Büro und erzählen keiner Menschenseele von Ihrer Theorie. Verstanden?«

»Natürlich …«

»Natürlich? Warum natürlich? Haben Sie irgendeinen Schimmer, was hier los ist?«

»Ich bin nicht sicher.«

»Sie haben nicht die leiseste Ahnung. Wir suchen Anna Hart. Das ist alles, was Sie wissen. Reden Sie mit keinem darüber, Pete. Ist das auch wirklich, wirklich klar?«

Bains stand auf. »Ist es.« Er wandte sich zum Gehen.

»Ich rufe Sie an«, sagte White, »sobald ich weiß, was wir mit Ihnen machen. Lassen Sie Ihr Handy an.«

Bains drehte sich zu ihm um. »Was Sie mit mir machen? Was soll das heißen?«

White lehnte sich zurück. »Ich halte Sie für ehrlich,

Pete«, sagte er. »Das habe ich auch allen so gesagt, die mich danach gefragt haben. Aber es gibt Menschen, die sind sich da nicht so sicher. Die meinen, Sie könnten vielleicht Rachegelüste hegen. Es wäre besser für Sie gewesen, wenn Sie sich einfach aus allem rausgehalten hätten.«

»Rache? Was zum Teufel soll das bedeuten? Und von wem reden Sie eigentlich, verdammt noch mal?«

White grinste. »Und aufbrausend sind Sie auch noch. Das macht es nicht besser.«

Bains schluckte. »Entschuldigung.«

»Mir ist das ziemlich egal.« Er machte eine wegwerfende Handbewegung. »Aber denken Sie doch mal darüber nach, was hier los sein könnte.« Er blickte erwartungsvoll zu ihm hoch.

Bains zog die Stirn in Falten. »Ich *habe* darüber nachgedacht.«

»Angenommen, Anna Hart ist in Gefahr, weil ihre *Deckung* aufgeflogen ist«, fuhr White leiser fort. »Angenommen, darum ginge es hier. Da müsste man doch davon ausgehen, oder etwa nicht, wenn dem denn so ist, dass ihre *Deckung* von innen her aufgeflogen ist?«

Bains runzelte die Stirn.

»Von innen«, wiederholte White. »Von hier drinnen. Genau hier. Von jemandem, der sie sehr gut kannte.«

Bains atmete tief durch. »Verdächtigen Sie etwa mich?«

»Ich verdächtige niemanden. Aber fest steht, irgendwer hat sie ordentlich in die Scheiße geritten. Da gilt erst mal jeder als verdächtig. Das wissen Sie genau. Und dieser Fall wird jetzt von Leuten geleitet, die das nur zu gern Ihnen in die Schuhe schieben würden, Pete.«

»Und tun sie das?«

White seufzte. »Natürlich tun sie das, Herrgott. Was glauben Sie, warum ich Ihnen das erzähle?«

»Das ist doch lächerlich. Ich habe sie nicht gesehen, seit …«

»Ich weiß. Das habe ich denen auch gesagt. Aber solange wir nicht wissen, was hier läuft, kann ich Ihnen nur raten, den Ball flach und den Mund geschlossen zu halten.«

Bains schaute ihn einen Moment lang schweigend an und bemühte sich, sein Temperament zu zügeln.

»Sagen Sie mir nur noch eins«, sagte er schließlich. »Bedeutet das, dass Rachel Hart Mairead ist?«

27

Es war alles in Ordnung. Keine Polizeisirenen, keine Streifenwagen, keine neugierigen Nachbarn, keine verdächtigen Männer, kein Stijn, Akhtar oder sonst jemand, der sie veranlasst haben könnte, so penetrant auf der Hupe zu hängen. Sie hupte noch immer, als Anna schon wieder einstieg.

»Was ist los?«, fragte Anna außer Atem.

Aber es war nichts. Sie hatte sich Sorgen gemacht, weil Anna so lang weggeblieben war, hatte Angst gehabt, dass ihr etwas passiert sein könnte. Sie wollte sie umarmen, als sie einstieg, aber Anna stieß sie weg. Das Herz hämmerte ihr in der Brust. Sie war den ganzen Weg zum Auto zurück gerannt, voller Angst, was sie dort wohl antreffen würde. »Reiß dich zusammen«, schimpfte sie. »Du bist viel zu panisch. Du musst dich zusammenreißen, Rachel.«

Ganze fünf Minuten sagte sie kein weiteres Wort mehr, fuhr wütend aus Pudsey heraus und wieder auf die Umgehungsstraße bei Stanningly. Sie hatte Angst, dass sie ihre Tochter wieder anschreien würde, sobald sie den Mund aufmachte. Aber es war bereits zu spät. Sie hatte Rachel verletzt. Dabei hatte die sich doch nur Sorgen um sie gemacht. Es war vollkommen unverzeihlich.

Am Kreisverkehr vor der Schnellstraße machte sie kehrt und fuhr auf den Parkplatz des neuen Marks & Spencer. Sie parkte zwischen anderen Autos und würgte fluchend den Wagen ab. Rachel würdigte sie keines Blickes.

»Tut mir leid«, sagte sie nach einer Weile. »Es tut mir ehrlich leid. Ich habe mich nur so erschrocken. Ich habe die Hupe gehört und gedacht, dir wäre was passiert.«

»Ich habe gar nichts gehört und gedacht, *dir* wäre was passiert.« Rachel sah sie wütend an, ihre Augen blitzten vor Zorn.

»Ich weiß. Du hast recht. Ich hätte dich nicht anschreien dürfen. Es tut mir wirklich leid.«

Einen Augenblick lang saßen sie schweigend da.

»Sind wir jetzt endlich so weit?«, fragte Rachel. Annas Entschuldigung hatte nicht gewirkt. »Können wir jetzt zur Polizei gehen?« Ihre Stimme klang vorwurfsvoll.

»Nein. Wir fahren zu Diana Hanley. Wir müssen ...«

»Du hast es mir versprochen.«

»Habe ich nicht.«

»Du hast gesagt, nur noch das hier. Du hast gesagt, nur noch eine Sache ... Du hast gesagt ...«

»Ich weiß immer noch nicht, was hier los ist«, sagte Anna. »Ich habe dir gar nichts versprochen.«

»Du hast gesagt, wir würden aufhören.« Rachel wurde immer lauter. *»Du hast gesagt, wir hören auf!«*

Anna ignorierte sie und machte sich an den Kabeln unter dem Lenkrad zu schaffen, um den Wagen wieder zu starten.

»Ich kann nicht mehr!«, sagte Rachel dann. Sie war kurz davor, wieder in Tränen auszubrechen, aber sie war auch wütend.

»Du kannst.«

»Ich kann nicht! Ich habe Hunger!«

Anna richtete sich auf und sah sie an. Fast hätte sie mit dem Fuß aufgestampft. »Du hast Hunger?«

»Ja. Du hast mir nichts zu essen gegeben.« Sie hatte schon wieder recht.

»Stimmt«, sagte Anna. »Wo bin ich nur mit meinen Gedanken? Tut mir leid. Du musst halb verhungert sein. Ich geh und hol dir was zu essen.«

»Wir haben kein Geld.«

»Ich kann mir was leihen.«

»Du meinst klauen.«

»Ich meine leihen.«

»So was würde *sie* nicht machen.«

»Hör auf.«

»Aber es stimmt. Anna Hart würde so was niemals machen.«

»Vergiss nicht, was ich dir gesagt habe! Wir können nicht alles aufgeben. Nicht jetzt.«

»Ich vergesse es ja nicht! Du bist diejenige, die es vergisst!«

Anna beugte sich wieder vor und versuchte, sie zu ignorieren. Der Motor sprang an.

»Sie würde so was nicht machen, das weißt du genau«, wiederholte Rachel. Sie hatte sich aufs Betteln verlegt, schrie nicht mehr.

»Sie lernt dazu«, sagte Anna und setzte den Wagen zurück. »Ihr bleibt nichts anderes übrig.«

»Einen Wagen ohne Schlüssel anlassen? Woher soll Anna Hart so was können? Wie soll sie das gelernt haben?«

»Hat sie einfach.«

»Sie würde so was nie machen. Sie würde nie jemanden niederstechen. Sie würde kein Auto klauen. Sie würde nicht in ein Haus einbrechen …«

»Hör auf. Hör sofort auf.«

Anna fuhr vom Parkplatz und zurück zur Umgehungsstraße.

»Außerdem hast du gesagt, du besorgst mir was zu essen«, sagte Rachel. Ihre Stimme klang gepresst. Sie versuchte, nicht zu weinen.

»Nicht hier. Wir halten woanders an. Wenn wir mit der Schwester gesprochen haben.«

»Du bist gemein zu mir.«

»Und du bist ganz schön zickig.«

Auf dem Weg zur Schnellstraße raste ihr Herz wie wild, wirre Gedanken schwirrten ihr durch den Kopf. Sie war wirklich gemein zu ihr, das wusste sie. Sie tat alles, was sie nicht tun sollte, woran Anna Hart nicht im Traum gedacht hätte. Sie verlor die Kontrolle.

»Anna würde nie so mit mir sprechen«, sagte Rachel sehr leise.

Sie fuhr weiter, ohne sie anzusehen. *Willkommen in der Wirklichkeit*, dachte sie.

»Ich wünschte, Nick wäre hier«, flüsterte Rachel.

»Ich mache das alles nur für Nick.«

»Stimmt doch gar nicht. Du machst es für dich.«

28

Plötzlich war die Müdigkeit verflogen. Bains ging in die Kantine in Weetwood und bestellte sich einen Tee. Er musste zur Ruhe kommen, den Geist beruhigen. Es kam alles viel zu schnell. Er stand am Fenster und trank den Tee, ohne ihn zu schmecken oder das Panorama wahrzunehmen. Wie lange würde es dauern, bis White Sutherland erreichte? Er wollte endlich wissen, was los war. Genervt setzte er den Pappbecher ab und ließ die Finger knacken, einen nach dem anderen. Sein Herz raste. Er wusste schon jetzt zu viel. Er musste sich ablenken.

Er machte sich auf die Suche nach Jane Ferguson und erklärte ihr, was sie von Milgarth aus bereits veranlasst hatten. »Ich bleibe noch hier«, sagte er. »Zumindest, bis die Videoaufnahmen ausgewertet sind.«

»Ich kann Ihnen zwei Leute aus meinem Team geben«, schlug sie vor. »Die können Sie mit nach Milgarth nehmen.« Offensichtlich war sie nicht auf dem Laufenden.

Zusammen mit zwei Kolleginnen namens Kerr und Walsh fuhr er nach Milgarth zurück, konzentrierte sich auf den Verkehr. Die beiden Frauen sollten das Team ersetzen, mit dem er die Nacht durchgearbeitet hatte. Sie waren ziemlich jung. Er brachte sie auf den neuesten Stand und fragte sie, ob sie schon mal Videos ausgewertet hätten. Sie wussten, wie das ging, theoretisch.

Auf der Wache Milgarth entschloss sich Paul North – wie erwartet –, auf der Stelle Feierabend zu machen, nachdem er gähnend sein Missfallen über den Vorschlag zum Ausdruck gebracht hatte, noch ein wenig zu bleiben, zumal seine reguläre Dienstzeit längst abgelaufen war. Hayward erklärte sich einverstanden, noch ein paar Stunden dranzuhängen. Chris Greenwood wollte auf keinen Fall den Saal verlassen, bevor er nicht sämtliche CCTV- und Videoaufnahmen gesichtet hatte.

Bains bat Hayward, die beiden Aufgaben zu erledigen, die eigentlich North zugedacht gewesen waren: Fotos von Hanley auftreiben, um sie mit den Videoaufnahmen zu vergleichen, und die Aufzeichnungen seiner Ärzte heranschaffen –, dann ging er mit den beiden neuen Detectives in Greenwoods Videohöhle, um sich anzusehen, was dieser noch herausgefunden hatte, während Bains in Weetwood gewesen war. So war er zumindest beschäftigt. Als sie den Raum betraten, prüfte er, ob sein Handy Empfang hatte. White hatte sich noch immer nicht gemeldet.

»Dieser Kerl hier«, sagte Greenwood und zeigte mit dem Finger auf den Bildschirm. »Dieser Kerl hier ist interessant.« Er hatte sich einen neuen Bildschirm beschafft, der größer war, dafür war das Bild unschärfer. Er hatte das Band angehalten. Bains beugte sich vor. Er sah eine Aufnahme der Kamera in der Eingangshalle des Spencer Tower. Die Uhr am unteren Bildrand zeigte »10:25, 30. 12. 99« – der Morgen des Vortags. »Zur Erinnerung: Die Kameras schalten alle vier Sekunden hin und her«, sagte Greenwood. »Das Blickfeld dieser hier zu durchqueren dauert mindestens fünfzehn Sekunden, so dass eigentlich jeder erfasst werden müsste. Hier betritt der Mann das Gebäude. Gestern Morgen um zehn Uhr fünfundzwanzig. Sehen Sie, was er macht.« Er ließ die Aufnahme weiterlaufen.

»Ziemlich auffälliger Typ«, bemerkte Bains. Der Mann, auf den Greenwood ihn aufmerksam gemacht hatte, war locker über eins achtzig und kräftig gebaut, hatte entweder eine Glatze oder war kahl rasiert. Er trug eine kurze Lederjacke.

»Deshalb bin ich auf ihn aufmerksam geworden«, sagte Greenwood.

»Würde nicht jemand, der so auffällig ist wie der, sich von Überwachungskameras fernhalten, wenn er vorhat, einen Mord zu begehen?«

Die Frage kam von DC Kerr. Greenwood zuckte mit den Achseln, als hielte er den Einwand für irrelevant. »Er liest die Tafel, auf der alle Firmen im Gebäude aufgelistet sind«, sagte er. Der Mann stand so lange vor dem Schild, dass der Aufnahmemechanismus zweimal in die Tiefgarage und wieder zurück schaltete, und ging dann aus dem Blickfeld der Kamera auf den Empfangstisch zu.

»Hat er sich eingetragen?«, fragte Bains.

»Wie Sie sehen«, sagte Greenwood, »sind zu dem Zeitpunkt mehrere Leute rein- und rausgegangen. Wir haben das Empfangsbuch heute Morgen beschlagnahmt: Gegen halb elf haben sich vier Leute eingetragen. Ich habe angerufen und die Sicherheitsfirma gefragt, wie genau die Zeitangaben sind. Nicht sehr, meinten die, also ist es schwer zu sagen, welcher Name zu ihm gehört, wenn er sich denn überhaupt eingetragen hat. Wir haben also vier Personen, die in Frage kommen. Ich habe die gebeten, dass derjenige, der zu jener Zeit Dienst hatte, mich anruft, vielleicht erinnert er sich ja an den Mann.«

»Und? Kommt er wieder raus?«, fragte Bains.

»Zwei Stunden später.« Greenwood spulte vorwärts. Er hatte sich sämtliche Zeiten notiert. Sie sahen zu, wie der gleiche Mann, aus der Richtung des Empfangstischs kommend, wieder ins Bild trat. Es gab eine gute Aufnahme von seinem Gesicht, als er direkt hoch in die Kamera schaute. Greenwood hielt das Band an.

»Er weiß, dass er gefilmt wird«, sagte er. »Und er ist regelrecht froh darüber.«

»Warum auch nicht?«, fragte Bains. »Soweit wir wissen, ist er ein ganz normaler Bürger.«

»Abwarten«, entgegnete Greenwood mit einem Augenzwinkern.

»Was für ein hässlicher Kerl«, ließ sich DC Walsh vernehmen. »Ist das Akne?«

»Aknenarben«, sagte Greenwood. »Und ein paar Narben hier ...« Er deutete auf den Bereich über den Augenbrauen. »Sieht ziemlich ramponiert aus, der Mann – wie ein Rugbyspieler oder ein Boxer.«

»Die Aufnahme ist doch gut genug für ein Foto«, sagte Bains.

»Ich werde eins machen lassen, sobald wir hier fertig sind«, sagte Greenwood. »Wenn Sie Ihre Meinung ändern, dass er ein ganz normaler Bürger ist.«

»Wissen wir, wo im Gebäude er war?«, fragte Bains.

»Wie gesagt, wenn er sich eingetragen hat, könnte er eine von vier Personen sein. Bei der Anmeldung werden die Leute gebeten, auch anzugeben, zu wem sie wollen. Aber die Sicherheitsfirma prüft das nicht nach.«

»Hat einer von den vieren angegeben, zu Hanley und Co. zu wollen?«

»Nein.«

Bains schob seinen Stuhl ein Stück zurück. »War's das?«

»Nein.«

Greenwood hob eine Kassette vom Fußboden auf und legte sie ein. Er spulte zu den frühen Morgenstunden des Einunddreißigsten vor.

»Das ist die Kamera im Parkhaus«, sagte er.

Die Uhr am Bildrand zeigte »03:27; 31. 12. 99«. Bains sah zu, wie drei Personen schnellen Schrittes durch das Bild liefen. Greenwood spulte zurück und hielt das Band an.

»Wo ist ihr Wagen?«, fragte Walsh.

»Sie sind nicht mit dem Wagen gekommen. Wenn man ins Parkhaus fährt, muss man direkt vor der Kamera vorbei. Die ist genau hinter der Einfahrt angebracht und zeigt von dort in die Tiefgarage hinein, weshalb man die Türen da auch nicht sehen kann, aber ich gehe davon aus, dass die drei zu Fuß durch die Tür in die Tiefgarage gekommen sind.«

»Wie?«, fragte Bains.

»Die Sicherheitsfirma hat mir erzählt, dass alle Benutzer einen kleinen Infrarotsender bekommen, mit dem sich die

Türen von außen öffnen lassen. So einen müssen die benutzt haben.«

»Die müssen also jemanden kennen«, sagte Walsh.

Bains schaute genauer hin. »Ist das wieder unser Rugbyspieler?«

»Ich glaube, ja.« Greenwood grinste.

Das Bild war ziemlich schlecht, aber es sah ganz so aus, als sei einer der drei ziemlich groß, breit und kahlköpfig und als trüge er eine dunkle Jacke, die in Länge und Schnitt der von vorhin ähnelte.

»Dieser hier ist Inder oder Pakistani, würde ich sagen.« Greenwood deutete auf einen kleineren Mann, der im Dreiviertelprofil zu sehen war.

Bains kniff die Augen zusammen und betrachtete ihn. »Könnte Akhtar sein«, sagte er verwundert.

»Akhtar?«

»Hanleys Geschäftspartner. Ich habe vor ein paar Stunden mit ihm gesprochen. Haben Sie noch mehr Bilder von ihm?«

Wieder grinste Greenwood. »Habe ich.«

Er wechselte noch einmal das Band.

»Keiner der drei verlässt Spencer Tower durch die Eingangshalle oder durch die Tiefgarage. Diese Aufnahmen hier stammen von der Kreuzung Headrow und Albion Street. Wenn man Spencer Tower durch einen der Seiteneingänge verlässt – die mit den defekten CCTV-Kameras – und direkt zur Headrow geht, ist man in weniger als fünf Minuten da.« Er spulte eine Weile hin und her, bis er die Stelle gefunden hatte, die er suchte. Die Aufnahme war in ziemlich schnellen Intervallen erfolgt, die Greenwood anscheinend auf ein Band zusammengeschnitten hatte. Durch die fehlenden Intervalle wirkten die Bewegungen der Personen, die die Kreuzung überquerten, abgehackt, wie in einem uralten Kinofilm. Die Aufnahmen waren in Schwarzweiß.

»Genau hier«, sagte Greenwood, als er eine Szene ein zweites Mal laufen ließ, dann anhielt, zurückspulte und sie noch einmal abspielte. Es ging alles so schnell, dass er ihnen genau sagen musste, worauf sie achten sollten. »Zwei Personen überqueren die Headrow. Sehen Sie hier die Gruppe Jugendlicher, die aus der entgegengesetzten Richtung kommt. Die gucken schon, was da vorne los ist. Ich schätze, dass die ersten Feuerwehrwagen bereits im Anmarsch waren. Diese Aufnahmen stammen von kurz nach zwanzig nach vier.«

Bains betrachtete die zwei, auf die Greenwood gezeigt hatte.

»Ja, Sie haben recht«, sagte er. »Das sind die beiden.« Der gleiche stämmige, kahlköpfige Kerl überquerte die Straße schnell und mit gesenktem Kopf. Neben ihm der Inder oder Pakistani. »Drei gehen rein, zwei raus«, sagte er. »Und das passend zur Tatzeit.«

»Dass der Dritte fehlt, muss nicht viel heißen«, sagte Greenwood. »Er könnte auf der Albion Street Richtung Norden gegangen sein. Ich habe noch nicht alle Aufnahmen ansehen können, aber der Dritte war nicht sehr auffällig.«

»Was machen sie, nachdem sie die Straße überquert haben?«, fragte Bains.

Greenwood ließ die Szene noch einmal laufen. »Auf der anderen Straßenseite trennen sie sich. Der Große geht weiter Richtung Bahnhof, der andere überquert die Albion Street. Aber ...«

Er schaltete ein Gerät ein, das neben dem Videorekorder auf dem Fußboden stand. Das Bild auf dem Monitor wurde durch eine sehr viel klarere Aufnahme ersetzt.

»Das stammt von den Kameras auf der East Parade. Sie

werden von einer privaten Firma betrieben, die Aufnahmen erfolgen digital auf CD. Deshalb ist die Bildqualität so gut. Das hier ist unser Mann.« Er zeigte auf ihn. »Ich nehme an, dass er die Albion Street runtergegangen ist, dann quer durch zur Park Row und durch die Greek Street bis zur East Parade. Sehen Sie. Er verschwindet in einer kleinen Gasse, die durch zur Park Cross und zum Park Square führt. Die Zeit passt, und das ist er, ohne Zweifel, er kommt um vier Uhr siebenundzwanzig auf die East Parade. Und sehen Sie: Er hat einen Autoschlüssel in der Hand.«

Bains nickte. Es war deutlich zu erkennen, wie der Mann etwas aus der Tasche zog und es vom Finger baumeln ließ. Dann ging er aus dem Bild.

»Haben wir ihn verloren?«

»Ja. Die Hälfte der Kameras auf dem Park Square ist in Reparatur. Auf den Aufnahmen, die ich habe, ist er nicht. Um den Park Square verlaufen nur Einbahnstraßen, und vielleicht hat ihn irgendeine Kamera aufgezeichnet, als er da rausfuhr, aber so weit bin ich noch nicht gekommen.«

»Aber woher wollen Sie wissen, nach welchem Auto Sie Ausschau halten müssen?«

Greenwood zog die Augenbrauen in die Höhe. »Weil ich ihn früher am Tag auf dem Park Square habe.« Wieder wechselte er die Videokassette. »Zurück zum Video – und zur bekannt schlechten Qualität vom Park Square. Aber ich glaube, das hier ist er.«

Sie sahen körnige Schwarzweißaufnahmen von einem groß gewachsenen Mann, der in einen dunklen BMW-Geländewagen einstieg und losfuhr. Greenwood hielt das Band an.

»Das war um zwölf Uhr dreiundzwanzig gestern Mittag. Um kurz nach halb zwölf hat er den Spencer Tower verlassen.«

»Die Aufnahmen sind nicht zu gebrauchen«, sagte Bains. »Damit können wir nichts …«

»Nicht damit«, sagte Greenwood. »Aber er biegt in die St. Paul's Street ein. Und da wird man ein Stückchen weiter von dem digitalen Überwachungssystem der East Parade in Empfang genommen.« Er legte eine kindische Pause ein und sah Bains mit großen Augen an.

»Und?«, fragte der.

»Wenn er es ist, habe ich eine schöne Aufnahme von ihm am Steuer, und ich habe das Kennzeichen: HTZ 1342. Der Wagen läuft auf den Autoverleih Hertz.«

»Haben Sie da angerufen?«

»Habe ich.« Er schaute auf seinen Notizblock. »Der Wagen wurde vor zehn Tagen am Manchester Airport vom Kunden persönlich ausgeliehen. Der hat einen südafrikanischen Pass und Führerschein vorgelegt, um sich auszuweisen, und hat mit Kreditkarte bezahlt. Sie haben mir die Nummer gegeben.«

»Und sein Name?«

»Josef Stijn.«

29

Nick hatte ihr erzählt, dass seine Schwester Diana seit fast zehn Jahren in Portugal lebte und dort Lusitano-Hengste züchtete. Sie war verheiratet, sah ihren Ehemann aber nur selten. Er lebte in Chelsea, die Kinder waren in einem Internat in Yorkshire. Sie besaßen ein Haus in Cornwall, wo sie gelegentlich als Familie zusammenkamen, aber Diana war in Portugal sehr beschäftigt, nicht zuletzt, wie Nick bemerkte, mit einem sehr viel jüngeren Mann.

Nicks Beziehung zu seiner Schwester war augenscheinlich nicht ganz unproblematisch, und so hatte Anna ihn kaum danach gefragt. Er hatte die Angewohnheit, schnell das Thema zu wechseln, sobald die Rede auf Diana kam. Seit Anna mit Nick zusammen war, hatte seine Schwester ihn nur ein einziges Mal besucht und es ausdrücklich abgelehnt, in Black Carr Hall zu übernachten, so dass Anna sie nie kennen gelernt hatte. Nick hatte das damals erleichtert zur Kenntnis genommen, wobei sie nie dahintergekommen war, warum. Fast hatte es den Anschein gehabt, als hätte er Angst vor seiner Schwester. Ihre seltenen Telefonate waren kurz und sachlich, in der Regel ging es um Geld. Nach diesen Gesprächen wirkte Nick meist abgelenkt und zerstreut. Dennoch redete er nie schlecht über sie.

An einer schmalen Landstraße hinter dem Golfplatz Woodhall Hills gelegen, nahm Dianas Gestüt gut zwölf Hektar bestes, umzäuntes Weideland an den Hängen eines Tals zwischen Leeds und Bradford ein. Nick hatte erzählt, dass seine Schwester dem Anwesen ungefähr einmal pro Jahr einen Besuch abstattete, und dort hatte sie auch nach ihrem einzigen Besuch bei Nick in den letzten achtzehn Monaten übernachtet. Wenn sie jetzt wegen geschäftlicher Angelegenheiten hier war, wie White behauptet hatte, wohnte sie wahrscheinlich dort.

Calverley war eine kleine Ortschaft ungefähr auf halber Strecke zwischen Leeds und Bradford, nordwestlich von Pudsey. Das Land, auf dem Dianas Gestüt lag, war erstklassiges Bauland, eine schrumpfende Oase der Natur zwischen den beiden größten Städten des County. Von Pudsey aus brauchte man fast zwanzig Minuten. Als Anna die Umgehungsstraße verließ, war es kurz vor zwei Uhr. Ihre Tochter hatte während der ganzen Fahrt kein einziges Wort von sich gegeben.

Mit mäßiger Geschwindigkeit fuhr sie die Priesthorpe Road hinauf – eine schmale Landstraße mit schlechtem Belag – und warf im Vorbeifahren einen schnellen Blick in die lange Zufahrtsstraße zum Gestüt. Keine Streifenwagen in Sicht – genau genommen überhaupt keine Autos, nichts Verdächtiges. Sie parkte ein Stück weiter auf der Priesthorpe Road zwischen einer Baustelle der Wasserwerke und der Straße zum Gestüt. Sie wollte nicht, dass Diana Hanley sie schon von weitem kommen sah. Es hatte aufgehört zu regnen und wurde rasch kälter. Bald könnte es anfangen zu schneien, dachte sie. Die tief hängende, dichte Wolkendecke sah grau und schmuddelig aus.

Ihre Tochter hatte die Arme verschränkt und starrte aus dem Fenster. Ein Stück voraus saßen drei Arbeiter vor einem Lieferwagen, der neben der Baustelle abgestellt war. Auf dem Wagen stand »Yorkshire Water«. Sie aßen ihr mitgebrachtes Essen, tranken aus Thermoskannen und unterhielten sich. Zu beiden Seiten standen hohe, aber kahle Hecken.

»Hör zu, Rachel …«, sagte sie.

»Ich heiße nicht Rachel.«

Sie schluckte. »Aber ich muss dich so nennen«, sagte sie.

»Ich heiße nicht so.«

»Es tut mir alles wirklich sehr leid«, sagte Anna. »Wirklich.«

Rachel ignorierte sie, schaute sie nicht einmal an.

»Ich habe dir nichts versprochen«, fuhr sie fort. Damit erntete sie eine Reaktion. Ihre Tochter drehte sich zu ihr um und wollte endlich ihre Vorwürfe loswerden. Sie hob die Hand, um sie zum Schweigen zu bringen. »Aber jetzt verspreche ich dir was. Das hier ist mein letzter Versuch. Wenn ich da reingehe und sie mir sagt, dass sie Nick gesehen hat und dass er …« Sie schaute weg. »Wenn sie sagt, dass ihr Bruder tot ist, werde ich ihr glauben. Dann fahren wir nach Eccleshill und gehen zur Polizei. Okay?«

Rachel sah sie an, als überlegte sie, ob sie ihr trauen könne.

»Versprochen«, sagte Anna.

Rachel nickte zögernd.

»Nimmst du mich jetzt noch mal in den Arm?«, fragte Anna. »Bevor ich aussteige?«

Rachel legte die Arme um sie und drückte sie, aber Anna spürte, dass sie nicht mit dem Herzen dabei war. Sie war wütend. Anna kannte das. Es würde eine Weile dauern, bis sie sich beruhigt hatte. Sie war wie ihre Mutter.

»Ich lasse den Motor an«, sagte sie. »Wegen der Heizung. Wenn du dir wegen irgendetwas Sorgen machst, auch wenn du findest, dass ich zu lange wegbleibe, steig aus und geh zu den Arbeitern da vorn.« Sie zeigte auf die Männer. »Sag ihnen, sie sollen die Polizei rufen. Okay?«

Sie beugte sich zu ihr rüber und drückte ihr einen flüchtigen Kuss auf die Wange, dann öffnete sie die Tür. Eilig stieg sie aus und spürte, wie ihr die Kälte unter den Overall kroch, dann beugte sie sich noch einmal in den Wagen.

»Wir hatten schon mal bessere Zeiten«, sagte sie. »Als Nick noch da war. Da haben wir uns zumindest nicht gestritten. Wir müssen versuchen, da wieder hinzukommen, ihn zu finden und unser Leben weiterzuleben. Genau wie früher. Das schaffen wir, Rachel. Das verspreche ich dir.«

Rachel nickte, ohne zu lächeln. »Und bis dahin ist wieder alles wie gehabt«, brummelte sie.

Anna schlug die Tür zu und ging los.

Die Zufahrtsstraße zum Gestüt bog zwischen zwei Weißdornbüschen von der Priesthorpe Road ab und lief dann von Hecken gesäumt zu einem Hof, der zu drei Seiten vom Wohnhaus und von den Wirtschaftsgebäuden eingefasst war. Durch einen Torbogen sah Anna auf den dahinterliegenden Weiden Pferde, die mit Decken auf dem Rücken reglos dastanden, Atemwolken vor den Nüstern. Auf dem Hof nur ein Auto. Sie kannte es nicht. In dem Cottage, in dem Lisa Beadle, Dianas Verwalterin, lebte, war kein Licht zu sehen.

Sie blieb stehen, ließ die gewohnte Umgebung auf sich wirken und erinnerte sich an ihren letzten Besuch hier. Es war die vielleicht glücklichste Zeit in ihrem Leben gewesen, und die hatte sie Nick zu verdanken. Jetzt, im Winter, sah der Hof anders aus, aber ihre Erinnerung war noch lebendig. Sie klopfte an die Tür von Cleveland Cottage, einem niedrigen Steinhaus aus dem siebzehnten Jahrhundert, das ursprünglich für arme Landknechte erbaut worden war.

Sie erkannte die Frau, die ihr die Tür öffnete, anhand von Fotos, die Nick ihr gezeigt hatte, und an manchen Gesichtszügen, die sie mit Nick gemeinsam hatte. Sie trug eine Art Reitdress mit Stiefeln und Weste, ihr Haar war unordentlich, die Ärmel hatte sie aufgerollt. Sie sah aus, als wäre sie bei etwas Dringendem unterbrochen worden. Als sie eine Fremde vor der Tür stehen sah, merkte sie auf, ihr Gesicht zeigte zuerst ahnungslose Verwunderung, dann Schreck. Ihr Blick wanderte über die Verletzungen in Annas Gesicht, das Blut an ihrer Nase, aber ihre Anteilnahme hielt nicht lange an. Ihr Gesichtsausdruck veränderte sich, sobald sie die Person unter den Verletzungen erkannte. Diana Hanley hatte Anna Hart irgendwo, wo auch immer, schon mal gesehen.

»Ja?«

»Diana Hanley?«

»Ja, bitte?«

»Ich bin Anna Hart. Kann ich reinkommen?«

Sie beobachtete, wie die Frau sich verzweifelt um den passenden Gesichtsausdruck bemühte.

»Sie sind Anna Hart?«

»Ja. Ich bin mit …«

»Natürlich. Nick hat mir Fotos von Ihnen geschickt.« Sie riskierte ein Lächeln, aber es war ohne Wärme. Dann schaute sie zurück ins Haus, als wäre dort etwas – oder jemand –, das auf sie wartete. Anna bezweifelte, dass Nick ihr irgendetwas geschickt hatte.

»Was um Himmels willen ist mit Ihnen geschehen?«, fragte Hanley schließlich und betrachtete erneut ihr Gesicht, blieb aber weiter in der Tür stehen. »Geht es Ihnen gut?« Sie sprach mit heftigem Public-School-Akzent.

Anna fragte sich, wie schlimm sie wohl aussah. Sie spürte die Schwellung an ihrem Auge pulsieren, aber nicht vor Schmerz. Wenn überhaupt, wenn sie sich erlaubte, darüber nachzudenken, fühlte sie sich heiß, fast fiebrig. Im Gegensatz dazu kam ihr die Luft schneidend kalt vor. Wenn diese Frau sie noch länger vor der Tür stehen ließ, würde sie anfangen, mit den Zähnen zu klappern.

»Ich bin am Leben«, sagte sie. »Aber es ist kalt hier draußen. Kann ich reinkommen?«

Hanley trat zur Seite und versuchte sich weiter an einem Lächeln. Anna konnte sehen, wie sie hektisch nachdachte.

»Natürlich. Bitte. Ich war gerade dabei …« Sie wollte schon in das düstere Innere des Hauses vorgehen, als sie mitten in der Bewegung innehielt. Anna trat ins Haus. »Aber was ist passiert … Haben Sie … Was ist mit Ihrem Gesicht passiert?«

Anna machte eine wegwerfende Handbewegung. »Halb so wild.«

Hanley sah sie zweifelnd an. Dann plötzlich blickte sie entsetzt drein. »O Gott«, sagte sie. »Vielleicht wissen Sie es noch gar nicht. Haben Sie … Wissen Sie von … Haben Sie …?« Sie wirkte ehrlich aufgeschmissen. Hinter ihr im Haus hörte Anna die Stimme eines Nachrichtensprechers.

»Ob ich schon von Nick gehört habe?«, fragte sie.

»Ja.«

»Ich weiß, was die Polizei dazu sagt. Deshalb bin ich hier.«

»Sie waren bei der Polizei?« Hanley warf einen schnellen Blick auf ihre Armbanduhr.

»Ja. Man hat mir gesagt, Sie hätten Nicks Leichnam identifiziert.«

Anna hörte den Nachrichtensprecher den Namen Nicholas Hanley sagen. Sie sah, dass auch seine Schwester es gehört hatte. Sie blieben reglos stehen und sahen sich an, beide horchten auf die Nachrichten.

»Die Polizei hat dieses Foto von Anna Hart veröffentlicht und bittet alle um Mithilfe, die sie gesehen zu haben glauben.«

Es folgte Stille, vermutlich wurde das Foto gezeigt. Auch zwischen den beiden Frauen wuchs die Stille. Anna starrte Hanley an und wartete darauf, dass sie das Schweigen brach.

»Sagten Sie nicht, Sie seien bei der Polizei gewesen?«, fragte Hanley schließlich. Sie gab sich Mühe, normal zu sprechen, aber ihre Stimme klang misstrauisch und ein wenig verängstigt. Wieder schaute sie auf die Uhr.

»Gerade eben. Wahrscheinlich ist der Aufruf rausgegangen, bevor ich da war. Haben Sie Nicks Leichnam identifiziert?«

Hanley schaute auf den Boden und biss sich auf die Unterlippe. »Wo warst du, Anna?«, fragte sie, als wären sie Schwestern oder Freundinnen. Und wieder konnte sie sich den nervösen Blick ins Innere des Hauses nicht verkneifen.

Anna schloss die Haustür hinter sich. »Haben Sie seinen Leichnam identifiziert?«, fragte sie erneut.

»Wir haben uns alle solche Sorgen um dich gemacht …«

»Hast du den Leichnam identifiziert?«

Hanley nickte und hob die Hand zum Gesicht, den Blick weiter auf den Fußboden gerichtet. Sie sah aus, als würde sie gleich anfangen zu heulen, aber sie hatte keine Tränen in den Augen. Anna tat ein paar Schritte nach vorn ins Haus, aber Hanley schaute rasch auf und stellte sich ihr mit einem Seitwärtsschritt in den Weg. Stirnrunzelnd sah Anna sie an. Hanley rührte sich nicht vom Fleck.

»Wie sah er aus?«, fragte Anna und schaute bewusst nicht an ihr vorbei durch die offene Tür ins Wohnzimmer. Da drin war etwas, das Hanley ihr nicht zeigen wollte.

»Wie er aussah? Wie meinst du das?« Da war ein Hauch Panik in ihrer Stimme.

»Wo war er? Wo war der Leichnam?«

»Ich dachte, du warst bei der Polizei. Haben die dir das nicht erzählt?«

»Ich habe nicht gefragt. Wo war er?«

»Er lag auf der Straße. In Leeds. Wo es passiert ist. Ich weiß nicht …«

»Wer war da?«

Hanley zuckte mit den Achseln. »Ist das so wichtig?«

»War die Polizei dabei?«

»Selbstverständlich. Sie waren …«

»Wie viele?« Sie warf einen Blick an Hanley vorbei ins Wohnzimmer. Auf dem Fußboden standen Kisten und Taschen und stapelweise Papiere. Sie packte. Warum? Anna schaute sie wieder an, das Gesicht ausdruckslos.

»Ich weiß es nicht«, sagte Hanley. »Es war schrecklich. Ich war nicht …«

»Fährst du weg?«

»Wie, weg?«

»Du packst.«

»Nun, ja … Ich meine … Nein … Ich suche nur was.«

»Was?«

»Unterlagen. Ich muss Sachen raussuchen, für die Anwälte. Die Polizei hat mir gesagt, ich soll …«

»Das ist meine Aufgabe. Ich habe mit ihm zusammengelebt.«

Hanley sah mit verkniffenem Mund zu ihr hoch. Ihre Blicke trafen sich, dann schaute sie weg. Sie holte tief Luft. »Vielleicht hast du recht. Aber du warst ja nicht da …« Ihre Stimme klang gepresst.

»Jetzt bin ich da. Kann ich reinkommen – und sehen, was du da machst?«

Hanley trat von einem Bein aufs andere, sie fühlte sich sichtlich unwohl. Anna sah zu, wie ihr die Gedanken durch den Kopf schossen.

»Wo warst du, Anna?«, wiederholte sie und schaute wieder auf die Uhr. Sie war mit den Gedanken woanders.

»Erwartest du jemanden?«, fragte Anna.

»Nein … Nein … Ich wollte nur … Es ist nur …«

»Ich hoffe, ich störe dich nicht bei irgendwas.«

»Nein, das ist es nicht …« Sie warf einen Blick an Anna vorbei zur Haustür, dann sah sie ihr wieder in die Augen. Ihre Gesichtszüge verhärteten sich. »Die Polizei sucht nach dir.«

»Ich weiß.«

»Wo warst du?«

»Weißt du das nicht längst?«

Hanley runzelte die Stirn. »Nein. Woher sollte ich? Die Polizei hat mir nichts erzählt.« Aus dem Fernseher hörte Anna erneut den Aufruf: ihren Namen, dann Rachels, dann die Telefonnummer, unter der man anrufen sollte.

»Hör zu. Machen wir uns nichts vor«, sagte Hanley. »Wir waren nie die besten Freundinnen, wir beide ...«

»Wir sind uns noch nie begegnet«, sagte Anna.

»Nein. Ich meine ... Das wollte ich nicht ...« Sie presste die Lippen zusammen und schaute überallhin, nur nicht zu Anna. »Das meinte ich«, sagte sie schließlich. »Wir sind uns nie nähergekommen, weil wir uns noch nie begegnet sind. Daran wird sich jetzt nichts mehr ändern. Ich habe gerade meinen Bruder verloren. Mir geht es nicht besonders gut. Ich habe den Kopf voller ... Ich weiß nicht genau, was ich tun soll.« Sie bewegte sich seitlich auf einen kleinen Tisch zu, auf dem ein Telefon stand. »Die suchen nach dir«, sagte sie und legte die Hand auf den Hörer. »Ich glaube, ich sollte der Polizei mitteilen, dass du hier bist.«

Anna trat vor, legte ihre Hand mit festem Griff auf Hanleys und drückte den Hörer auf die Gabel.

»Noch nicht«, sagte sie. Sie stand sehr dicht vor ihr. Sie spürte, wie Hanley erstarrte, dann versuchte sie, ihre Hand wegzuziehen. Anna hielt sie fest.

Die Frau log. Das wusste sie. Sie versuchte, sich unter Kontrolle zu halten, schloss die Augen, trotzdem spürte sie die Wut in sich hochkochen. *Ich bin Anna Hart.* Sie hörte den Satz immer und immer wieder, wie ein Mantra. *Ich bin Anna Hart.* Sprach sie laut?

Hanley versuchte, ihre Hand wegzuziehen, sich aus Annas Griff zu befreien. Anna hatte das Bedürfnis, ihr die Finger zu zerquetschen, sie zu brechen. Sie hielt sich zurück. Mit geschlossenen Augen drückte sie Hanley mit der flachen Hand gegen die Schulter, bis diese mit dem Rücken an der Wand stand, die linke Hand noch auf dem Hörer. Hanley versuchte, Widerstand zu leisten, aber sie hatte keinen festen Stand. »Du tust mir weh. Hör auf damit, bitte. Du tust mir weh ...«, sagte sie, immer und immer wieder.

Anna presste sie gegen die Wand, zählte leise vor sich hin, ignorierte ihr Gejammer, dann lockerte sie langsam ihren Griff und öffnete die Augen. »Du lügst«, sagte sie mit tonloser Stimme. »Du verschweigst mir was.«

Hanley schüttelte vehement den Kopf. Anna ließ ihre Hand los und atmete tief durch. »Aber hören wir auf damit«, sagte sie. Sie trat noch einen Schritt näher und sah die Angst in Hanleys Augen. Sie rieb sich die Hand, als hätte Anna ihr die Finger gebrochen. Anna schaute nach unten. Hanleys Finger waren weiß und blutleer.

»Da ist nichts«, sagte sie. »Es gehört mehr dazu, einem Menschen Schaden zuzufügen. Von deinen Pferden hast du doch bestimmt schon Schlimmeres eingesteckt.«

»Was willst du?«, fragte Hanley mit zittriger Stimme. Sie stand noch immer mit dem Rücken zur Wand da. »Bist du verrückt geworden? Einfach hierherzukommen und so mit mir umzuspringen? Hast du den Verstand verloren?«

Anna nahm die Hand von Hanleys Schulter und stützte sich wenige Zentimeter neben ihrem Kopf an der Wand ab, so dass sie nicht an ihr vorbeikam. Sie sah ihr in die Augen.

»Was willst du?«, fragte Hanley erneut.

»Ich will wissen, was hier los ist.«

»Du weißt genauso viel wie ich.«

»Das bezweifle ich. Warum bist du hier?«

»Das ist mein Gestüt.«

»Das meine ich nicht. Warum bist du in England, in Yorkshire? Was willst du hier?«

»Ich bin wegen des Gestüts hier.«

»Seit wann?«

»Was soll das? Warum stellst du mir solche Fragen?« Plötzlich duckte sie sich unter Annas Arm hindurch. Anna ließ sie gewähren. Jetzt konnte sie ungehindert ins Wohnzimmer gehen.

»Mein Bruder hat sich gerade das Leben genommen. Ich bin nicht in der Stimmung …«

»Mal sehen, was du hier so getrieben hast«, fiel Anna ihr ins Wort. Sie ging ins Wohnzimmer und beugte sich über den ersten Papierstapel. Aus dem Augenwinkel sah sie die Bilder über den Fernseher flackern. Hanley protestierte, aber Anna beachtete sie nicht und überflog die Unterlagen, die sie da vor sich hatte. Immobilieninformationen, Registerauszüge, Kontoauszüge. In Hanleys Wohnzimmer sah es genauso aus wie in Akhtars Wohnung in Pudsey. Sie warf einen Blick auf den riesigen Kamin. Auf dem Rost lagen Papier, Anzünder und Holzscheite, davor eine Streichholzschachtel. Sie stand auf.

»Wolltest du ein Feuer machen?«, fragte sie. Hanley stand in der Tür zum Nebenzimmer, ihre Kiefermuskeln zuckten, sie rieb sich die Hand. Sie war hin- und hergerissen zwischen Angst, dem Drang, ihrer Wut Ausdruck zu verleihen, und der Anstrengung, die trauernde Schwester zu spielen. Keine dieser Reaktionen war authentisch.

»Seit wann bist du in Yorkshire?«, fragte Anna erneut.

»Seit ein paar Wochen.«

»Seit Wochen? Und warum wussten wir nichts davon?«

»Nick wusste Bescheid. Ich habe fast jeden Tag mit ihm gesprochen.«

Anna nickte und sah ihr in die Augen. Konnte das stimmen?

»Du sagtest, er hätte Selbstmord begangen. Wer hat dir das erzählt?«

»Die Polizei. Mehr weiß ich auch nicht.« Sie schaute auf den Fußboden.

»Wie? Wie hat er es getan?«

»Er hat sich selbst in Brand gesetzt und ist aus seiner Wohnung im Spencer Tower gesprungen.« Sie stieß die

Worte rasch hervor, als würde es ihr wirklich wehtun, sollte sie länger darüber nachdenken.

Anna wusste, dass er dort ein Büro hatte. Sie wusste nicht, dass es eine Wohnung war. Es bestätigte, was White ihr erzählt hatte.

»Warum war er dort?«

Hanley zuckte mit den Achseln. »Keine Ahnung.«

»Hast du gestern mit ihm gesprochen?«

»Ja. Gestern Nachmittag.«

»Zu Hause? In Black Carr Hall?«

»Nein, er war am Handy.«

»Wusstest du, was er heute Morgen vorhatte?«

Hanley schaute zu ihr auf. Der Ausdruck in ihren Augen hatte sich verändert. »Natürlich. Er wollte mit dir zusammen sein.«

»Wo?«

»Wo? Wie meinst du das? Er wollte mit dir und deiner Tochter irgendwo hinfahren.«

»Wohin?«

»Das weiß ich nicht. Woher soll ich …«

»Hat er es dir nicht erzählt?«

»Nein. Warum auch? Ich habe ihn nicht danach gefragt.«

Im Flur läutete das Telefon. Beide gingen darauf zu, Hanley fast im Laufschritt. Im letzten Moment blieb Anna stehen und ließ sie rangehen. Hanley wandte sich von ihr ab, als hätte sie Angst, dass Anna ihr den Hörer aus der Hand reißen könnte. Doch Anna stand nur da und beobachtete sie.

»Hallo, ja?« Hanley drehte sich zu ihr um, während sie dem Anrufer zuhörte. »Ja. Wer sind Sie?« Anna hörte die Stimme am anderen Ende der Leitung, die entschieden offiziell klang. Sie streckte die Hand aus und drückte die Gabel herunter. Hanley wirbelte zu ihr herum, einen kurzen

Moment lang sah sie aus, als wolle sie zum Schlag ausholen. Dann dachte sie wieder an ihre schmerzenden Finger. Sie trat zurück und schaute auf ihre Hand hinab. Sie hatte Tränen in den Augen. Anna nahm ihr den Hörer ab und legte ihn zurück auf die Gabel.

»Wer war das?«, fragte sie.

»Die Polizei.«

Wieder läutete das Telefon. Diesmal nahm Anna ab und hob den Finger an die Lippen, damit Hanley den Mund hielt.

»Hallo? Wer ist da?« Eine männliche Stimme, sie klang offiziell und ihr vage vertraut. War es White, mit dem sie schon gesprochen hatte? Sutherland? Nein. Jemand anderes. »Hier spricht die Polizei von West Yorkshire. Wer ist da am Apparat?« Hanley öffnete den Mund, um irgendetwas zu rufen, als Anna wieder auflegte.

»Was wolltest du sagen?«, fragte Anna.

Hanley schaute auf den Fußboden.

»Du wolltest schreien, habe ich recht?«, fragte Anna. Sie spürte ein stärker werdendes Ziehen hinter der Stirn. »Keine gute Idee.« Sie packte das Telefonkabel.

»Jetzt wissen die, dass was nicht in Ordnung ist«, sagte Hanley. »Die werden herkommen.«

Anna riss das Kabel aus der Wand. Sie schaute sich um. Vielleicht gab es mehrere Leitungen. »Du willst mich für dumm verkaufen«, sagte sie mit zusammengebissenen Zähnen.

Sie wusste nicht, was sie mit dieser Frau anfangen sollte, die ihr nicht die Wahrheit sagte. Aber was sollte sie dagegen tun? Sie spürte die Wut, die in ihr tobte und kein Ventil fand. Zu gern hätte sie der Frau noch ein paar Fragen gestellt, wagte es aber nicht, das jetzt zu tun. Wenn sie nicht schnell verschwand, würde sie noch zu weit gehen. Sie lehnte sich an die Wand und trat auf die Telefonbuchse ein, bis sie nicht mehr zu gebrauchen war, konzentrierte dabei ihre ganz Wut in ihren Fuß, so dass jeder Tritt gezielt und übertrieben laut war. Hanley wich ein paar Schritte zurück und sah ihr mit zitternden Lippen zu.

»Ich weiß, dass du was im Schilde führst«, sagte Anna. »Ich weiß, dass hier irgendwas läuft.«

Hanley hatte recht. Die Polizei würde jemanden vorbeischicken, sie musste also zurück zu Rachel. Sie ging zur Tür, machte wohlweislich einen Bogen um Hanley und behielt ihre Hände bei sich. Sie öffnete die Tür einen Spaltbreit und spähte hinaus. Der Hof sah noch genauso aus wie vorher; sie ging hinaus und zog die Tür hinter sich zu, ohne sich umzudrehen.

30

Greenwood hatte noch jede Menge Material auszuwerten, aber er brauchte keine Hilfe. Also ging Bains mit den beiden neuen DCs hoch ins Kripo-Büro und bat sie, so schnell wie möglich zwei Dinge zu erledigen: erstens, bei allen Hotels in der Gegend anfragen, ob ein Mann namens Stijn dort abgestiegen war, und zweitens, bei der zuständigen Bank eine detaillierte Aufstellung der letzten mit der Kreditkarte erfolgten Zahlungen anfordern.

»Ich dachte, wir sollten uns auf die Suche nach Anna Hart konzentrieren.« Es war Kerr, die den Einwand erhob. Sie war eine knochige, arg blondierte junge Frau, wahrscheinlich nicht älter als zweiundzwanzig.

»Und ich dachte, wir sollten Sergeant Ferguson zuarbeiten«, fügte Walsh hinzu. Sie wirkte ähnlich jung, hatte aber auf dem Weg hierher ununterbrochen von ihren beiden Kindern erzählt.

»Jane hat Sie beide an mich abgetreten«, stellte Bains klar. »Und manchmal muss man eben den einen oder anderen Umweg machen, um etwas zu finden.«

Er ließ sie allein und ging in die Kantine. Es war schon nach Mittag. White hatte sich noch immer nicht gemeldet. Lange vor Mitternacht hatte Bains das letzte Mal geschlafen oder etwas gegessen. Dabei war er hellwach, voller nervöser Energie. Die Suche galt nicht nur Karen, sondern auch Mairead. Sobald ihm das klar geworden war, hatte er die Kontrolle über seine Emotionen verloren. Er fühlte sich genauso wie damals, als sie noch bei ihm gewesen waren. Seine Gefühle für Mairead waren wie die eines Vaters.

Er hatte keinen Hunger, zwang sich aber, etwas zu essen. Er musste bei Kräften bleiben, und dazu brauchte er Nahrung. Also stellte er sich hinter gut zwanzig uniformierten Kollegen in die Reihe und wählte aus den unter »Tagesmenü« firmierenden Tiefkühlgerichten das vegetarische. Er aß auch Fleisch, aber der Anblick des Schweinebratens schreckte ihn ab: die Scheiben sahen grau und müde aus und schwammen im Fett. Das vegetarische Gericht war schon schlimm genug: labberige Pizza mit Käse und Tomaten, fettige Pommes und Tiefkühlerbsen. Die Frau hinterm Tresen machte fröhlich Witze über das schlechte Essen und ertränkte seine Pommes ohne zu fragen in einer braunen Soße, die vermutlich vom Schweinebraten stammte.

Um ungestört nachdenken zu können, setzte er sich allein an einen Tisch am Fenster und schaute auf den Verkehr hinaus. Unruhig wanderte sein Blick hin und her, seine Augen brannten. Er konnte sich auf nichts lange konzentrieren. Schließlich blieb er bei seinem eigenen Spiegelbild hängen. Graue Strähnen im Haar, tiefe Falten auf der Stirn und um die Augen. Er war vierzig Jahre alt, fand aber, dass er zehn Jahre älter aussah. Jeden Morgen entdeckte er neue graue Haare. Selbst der Ziegenbart war grau meliert. Vor Jahren hatte eine Therapeutin ihn aufgefordert, sich selbst im Spiegel zu betrachten und sich zu fragen, wie er auf andere wirkte. Sein üblicher Gesichtsausdruck war ein Stirnrunzeln gewesen, die schwarzen Augen stechend und voller Zorn in einem Gesicht ohne Lächeln. Es hatte sich nicht viel geändert seitdem.

Er schaute weg. Heutzutage versuchte er, nicht über diese Dinge nachzudenken, über sein Leben und wohin es steuerte. Die Therapie hatte nichts gebracht. Er hatte 1989 – nach dem Tod seiner Tochter – damit angefangen, aber sie hatte ihm nicht geholfen, die Trauer, die Hilflosigkeit und die Schuldgefühle zu unterdrücken. Jahrelang war er mit heftigen Kopfschmerzen durch die Gegend gelaufen, deretwegen andere ins Krankenhaus gegangen wären. Es war lehrreich gewesen zu sehen, woran der Mensch sich alles gewöhnen konnte. Er hatte die Therapie fortgesetzt, weil der Anwalt vom Polizistenbund ihm erklärt hatte, dass sich das im Disziplinarverfahren gut machen würde. In jenen letzten, selbstzerstörerischen Monaten des Jahres 1989 hatte er so manche Grenze überschritten, aber nur wenige Fehler waren ihm angelastet worden, und zu guter Letzt war nichts dabei herausgekommen. Eine Krähe hackte der anderen eben kein Auge aus.

Er wollte lieber nicht darüber nachdenken, aber die Wahrheit lautete: Bis zu seiner Begegnung mit Karen Sharpe hatte er auf der Stelle getreten. Karen und Mairead. Sie hatten ihn da rausgezogen, hatten ihm etwas gegeben, das ihm wichtig war. Und hatten ihn irgendwann einfach wieder zurückgestoßen. Wieder sah er sein eigenes Gesicht im Fenster. Es war alles vollkommen sinnlos: Er füllte seine Tage mit Aktivität, sorgte dafür, dass er beschäftigt war. Dabei waren ihm Verbrechen egal, es ging ihm nicht um die Opfer, es war ihm schnuppe, ob er Ergebnisse erzielte oder nicht. Ziemlich schnuppe. Anders als manchen seiner Kollegen. Der Teil von ihm, der immer weitermachte, war im Grunde so eine Art Überlebensautomat. Alles andere hatte Karen mitgenommen.

Besser nicht darüber nachdenken. Stattdessen lenkte er seine Gedanken zu der Frage, was Alan White wohl im Schilde führte. White hatte niemandem die Aufgaben zugeteilt, auf die Bains jetzt Greenwood, Kerr, Walsh und Hayward angesetzt hatte, dabei waren die von größter Wichtigkeit. Er vermutete, dass White einfach das tat, was dieser Sutherland ihm sagte. Sie wollten Karen finden, gut und schön, aber wie man verschiedene Ermittlungslinien zusammenführte, wussten sie anscheinend nicht. Chris Greenwood hatte getan, was man in einem solchen Mordfall normalerweise tat, und allein dadurch einen Verdächtigen ermittelt. Wenn er recht hatte und dieser Stijn sich tatsächlich als verdächtig erwies, dann brauchten sie nur ihn zu finden, um Karen und Mairead zu finden, sofern es tatsächlich einen Zusammenhang zwischen Hanleys Tod und ihrem Verschwinden gab. Aber welche Gründe konnte es geben, Nicholas Hanley umzubringen und zwei Stunden später Karen und Mairead zu entführen? Ging es wirklich darum, dass Karens falsche Identität aufgeflogen war, wie White angedeutet hatte? Was hatte sie überhaupt gemacht? Bains hatte es Chris Greenwood überlassen, Jane Ferguson anzurufen und ihr von Stijn zu erzählen. Aber würde sie diese Information auch nutzen?

Er sah Jodi Hayward in die Kantine kommen, nach ihm Ausschau halten und auf ihn zugehen, und warf einen schnellen Blick auf sein Handy. Keine verpassten Anrufe, keine SMS. Liz war sicherlich schon auf dem Weg in den Süden. Er versuchte, sich auszumalen, wie sie zusammen Silvester feierten. Was hätten sie unternommen? Er mochte Liz, sie hatte ihm geholfen. Aber sie war nicht Karen.

»Ich habe Hanleys Arzt gefunden«, sagte Hayward, als sie sich ihm gegenüber niederließ.

»Toll, eine Meisterleistung«, sagte er und nahm seine Gabel auf. Sie runzelte die Stirn. »'tschuldigung«, sagte er. »War ein Witz.« Er steckte sich ein paar Pommes in den Mund: vollkommen geschmacksneutral. Er kaute, schluckte, legte die Gabel wieder hin und schob den Teller beiseite.

»Essen Sie das nicht auf?«, fragte sie. »Ich falle fast um vor Hunger.«

»Bedienen Sie sich.« Er schob ihr den Teller hin.

»Ich liebe diese Pizzas«, sagte sie. Sie machte sich daran, das Ding zu zerschneiden, und kaute mit Begeisterung. Er sah ihr mit distanziertem Interesse zu und fragte sich, wie sie es fertigbrachte auszusehen, als würde sie überhaupt nie etwas essen.

»Sie müssen einen super Stoffwechsel haben«, sagte er.

»Ach ja? Warum?« Sie redete mit vollem Mund.

»Was haben Sie über diesen Arzt in Erfahrung gebracht?«

Sie schluckte. »Er hat eine ganz normale Arztpraxis in Reeth, nicht weit von Hanleys Haus. Nach ein paar Anrufen hatte ich ihn gefunden.«

»Seine Schwester hat aber was ganz anderes gesagt.«

Sie zuckte mit den Achseln. »Was halten Sie von ihr?«

»Nicht mein Typ.«

»Meiner auch nicht. Arrogante Zicke. Wie ist denn seine Frau? Chris sagt, Sie haben Fotos von ihr.«

»Sie ist nicht seine Frau.« Er holte das Foto von Karen/Anna aus der Jackentasche und schob es ihr zu. »Sie lebt seit etwas über einem Jahr mit ihm zusammen, zumindest sagt das die Schwester.« Er spürte, wie es bei diesen Worten an ihm zerrte.

»Aber seine Schwester hat auch behauptet, er hätte einen Arzt in London«, sagte Hayward. »Was nicht stimmt. Vielleicht lügt sie uns an. Gibt es ein Testament?« Sie hielt sich das Foto fünfzehn Zentimeter vors Gesicht, um es zu betrachten. Offensichtlich brauchte sie eine Brille.

»Ja. Sagt der Geschäftspartner. Aber gefunden haben wir es noch nicht«, sagte er.

»Hatten Sie das Gefühl, dass die Schwester davon profitieren könnte?«

Diesmal zuckte er mit den Achseln. Akhtar hatte ihm erzählt, Hanley habe sein gesamtes Vermögen seiner Schwester vermacht, aber das schien ihm nicht von Bedeutung. Darum ging es hier nicht, da war er sich ganz sicher. »Es ist nicht mein Fall«, sagte er. »In Weetwood sitzen dreißig Kollegen, die sich über diese Dinge Gedanken machen sollen.«

»Sieht aus wie Karen«, sagte Hayward und betrachtete das Foto.

Er sah sie stirnrunzelnd an, sein Herz fing an zu rasen. »Karen?«

»Karen Sharpe. Ihre Ex.«

Er nahm ihr das Foto aus der Hand und tat so, als würde er es betrachten.

»Finden Sie nicht?«, fragte Hayward mit einem Lächeln.

»Kann sein«, sagte er. Er schaute zu ihr auf, er war hochrot angelaufen. »Na und?«

Hayward hob die Hände. »Nichts. War nur so eine Bemerkung. Nichts für ungut.«

Er steckte das Foto wieder ein und hoffte, sie möge aufstehen und gehen, damit er in Ruhe nachdenken konnte.

Warum hatte er sie nicht sofort erkannt, als er das Foto zum ersten Mal gesehen hatte? »Gute Arbeit, das mit dem Arzt«, sagte er. »Aber was ist mit den Fotos von Hanley? Ich hatte Sie doch gebeten …«

»North York hat welche aus seinem Haus besorgt. Sind schon auf dem Weg zu uns.«

»Gut. Dann könnten Sie eigentlich Feierabend machen, wenn Sie …«

»Der Arzt hat seine Patientenakte ebenfalls an North York übergeben, die müssten also zusammen hier eintreffen. Die Blutgruppe habe ich allerdings schon – um die Sache zu beschleunigen. Er hat Blutgruppe 0.«

»Wer hat Blutgruppe 0?«

»Hanley.«

»Haben Sie das schon weitergegeben?«

»Ist es so wichtig?« Sie schien nicht begeistert von der Idee, mit Alan White sprechen zu müssen.

»Ich habe die Blutgruppen der Blutspuren am Tatort bereits bekommen«, sagte Bains. »Die Spurensicherung hat die sofort geschickt. Die Blutgruppe oben am Balkon ist 0, aber die Spuren in der Wohnung sind AB. Sie müssen denen das sagen, damit sie die DNA-Analyse vorantreiben. Zwei verschiedene Blutgruppen, das könnte bedeuten, dass der Täter Blutspuren hinterlassen hat.«

Sein Handy klingelte. Fast warf er den Stuhl um, als er aufsprang, um es aus der Tasche zu ziehen. Hayward starrte ihn an. »Ja?«

»Bains?«

»Ja.«

»Alan White. Wo sind Sie?«

»Milgarth. Ich sitze hier mit …«

»Sutherland ist jetzt dort. Er wartet am Empfang auf Sie. Sie müssen mit ihm sprechen, und zwar sofort.«

31

Noch bevor sie zurück zum Auto kam, dachte sie, dass es vorbei war, dass sie nicht mehr weitermachen konnte. Die Notwendigkeit, etwas zu tun, nicht passiv zu bleiben, war zu groß. Es gab zu viel, das sie unterdrücken musste. Sie konnte nicht mehr Anna Hart sein – nicht in dieser Situation. Rachel hatte recht.

Rachel. Warum war sie nicht zu sehen? Sobald sie auf die Landstraße kam, hatte sie einen freien Blick auf den Wagen. Er stand zweihundert Meter weit weg, aber als sie durch die Heckscheibe ins Auto schaute, fiel ihr sofort auf, dass Rachels Kopf nicht zu sehen war. Sie hielt den Atem an und kontrollierte ihren ersten Impuls: zum Wagen rennen, in Panik ausbrechen. Wahrscheinlich hatte Rachel sich hingelegt. Sie ging einen Schritt schneller. Die Arbeiter standen in ihrem Loch und gruben. Das Auto sah unverändert aus, oder nicht? Irgendetwas fiel ihr auf. Die Türen waren verschlossen, die Fenster leicht beschlagen. Aber der Motor war aus, es kamen keine Abgase aus dem Auspuff. Sie hatte den Motor angelassen, wegen der Heizung.

Sie rannte los. Wahrscheinlich gab es keinen Grund zur Sorge, aber sie wollte schnell Gewissheit haben. Völlig außer Atem kam sie beim Wagen an, sie war die letzten Meter gesprintet, riss die Fahrertür auf.

Leer. Sie trat einen Schritt zurück und blickte die Straße hoch und runter. Ihr Kopf war vollkommen leer, wie das Wageninnere vor ihr: eine Leere, die ihr entgegenstarrte, ihr in die Augen sprang. Sie beugte sich in den Wagen. Da, wo Rachel gesessen hatte, war nichts. Sie spürte, wie sich etwas aus ihrer Kehle nach oben kämpfte. Ein Schrei. Sie schluckte ihn hinunter.

Sie ging zum Kofferraum, in ihrem Nacken strömte das Adrenalin. Leer. Sie rannte zur Beifahrertür und riss sie auf, als erwartete sie, Rachel wohlbehalten dort sitzen zu sehen. Der leere Raum sprang ihr entgegen wie etwas Lebendiges, ein giftiges, greifbares Etwas, ein böses Omen. Sie steckte den Kopf in den Wagen und schaute, lächerlich genug, hinter den Sitzen nach. Dabei konnte sie den reinen, leeren Raum, wo eigentlich ihre Tochter sein sollte, regelrecht spüren – er nahm ihr die Luft zum Atmen.

Mühsam richtete sie sich auf und sog die eiskalte Luft ein, ließ den Blick über die Felder schweifen. Nichts. Kleine, nasse Flocken ließen sich auf ihren Wangen nieder. Es schneite. Sie rannte zu der Baustelle hinüber. Zwei Männer standen im Loch, einer am Rand. Zwei Inder oder Pakistani, ein Weißer, alle mittleren Alters. Sie hörten auf zu arbeiten und blickten ihr entgegen. In dem Graben, der vielleicht hüfthoch war, stand das eiskalte Wasser knöcheltief. Sie sah die Schneeflocken wirbelnd zu Boden fallen. Wo sie aufkamen, blieben sie liegen, schmolzen nicht.

Sie hörte sich selbst schreien: *Wo ist sie? Was habt ihr mit ihr gemacht?* Der Mann, der neben dem Loch stand, kam auf sie zu, als sie die Türen des Lieferwagens aufriss. Werkzeug. Sonst nichts. Sie wirbelte zu ihm herum. Er sprach mit ihr. Sie holte noch einmal tief Luft und strengte sich an, ihm zuzuhören. Er redete irgendwas von einem Auto.

»Was?«, fragte sie. »Was haben Sie gesagt?«

»Wir dachten, es ist bestimmt der Vater«, sagte er. »Sollen wir die Polizei rufen?«

Der Weiße, der im Graben stand, schrie herüber: »Es war ein dunkelblauer Volvo. So ein neues Modell.«

»Was?«, sagte sie noch einmal. Sie hatte die Worte gehört, aber sie begriff sie nicht. »Sagen Sie das noch mal«, sagte sie. »Alles noch mal. Von Anfang an.«

»Sind Sie die Mutter?« Die Frage kam von dem Mann, der vor ihr stand.

»Ja.«

»Nun, sie sah nicht sehr besorgt aus.«

»Sie sah aus, als ob sie ihn kannte.« Wieder der aus der Grube. Sie starrte ihn an, dann wieder den anderen. In ihren Ohren dröhnte es.

»Sie erzählen jetzt«, sagte sie und presste ihm den Finger in die Brust. »Sie zuerst. Erzählen Sie mir, was passiert ist. Schnell. Von Anfang an.«

»Sollen wir die Polizei rufen?«, fragte er erneut.

Sie biss sich auf die Lippe und versuchte, sich zusammenzureißen. »Ich bin die Polizei, verdammt noch mal«, sagte sie. »Jetzt erzählen Sie mir, was passiert ist.«

Er erzählte es ihr. Sie sagte sich alles noch einmal auf, während sie zum Wagen zurückrannte, sich hinters Steuer setzte und hektisch versuchte, den Motor wieder anzulassen. Vor fünf Minuten, höchstens, hatte ein dunkelblauer Volvo direkt vor ihrem Wagen angehalten. Ein Mann war ausgestiegen, geradewegs auf den Wagen zugegangen, hatte die Tür aufgemacht und etwas gesagt. Rachel war ausgestiegen, regelrecht aus dem Wagen gesprungen, hatte ihm die Arme hingestreckt und sich an ihn gedrückt. Der Mann hatte etwas gesagt, sie geküsst und auf sein Auto gezeigt. Rachel hatte mit dem Finger die Straße runter in die Richtung gedeutet, in die Anna davongegangen war. Sie hatten geredet. Dann war Rachel zu dem Auto des Mannes gelaufen und eingestiegen. Er hatte sie nicht getragen, hatte sie nicht bedroht. Sie war aus freien Stücken zu seinem Wagen gegangen – nein, sie war gerannt. Der Mann war in ihr Auto eingestiegen und hatte den Motor abgestellt. Dann war er ausgestiegen, hatte zu den Männern hinübergeschaut, war zu seinem eigenen Auto gegangen und davongefahren, über den Hügel Richtung Bradford. Eine halbe Minute später war Anna aufgetaucht.

Sie musste sie finden. Ihre Finger waren eiskalt, weshalb sie Schwierigkeiten hatte, den Wagen anzulassen. Sie fluchte und riss sich zwei Fingernägel ein, einen so tief, dass es blutete. Sie spürte keinen Schmerz. Schon seit dem Morgen war ihr ganzer Körper taub. Der Wagen sprang an. Sie fuhr mit Vollgas Richtung Bradford, bei den Schlaglöchern schlugen die Stoßdämpfer voll durch, sie merkte es nicht.

Als durchschnittlich groß hatten sie ihr den Mann beschrieben – demnach also kleiner als sie. Er hatte eine knielange Barbour-Jacke getragen, »normale« Hosen und dunkle Schuhe. Er hatte normal langes, braunes Haar, einen unauffälligen Gang, an seiner Stimme hatten sie nichts Besonderes feststellen können. Sein Gesicht war »normal«. Durchschnitt, normal, unauffällig. Die Beschreibung war wertlos. Sie musste das Auto finden. Sie hatten mindestens zwei Minuten Vorsprung.

Ohne nachzudenken, bog sie nach links in die Woodhall Lane – eine ordentlich asphaltierte, zweispurige Straße –, überholte drei langsamere Fahrzeuge und beschleunigte auf der abschüssigen Strecke, bis sie gerade voraus die Kreuzung mit einer größeren Straße näher kommen sah. Leeds Road. An der Kreuzung kam sie mit quietschenden Reifen zum Stehen. In welche Richtung waren sie gefahren? Rechts nach Bradford oder links nach Leeds? Sie hatte keine Ahnung, also zwang sie sich anzuhalten, stehen zu bleiben, nachzudenken. Sie konnte auf gut Glück eine Richtung nehmen und fahren, bis sie zu irgendeiner Erkenntnis gelangte. Aber wann würde das sein – und wie würde die aussehen, wenn sie die beiden nicht einholte? Die Panik regte sich in ihr wie etwas Lebendiges, das sich einen Weg nach draußen bahnte. Die Alternative lautete, die Puzzleteile zusammenzusetzen, die sie kannte, und eine überlegte Wahl zu treffen. Zu wem wäre Mairead freiwillig ins Auto gestiegen?

Plötzlich heulte sie los. Hinter ihr wurde gehupt, und sie wollte auf den Seitenstreifen fahren, um den Wagen passieren zu lassen, aber vor lauter Tränen konnte sie nichts mehr sehen. Sie fuhr die Bordsteinkarte hoch und rammte ein Straßenschild, bevor sie sich wieder gefangen hatte, auf die Bremse trat und den Motor abwürgte. Sie war der Situation nicht mehr gewachsen. Mittlerweile hatten sie einen Vorsprung von über drei Minuten, und es gab zahllose Möglichkeiten, wie sie gefahren sein konnten. Drei Minuten in die entgegengesetzte Richtung – von der Kreuzung mit der Woodhall Lane zurück Richtung Calverley –, und sie wären inzwischen auf dem Weg nach Leeds. Allein konnte sie sie nicht finden. Sie würde es nicht schaffen.

Wie von Sinnen hämmerte sie mit den Fäusten auf das Lenkrad ein und starrte in die wirbelnden Schneeflocken hinaus, vor sich den fließenden Verkehr auf der Leeds Road, unter den Reifen der Fahrzeuge wurde der Schneematsch bereits schwarz. Alle Welt war mit sich selbst beschäftigt, niemand wusste von ihrer Not. Sie schluchzte hemmungslos. *Mairead.* Unwillkürlich schoss ihr der Name durch den Kopf. Mairead war ihr wirklicher Name, nicht Rachel. Das Spiel war gelaufen. Innerhalb von nur zwölf Stunden war alles zusammengebrochen.

Sie biss sich in die Faust, beugte sich übers Lenkrad, tiefe Schluchzer erschütterten ihren Brustkorb. Sie wusste nicht mehr, was sie tun sollte. Die Tränen rannen ihr über die Hand, in den Ärmel des Overalls. Sie biss sich auf die Fingerknöchel, um den gepressten Schrei zu unterdrücken, der ihr in der Kehle steckte. Sie konnte kaum atmen.

Es hatte keinen Sinn, planlos herumzufahren in der

Hoffnung, ihnen zufällig zu begegnen. Mairead war aus freien Stücken in den Wagen gestiegen. Warum? Das war die entscheidende Frage. Die Arbeiter hatten gesagt, sie hätten den Mann für ihren Vater gehalten. Ihren *Vater*.

Vor über zwanzig Monaten hatte das alles angefangen, weil ihr Vater ihr einen Brief geschrieben hatte. Konnte er es gewesen sein? War es möglich, dass James Martin sie gefunden hatte, trotz allem?

James Martin. Es konnte niemand anderer sein. Es gab sonst niemanden, dem Mairead in die Arme fallen würde, niemanden, zu dem sie rennen und den sie küssen würde. Sie wischte sich mit dem Ärmel über die Augen, wischte die Tränen weg. Sie musste sich zusammenreißen. Es musste eine Möglichkeit geben, herauszufinden, ob Martin hier war. Sie griff unter die Lenksäule, um den Wagen wieder anzulassen, doch es funktionierte nicht. Sie versuchte es fast fünf Minuten lang, und ihre Frustration und ihre Wut wurden immer größer. Es hatte keinen Sinn. Die Hoffnungslosigkeit wuchs, erschwerte ihr das Atmen, vernebelte ihr den Blick, ließ ihre Finger zittern. Sie wusste nicht, was sie tun sollte. Sie konnte nichts tun.

Es musste noch einen anderen Weg geben. Ein Fahrzeug mit Schlüssel musste her. Aber hier in der Nähe parkten keine Autos. Sie rieb sich noch einmal die Augen und versuchte nachzudenken. Sie machte sich selbst was vor. Es war nicht nur James Martin, der in Frage kam. Da waren noch andere.

Auch mit Pete Bains würde Mairead mitgehen. Aber auf ihn passte die Beschreibung nicht. Pete war Sikh, das wäre den Arbeitern aufgefallen. Vielleicht hatte Pete jemand anderen geschickt? Aber den wiederum hätte Mairead nicht umarmt. Auch Liz Hodges würde Mairead umarmen, aber die war ziemlich auffällig: groß, schwarz und eine Frau.

Keine Verwechslung möglich. Wer blieb da noch übrig? Sie spürte, wie ihr Herz einen Sprung machte und anfing zu rasen.

Nicholas Hanley. Der langweilige, normale, durchschnittliche, unauffällige Nick. Auf ihn passte die Beschreibung.

Sie öffnete die Tür, stieg aus, und die kalte Luft schlug ihr ins Gesicht. Ein Auto musste ihr und der offenen Wagentür ausweichen. Hinterm Lenkrad sah sie ein wütendes Gesicht. Warum hatte sie daran nicht gleich gedacht? Nick. Er musste es sein. Selbst die Barbour-Jacke, die die Arbeiter erwähnt hatten, passte. Sie schaute die Straße zurück, die sie gekommen war, und blinzelte in den dichter werdenden Schnee. Sie musste wieder zurück, zu Diana Hanley. Schnell.

32

Francis Doyle stand direkt unter dem »Rauchen verboten«-Schild im Verhörzimmer und zündete sich eine Marlboro an.

»Da steht ›Rauchen verboten‹«, sagte Kirk wie auf Stichwort.

»Sie können ja gehen, wenn es Ihnen nicht passt«, entgegnete Doyle, ohne ihn anzusehen.

»Kann ich nicht. Mr. Sutherland hat mich gebeten, mit diesem Mann zu reden …«

»Dann müssen Sie sich damit abfinden.«

Er nahm einen Zug, inhalierte, genoss den Gestank und stieß den Rauch in die Ecke über Pete Bains' Kopf aus. Bains saß am Verhörtisch und sah reichlich verwirrt aus, wie Doyle fand.

»Man hat mir gesagt, dass Sutherland hier sein würde«, sagte Bains und blinzelte durch den Qualm.

»Er hat seine Pläne geändert«, antwortete Kirk. Was stimmte. Sutherland hatte sich ziemlich seltsam benommen. Auf dem Weg hierher hatte er einen Anruf bekommen und war sofort ausgestiegen, um mit einem Taxi in die entgegengesetzte Richtung zurückzufahren. Doyle hatte keine Ahnung, warum. Schlimmer noch, wie Kirk ganz richtig gesagt hatte: Er hatte Kirk aufgetragen, Bains zu verhören. Aber Doyle hatte ganz bestimmt nicht vor, ihn das allein machen zu lassen.

»Ihr Name ist Kuldeep Bains?«, fragte Kirk. In dem Raum war es heiß und stickig, weshalb Doyle seine Jacke ausgezogen hatte. Kirk, der sich über den Tisch beugte, so dass sein Gesicht nur gut dreißig Zentimeter von Bains' entfernt war, hatte seine noch an. Er war ein schwergewichtiger Mann, und ihm lief der Schweiß über die Stirn. Doyle konnte ihn riechen.

»Richtig«, sagte Bains. Er versuchte noch immer herauszufinden, warum er sich vorkam wie ein Gefangener.

»Und warum nennen Sie sich dann Pete?«, fragte Kirk.

Bains zuckte mit den Achseln. »Das ist eine lange Geschichte, aber ...«

»Um Ihren Migrationshintergrund zu verschleiern?«

Doyle war beeindruckt, dass Kirk ein solches Wort überhaupt auf Lager hatte.

»Den Namen haben mir Weiße gegeben«, sagte Bains mit versteinerter Miene. »Kuldeep konnten die nicht aussprechen.«

Doyle fand, dass es reichte. Er stellte sich neben Kirk und zog den Stuhl hervor, so dass Kirk zur Seite treten musste. Er setzte sich.

»Sie müssen entschuldigen, Mr. Bains«, sagte er, »aber

unsere Lage stellt sich derzeit etwas kompliziert dar.« Kirk, der hinter ihm stand, stammelte irgendwas vor sich hin. »Könnten Sie uns vielleicht einen Kaffee holen, Kirk?«, fragte Doyle, ohne ihn anzusehen.

»Mr. Sutherland hat gesagt …«

»Aber er ist nicht hier, oder doch?«

»Er hat mir gesagt, ich soll …«

»Wer hat hier das Sagen, Kirk?« Er drehte sich leicht zu ihm um. »Wer hat hier das Sagen, jetzt und hier in diesem Raum?«

Kirk kaute auf seiner Unterlippe herum. Doyle drehte sich zurück zu Bains. »Bis vor kurzem war Mr. Kirk noch als Fahrer bei uns beschäftigt. Es tut mir leid, wenn er Sie beleidigt haben sollte.«

Bains zog die Stirn in Falten und wusste nicht recht, was er sagen sollte. Doyle hörte, wie Kirk den Raum verließ und die Tür hinter sich zuschlug. Er lächelte Bains an. »Für mich sind Sie in keiner Weise verdächtig, Pete«, sagte er. »Darf ich Sie Pete nennen?«

Bains starrte ihn an.

»Dennoch wüsste ich gern, warum Sie uns nicht sofort, nachdem Sie das Foto gesehen hatten, mitgeteilt haben, dass Anna Hart Karen Sharpe ist.«

Bains stöhnte. »Darum geht es hier also? Dass ich sie nicht erkannt habe?«

»Haben Sie nicht?«

»Nein! Ich weiß auch nicht, warum. Ich habe keine Ahnung, wie das passieren konnte.«

»Aber ich. Ich bin Ms. Sharpe persönlich begegnet, als sie Anna Hart war. Sie war ziemlich gut. Es lag nicht nur an der neuen Frisur. Es war, als hätte sie ihre ganze Persönlichkeit verändert.« Er schnippte Asche auf den Fußboden.

»Und warum verdächtigen Sie mich dann?«

»Das tue ich nicht. Mr. Sutherland ist hier der Misstrauische. Und heute Morgen haben Sie Imran Akhtar laufen lassen. Auch das hat ihm zu denken gegeben.«

Bains warf die Hände in die Luft. »Ich hatte nichts gegen Akhtar in der Hand. Er war ein Zeuge. Was hätte ich denn tun sollen? Steckt er mit drin?«

»Auf jeden Fall würden wir gern mit ihm sprechen.«

»Ich habe seine Adresse. Sie sollten …«

»Haben wir versucht. Er ist verschwunden. Untergetaucht, sobald Sie ihn haben laufen lassen. Auch Hanleys Schwester haben Sie gehen lassen – erzählen Sie mir von ihr.«

»Von Hanleys Schwester?«

»Ja. Diana Hanley …«

»Sie ist seine Schwester, Herrgott. Was soll die denn mit seinem Tod zu tun haben?«

Doyle zuckte mit den Achseln. Er hatte nicht vor, Bains allzu viel zu erzählen.

»Ihre Adresse habe ich auch«, sagte Bains. »Rufen Sie sie an. Holen Sie sie her …«

»Auch das haben wir schon versucht. Sie legt auf, wenn wir sie anrufen. Wir haben jemanden hingeschickt, um sie abzuholen.«

»Nur weil ich zwei ganz normale Zeugen nicht gleich in Gewahrsam genommen habe, glaubt Sutherland, ich hätte Karens Deckung auffliegen lassen? Verstehe ich das richtig?«

Doyle stand auf, nahm einen letzten Zug von der Zigarette, ließ sie auf den Fußboden fallen und trat sie aus. »Ich weiß nicht, was Sutherland denkt«, sagte er. »Aber ich glaube Ihnen, was Sie mir heute Morgen erzählt haben: dass Sie sie seit dem achtundzwanzigsten März 1998 weder gesehen noch von ihr gehört haben.«

»Vierundzwanzigster März.«

»Richtig.« Er versuchte es mit einem Lächeln, erntete aber nur ein tiefes Stirnrunzeln. »Ich kann ziemlich genau sagen, ob man mich anlügt oder nicht«, fügte er hinzu. »Und ich glaube nicht, dass Sie lügen, Bains. Außerdem haben Sie uns von Gatz erzählt. Das hätten Sie sicherlich nicht getan, wenn Sie hinter der Sache stünden.«

»Wer ist Gatz?«

»Jan Gatz. Sie kennen ihn als Josef Stijn. Er hat noch andere Namen. Er arbeitet im Auftrag …« Es lief ihm kalt den Rücken hinunter, wenn er nur über den Mann sprach.

»Was für ein Auftrag?«

Doyle sah die Besorgnis, die sich Bains in tiefen Falten ins Gesicht gegraben hatte. Es war definitiv besser für ihn, so wenig wie möglich zu wissen. Andererseits musste er genug wissen, damit er die Sache für sich behielt. Was bedeutete, dass er ihm Angst machen musste.

»Stijn stammt ursprünglich aus Rhodesien, lebt aber in Südafrika. In den achtziger Jahren hat er für die dortige Polizei gearbeitet und ist dann untergetaucht. In drei afrikanischen und zwei europäischen Ländern liegen Haftbefehle gegen ihn vor.«

»Weswegen?«

»Mindestens einer wegen Mordes.«

»Von was für Aufträgen reden wir hier?«

Doyle zog eine zweite Zigarette aus der Schachtel. »Spezialaufträgen«, sagte er und zündete sie an. Er sah, dass seine Hände zitterten. Angefangen hatte das, als Bains' Leute ihnen von Stijn berichtet hatten. »Zwischendurch hat er sich auch als Söldner verdingt.«

»Was sind das für Aufträge?« Bains' Stimme klang gepresst.

»Er macht alles, was gutes Geld einbringt. Zurzeit unterhält er Geschäftsbeziehungen zu zwei pakistanischen Brüdern – ›Investmentbankern‹. Sie besitzen eigene Banken, offshore natürlich. Solche Sachen. Ahmed und Mohammed Rouf.« Er blies den Rauch aus und beobachtete, ob Bains auf die Namen reagierte. Tat er nicht, aber sie waren auch recht häufig. »Haben Sie schon von den beiden gehört?«, fragte er. Bains schüttelte den Kopf.

»Ziemlich große Fische. Sie besitzen Immobilien in ganz England, haben eine englische Public School besucht, danach Oxbridge, sie gehören dem Polo-Zirkus an, der High Society ... Auf Leute wie Sie und mich würden die nicht mal spucken.«

»Und wozu brauchen die jemanden wie Stijn?«

»Sie sind in einigen sensiblen Geschäftsbereichen tätig.«

»Bankbetrug? Geht es darum?«

»Nein. Ein wenig schlimmer ist es schon. Ich sagte, sie besitzen Banken, aber mit Banken lässt sich kein Geld verdienen ...« Wieder lächelte er Bains an. Noch immer keine Reaktion. »Nicht das ganz große Geld. Die beiden handeln mit speziellem Pulver. Heroin. Und das allermeiste Heroin wird in Afghanistan produziert. Es kostet Geld, in Afghanistan eine solche Pulverfabrik betreiben zu dürfen. Dazu braucht man eine eigene Bank.«

»Sie bezahlen die afghanische Regierung?«

»Ja, so könnte man es nennen. Sie zahlen an die Taliban. Und andere. An fundamentalistische arabische Interessengruppen.«

Er sah, wie Bains nachdachte, aber er hatte es noch nicht begriffen, hatte das ganze Ausmaß noch nicht erfasst.

»Und was hat Karen getan? Welche Rolle hat sie dabei gespielt? Hatte sie mit den beiden zu tun?«

»Schön wär's. Sie war auf Nicholas Hanley angesetzt.«

»Den Ermordeten?«

»Genau.«

»Hanley war ihre Zielperson?«

»Ja.«

»Und was hat er mit Stijn und den Rouf-Brüdern zu tun?«

Doyle setzte sich wieder. »Das wissen wir nicht genau. Deshalb haben wir sie reingeschleust.«

»Aber irgendeine Verbindung besteht da?«

»Ja.«

»Also ist Karen in Gefahr, wegen Stijn?«

Doyle betrachtete die Tischplatte.

»Hat *er* die beiden entführt?«, fragte Bains. »Hat er Karen und Mairead?«

»Wir wissen nur, dass ihre Deckung in Gefahr war.«

»Hat dieser Kerl Karen und Mairead entführt?«

»Wir haben gestern versucht, sie abzuschalten. Wir haben ihr den ganzen Tag lang verschlüsselte Warnmeldungen geschickt. Sie hat nicht reagiert.«

»Haben Sie sie dafür ausgesucht? Haben Sie sie da reingeschleust, *mit einem elfjährigen Kind*?« Bains war lauter geworden.

Doyle sah ihn mit gerunzelter Stirn an. »Das hat sie allein entschieden, ohne Genehmigung. Sie ist auch ohne Genehmigung bei Hanley eingezogen. Sie wissen doch, wie sie ist, Bains. Schreien Sie mich nicht an.«

»Hat er sie nun entführt oder nicht?«

»Entführt?« Doyle wich seinem Blick aus und wünschte, Kirk möge sich mit dem Kaffee ein bisschen beeilen. »Ja. Zumindest hoffen wir das …«

»Sie hoffen das?«

»Ja. Statt das mit ihnen zu machen, was er mit Hanley gemacht hat.«

Bains wurde kreidebleich. Er sprang auf und lief hektisch einmal quer durch den Raum.

»Angenommen, der Tatort, mit dem Alan White sich beschäftigt, ist echt«, sagte Doyle, »dann hat man sie zumindest nicht zusammen mit dem Taxifahrer umgebracht. Das ist ein vergleichsweise gutes Zeichen.«

Bains lief auf und ab und kaute auf den Fingernägeln herum. »Warum?«, fragte er laut denkend. »Warum sollte er sie umbringen?«

»Wenn die Deckung aufgeflogen ist, wäre das Grund genug.«

»Das reicht?«

»Klar reicht das. Ich fürchte, Sie haben die Dimension der Sache noch nicht ganz erfasst. Da stehen ganz handfeste Interessen hinter den Roufs, und die benötigen für ihre Operationen ziemlich viel Geld. Die zögern keine Sekunde, wenn es darum geht, diese Gelder zu schützen. Diese Leute denken nicht wie wir. Das sind Fundamentalisten. Haben Sie das verstanden?«

Bains hörte nur mit halbem Ohr zu, während er gleichzeitig versuchte, für sich selbst die Zusammenhänge herzustellen. »Warum haben die Hanley umgebracht?«, fragte er.

»Das wissen wir nicht. Vielleicht eine Säuberungsaktion.« Doyle zuckte mit den Achseln.

»Säuberung?« Bains blickte schockiert drein.

»Ja. Sie haben ein Loch entdeckt und machen jetzt gründlich sauber, für alle Fälle. Deshalb hat es jetzt oberste Priorität, Stijn zu finden. Er könnte ihr Saubermann sein.«

Bains setzte sich wieder. »Ich will im Team sein«, sagte er. »Ich will helfen.«

Doyle schüttelte den Kopf. »Viel zu gefährlich. Sie könnten sich verplappern.«

»Was sollte ich denn groß sagen? Dass sie Karen Sharpe ist, eine Polizistin? Was würde das noch ändern? Wir sollten es über alle verfügbaren Kanäle …«

»Dass Stijn nicht weiß, wer sie ist, ist vielleicht das Einzige, was ihr noch das Leben rettet. Wir müssen davon ausgehen, dass er sie verhört. Wenn wir mit ihrer wahren Identität an die Öffentlichkeit gehen, machen wir damit womöglich ihre einzige Chance zunichte. Wir müssen extrem vorsichtig vorgehen.« Er dachte kurz daran, ihm von Karens Telefonat mit Alan White zu erzählen, aber das schien ihm jetzt zu kompliziert. »Es gibt noch Hoffnung«, sagte er stattdessen. »Zwei Verkehrspolizisten glauben, sie heute Morgen auf der Abbey Road gesehen zu haben. Sie konnten uns den Wagentyp nennen, und wir lassen die Gegend jetzt absuchen. Sie haben eine Frau am Steuer gesehen, auf dem Rücksitz zwei Personen, eine davon ein Kind. Die Frau hatte ein blutige Nase.«

»Und die haben sie fahren lassen? Was für Idioten!«

»Sie wussten noch nichts von den Suchmeldungen.«

Bains warf sich gegen die Stuhllehne. Er trommelte mit den Füßen auf den Boden, sein Blick wanderte ruhelos über Decke und Wände. Doyle schaute zu der Rauchwolke hinauf, die sich über ihren Köpfen bildete, und öffnete die Tür einen Spaltbreit. Er wusste, was Bains dachte, wie die nächste Frage lauten würde. Den gleichen Gedankengang hatte er auch schon hinter sich.

»Das haut nicht hin«, sagte Bains schließlich. »Warum sollten die Hanley umbringen, wenn sie nicht schon jetzt mit Sicherheit wissen, wer sie ist?«

»Weil sie ihn nicht umbringen wollten. Weil er im Verlauf eines ... einer Befragung gestorben ist.« Er sah, wie Bains' Gesichtsmuskeln erstarrten. »Wir müssen davon ausgehen, dass sie ihn verhört haben.«

»So wie sie jetzt Karen verhören?«

»Und Mairead.«

33

Karen rannte los. Am Anfang blieben die Schneeflocken noch auf ihrem Haar, auf Armen und Brust des Overalls liegen, aber schon nach kurzer Zeit war sie so erhitzt, dass der Schnee praktisch sofort nach der Landung schmolz. Ihre Schuhe waren für nasses Wetter nicht geeignet, erst recht nicht zum Rennen oder gar zum Rennen in Schneematsch. An der Ecke Woodhall Lane und Rockwood Road war der Gehsteig so glatt, dass sie um ein Haar gestürzt wäre. Sie verfluchte Anna Hart und ihren exquisiten Geschmack, ignorierte die Schmerzen in den Beinen und in der Brust, kletterte über den Zaun des Golfplatzes und rannte quer über die Fairways. Kurz darauf war sie auf den Feldern auf der anderen Seite. Der Untergrund wurde tückisch: nasser Schnee auf den harten Furchen der festgefrorenen Erde. Sie verlangsamte ihr Tempo. Mit dem Auto war sie etwa fünf Minuten gefahren, wenn sie aufpasste, konnte sie die Strecke zu Fuß und querfeldein in ungefähr fünfzehn Minuten zurücklegen.

Sie rannte einen Hügel hinauf auf eine Baumreihe an der Rückseite des Gestüts zu. Die ganze Zeit über konnte sie durch den fallenden Schnee die Straße sehen, auf der sie zuvor geparkt und Mairead ihrem Schicksal überlassen hatte. Der Gedanke brachte sie aus dem Tritt und überschwemmte sie mit Schuldgefühlen. Trotz allem, was sie gelernt hatte, trotz allem, was sie wusste, hatte sie Mairead allein in einem gestohlenen Wagen zurückgelassen. Sie hätte das niemals tun dürfen! Selbst Mairead hatte es besser gewusst. Wenn sie nur auf ihre Tochter gehört hätte, wäre das alles nicht passiert. Es war von Anfang an eine Schnapsidee gewesen, zu Diana Hanley zu fahren. Sie steckte mit drin in der Sache, *Karen* hatte das längst gewusst. Mit ihrem Besuch hatte sie nichts anderes erreicht, als Diana zu warnen.

Sie hatte noch gut eineinhalb Kilometer vor sich. Ein Sportler konnte die Strecke in unter vier Minuten zurücklegen, dachte sie, aber sie fing nach fünf Minuten an zu keuchen und wurde langsamer. Seit über achtzehn Monaten war sie nicht mehr so gerannt. Die Muskeln in ihrem rechten Bein waren schwach, sie spürte, wie sie sich unter dem Narbengewebe zogen und spannten und sich zu einem Krampf zu verhärten drohten. Kurz vor den Bäumen stolperte sie, fiel der Länge nach hin und rollte über die dünne Schneeschicht. Einen Augenblick lang blieb sie liegen und wartete, bis sie wieder zu Atem gekommen war. Zwischen den Bäumen sah sie die dunklen Umrisse der Ställe. Das Tageslicht wurde bereits schwächer. Sie rappelte sich hoch und lief weiter.

Hinter den Bäumen kamen Hecken und Zäune. Sie wollte direkt auf Hanleys Cottage zusteuern, als sie gerade voraus für einen kurzen Moment einen Lichtschein wahrnahm. Abrupt blieb sie stehen und ließ sich hinter einer alten Steinmauer auf die Knie fallen. Als ihr Atem sich beruhigt hatte, konnte sie wieder etwas hören. Sie stand auf und lief gebückt zum Ende der Mauer. Auf der anderen Seite hörte sie das Schnauben von Pferden. Sie riskierte einen kurzen Blick. Drei oder vier Pferde auf einer kleinen Koppel, sie hatten Decken auf dem Rücken. Sie wirkten nervös und unruhig.

Sie duckte sich wieder, schlüpfte durch das Tor in die Koppel und kam hinter Lisa Beadles Cottage heraus. Sie lief am Küchen- und am Esszimmerfenster vorbei – beide Räume waren leer –, dann blieb sie wieder stehen. Auf der anderen Seite des Gebäudes, im Hof, hörte sie ein Polizeifunkgerät. Sie machte kehrt und lief an der Koppel vorbei zum Hauptstall. Am Hintereingang sah sie blaue Lichtblitze über die Schneedecke vor ihr gleiten.

Die Luft im Stall war warm und schwer vom Geruch nach Dung, Pferdeschweiß und gefettetem Leder. Sie lief an den Boxen vorbei und hörte, wie die Pferde auf ihre Anwesenheit reagierten, wie eine Welle der Erregung von einem zum anderen lief, als sie vorüberging. Irgendwo hier musste auch Maireads Pferd stehen. Eines der Pferde fing an zu wiehern und zu schnauben. Sie fand die Leiter zum Heuboden und kletterte so leise wie möglich hinauf, ihr Atem hatte sich noch immer nicht beruhigt.

Oben legte sie sich flach auf den Bauch und robbte nach vorn, bis sie durch das große Scheunentor direkt auf den Hof schauen konnte. Da war ein einzelner Streifenwagen. Die Kennlichter auf dem Dach drehten sich lautlos, und ein uniformierter Beamter stand an den Wagen gelehnt da und sprach in ein Funkgerät, das an seiner Schulter befestigt war. Sie spitzte die Ohren, doch er drehte ihr den Rücken zu. Fast im gleichen Moment kam ein zweiter hinzu und zeigte mit dem Finger auf die Tür von Hanleys Cottage. Beide schauten sich um, stiegen dann in den Wagen und fuhren rückwärts vom Hof.

Vorsichtig kletterte sie wieder die Leiter hinunter, verließ die Scheune auf dem gleichen Weg, auf dem sie gekommen war, und ging eilig um die Gebäude herum zur Rückseite von Hanleys Cottage. Durch die Fenster spähte sie in das Haus, in dem sie kurz zuvor noch gewesen war, und suchte vergeblich nach Hinweisen, dass jemand da war. Es gab keine. Sie probierte die Hintertür, aber die war verschlossen. Sie versetzte ihr einen Tritt, und die Tür gab nach. Ohne zu zögern trat sie ein und horchte. Das Haus war leer. Schnell ging sie durch die drei oder vier Zimmer und sah sich um. Alles war ganz genau so, wie sie es vor fünfzehn Minuten zurückgelassen hatte. Diana Hanley musste direkt nach ihr aus dem Haus gestürmt sein.

Unschlüssig stand sie im Wohnzimmer und betrachtete die Stapel Papiere auf dem Fußboden. Die Leere hüllte sie ein. Mairead war verschwunden. Nichts hier in diesem Haus konnte ihr weiterhelfen. Sie ließ sich auf den Fußboden sinken, ihre Lippen bebten. Was sollte sie tun?

Sie hätte in den Hof hinuntergehen und sich den Polizisten zu erkennen geben sollen. Sie vergrub ihr Gesicht in den Händen und wiegte sich vor und zurück. Warum hatte sie nicht mit ihnen geredet, sie um Hilfe gebeten? Ein tiefes Stöhnen entrang sich ihrer Brust. Nein, sie konnte nicht zur Polizei gehen. Noch nicht. Sie wusste nicht, was los war, wusste nicht, wer ihre Tochter hatte, ob Hanley tot oder am Leben war, ob ihre Deckung aufgeflogen war. Sie wusste gar nichts.

Wenn sie zur Polizei ginge, würde man sie auf direktem Wege zu Sutherland bringen. Sutherland war da gewesen, als sie mit White gesprochen hatte, im Hintergrund. Er stand hinter alldem. Sie konnte Sutherland nicht vertrauen. Wenn es seinen Zwecken diente, würde er sie, ohne mit der Wimper zu zucken, verbrennen lassen. Vielleicht hatte er das bereits getan. Wenn ihre Deckung tatsächlich aufgeflogen war, dann deshalb, weil jemand das so entschieden hatte; jemand von innen. Sie hatte das schon mal erlebt. Es gab Kreise, die mächtiger waren als sie. Vielleicht hatte sich jemand kaufen lassen, vielleicht wusste sie etwas, das denen schaden konnte, vielleicht passte es ihnen aus irgendwelchen anderen Gründen in den Kram. Sie wusste es einfach nicht. Der dumpfe Schmerz in ihrer Brust wurde immer stärker. Sie legte sich auf den Boden und rollte sich zusammen. Sie wollte nur noch, dass das alles aufhörte.

Wenn sie zur Polizei ginge, würde sie damit alles aus der

Hand geben. Bestenfalls. Im schlimmsten Fall würde sie sich damit direkt in die Schusslinie stellen. Sie hatte keine andere Wahl, sie musste das allein erledigen.

Sie hatte Mairead dazu gebracht, Nick Hanley zu vertrauen. Sie hatte sie angelogen, indirekt, indem sie ihr nie erzählt hatte, dass Nick ihre Zielperson war. Wenn er tatsächlich mit dem Auto vorgefahren war, wäre sie zu ihm gelaufen und ihm um den Hals gefallen. Anna Hart – bei dem Namen kam ihr die Galle hoch – hatte diesen Mann geliebt. Es war zu kompliziert, jetzt darüber nachzudenken, was diese Frau, Anna Hart, ihm damit angetan hatte. Das war nicht *sie* gewesen. Sie war zu jener Zeit gar nicht da gewesen.

Plötzlich schoss ihr das Blut ins Gesicht, Lichtpunkte tanzten über ihre flatternden Augenlider. Sie hatte eine Art Panikattacke, die sie auf den Fußboden zwang und sie mit blinder, körperlicher Angst erfüllte. Sie musste das ignorieren, musste nachdenken …

Die Polizei hielt Nick für tot. Aber Diana Hanley hatte gelogen – das hatte sie mit eigenen Augen gesehen –, und Stijn hatte sie nach Nick gefragt. Es war also gut möglich, dass er noch am Leben war. Mairead konnte also bei ihm sein. Aber wenn Nick die Wahrheit über sie herausgefunden hatte … Was würde er dann tun? Sie rollte sich auf die Knie und hielt sich mit beiden Händen den Kopf. Es war zu viel. Sie konnte nicht richtig denken. Es gab viel zu viele offene Fragen.

Sie schlug die Augen auf. Sie flennte und rollte sich auf dem Fußboden herum. Lächerlich. Mühsam stand sie auf, versuchte, sich zusammenzureißen.

Nicholas Hanley. Mairead hielt ihn für harmlos und vertrauenswürdig. Der liebenswerte, liebevolle Nick. Anna Hart hatte ihrer Tochter nichts über ihn oder über die Welt, der er angehörte, erzählt. Dabei war nicht auszuschließen, dass er mit Stijn unter einer Decke steckte. Womöglich machten die beiden gemeinsame Sache und hatten das alles einzig und allein zu dem Zweck eingefädelt, ihre Deckung auffliegen zu lassen. Wenn dem so war, dann war Mairead jetzt bei Stijn.

»Scheiß auf Anna Hart«, zischte sie und schlug mit der Stirn gegen die Wand. Sie musste Mairead finden, bevor sie sich verriet. Sie hatte sich bemüht, sie für diese Fälle auszubilden, aber letzten Endes war ihre Tochter doch noch immer ein Kind.

34

Im Einsatzzentrum herrschte Land unter. Bains stand an der Tür und beobachtete das Treiben. Doyle hatte schließlich nachgegeben, ihm aber lediglich erlaubt, beim Papierkram zu helfen. Er wollte ihn nicht draußen auf der Straße wissen oder in der Nähe der Presse, und er wollte nicht, dass er bei der Suche nach Stijn half. Bains musste einen Weg finden, sich daran vorbeizumogeln.

Bei den Hausdurchsuchungen kam mehr Material herein, als sie erwartet hatten. Zumindest sah es danach aus. Der Raum versank zusehends unter Bergen von Aufzeichnungen und Papieren, die in den verschiedenen Büros und Wohnungen von Akhtar und Hanley beschlagnahmt worden waren. Vier Kollegen trugen immer neue Kartons und Beweismittelbeutel herein, vier andere versuchten, dem Ganzen eine gewisse Ordnung zu verleihen. Mittendrin stand Tom Ashton, transpirierte heftig und sah extrem gereizt aus.

Hinter ihm bemerkte Bains einen glatt rasierten jungen

Mann in schickem schwarzem Anzug, der wohl einer von Doyles Leuten war und gerade leise und mit dem Rücken zum Geschehen in sein Handy sprach. Die Kollegen waren von Sutherland eingewiesen worden und hatten den Auftrag bekommen, sämtliches Material so schnell wie möglich nach bestimmten Informationen zu sichten. Bains wusste nicht einmal genau, was Sutherland überhaupt zu finden hoffte. Wohl nicht unbedingt Hinweise, die sie zu Karen führen würden. Vielleicht, dachte er, war Sutherland nur daran interessiert, Beweismaterial gegen die Roufs zu sammeln. Doch bisher war das Team ohnehin erst bei Schritt eins angelangt: alles in Stapel sortieren.

»Haben Sie schon was gefunden?«, fragte Bains eine Kollegin, die direkt neben ihm an einem Schreibtisch saß, auf dem sich braune Aktendeckel bis auf Kopfhöhe stapelten. Er kannte sie nicht.

»Sind Sie hier, um uns zu helfen?«, fragte sie, ohne ihn anzusehen. Sie ging systematisch eine Akte nach der anderen durch und schrieb eine kurze Beschreibung des Inhalts in ihr Notizbuch.

»Nein«, log er. »Ich soll nur nach dem neuesten Stand fragen.«

»Gehören Sie zum Team?« Sie hatte ihn noch immer nicht angesehen.

»Ja. Ich bin Pete Bains.« Sie schaute zu ihm hoch, als erwartete sie, dass er ihr die Hand hinhielt. Was er nicht tat.

»Ach, Sie sind also Pete Bains«, sagte sie sarkastisch und wandte sich wieder ihren Notizen zu. »Das Einzige, was uns bis jetzt aufgefallen ist, sind jede Menge Bewegungen auf verschiedenen Bankkonten in den letzten paar Wochen. *Wo* wir danach suchen sollten, hat uns unser Aufpasser da drüben gesagt.« Sie deutete mit dem Kopf in Richtung des Mannes mit dem Handy.

»Wurde Geld zwischen verschiedenen Konten hin- und hergeschoben oder ins Ausland?«

»Teilweise ist es auf Diana Hanleys Konten gegangen, ein großer Teil aber auf Offshore-Konten. Sieht aus, als wären da ziemlich hohe Summen bewegt worden.«

»Was haben wir in dem Büro im Spencer Tower gefunden, das abgefackelt werden sollte?«

»Alles Mögliche. Im Moment lässt sich noch nicht sagen, was davon wichtig ist.«

»Und wonach suchen Sie?«

Sie hielt kurz inne, dann blätterte sie eine Seite weiter. »Immobilien, die entweder von Hanley und Co. selbst oder im Auftrag anderer Firmen oder Personen gekauft wurden. Dann sollen wir diese Firmen oder Personen identifizieren. So lauten die Anweisungen.«

Bains runzelte die Stirn. »Das ist alles?«

»Für den Anfang ja.«

»Und wie soll uns das helfen, Anna und Rachel Hart zu finden?«

Sie zuckte mit den Achseln. »Ich tue nur, was man mir sagt. Mir ist nicht mal klar, wie man damit den Mörder von Nicholas Hanley finden soll. Aber mir erzählt man ja auch nicht alles. Bin ja kein Sergeant.« Sie lächelte ihn an.

Er unterdrückte das Bedürfnis, ihr noch weitere Fragen zu stellen. Karen hatte Angst gehabt vor Sutherland. Gut möglich, dass es Sutherland scheißegal war, ob sie Karen fanden oder nicht, dass er sie für entbehrlich erklärt hatte. Aber er sollte sich nicht dazu hinreißen lassen, aufgrund von Karens Paranoia voreilige Schlüsse zu ziehen. Die Sache ging ihm viel zu nahe. Es nagte an ihm, brannte in seinem Inneren wie Säure. Für Sutherland und Doyle war das anders. Aber Doyle hatte den Eindruck erweckt, als sei ihm ehrlich daran gelegen, sie zu finden. Vielleicht gab es tatsächlich einen Grund, die Bankkonten unter die Lupe zu nehmen, auch wenn er den nicht erkennen konnte.

Von Chris Greenwood – der noch immer im Dienst war und jetzt für Will Price in dem Team mitarbeitete, das auf Stijn angesetzt war – erfuhr er, dass DC Kerr das Hotel ausfindig gemacht hatte, in dem Stijn abgestiegen war: das Hilton in Bramley. Es lag in der Nähe des Flughafens und nur zehn Minuten mit dem Auto von Weetwood entfernt. Ein Detective und ein Team der Spurensicherung waren noch dort. Bains musste sich eingestehen, dass es ihm schlichtweg unmöglich war, im Einsatzzentrum rumzusitzen und irgendwelche Unterlagen zu durchforsten. Dazu stand zu viel auf dem Spiel.

Also fuhr er nach Bramley. Auf den Straßen lag dreckiger Schneematsch. Es hatte geschneit, und der Schnee war schon wieder weggetaut, aber der Himmel sah aus, als könnte da noch mehr kommen. Der Detective, den Will Price zum Hotel geschickt hatte, hieß Gary Clark. Bains fand ihn in Stijns Zimmer im Bad, wo er vor der Dusche hockte und in den Abfluss spähte. Die Frau von der Spurensicherung, mit der Bains bereits über Spencer Tower gesprochen hatte – Elaine Merrington –, kroch auf allen vieren durchs Schlafzimmer. Bains wagte es nicht, sie anzusprechen.

»Was verloren?«, fragte er Clark.

Der stand auf. »Ich wollte nur der Spurensicherung helfen.«

»Tun Sie das nicht«, sagte Bains. »Da können Sie nur alles falsch machen. Ist er schon abgereist?«

»Wer?«

»Stijn.«

»Ja, gestern.«

»Wie lange war er hier?«

»Zehn Tage. Ich werde noch mit ein paar Leuten vom

Personal sprechen, die vielleicht mit ihm zu tun hatten. Ich hatte dafür um Unterstützung gebeten, aber bis jetzt …«

»Haben die hier Überwachungskameras?«

»In der Lobby und in der Bar. Ich habe die letzten fünf Tage. Der Rest wurde bereits gelöscht.«

»Gut. Was haben Sie hier gefunden?«

Clark zählte alles auf. Es dauerte nicht lange. Im Zimmer war nichts zurückgelassen worden, und als sie hier eingetroffen waren, waren die Putzfrauen bereits da gewesen. Die Spurensicherung hatte mehrere gute Fingerabdrücke gefunden, aber Stijns Abdrücke hatten sie schon von Interpol bekommen.

»Haben Sie sich den Abfall angesehen?«

Clark nickte. »Das war mehr oder weniger das Einzige, was ich überhaupt tun konnte. Aber da ja nicht mehr nachvollziehbar ist, was aus diesem Zimmer stammt und was nicht, hat es nicht viel gebracht. Ich habe alles eingepackt, aber was Auffälliges war nicht dabei.«

»Haben Sie überprüft, ob er telefoniert hat?«

Clark zog sein Notizbuch aus der Tasche und las Bains mehrere Nummern vor. »Die Letzte«, fügte er hinzu, »ist auch noch ganz vage auf dem Notizblock zu erkennen, der auf dem Sekretär liegt.«

»Stijns Notizblock?«

»Gehört dem Hotel. Im Müll habe ich keine zerknüllten Seiten davon gefunden. Aber auf dem obersten Blatt ist der Durchdruck dieser Nummer noch ganz schwach zu erkennen, offensichtlich hat er auf dem Blatt darüber geschrieben und es abgerissen. Wir könnten das in die Kriminaltechnik geben, wenn …«

»Wozu? Sie haben die Nummer ja schon.«

»Aber vielleicht finden die noch was, was ich so nicht erkennen kann.«

»Auch wieder wahr. Wie lautete die Nummer noch gleich?«

Clark las sie noch einmal vor. »Ich hab die schon überprüft«, sagte er. »Er hat in den zehn Tagen dreimal dort angerufen, zum letzten Mal gestern Morgen um acht Uhr fünfunddreißig. Es waren immer sehr kurze Gespräche. Der Anschluss ist in Calverley. Ich habe sogar schon dort angerufen, nur mal so. Aber wer immer da rangegangen ist, hat zweimal aufgelegt. Ich habe Jon Hoyle davon erzählt. Wir sollten mit HOLMES arbeiten, das wäre echt besser. Dann hätten die schon jemanden hinschicken können. Wir verlieren doch jetzt schon den Überblick – kein Mensch weiß, was die anderen machen. Zum Beispiel war ich der Meinung, dass Sie längst Feierabend haben.«

Bains nickte abwesend. Die Nummer kam ihm bekannt vor. Er notierte sie sich mit Clarks Kugelschreiber auf dem Handrücken, ging auf den Korridor hinaus und rief noch einmal Chris Greenwood an.

»Wie war noch die Nummer von Diana Hanleys Haus in Calverley?«

Greenwood musste kurz suchen, dann las er sie vor. Es war die gleiche. Die letzte Nummer, die Stijn aus seinem Hotelzimmer gewählt hatte, war die von Diana Hanleys Gestüt in Calverley. Und zwar bevor Nicholas Hanley in den Tod gestürzt war. Bains dachte darüber nach. Doyle hatte angedeutet, dass die Schwester womöglich mit drinsteckte. Entweder das, oder sie war in Gefahr. In jedem Fall sollte man sie schleunigst danach befragen. Er rief selbst unter der Nummer an. Es klingelte, aber es ging niemand ran.

Er lief den Korridor auf und ab, rief noch einmal bei Greenwood an und ließ sich Diana Hanleys Handynummer geben, wählte und wartete. Sie ging nicht ran. Hinter sich hörte er, wie Clark aus dem Zimmer kam.

»Die Nummer gehört zum Gestüt von Diana Hanley«, sagte er. »Sie hat sie mir heute Morgen gegeben.«

»Diana Hanley? Ist das die Mutter des Opfers?«

Bains schüttelte den Kopf. Clark hatte recht, was die mangelnde Koordination anging. »Seine Schwester«, sagte er. »Sie geht nicht ran. Ich fahre mal hin.«

35

Lisa Beadle, Diana Hanleys Verwalterin, besaß, wie nicht anders zu erwarten, einen Range Rover. Und noch mindestens ein weiteres Fahrzeug, denn der Range Rover stand in der Garage, und Lisa war nicht da. Karen musste nicht einmal eine Tür aufbrechen, um an die Schlüssel zu kommen. Man konnte sie im Windfang direkt hinter der Tür an einem Haken hängen sehen. Sie schlug ein Fenster ein und nahm sie.

Als sie zurück zur Leeds Road kam, hatte es aufgehört zu schneien. Auf der langen Abfahrt hinunter nach Bradford spürte sie, wie ihr Herz wieder langsamer schlug, wie ihr Atem sich beruhigte. Sie wusste jetzt, was zu tun war.

Es war der letzte Tag des Jahrhunderts oder sogar Jahrtausends, der Tag, an dem Anna und Rachel Hart mit einem eigens für sie gecharterten Flugzeug außer Landes hätten fliegen sollen. Sie lachte höhnisch auf und spürte, wie sich die Bitterkeit in ihr zu einem festen Knoten formte. Es gab so früh gar keine Flüge von Leeds/Bradford. Nicholas Hanley hatte sie in die Falle gelockt. Sie hatte sich so sehr auf ihn eingelassen, dass sie das Offensichtliche übersehen hatte. Sie hatte ihm – auf eine perverse Art – vertraut, und er hatte sie verraten.

Auf der Straße hatte sich der Schnee in schwarzen Matsch verwandelt. Aus der Stadt hinaus herrschte dichter Verkehr, die Abgase der Busse hingen in dreckig braunen Schwaden in der Luft. Sie hatte die Heizung des Range Rover voll aufgedreht, trotzdem zitterte sie immer noch wie Espenlaub, als wäre ihr kalt. Die Uhr im Armaturenbrett zeigte kurz vor drei. Die Zeit lief ihr davon.

Die dichte Wolkendecke hing tief, gerade voraus wurde es schon dunkel. Bald würde es Nacht sein. Die Zeit raste nur so. »Bitte, Mairead, bitte«, flüsterte sie. »Halte durch. Ich bin gleich da.«

Der Schornstein von Lister's Mill in Manningham kam in Sicht. Davor zogen sich die Reihenhäuser der Mühlenarbeiter und viktorianische Armenviertel den Hügel hinunter in die schmale Senke, in der die Straßen zusammenliefen und die von Betonklötzen aus den Siebzigern beherrscht wurde: das Stadtzentrum. Mittendrin der Uhrenturm des Rathauses aus dem neunzehnten Jahrhundert – eine baufällige Nachbildung eines Turms aus dem Siena des vierzehnten Jahrhunderts, dessen Mauern vom Qualm der Textilmühlen und vom Smog schon vor langer Zeit schwarz geworden waren. Daneben das Dach der Hauptwache Bradford, des Tyrls. Seit über eineinhalb Jahren war sie nicht mehr hier gewesen, jetzt kehrte sie zurück. Bei dem Gedanken verspürte sie einen säuerlichen Geschmack auf der Zunge.

Sie hatte nur eine einzige Spur. Akhtar. In den vergangenen eineinhalb Jahren hatte sie sich jede Menge Informationen über Imran Akhtar eingeprägt. Nicht, weil man ihr das aufgetragen hatte, sondern weil sie ihm gegenüber vom ersten Moment an misstrauisch gewesen war. Was sie von Hanley über ihn gehört hatte, hatte ihre Ängste nur noch bestätigt. Sie wusste, wo Akhtar wohnte, kannte mehrere seiner Kontonummern auswendig, wusste sogar die Namen seiner Frau, seiner Kinder, seiner Schwestern und Onkel. Sie hatte Fotos von ihnen gesehen. Jetzt war die Zeit gekommen, diese Informationen zu nutzen. Akhtar würde sie zu Stijn führen, Stijn würde sie zu Hanley führen, und Mairead war bei Hanley. Dann würde Hanley lernen, was Loyalität bedeutete.

Karen hatte ihre Lektion über Loyalität schon in sehr jungen Jahren gelernt. Als kleines Mädchen war sie einmal von anderen Kindern auf der Straße mit Steinen beworfen worden. Von Kindern, die genauso alt waren wie sie. Sie wusste noch, wie sie eines Tages von einem halben Ziegelstein an der Kniescheibe getroffen worden war – erst der Aufprall, dann die Taubheit und dann, als sie weitergehen wollte, die Erkenntnis, dass sie ziemlich schlimm verletzt sein musste, obwohl es nicht blutete und nicht wehtat. Sie hatte operiert werden müssen und hatte noch ein Jahr lang gehumpelt.

An ihrem dreizehnten Geburtstag – ihrem ersten Besuch zu Hause, seit sie in jenem Jahr ans Victoria College gekommen war – hatte ein Junge, der zwei Jahre älter war als sie, aus weniger als drei Metern Entfernung eine Metallkugel nach ihr geworfen. Sie war im Dorf um eine Ecke gebogen, und er hatte dagestanden und auf sie gewartet. Die Kugel traf sie mitten auf der Stirn, danach lag sie drei Tage mit einer Gehirnerschütterung im Krankenhaus.

Damals wurde bei solchen Verletzungen noch keine Tomographie gemacht, man hatte sie nicht einmal geröntgt. Ihr Vater hatte die Sache auf die leichte Schulter genommen, wie das nur ein Arzt tun kann, weil er in seinem Leben schon so viele Verwundete gesehen hatte, dass Schmerzen für ihn nichts anderes mehr waren als ein Symptom, selbst wenn es um seine eigene Tochter ging. Für David

Young war alles, was sich nicht unmittelbar lebensbedrohlich darstellte, halb so wild.

Helen Young. Das war ihr Name gewesen damals, auf den war sie getauft worden. Später hatte sie sich mit James Martin, Maireads Vater, darauf geeinigt, sich in Sinead Collins umzubenennen. In Nordirland konnte »Young« ein katholischer oder ein protestantischer Name sein, aber meistens war er protestantisch. Die Kinder, die sie mit Steinen beworfen hatten, waren katholisch.

Sie hatte ihren neuen Namen in Anlehnung an Sara Collins gewählt. Als sie Jahre später in einer psychiatrischen Klinik saß und sich an wenig anderes erinnern konnte als an ihre Kindheit – und nicht in der Lage war, darüber zu sprechen, ohne sofort in Tränen auszubrechen –, hatte ein anderer Arzt ihr erklärt, sie habe sich als kleines Mädchen in Sara »verliebt«. Das mochte stimmen. Auf jeden Fall hatte sie sie vom ersten Tag an, an dem sie beschlossen hatten, Freundinnen zu werden, wie ein Idol verehrt. Eigentlich war es zu jener Zeit den Jungs vorbehalten gewesen, eine Freundschaft zu »beschließen«, aber Sara hätte jeden plattgemacht, der sie als Mädchen bezeichnet hätte.

Mit neun Jahren war Sara wild und unbändig und größer als alle anderen Kinder ihres Alters gewesen, sie hatte flammend rotes Haar und so viele Sommersprossen, dass sie ständig aussah, als hätte sie einen Sonnenbrand auf den Wangen. Alle Kinder in ganz Cross hatten Angst vor ihr, und das nicht nur, weil es hieß, ihr Vater sei ein »Provo«, sondern weil sie prügeln konnte. Als sie älter wurde, nannten die Leute sie ein Mannweib, aber nur hinter ihrem Rücken.

Was niemand hatte vorhersehen können und was nur unter Kindern möglich ist: Helen Young und Sara Collins wurden unzertrennlich. Es war keine sehr ausgeglichene

Freundschaft – Helen war die Neue, die nicht auf sich selbst aufpassen konnte, Sara dagegen kannte alles und jeden und beschützte sie –, aber sie hatte nachhaltige Auswirkungen auf Helen. Karen zuckte zusammen, wenn sie daran zurückdachte. Sie war so schwach gewesen damals. Nach wenigen Wochen ahmte sie alles nach, was Sara tat, redete wie sie mit diesem schrecklichen South-Down-Akzent und war über die Maßen stolz, ihre beste Freundin zu sein. Sie war davon ausgegangen, dass Sara das Gleiche für sie empfand.

Cross war ein Kaff mit höchstens sechzig Häusern am Stadtrand von Newry. Von außen betrachtet, hätte man es für idyllisch halten können. Es gab eine Kirche, ein Gemeindehaus, eine Post, zwei Pubs, eine Imbissbude und enge Straßen mit Cottages aus dem sechzehnten Jahrhundert. Der Ort war so klein, dass man nie weit entfernt war von den Wäldchen, Hecken und winzigen, ineinander verwinkelten Feldern drumherum.

Doch unter diesen sechzig Familien gab es nur acht protestantische, und die lebten alle in der gleichen Gegend auf einer kleinen Anhöhe am Nordrand des Dorfes. »Castle« nannte Sara die Gegend, und das nicht, weil es irgendwelche Ähnlichkeiten mit Dublin Castle gab – im Geschichtsunterricht schlief Sara ohnehin regelmäßig ein –, sondern weil das letzte Haus am Ende der Straße eine verfallene Ruine mit verziertem Giebel war. Es gab acht Häuser in der Newton's Lane, und das vorletzte – ein ehemaliges Bauernhaus – gehörte den Youngs. Sara lebte in einer Sozialwohnung in der winzigen, heruntergekommenen Siedlung zwischen dem Ortskern von Cross und der Hauptstraße nach Newry. Und wie überall in Nordirland war das, was sich an der Oberfläche zeigte, auch in Cross erst der Anfang der Geschichte.

Helens Mutter, Jane Nesbitt, war eine neurotische Presbyterianerin und ein echter Hausdrachen, ihr Vater, ein Arbeiter, lebte in einer Sozialsiedlung im Norden Belfasts. Sie blieb in der Stadt verwurzelt, auch nachdem David Young in ihr etwas entdeckt hatte, das es wert war, gerettet zu werden. Er entstammte einer wohlhabenden Familie, doch seine ganz persönliche Version von *My Fair Lady* war zum Scheitern verurteilt. Jane hatte ihm den Umzug in den Süden, auf dem er bestanden hatte, nie verziehen. Sie hatte schließlich nachgegeben und war widerwillig mitgekommen, aber aus ihrer Haut konnte sie nicht. Sie blieb ein kleines Stück Belfaster Upper Ardoyne im ländlichen Down.

Der Umzug bedeutete auch, dass ihre Tochter in die »gemischte« Schule gehen musste, wo sie später Sara Collins treffen sollte. Schon lange bevor es in Nordirland zu echten Ausbrüchen religiös motivierter Gewalt kam, war es Jane ein Dorn im Auge, dass ihre Tochter mit den »Katholenblagen aus dem Armenviertel« überhaupt redete. Und sie sorgte dafür, dass ihre Tochter das auch wusste, doch die stand schon zu sehr in Sara Collins' Bann, um auf sie zu hören. Helen Young lernte, ihre Loyalitäten für sich zu behalten.

1970 wurde ein Nachbar und Freund ihrer Mutter aus der Newton's Lane – ein Bauunternehmer, der am Bau einer Militärbasis mitgewirkt hatte – in Belfast erschossen. Praktisch über Nacht kamen die »Troubles« auch nach Cross. Zu jener Zeit hatte Klein Helen Young, über Sara, praktisch nur katholische Freunde. Doch jetzt blieb einer nach dem anderen weg, entweder weil seine Eltern das so wollten oder weil Helens Mutter von der Freundschaft erfuhr und jeden weiteren Kontakt verbot. Jane verfügte über eher unsanfte Methoden, sich durchzusetzen, und in späteren Jahren ging sie dazu über, dem mit Gin noch einzuheizen, um Helen wirklich ein Gefühl für protestantische Autorität zu vermitteln. Ihre Freunde verschwanden, und sie suchte sich keine neuen.

Nur Sara gab sie nicht auf. Auch nicht, nachdem sie nach

Belfast ins Internat geschickt worden war. Dort war es Sara, die sie vermisste, nicht ihre Eltern. Zu jener Zeit begann Helens Mutter regelmäßig einen Streit mit ihrem Vater, sobald der ihr unter die Augen kam, und sie fing schon vor Mittag an zu trinken. Sie nicht mehr in der Nähe zu haben war also eine Erleichterung, selbst für eine dreizehnjährige Tochter. Aber Karen konnte sich an so manche Nacht erinnern, in der die dumme kleine Helen Young sich in den Schlaf geweint hatte, weil Sara Collins nicht bei ihr war.

Der Schmerz hielt bis zu ihrem dritten Besuch in der Heimat im Sommer 1975 an. Sie hatte Sara viele Briefe geschrieben, seit sie Cross verlassen hatte, aber keine einzige Antwort erhalten. Weil die Sehnsucht so groß war, konnte sie die Zeichen nicht deuten, und so hatte sie vorgehabt, einfach bei Sara reinzuschneien, wie sie es immer getan hatte, um sie zu besuchen. Doch an ihrem ersten Abend zu Hause schickte ihre Mutter sie in die Pommesbude. Es war nichts zu essen im Haus, und ihr Vater hatte Dienst in Newry. Jane war betrunken.

Während sie in der Schlange stand und wartete, wurde Helen Young von einer Gruppe johlender Teenager umringt, die teilweise jünger, teilweise älter waren als sie, fast alles Mädchen und alle katholisch. Eine wollte sich mit ihr prügeln, aber Helen weigerte sich und versuchte, sie zu ignorieren. Vor ihr in der Schlange standen Erwachsene, die sich halb belustigt, halb anerkennend zu der Szene umdrehten. Am Ende musste sie sich mit allen prügeln. Oder vielmehr, sie musste zusammengerollt und heulend am Boden liegen, während die anderen auf ihr rumsprangen, sie traten, schlugen und bespuckten. Als eines der Mädchen schließlich eine Flasche auf ihrem Kopf zertrümmerte, fand der Spaß ein blutiges Ende.

Die Ambulanz kam aus Newry, was ziemlich lange dauerte. In der Zwischenzeit saß sie benommen auf der Treppe der Pommesbude, die Kopfwunde blutete heftig, sie hatte drei Zähne verloren, war am ganzen Körper grün und blau geschlagen und musste an sich halten, um sich nicht zu übergeben. Die einzige Erwachsene, die sich um sie kümmerte, die den Krankenwagen gerufen hatte und mit ihr wartete, war Mrs. Kelly, die Besitzerin der Pommesbude. Mrs. Kelly war Katholikin, und auch daraus war etwas zu lernen, aber doch nicht so einprägsam wie aus der Lektion, die Sara Collins ihr erteilt hatte, als sie ihr die Flasche über den Schädel zog.

36

Akhtar wohnte in Heaton, nicht weit von dem Haus, in dem Pete Bains gelebt hatte und vermutlich immer noch lebte. Karen ließ das Auto am Lister Park stehen und ging rasch den Hügel hinauf bis zur Wilmer Crescent. Auch Pete Bains wollte sie lieber nicht über den Weg laufen. Sie blieb einen Moment an der Straßenecke stehen und betrachtete die geparkten Autos.

Nach wenigen Sekunden hatte sie den Polizisten in Zivil in dem blauen Astra ausgemacht. Was nicht schwer war – sie kannte ihn. Es war ein DC aus Holbeck namens Fred Coe, einer von denen, die schon zu lange dabei waren und nur noch ihre letzten Dienstjahre absaßen. Was tat er hier?

Sie lief einen Umweg über die Straßen unterhalb der Wilmer Crescent und kam über einen Fußweg von hinten an den Astra heran. Coe hatte sich an der Kreuzung mit der Sackgasse postiert, in der Akhtar ein kleines Haus besaß. So konnten ihm weder Akhtar noch alle anderen, die durch das Gartentor kamen oder gingen, entgehen, sofern sie sich keine große Mühe gaben, ungesehen zu bleiben. Er wiederum gab sich keine große Mühe, nicht aufzufallen: Er las Zeitung. Er war unaufmerksam und gelangweilt.

Über die Zufahrt zu einem Haus hinter Coes Wagen lief sie in den rückwärtigen Garten und von dort weiter bis zur Rückseite von Akhtars Grundstück. Sobald sie aus den Bäumen auf den Rasen trat, sah sie seine Frau, die an der Küchenspüle stand. Naheed Akhtar. Die Kinder hießen Zaf und Yas, sechs und zehn Jahre alt. Sie besuchten die Ashdowne Lodge und das Brontë House, beides Privatschulen.

Naheed bemerkte sie erst, als sie schon fast am Küchenfenster stand. Keinen Meter von ihr entfernt blieb Karen stehen und wartete. Die dünne Schneedecke auf dem Rasen schmolz. Sie beobachtete, wie Naheed sie bemerkte, wie sie zuerst nur überrascht aussah, dann die Stirn in Falten zog. Sie hatte keine Ahnung, wer sie war. Gut.

Karen gab ihr mit einer Geste zu verstehen, dass sie gern mit ihr sprechen würde, dann sah sie zu, wie Naheed die Schürze abnahm und zur Hintertür kam.

»Wer sind Sie?« Misstrauisch, aber nicht verängstigt stand sie in der Tür. Ihr Blick wanderte über die blauen Flecken in Karens Gesicht, das Blut, dann den Overall und den Schriftzug auf der Brusttasche. Sie trug schwarze Jeans und eine hellblaue Bluse. Sie war vielleicht fünf Jahre jünger als Karen, hatte langes schwarzes Haar und ein hübsches Gesicht, aber sie sah verhärmt aus, wie eine Mutter mit zwei Kindern und zu viel Arbeit. Karen trat auf sie zu.

»Ich bin Anna Hart.« Die Worte kamen ihr nicht mehr so leicht über die Lippen, waren längst zu einer durchsichtigen Lüge geworden. »Wir haben uns nie kennen gelernt, aber ich weiß, dass Sie Naheed sind.« Sie hielt ihr die

Hand hin. Verwundert sah Naheed Akhtar erst die Hand, dann Karen an.

»Anna Hart? Ich habe noch nie von Ihnen gehört. Was wollen Sie hier? Woher wissen Sie, wer ich bin?« Sie warf einen Blick zurück ins Haus. Drinnen hörte Karen Kinder lärmen. Naheeds Reaktion wirkte echt, was ebenfalls gut war. Wenn Imran Akhtar seiner Frau nichts von Anna Hart erzählt hatte, standen die Chancen gut, dass sie bereit sein würde, ihr zu helfen. »Ist Ihr Mann zu Hause?«, fragte sie und zog ihre Hand zurück.

»Nein. Was wollen Sie? Sind Sie von der Polizei?«

Interessante Frage. Karen runzelte die Stirn und tat verwundert. »Nein, bin ich nicht. Ist er da?«

»Nein. Ich weiß nicht, wo er ist. Wer sind Sie? Warum tragen Sie diesen Overall? Ist was passiert? Sie haben Blut im Gesicht.«

Karen seufzte und wich ihrem Blick aus, sie wusste nicht recht, was sie antworten sollte. »Ja«, sagte sie schließlich. »Es ist etwas passiert. Ich bin heute Morgen vergewaltigt worden.« Sie sagte es ohne Leidenschaft, doch dann spürte sie, wie es an ihr zerrte. Ihre Unterlippe zitterte, sie konnte nichts dagegen tun. Sie versuchte, nicht daran zu denken, und sah, wie Naheed Akhtar ihre Gefühle las und sich zurückhielt, statt vorschnell etwas zu sagen. Sie räusperte sich und trat einen Schritt zurück.

»Vergewaltigt?«, fragte sie, als wüsste sie nicht genau, was das bedeutete.

»Ja. Kann ich reinkommen? Ich bin nicht sehr dick angezogen. Mir ist kalt.«

Naheed war zwischen Mitgefühl und Misstrauen hin- und hergerissen. »Sie sind vergewaltigt worden? Ich weiß gar nicht, was ich sagen soll. Warum erzählen Sie mir das? Ich frage Sie noch einmal, wer sind Sie?«

»Ich bin die Partnerin von Nicholas Hanley.« Naheed kannte den Namen, aber Karen war sich nicht sicher, was sie damit verband. »Wissen Sie, wer das ist?«

»Ein Geschäftsfreund von Imran. Sind Sie seine Geschäftspartnerin? Er hat nie von Ihnen gesprochen. Woher soll ich wissen, wer …«

»Sehe ich aus, als würde ich lügen?«

»Ich habe keine Ahnung, wie Sie aussehen.«

»Ich bin keine Geschäftspartnerin. Ich war Nicholas Hanleys Freundin. Nicholas Hanley und Imran waren Geschäftspartner. Daher weiß ich, wer Sie sind.«

»Ist ja auch egal. Wenn Sie vergewaltigt wurden, müssen Sie zur Polizei gehen. Was hat das alles mit mir zu tun?«

Diese Informationen waren eindeutig zu viel für Naheed. Ihre Stimme wurde immer höher.

Karen ging auf sie zu, stand jetzt in der Tür. »Ihr Mann weiß, wer mir das angetan hat, Naheed.« Sie sprach klar und bewusst. »Deshalb bin ich hier. Ich muss Ihren Mann finden, um den anderen zu finden. Sie müssen mir helfen.«

Naheed trat noch einen Schritt zurück, jetzt hatte sie Angst vor ihr und wusste nicht, was sie tun sollte. Karen folgte ihr ins Haus, dann blieb sie stehen. Sie musste an ihr Mitgefühl appellieren. »Es tut mir leid«, sagte sie. »Ich sollte nicht …« Sie vergrub ihr Gesicht in den Händen. »Nick ist tot. Die Polizei hat gesagt, dass er tot ist …« Sie ließ sich in die Hocke sinken und legte den Kopf in die Hände. »Es tut mir so leid. Ich weiß nicht mehr, was ich tun soll …« Die Worte kamen leise und stockend, als wäre sie von ihren Gefühlen überwältigt. Sie fing an zu schluchzen, zuerst war es nur gespielt, doch dann musste sie sich eingestehen, dass da echte Tränen über ihre Finger rannen. Die Gefühle, die da in ihr hochkamen, waren ihr fremd. Sie ließ sie kommen. *Vergewaltigungsopfer bricht zusammen.* Sie konnte sich selbst dabei zusehen. Wie sie nach Luft rang, wie die Tränen strömten, wie sie hilflos und am Ende ihrer Kräfte auf dem Fußboden lag.

Erst als sie Naheeds Hand auf ihrer Schulter spürte, hörte sie langsam auf zu weinen. Als sie schließlich zu ihr aufschaute, waren ihre Augen noch nass von Tränen, und sie musste sie mit dem Ärmel des Overalls trockenwischen, um Naheed sehen zu können. Sie konnte sich gut vorstellen, was für einen Anblick sie bot. Blut und Tränen im Gesicht, die Züge von Trauer und Verwirrung verzerrt. Sie sah, wie sich all das im Gesichtsausdruck dieser Frau spiegelte, die neben ihr auf dem Fußboden kniete. Die Falten in ihrem Gesicht verrieten Sorge und Schmerz, sie redete beruhigend auf sie ein.

»Hören Sie auf zu weinen«, sagte sie. »Es ist vorbei. Hier drin kann Ihnen niemand etwas tun.« Sie sprach mit ihr wie mit einem kleinen Kind. Karen rang sich ein dankbares Lächeln ab und musste plötzlich gegen ein Gefühl der Verachtung für diese Frau und ihr Mitgefühl ankämpfen, obwohl sie genau dieses Mitgefühl hatte wecken wollen.

Sie folgte Naheed Akhtar in die große Küche, in der es nach frisch gebackenem Brot duftete. Bei dieser abgedroschenen Heimeligkeit wurde ihr übel. Vielleicht lag es auch an dem, was Anna Hart durchgemacht hatte und was nun langsam zu ihr durchdrang. Sie fing an zu würgen, und Naheed kam mit einem Glas Wasser zu ihr gerannt. Sie trank wie ein durstiger Hund. Naheed schloss die Hintertür und die Tür, die zum Rest des Hauses führte – zu den Kindern. Dann bot sie Karen einen Hocker an einem schmalen Frühstückstresen an. Karen setzte sich mit zittrigen Knien.

»Ich weiß nicht, was mit Ihnen passiert ist«, sagte Naheed. Ihre Stimme zitterte, sie hatte Angst. »Imran hat mir von alldem nichts erzählt. Er hat nie was von Nicholas erzählt … Er hat nicht …«

»Haben Sie Nicholas gekannt?«

Sie schüttelte heftig den Kopf. »Ich habe mit seinen Geschäften nichts zu tun. Gar nichts.« Da war ein Nachdruck in ihrer Stimme, als wären die Geschäfte ihres Mannes etwas Schmutziges. »Aber wenn dieser Mann tot ist, tut mir das sehr leid für Sie.«

»Die haben mir gesagt, er hätte sich umgebracht, sei von einem Hochhaus in Leeds gesprungen.« Karen schaute Naheed fest in die Augen. »Er hat gebrannt«, sagte sie und senkte ihre Stimme zu einem angsterfüllten Flüstern. »Er hat sich selbst in Brand gesteckt.«

Entsetzt schlug sich Naheed die Hand vor den Mund.

»Da läuft irgendwas«, sagte Karen. »Was ganz Schlimmes. Ich glaube nicht, dass er Selbstmord begangen hat. Ich glaube, dass er ermordet wurde. Von den gleichen Leuten, die mir das angetan haben. Ich muss die finden. Sie müssen mir sagen, wo Imran ist.«

»Ich weiß nicht, wo er ist. Imran erzählt mir nie etwas. Heute Morgen war schon die Polizei da und hat nach ihm gefragt …« Sie brach ab und biss sich fast auf die Zunge.

»Aber ich bin nicht von der Polizei«, sagte Karen. »Ich möchte ihn finden, weil ich ihn um Hilfe bitten will. Wissen Sie, wo er sein könnte?«

Naheed schüttelte den Kopf, warf ihr einen kurzen Blick zu und schaute schnell wieder weg. »Ich habe keine Ahnung«, sagte sie. »Er erzählt mir nie etwas. Seine Geschäfte gehen mich nichts an.«

Es klang, als ärgerte sie sich darüber, und trotzdem log sie für ihn. Da war sich Karen ganz sicher.

»Ist er heute Morgen zur Arbeit gefahren? Sie müssen doch eine Vermutung haben, wo er steckt.«

»Was hat das alles mit Imran zu tun?« Plötzlich sah sie Karen ins Gesicht und schrie fast. »Wenn Sie vergewaltigt wurden, hat das doch nichts mit ihm zu tun. Sie bringen mich total durcheinander, kommen einfach hier in mein Haus und …«

Die Tür ging auf, und sie brach mitten im Satz ab. Ein kleiner Junge mit tiefbraunen Augen und wirrem Haar kam herein, schaute kurz zu Karen hinüber und marschierte dann auf seine Mutter zu. Naheed wollte ihn wieder raus zu seiner Schwester schicken, aber er hörte nicht auf sie. Er sprach auf Urdu mit ihr.

»Nein, kannst du nicht. Dazu ist es noch zu früh.« Sie antwortete ihm auf Englisch, aber er wiederholte seine Worte auf Urdu. Er stand neben ihr, klammerte sich an ihr Bein und schaute zu ihr auf. Durch die offene Tür konnte Karen einen Fernseher hören.

»Er hat Hunger«, erklärte Naheed. Sie wurde zusehends nervöser.

»Der Mann, der mir das angetan hat …«

»Nicht vor dem Kind. Bitte!«

»Das war nicht Ihr Mann. Aber er …«

»Bitte. Er ist erst sechs!«

»Ihr Mann kennt ihn. Ich habe die beiden danach zusammen gesehen.«

Naheed nahm den Jungen auf den Arm, drückte ihn an sich und drehte sein Gesicht weg von Karen. Aber sie war jetzt abgelenkt. Die Situation wuchs ihr über den Kopf. Der Junge kämpfte sich frei, fing an zu schreien und stampfte mit dem Fuß auf den Boden.

»Deshalb muss ich ihn finden«, sagte Karen. Sie stand von ihrem Hocker auf. Das Geschrei zerrte an ihren Nerven. Sie spielte mit dem Gedanken, den Jungen zu packen und ihn anzuschreien. Wenn sie ihn hart genug anfasste, würde seine Mutter schon reagieren. Würde sie damit die gewünschte Auskunft von ihr bekommen? Irgendwie musste sie es schaffen. Sie hatte nicht vor zu gehen, bevor sie nicht wusste, wo Imran Akhtar sich aufhielt. Sie trat auf die beiden zu, ließ ihre Finger knacken.

»Ich weiß nicht, wo er ist. Bitte … gehen Sie … Bitte, gehen Sie …«, sagte Naheed. Der Junge merkte, dass etwas nicht in Ordnung war, und wurde still.

Karen stand jetzt vor den beiden. »Was wollte die Polizei hier?«, fragte sie. Sie schaute von dem Jungen zur Mutter und legte die Hände auf den Rücken, sicherheitshalber.

»Dasselbe wie Sie. Die wollen wissen, wo er ist …« Sie hatte Tränen in den Augen.

»Hat er was verbrochen? Warum suchen die ihn?«

»Ich weiß es nicht, ich weiß es nicht.« Sie fing an zu weinen. »Ich habe ihn seit Wochen nicht gesehen. Er ist nicht mehr der Alte. Irgendwas ist mit ihm los. Ich glaube, er macht Geschäfte mit Leuten, von denen er sich besser fernhalten sollte.«

»Haben Sie diese Leute je gesehen?«

Sie schüttelte den Kopf. Der kleine Junge hatte sein Gesicht an ihre Beine gepresst und fing ebenfalls an zu weinen. Karen spürte, dass hinter ihr auch die zehnjährige Tochter in die Küche gekommen war. Sie warf einen Blick zur Tür und sah die Kleine mit großen Augen dastehen.

»Ich habe niemanden gesehen«, sagte Naheed. Sie lehnte sich auf die Küchentheke und vergrub ihr Gesicht in den Händen. »Er erzählt mir gar nichts. Er ist wie ein Fremder zu mir.«

»Aber hat er was verbrochen oder nicht?«

»Die Polizisten haben gesagt, ich soll sie anrufen, wenn er kommt. Meinen eigenen Mann verraten! Das kann ich doch nicht. Ich kann nicht …«

»Hat er Sie angerufen?«

»Nein.«

»Aber Sie haben ihn heute Morgen gesehen?«

Sie leugnete es nicht.

»Hören Sie zu, Naheed«, sagte Karen, »Sie sind ein guter Mensch. Das sehe ich Ihnen an. Sie haben mit der Sache nichts zu tun.« Sie legte der Frau eine Hand auf die Schulter. »Es ist mir egal, dass ich vergewaltigt wurde«, sagte sie. »Das ist vorbei. Aber ich bin auch Mutter. Ich habe eine Tochter im gleichen Alter wie Ihre.« Sie deutete auf das Mädchen. »Diese Leute ... Die Leute, die hinter dem Ganzen stecken ... Sie haben meine Tochter entführt ...« Plötzlich brach ihre Stimme, ganz echt. Sie holte tief Luft. »Bitte helfen Sie mir. Ich weiß nicht, was sie ihr antun werden. Ich weiß nicht, was hier läuft. Aber ich muss sie finden. Ich bin verzweifelt. Sie ist meine einzige Tochter. Ihr Mann arbeitet mit diesen Leuten zusammen. Er weiß, wo sie ist. Sie müssen mir helfen. Sie müssen mir sagen, wo er ist.«

Naheed starrte sie an. »Die haben Ihre Tochter entführt?«

Karen nickte. Ihre Lippen bebten, sie hatte einen Kloß in der Kehle. »Rachel.«

»Und Imran wusste davon?«

»Er war dabei.« Sie sah ihr gerade in die Augen bei dieser Lüge. »Wir sind heute Morgen beide entführt worden. Mich haben sie vergewaltigt, dann konnte ich entkommen. Aber Rachel haben sie woanders hingebracht. Danach habe ich gesehen, wie Imran mit dem Mann gesprochen hat, der sie weggebracht hatte. Ich glaube, dass es was mit den Geschäften zu tun hat – mit Nick und Imrans Geschäften.«

»Und warum können Sie nicht zur Polizei gehen?«

»Ich war bei der Polizei. Die suchen sie. Im Fernsehen können Sie die Suchmeldungen sehen, die werden ständig wiederholt. Aber ich kann nicht rumsitzen und warten. Ich muss etwas tun.«

»Er ist bei seinem Onkel.« In ihrer Stimme lag eine plötzliche Entschlossenheit. »Er muss in Schwierigkeiten sein, weil er nämlich nur dann zu seinem Onkel geht. Um sich ›Rat‹ zu holen. Ich habe ihn gewarnt. Ich habe ihm gesagt, dass wir ihn verlassen, wenn das so weitergeht. Er ist zu weit gegangen.«

»Haben Sie ihn heute gesehen?«

»Ja. Er war die ganze Nacht nicht zu Hause und ist erst heute Morgen wiedergekommen. Er hatte einen Verband am Arm. Auf seinen Kleidern waren Blutflecke. Er hat irgendwas gemacht ...« Da war Verachtung in ihrer Stimme. »Ich weiß, wozu er fähig ist.« Sie biss sich auf die Lippe und zog den kleinen Jungen zu sich heran, wie um ihn zu beschützen. »An uns denkt er nicht. Er denkt nicht an seine Familie.« Der Junge fing an zu weinen.

»Bewahrt er irgendwelche Geschäftsunterlagen hier auf, hier im Haus?«

»Nein. Er würde nicht wollen, dass ich weiß, was er so treibt.«

»Bei welchem Onkel ist er?«

»Mohammed Hussain. Er hat einen Autohandel. Ich nehme an, dass sie da sind.«

»Auf der Frizinghall Road?«

»Ja. Woher wissen Sie das?«

»Das spielt jetzt keine Rolle. Werden Sie ihn anrufen, wenn ich weg bin? Werden Sie ihn warnen, dass ich komme?« Sie wartete, bis Naheed Akhtar den Kopf schüttelte.

Karen konnte ihr nicht vertrauen, aber das Gelände des Onkels war nur drei Minuten mit dem Auto entfernt. Sie könnte jetzt sämtliche Telefonkabel aus der Wand reißen und Naheeds Handy suchen, wenn sie denn eines besaß, oder sie könnte ihr Glauben schenken und hoffen, sie damit auf ihre Seite zu ziehen. Sie ging zur Hintertür.

»Sie haben das Richtige getan«, sagte sie, als sie die Tür öffnete.

Naheed Akhtar nickte, ihre Hand lag auf dem Kopf des kleinen Jungen. »Er will das alles gar nicht«, sagte sie. »Aber er ist ein dummer Mann. So war er schon immer. Er macht, was andere ihm sagen. Sie werden ihm doch nichts tun, oder?«

Karen lächelte sie an. »Versprochen«, sagte sie.

37

Stijn fuhr gerade auf den Parkplatz der Raststätte Hartshead Moor an der M62, als er die Suchmeldung im Radio hörte. Zuerst begriff er nicht, um wen es da ging – *»ein auffallend großer, muskulöser Mann mit rasiertem Kopf oder Glatze«* –, dann wurde ein Autokennzeichen verlesen. Es war das seines Mietwagens.

Er stellte den Motor ab und schaute sich um. Der Parkplatz war nicht ganz voll. Praktisch alle geparkten Fahrzeuge waren leer, zugleich gab es einen steten Strom ankommender und abfahrender Autos. Eines fuhr gerade in dem Moment an ihm vorbei, als die Meldung im Radio lief. Er warf einen kurzen Blick auf den Fahrer – mittleren Alters, nicht an ihm interessiert – und schaute schnell wieder weg. Der nicht, aber es war nicht davon auszugehen, dass hier niemand den gleichen Sender hörte. Schließlich war es Radio Leeds, einer der größten Lokalsender.

Der Bulle, der die Suchmeldung verlas, nannte auch eine Website der Polizei. Dort gebe es ein Foto des Gesuchten, sagte er und rief die Zuhörer auf, sich das Bild anzusehen und wachsam zu sein: »*Der Gesuchte tritt unter zahlreichen Namen auf, unter anderem Jan Gatz, Josef Stijn, Michael Steinmayer, Michael Getz, Jan Josefs und Michael Kruger.*« Alle seine Namen. Sie hatten alle seine Namen. »... *Wenn Sie glauben, diesen Mann gesehen zu haben, wenden Sie sich bitte unverzüglich unter folgender Telefonnummer an die Polizei.*« Es wurde eine Nummer verlesen. »*Unter keinen Umständen sollten Sie sich dem Mann nähern und ihn ansprechen. Er gilt als gefährlich.*« Es folgte die Suchmeldung für Anna und Rachel Hart, die er schon mehrmals gehört hatte. Er schaltete das Radio aus.

Sie hatten die Frau und das Blag also noch nicht gefunden. Er öffnete die Tür und stieg aus, ihm war bewusst, wie er über das Wagendach hinausragte, wie er aus allen Richtungen deutlich zu sehen war. Es war kalt. Der Himmel über ihm war frühzeitig dunkel geworden. Die wenigen Zentimeter Schnee unter seinen Füßen waren bereits gefroren. Mit gesenktem Kopf und hochgezogenen Schultern ging er auf die Raststätte zu. Mehr konnte er nicht tun: den Kopf einziehen, sich aber normal bewegen.

Die Fotos von ihm mussten von Überwachungskameras stammen, die er übersehen hatte. Hoffentlich war die Qualität schlecht. Aber schlechte Qualität hin oder her, er musste raus hier und weit, weit weg. Nicholas Hanley hatte seine Abreisepläne durchkreuzt. Genau genommen hatte er alle seine Pläne durchkreuzt: Plan A, Plan B und Plan C.

Die Polizei hatte Fotos von ihm und seine Namen, und sie wussten, dass er mit den Morden zu tun hatte. Er hatte keine Ahnung, wie sie das so schnell herausgefunden hatten, aber es war passiert. Man hätte vermuten können, dass die Informationen von der Frau oder ihrer Tochter stammten, aber er wusste jetzt, dass das nicht der Fall sein konnte.

Die Frau war schneller und cleverer, als er ihr zugetraut hatte. Oder Michael Kenny noch dümmer. Bei dem Anruf, der ihn von Kennys Tod in Kenntnis gesetzt hatte, war er gerade auf dem Weg zum Schlachthof gewesen. Irgendwer hatte direkt bei Mohammed Rouf angerufen, und Rouf hatte Stijn angerufen. Er hatte Roufs Zorn über sich ergehen lassen, sich aber für die weiteren Maßnahmen für nicht zuständig erklärt. Es war nicht seine Sache, dafür zu sorgen, dass alles so lief, wie man es ihm versprochen hatte. Kenny war ihm von Roufs Leuten empfohlen worden, nicht von seinen eigenen Kontakten.

Hart und die Kleine waren nicht zur Polizei gegangen, weil sie mit Hanley unter einer Decke steckten. Das hatte er schon lange vermutet, schon bevor Rouf ihm erzählt hatte, Hanley habe sich bei ihm gemeldet und Bedingungen stellen wollen. Stijn hatte das nicht überrascht. Rouf hatte wirklich geglaubt, Hanley würde die beiden Menschen ausliefern, mit denen er zusammenlebte und die er liebte, noch dazu ein Kind. Stijn hatte gewusst, dass Hanley das niemals tun würde. Hanley hatte ihm selbst erzählt, wie sehr er die beiden liebte. Stijn hatte in seinem ganzen Leben noch nie so etwas empfunden – er registrierte diesen Umstand völlig leidenschaftslos –, aber er wusste aus den Erfahrungen anderer, wie viel Sand derlei Gefühle ins Getriebe streuen konnten.

Er drückte die Eingangstür auf und hielt nach dem Restaurant Ausschau. Mehrere Leute gingen an ihm vorbei, warfen ihm einen kurzen Blick zu, aber keinen zweiten. Statt ins Restaurant ging er in den Shop und kaufte sich eine schwarze Wollmütze. Er bezahlte und setzte sie auf. Damit war zumindest ein Teil seiner Personenbeschreibung obsolet geworden: »Glatze oder rasiert.«

In der Tür zum Restaurant blieb er stehen und sah Diana Hanley am anderen Ende des Raumes sitzen, merkte sich ihren Platz und ging gemächlich zurück zu seinem Wagen. Sie war nicht schwer zu finden. Es war niemand in ihrer Nähe, niemand in Hörweite. Sie saß allein an einem Ecktisch am Fenster und rauchte. Hatte sie ihn schon gesehen, als er angekommen war und geparkt hatte? Er wusste, dass sie es war, weil Rouf ihm vor nicht allzu langer Zeit ein Foto von ihr gegeben hatte. Diana Hanley war früher einmal wichtig gewesen, zwischen Ahmed Rouf und ihr war was gelaufen. Aber sie wusste nicht, wie er aussah, außer sie hatte Radio gehört. Er wählte ihre Handynummer.

»Ja?« Sie klang angespannt. Von seinem Platz im Wagen aus konnte er sie sehen, wie sie sich das Telefon ans Ohr presste.

»Diana Hanley?«

»Ja. Wo sind Sie?«

»Ich bin hier. Ich kann Sie sehen.« Er ließ die Worte wirken und beobachtete, wie sie die Leute im Restaurant musterte. »Nicht da drinnen«, sagte er. »Ich bin draußen. Ich kann nicht reinkommen.«

»Warum nicht?«

»Sie haben wohl kein Radio gehört in letzter Zeit? Die Polizei sucht nach mir und hat meine Personenbeschreibung rausgegeben. Wir können uns nicht in der Öffentlichkeit treffen.«

»Aber das müssen wir.« Ein Hauch von Verzweiflung.

»Es geht nicht. Neben der Raststätte gibt es ein billiges Motel. Mieten Sie sich ein Zimmer, und rufen Sie mich an, wenn Sie drin sind.«

Schweigen, sie dachte nach.

»Ich will das nicht«, sagte sie schließlich. Sie hatte Angst vor ihm. Offensichtlich hatte ihr Bruder ihr von ihm erzählt.

»Aber es geht nicht anders. Wenn die Bullen mich kriegen, kriegen die auch Sie, vergessen Sie das nicht. Sie haben die Leiche identifiziert. Außerdem würde ich denen auch den ganzen Rest erzählen müssen, um meine Haut zu retten. Und schließlich wollten Sie sich hier mit mir treffen. Mir liegt nichts dran. Ich kann auch wieder kehrtmachen und fahren.«

»Nein. Okay, ich mach's. Bleiben Sie, wo Sie sind.« Sie legte auf.

Während er wartete, stellte er sich Ahmed Rouf und Diana Hanley beim Sex vor. Wie sie rammelten wie die Kaninchen. Die Vorstellung amüsierte ihn wie alle gemischtrassigen Verbindungen. Er war Ahmed Rouf nur ein einziges Mal begegnet, in einem Club in Zürich. Rouf war so freundlich und normal gewesen, wie man sich einen Menschen nur vorstellen konnte. Keine Überheblichkeit, keine Großtuerei. Imran Akhtar – der Idiot, den sie ihm hier aufs Auge gedrückt hatten – war anscheinend irgendwie mit Ahmed Rouf verwandt, aber er war aus völlig anderem Holz geschnitzt. Rouf war ein gut angezogener, gepflegter Mann, groß und sportlich, er hatte helle Haut, einen sauber gestutzten Bart und kluge Augen. Er hatte Stijn eine Zigarette angeboten, eine ganz normale Marlboro, aber Stijn rauchte nicht. Kein Wunder, dass er bei der englischen Upperclass gut ankam. Er hatte die Stimme, die Kleidung – teuer, understated, leger –, die Manieren. Für ihn natürlich ein Leichtes: Er war auf eine teure Privatschule gegangen und kannte die Codes. Aber Stijn wusste, woher sein Geld stammte. Letzten Endes war der Polo spielende Playboy nur Tarnung. Diana Hanley war kurz davor, das herauszufinden. Was sie bei Ahmed Rouf womöglich noch gutgehabt hatte, war innerhalb von nur zwölf kurzen Stunden in einem einzigen großen Knall aufgebraucht.

Nach zehn Minuten rief sie ihn an und nannte ihm die

Zimmernummer. Er schlenderte gemütlich zum Motel hinüber, betrat die Lobby, nickte der Rezeptionistin freundlich zu und ging geradewegs durch zu den Zimmern, als wohnte er hier. Hanley öffnete ihm die Tür, das Handy am Ohr, sie telefonierte. Er trat ein und hörte zu, dabei ließ er sie nicht aus den Augen.

»Natürlich«, sagte sie. »Wenn Sie wollen, dass ich komme, komme ich. Aber sind Sie sicher, dass das wirklich notwendig ist?«

Es hörte sich an, als spräche sie mit jemand Offiziellem. Er fuhr sich mit dem Finger über die Kehle, um ihr zu verstehen zu geben, dass sie auflegen sollte. Sie legte die Hand über den Hörer und flüsterte: »Es ist die Polizei.«

Er zog die Stirn in Falten.

»Danke, Mr. Bains«, sagte sie. »Dann bis später.« Sie beendete das Gespräch.

»Mr. Bains?«, fragte er.

»Ein Polizist. Er hat mich gebeten, zur Wache Weetwood zu kommen.«

»Und was haben Sie gesagt?«

»Ich habe natürlich ja gesagt.«

Er lächelte. »Aber Sie gehen nicht?«

»Natürlich nicht. Sie sind also Stijn?«

Sie hielt ihm die Hand hin und gab sich Mühe, ihr Unbehagen zu überspielen und die Situation zu beherrschen. Er schaute auf ihre Hand hinab, machte aber keinerlei Anstalten, sie zu nehmen. Sie griff in ihre Jackentasche, holte eine Schachtel Zigaretten heraus und zündete sich eine an. Ihre Augen waren gerötet und angestrengt. Sie ging von der Tür weg ins Zimmer und drehte ihm den Rücken zu. Ganz schön mutig, dachte er.

»Woher wussten Sie, wer ich bin?«, fragte sie. Sie stand vor dem Bett, neben ihr eine schwarze Ledertasche. Er schloss die Tür und drehte den Schlüssel um, dann ging er zu ihr. Er bemerkte, wie sie ängstlich zur Tür schaute.

»Ich habe ein Foto von Ihnen gesehen«, sagte er. »Beim Polospielen mit meinem Boss.« Er sah, wie sie sich leicht entspannte. Womöglich fühlte sie sich ein klein wenig sicherer.

»Was haben Sie mir zu sagen?«, fragte er, obwohl er es bereits wusste. Sie ging zum Ascher auf dem Nachttisch und drückte die Zigarette aus, die sie sich gerade angezündet hatte.

»Ich habe Ihnen gar nichts zu sagen. Man hat mich gebeten, Ihnen etwas zu geben – als eine Geste des guten Willens. Damit Ahmed sieht, dass wir ehrenwerte Geschäftsleute sind.« Sie wollte in ihre Tasche greifen. Stijn streckte die Hand aus und packte sie sanft am Arm.

»Ich kenne niemanden namens Ahmed«, sagte er.

»Ich denke doch«, sagte sie mit unbewegter Miene. Sie schüttelte ihren Arm frei.

Er lächelte. »Was wollen Sie?«, fragte er.

»Das ist doch nicht Ihre Angelegenheit.« Ihre Stimme troff vor Verachtung, was vielleicht nur am Akzent lag. »Mein Bruder hat Ihren Chef bereits angerufen …«

»Ja. Das weiß ich. Aber tun Sie mir den Gefallen. Erzählen Sie mir, was Sie sich von dieser Übergabe erhoffen.«

»Mit Ihnen muss ich nicht reden. Und ich will es nicht. Mein Bruder …«

»So führt man doch keine Verhandlungen«, unterbrach er sie. Er fand die Situation regelrecht amüsant. »Das sollten Sie doch wissen.«

»Bilden Sie sich nicht ein, Sie könnten mich belehren.«

»Eine gute Verhandlung besteht aus Geben und Nehmen.«

»Wir führen hier keine Verhandlungen. Ich will nichts

von Ihnen. Ich habe Ihnen etwas für Ahmed mitgebracht, nicht für Sie – um zu beweisen, dass wir auch von ihm nichts wollen. Sie sollen es ihm nur überbringen.« Sie zog einen braunen Umschlag aus der Tasche – Größe DIN A4 – und warf ihn aufs Bett. Wieder lächelte er ihr zu und setzte sich auf die Bettkante. Die Federn ächzten unter seinem Gewicht.

Er brach das Siegel, sie sah zu. Er begutachtete den Inhalt. Unmöglich zu sagen, ob es echt war, zumindest hier. Aber es sah zumindest aus wie ein ziemlich wertvolles Inhaberpapier.

»Ihr Bruder scheint doch zu glauben, dass es hier um Verhandlungen geht«, sagte er und schaute zu ihr auf.

»Nein. Wir diskutieren nicht. Den Rest geben wir zurück, sobald wir Garantien für unsere Sicherheit bekommen haben und außer Landes sind.«

»Ich sagte, Ihr Bruder scheint zu glauben, dass es hier um *Verhandlungen* geht.«

»Und ich sagte, dass er das nicht tut. Begreifen Sie das nicht? Sobald wir England verlassen haben …«

»Wir? Wer soll das sein?«

Sie runzelte die Stirn. »Mein Bruder und ich.«

»Und was ist mit Anna und Rachel Hart?«

Sie schnalzte leise mit der Zunge und sah aus, als müsste sie sich bei der Vorstellung ein Lächeln verkneifen. »Die wohl kaum«, sagte sie.

»Aber Ihr Bruder hat darum gebeten, die beiden unbehelligt zu lassen. Nur deshalb habe ich sie heute Morgen nicht umgebracht.«

Sie öffnete den Mund, um etwas zu sagen, und schloss ihn wieder. Er beobachtete, wie sie hektisch nachdachte, er hatte sie mit dieser Nachricht kalt erwischt. Plötzlich begriff sie, dass es vielleicht stimmte, dass ihr Bruder womöglich doch genug für die beiden empfand, um sie retten zu wollen, ohne seiner Schwester davon zu erzählen. Panik flackerte über ihr Gesicht.

»Das wussten Sie nicht?«, fragte er. »Denken Sie nach. Ihr Bruder hatte keinen Grund, die Papiere als Garantie für seine eigene Sicherheit zu stehlen. Die Leute, für die ich arbeite, hatten ihm diese Garantie bereits gegeben. Wir haben uns heute Morgen doch nur deshalb die ganze Mühe gemacht, damit Ihr Bruder in Sicherheit ist. Wir haben einen Ersatz für ihn gefunden, ihn umgebracht, Sie haben die Leiche identifiziert. Ihr Bruder musste nicht mehr tun, als ins Flugzeug zu steigen und zu verschwinden …«

»Nein. Er hat Ihnen nicht vertraut …«

»Das mag sein.« Und das mit Recht. Stijn hatte Rouf von Anfang an gesagt, dass es am leichtesten wäre, Hanley einfach umzubringen. »Aber er hat nicht um sein Leben gebeten, als er meinen Auftraggeber angerufen hat …«

»Das ist Unsinn. Ich glaube Ihnen kein Wort. Bitte nehmen Sie jetzt das Paket und gehen Sie.« Ihre Stimme zitterte. »Gehen Sie jetzt. Wenn nicht, rufe ich die Polizei …«

»Und was würden Sie denen erzählen?«

Sie war verunsichert, wusste nicht, was sie von seinen Behauptungen halten sollte. Deshalb wollte sie ihn möglichst schnell loswerden – ohne Zweifel, um ihren Bruder anzurufen und seine Geschichte zu überprüfen. »Ich habe der Polizei bereits gesagt, wo ich bin«, behauptete sie. »Ich habe es dem Beamten erzählt, mit dem ich sprach, als Sie reinkamen.«

»Na und? Kommt er?«

»Er kommt, wenn ich ihn anrufe.«

»Aber Sie werden ihn nicht anrufen«, sagte er leise. »Und ich bezweifle, dass Sie irgendwem erzählt haben, wo Sie sind.«

»Gehen Sie jetzt, Mr. Stijn. Auf der Stelle. Ich werde es tun, wenn es sein muss. Hier auf dieser Raststätte befindet sich eine Polizeistation. Die können in wenigen Augenblicken hier sein.«

Er rollte sich gemächlich übers Bett, legte seine Hand auf ihre und drückte zu, bis er den Schmerz in ihren Augen aufflackern sah, dann stand er auf und presste ihr seine große Hand auf den Mund, als sie gerade zu schreien anfangen wollte. Sie versuchte, sich zu wehren, als er sich vorbeugte und ihr ins Ohr flüsterte: *»Ich bring dich um, wenn du schreist.«* Er verstärkte seinen Griff um ihre Hand, bis er etwas brechen spürte. Ihr Gesicht verzerrte sich vor Schmerz, er sah das Weiße in ihren Augen, als sie zu ihm hochstarrte. Er ließ ihre Hand los und wartete, bis ihr Atem sich einigermaßen beruhigt hatte, dann nahm er seine Hand von ihrem Mund. Sie fiel rückwärts gegen das Fenster.

»Kommen wir zum Geschäft«, sagte er und trat auf sie zu. »Haben Sie wirklich geglaubt, Sie könnten mich hierherzitieren und dann einfach so wieder abrauschen?«

Sie hielt sich die gebrochene Hand und starrte ihn mit angsterfüllten Augen an. Sie brabbelte etwas über Ahmed Rouf, aber sie sprach zu undeutlich. Er packte ihr müdes braunes Haar und zog ihren Kopf nach hinten. Sie schnappte nach Luft, ihre Lippen zitterten.

»Ihr Bruder hat etwas, das ihm nicht gehört«, sagte er. »Ich will wissen, wo er ist.«

38

Diana Hanley hatte Bains erzählt, sie sei gerade zu einem Geschäftsessen mit einem Pferdetrainer an der Raststätte Hartshead auf der M62. Er glaubte ihr nicht. Gut möglich, dass sie wirklich in Hartshead war, dachte er, aber nicht zu einem Geschäftsessen. Ihre Begründung für den Treffpunkt lautete, dass die Raststätte auf ihrem Heimweg nach London lag. Mit Blaulicht und Horn konnte er in dreißig Minuten in Hartshead sein oder in vierzig. Aber würde sie dann noch da sein?

War sie überhaupt da? Sie hatte ihn angelogen, entweder über ihren Aufenthaltsort oder über etwas anderes. Vielleicht steckte sie in Schwierigkeiten. Er hatte nicht den Eindruck gehabt, dass der Aufenthaltsort gelogen war, dazu hatte sie zu schnell geantwortet. Und wenn man sich schon einen Ort ausdachte, warum dann ausgerechnet eine Autobahnraststätte? Viel zu abwegig.

Bains stand im Wohnzimmer von Diana Hanleys Haus und versuchte, das wachsende Gefühl der Panik zu ignorieren. Er klammerte sich an Strohhalme, nur um irgendetwas zu tun, wo es für ihn nichts zu tun gab. Er war am Ende seiner Kräfte – nicht nur wegen der Müdigkeit, sondern weil er mit Adrenalin vollgepumpt war, seit er erfahren hatte, dass Karen Sharpe und Anna Hart ein und dieselbe Person waren. Er sah sich in dem Chaos um, das Diana Hanley hinterlassen hatte, und fragte sich, ob es irgendjemandem auffallen würde, wenn er ein Möbelstück demolierte. Dann biss er sich doch lieber in die Faust. Zuerst hatte er geglaubt, bei Hanley sei eingebrochen worden – die Hintertür war aufgebrochen und stand offen, als er kam, und drinnen sah es aus, als hätte jemand alles auf den Kopf gestellt –, aber nein, sie hatte ihm erklärt, sie habe das Cottage so zurückgelassen, er könne ganz beruhigt sein. Auch das hatte er ihr nicht geglaubt.

Was war es? Der Tonfall ihrer Stimme? Er ließ sich auf einem niedrigen Stuhl im Flur nieder und starrte die Telefonbuchse an, seine Beine zuckten zu einem schnellen, unhörbaren Adrenalinrhythmus. Er hatte die Buchse erst bemerkt, nachdem er mit ihr telefoniert hatte. Das Kabel war herausgerissen und die Buchse zerstört worden. Deshalb hatte niemand auf seine Anrufe reagiert.

Er könnte die Sache melden, könnte Alan White bitten, den Sergeant an der Raststätte Hartshead zu beauftragen, nach ihr zu sehen. Wahrscheinlich saßen dort ohnehin zwei oder drei Autobahnpolizisten herum und drehten Däumchen. Er könnte auch selbst dort anrufen, ohne über White zu gehen. Das wäre sogar die bessere Lösung, weil White sich eh nur ärgern würde, dass er nicht in Weetwood war und irgendwelche Unterlagen durchsah. Aber er konnte sich deren Reaktion vorstellen, wenn er mit einer oberflächlichen Personenbeschreibung und der vagen Vermutung anrief, dass sie ihn angelogen hatte. Schließlich war sie keine Verdächtige. Nicht offiziell. Sie war ein Opfer. Und er wusste nicht einmal, was für ein Auto sie fuhr, geschweige denn das Kennzeichen.

Bains schaute auf die Uhr. Kurz vor vier. Draußen war es dunkel, kleine Schneeflocken wirbelten durch die Luft. Am liebsten hätte er laut geschrien vor Angst. Angst um Karen, aber mehr noch um Mairead. Er hatte bereits beim Cottage gegenüber geklopft, um zu fragen, welches Auto Hanley fuhr, aber da war niemand zu Hause, und es sah aus, als sei auch dort eingebrochen worden: Im Windfang war ein Fenster eingeschlagen. Das würde er auf jeden Fall melden müssen, was immer er sonst tat.

Er stand auf und ging nach draußen zu seinem Wagen. Diana Hanley hatte ihm versprochen, sofort zur Wache Weetwood zu kommen. Er konnte natürlich hinfahren und abwarten, ob sie ihr Versprechen halten würde. Aber möglicherweise würde das eine Vernachlässigung seiner Pflichten bedeuten. Der Mann, den sie suchten – Stijn, Gatz, Kruger oder wie auch immer er sich gerade nannte –, stand im Verdacht, ihren Bruder umgebracht zu haben. Warum hatte er sie angerufen? Bains hatte ihr nicht erzählt, dass er von Stijns Anrufen wusste – insgeheim verdächtigte er sie. Wie auch immer, der Spur musste nachgegangen werden, bevor sie erlosch. Es gab eine Verbindung zwischen Stijn und Hanley, und er hatte nicht die Zeit, damit erst zu White zu gehen, die Information durch den Ermittlungsapparat laufen zu lassen und abzuwarten, was dabei herauskam.

Er stieg in den Wagen, ließ den Motor an und setzte zurück, um zu wenden. Ein lautes Splittern war zu hören, er war rückwärts in den Holzzaun gefahren.

Er stieg wieder aus, begutachtete den Schaden, fuhr sich mit der Hand übers Gesicht. Der Zaun war demoliert, der Wagen zerkratzt und zerbeult. Er hatte gewusst, dass da ein Zaun stand. Er war hundemüde. Wäre da nicht das Adrenalin, er würde im Stehen einschlafen.

Ein Blick hoch zum Himmel. Dunkle Wolken, keine Sterne zu sehen. Irgendetwas musste er tun. Nach Hartshead fahren, um zu sehen, ob sie da war, dann nach Hause und ein paar Stunden schlafen? Hartshead lag nicht auf seinem Heimweg, aber doch eher in der richtigen Richtung als Weetwood, wo er eigentlich sein sollte. Wenn sie nicht mehr da war, könnte er sich immerhin die Aufnahmen der Überwachungskameras anschauen und herausfinden, was für einen Wagen sie fuhr. Wenn sie dann doch nicht auf der Wache erschien, könnte die Information noch von Nutzen sein.

Mit bloßen Händen machte er sich daran, die Zaunlatten von seiner Stoßstange zu lösen, zerrte an dem eiskalten Holz. Eine Latte hatte sich verkeilt und ließ sich nicht bewegen. Er versuchte es mit Fußtritten. »Scheiß auf dich, Karen!«, schrie er plötzlich. »Scheiß auf dich!«

39

Vor einer Weile hatte man ihr die Nummer eines Geheimdienstmitarbeiters in Nordirland gegeben, den konnte sie anrufen, wenn sie über James Martin Bescheid wissen wollte. Das war, nachdem Martin sie kontaktiert und ihr mitgeteilt hatte, dass er seine Tochter holen würde, sobald er draußen war. Martin saß seit fast drei Jahren wegen Terrorismus im Gefängnis. Als sie Martins Briefe bekommen hatte, hatte sie mit Pete Bains zusammengelebt, aber es war nicht das erste Mal gewesen, dass er sie ausfindig gemacht hatte. Das Mal davor war er geschickt worden, um sie zu töten. Wenn sie jetzt daran zurückdachte, kam es ihr vor, als läge das zwanzig Jahre zurück.

Aber das tat es nicht. Die Folgen dieser Begegnung waren noch da, sie waren greifbar. Sie hatte jetzt ein Kind, und Martin war der Vater. Bei der Erinnerung daran kamen starke, widerstreitende Gefühle in ihr hoch. Erst durch die Beziehung zu Pete Bains hatte sie sich langsam davon gelöst.

Mit dem Handy des toten Kenny wählte sie die Nummer des Geheimdienstmannes. Zu dessen Aufgaben gehörte es, Informationen über bekannte Verdächtige zu sammeln und ein Auge darauf zu haben, wann sie von Nordirland rüber aufs Festland und zurück reisten. Sie hatte diesen »Service«

schon zweimal in Anspruch genommen, der Mann kannte sie also. Die Frage war nur, was er sonst noch über sie wusste. Hatte Sutherland ihn bereits informiert, dass sie abgetaucht war? In Anbetracht der ineffizienten Strukturen, die sie kennen gelernt hatte, war das unwahrscheinlich, aber möglich.

»Len Freeman. Was kann ich für Sie tun?« Bei dem heftigen nordirischen Akzent lief es ihr kalt den Rücken runter. Vor langer Zeit einmal hatte sie selbst so gesprochen.

»Mr. Freeman, hier ist Karen Sharpe. Ich brauche aktuelle Informationen über James Martin.«

»Ist was passiert?«

»Nein. Nur das Übliche.«

»Natürlich. Einen Moment bitte.«

Das Übliche war das Kürzel für die komplizierte und unglückliche Vorgeschichte von Karen und James. Als die beiden sich in Belfast kennen gelernt hatten, war sie vierundzwanzig Jahre alt und dumm gewesen. Dabei lag die Dummheit nicht darin, sich auf James eingelassen zu haben – das war ihre Aufgabe gewesen –, sondern dass sie auf die Mythen des Mannes hereingefallen war, der sie damals geführt hatte. Harry Singleton war das gewesen, Sutherlands Vorgänger. Fast drei Jahre später, in London, hatte sie den Preis für diese Lügen zahlen müssen. Im Jahr 1988 war es ihr gelungen, Singleton in Begeisterung zu versetzen, sich die Provisional IRA bis zum Ende ihrer Tage zum Feind zu machen und geradewegs in die Abgründe ihrer Psyche zu stürzen. Und das alles erst, nachdem sie von Martin schwanger geworden war und Mairead zur Welt gebracht hatte.

Sie hatte nicht mehr allzu viele Erinnerungen an jene Zeit. Nach diesen Ereignissen war sie viele Monate krank gewesen, und während ihres Klinikaufenthalts waren zu viele Erinnerungen einfach aus der Welt gefallen. Nicht einmal an

Maireads Geburt konnte sie sich erinnern. Aber sie wusste, dass sie James Martin geliebt hatte – wirklich geliebt.

Der Gedanke ließ sie zusammenzucken. Das Gleiche hatte sie gerade mit Nicholas Hanley erlebt. Alles noch einmal von vorn. Ihr wurde übel bei der Vorstellung, es widerte sie an. Die letzten eineinhalb Jahre kamen ihr vor wie ein Traum, als hätte eine andere Person das alles erlebt, aber es war sie selbst gewesen. Sie hatte mit ihm zusammengewohnt, hatte diese Erlebnisse mit ihm gehabt. Sie war ein Flittchen.

»James Martin«, sagte Freeman und riss sie aus ihren Gedanken. »Ja. Ich erinnere mich an Ihren letzten Anruf. Damals lebte er in Newcastle, County Down, richtig?«

»Ja.«

»Seitdem habe ich nicht mehr viel von ihm gehört.«

»Ich will nur wissen, ob er noch da lebt.«

»Verstehe. Ich schau mal nach.«

Sie wartete, während er auf der Suche nach Informationen auf seine Tastatur einhämmerte – oder eine E-Mail an Sutherland schrieb? Was immer es war, sie konnte nichts mehr dagegen tun. Sie musste wissen, wo Martin war.

Vor sich, auf dem Firmengelände am Fuße der Frizinghall Road, sah sie Licht in den Büros des Autoteilehandels von Akhtars Onkel. Hin und wieder waren drinnen auch Menschen zu sehen. Laut dem Schild an der Tür war das Büro geschlossen, aber Akhtars auffälliger Mercedes mit dem einprägsamen persönlichen Nummernschild stand auf dem Hof. Trotz der spärlichen Straßenbeleuchtung wagte sie es nicht, den Motor anzulassen. Sie stand schon seit fast fünfzehn Minuten hier. Es hatte aufgehört zu schneien, und im Wagen wurde es langsam kalt.

»Er ist vorzeitig entlassen worden, stimmt's?«, fragte Freeman.

»Ich glaube, ja.«

»Ich meine, er war gerade draußen, als Sie das letzte Mal anriefen.«

»Ja, ich glaube, auch.« Sie bemühte sich, ihre Stimme ruhig und unaufgeregt klingen zu lassen.

Am Vortag hatten sie ihr den ganzen Tag über codierte Nachrichten geschickt mit der Aufforderung auszusteigen, weil etwas passiert war. Dennoch war sie geblieben. Warum?

Sie war nicht klar gewesen. Sie hatte mit Hanley und ihrer Tochter ein ganz normales, glückliches Leben geführt. Davon hatte sie sich einlullen lassen, hatte vergessen, wer sie war und was sie zu tun hatte. In ihrer Beziehung zu Pete Bains war alles anders gewesen. Sie hatte sich ständig nur mit Mairead gestritten. Die meiste Zeit hatte sie es Pete überlassen, sich um sie zu kümmern. Aber bei Pete war sie auch Karen Sharpe gewesen, hatte sie in der wirklichen Welt gelebt. Anna Hart hatte mit Nicholas Hanley ein normales Leben geführt. Anna Hart hatte sich prächtig mit ihrer Tochter verstanden. Aber Anna Hart existierte nicht. Sie war Karen Sharpe. Irgendetwas war mit ihr nicht in Ordnung. Sie konnte ein normales, glückliches Leben leben, solange sie nicht Karen Sharpe war, aber wenn es in Wirklichkeit geschah, wie mit Pete, konnte sie es nicht ertragen.

»Ich hab ihn gefunden«, sagte Freeman.

»Ja?« Eine Seitentür des Gebäudes vor ihr ging auf, und ein Mann kam heraus.

»Er ist in Haft«, sagte Freeman.

Lautlos ließ sie den Atem aus der Lunge entweichen. Der Mann ging in ihre Richtung, vorsichtig einen Schritt vor den anderen setzend.

»In Untersuchungshaft«, ergänzte Freeman.

»Das wusste ich gar nicht«, sagte sie. Es war Akhtar. Sie drehte den Kopf weg und tat unbeteiligt.

»Er hat einen Polizisten angegriffen.«

»Angegriffen? Ist gar nicht seine Art.« Am Ende des Grundstücks ging Akhtar auf einen Wagen vor ihr zu, einen Ford Focus.

»Aber er ist es, ganz bestimmt. Ich dachte, Sie würden sich freuen.«

»Danke für Ihre Hilfe«, sagte sie. Sie beendete die Verbindung, hielt sich das Telefon aber weiter ans Ohr.

Es war also nicht James Martin, der Mairead mitgenommen hatte. Blieb nur Hanley. Er musste also am Leben sein. In ihr wuchs die Wut. Das konnte nur eines bedeuten: Er wusste, wer sie war. Der Gedanke fraß sich in ihren Kopf. *Er hatte über sie Bescheid gewusst und nichts gesagt. Nichts war so gewesen, wie sie geglaubt hatte. Er hatte eine Lüge gelebt.* Aber wie lange schon? Ein irrationales, elementares Gefühl überkam sie: Sie war betrogen worden.

Der Ford Focus fuhr auf die Straße. Sie würde Hanley finden, da war sie sich jetzt ganz sicher. Sie brauchte nur dreißig Minuten allein mit Akhtar.

40

Stijn setzte sich aufs Bett, um seine Beine zu entlasten. Sie zitterten, und er hatte keine Ahnung, warum. Er sah sich um, nahm das Zimmer zum ersten Mal richtig wahr. Es war winzig, gerade groß genug, um den einzigen Stuhl zwischen das Doppelbett und den Fernseher zu stellen. Am Rande seines Gesichtsfelds sah er den Fernseher flimmern. Es war ihm egal, was gerade lief, er konnte sich ohnehin nicht auf das konzentrieren, was da gesagt wurde. Er wollte nur die Geräuschkulisse. Er hatte die dicken Vorhänge zugezogen, die das unaufhörliche Rauschen der Autobahn dämpften und den Blick nach hinten raus auf den stetig fallenden Schnee verhüllten. Draußen war es schon dunkel, und jeder, der am Fenster vorbeilief, könnte direkt ins Zimmer schauen.

Er war durcheinander, was nur selten vorkam, weshalb er Schwierigkeiten hatte zu ergründen, warum. Seine Oberschenkel – und jetzt auch die Arme – zitterten heftig, er atmete viel zu schnell, als hätte er eine körperliche Anstrengung hinter sich. Dabei hatte er gar nichts gemacht.

Er tat viel für seine Fitness. Schon als Kind war er groß und vom Knochenbau her stämmig gewesen, aber nicht sehr muskulös. Er hatte seine Größe damals eher als hinderlich empfunden – sie hatte ihn grobschlächtig, ungeschickt und tollpatschig gemacht. In seiner Selbstwahrnehmung hatte er sich immer als irgendwie fehlerhaft empfunden, als Idioten. Er sah Bilder von sich selbst, wie er über die Farm in der Nähe von Salisbury trottete und dabei andauernd irgendetwas kaputtmachte und dafür Prügel kassierte. Bei der Erinnerung daran registrierte er, wie er tief in seinem Innern zusammenzuckte. Sein Vater war ein versoffenes Arschloch gewesen, das seine Frau grün und blau schlug, ihr das Küchenmesser an die Kehle hielt und sie alle anbrüllte.

Er schaute zu Diana Hanley hinüber, die an den Stuhl gefesselt war. Ihr Kopf war nach vorn gesunken, und sie zitterte am ganzen Körper. Vom Hals an abwärts war sie voller Blut. Aus manchen Wunden konnte er das Blut noch pulsieren sehen, es rann über ihre nackte Haut auf den billigen Motelteppich. Er hatte ihr ein Messer an die Kehle gehalten. Er hatte sie grün und blau geschlagen. Er hatte sie nur nicht angebrüllt, damit ihn keiner hörte.

Er bemühte sich, darüber nachzudenken. Was hatte er mit ihr gemacht? Das Gleiche, was er bei seiner Mutter gesehen hatte? Aber das hier war was ganz anderes. Das hier war rein beruflich.

Und warum schwitzte er dann so? Er schaute auf seine Beine hinab und sah die Schweißflecke auf der Hose. So groß, dass er schon glaubte, er habe sich in die Hosen gemacht. Bei der Frau im Schlachthof war es genauso gewesen. Ohne Ende Schweiß und Herzrasen. Fast hatte er gedacht, er würde ohnmächtig werden, nicht durchhalten.

Wenn er jetzt zu Diana Hanley hinüberginge und ihren Kopf in den Nacken zöge, würde er wieder diesen Blick in ihren Augen sehen. Es war dieser Blick gewesen, der ihn gestoppt hatte. Auch der Mann, den sie heute Morgen in Brand gesetzt hatten, hatte diesen Blick gehabt. Alle hatten sie ihn. Ihm wurde übel, wenn er daran dachte. Langsam kroch er rückwärts auf das Bett, als könnte er ohnmächtig werden, wenn er sich zu schnell bewegte. Sein Atem ging in kurzen, heftigen Stößen. Er schlug sich die Hände vors Gesicht. Er wusste einfach nicht, was mit ihm los war.

Er hörte, wie Hanley zu schreien versuchte, den müden, krächzenden Schrei einer alten Frau. Aber sie war so schwach, dass sie nicht einmal mehr den Kopf heben konnte. Und der Knebel saß sehr fest, bedeckte ihren ganzen Mund und würde sie nach und nach ersticken. Heraus kam nur ein gedämpfter, erstickter Laut, der den Fernseher nicht übertönen konnte. Trotzdem, wenn draußen gerade jemand an der Tür vorbeiging, würde er sie hören. Also musste er etwas dagegen tun. Sie zum Schweigen bringen. Oder verschwinden.

Er hob leicht den Kopf und betrachtete sie. In Kürze würde sie so viel Anstrengung ins Schreien stecken, dass sie durch die Nase nicht mehr genug Luft kriegen würde.

Dann würde sie schon aufhören. Warum schrie sie überhaupt? Schmerzen konnte sie nicht mehr haben. Ihr Körper musste inzwischen unter Schock stehen. Am Anfang hatte sie sicherlich Schmerzen gehabt, aber nicht allzu schlimm. Er kannte die wissenschaftlichen Fakten. Die Schnitte waren zu tief, um wehzutun, weil die Klinge unter die Schicht mit der dichtesten Nervenkonzentration gegangen war. Irgendwann würde ein Gefühl *wie* Schmerz einsetzen, aber das war nicht echt. Er kannte das, er wusste Bescheid. Alles Lebendige – Tiere, Menschen, was auch immer – schrie und brüllte, wenn man es einer solchen Behandlung aussetzte. Tiere waren noch schlimmer. Sie bockten, traten aus, schüttelten sich. Er hatte das schon so oft gesehen. Zu oft.

Stöhnend ließ er den Kopf wieder auf die Matratze fallen. Jetzt schwirrten ihm all diese Bilder durch den Kopf. Er massierte den Kloß in seiner Kehle, damit der nicht rauskam. Trotzdem hörte er sich selbst stöhnen, es war wie das Brüllen eines Stiers in der Nacht. Er kannte die Laute der Tiere, die hatte er gelernt. *Sein Stiefvater* … Seine Gedanken stockten. *Sein Stiefvater … Als sein richtiger Vater schon lange weg war … Sein Stiefvater …* Der Gedanke wollte nicht kommen.

Was? Was war mit seinem Stiefvater? Er rollte sich auf die Seite und presste sich die Hände an die Schläfen. Die Kopfschmerzen wurden immer schlimmer.

Sein Stiefvater war gut gewesen zu seiner Mutter. Er hatte sie nicht geschlagen, und er hatte versucht, aus dem elenden Stück Land, das sie gepachtet hatten, etwas zu machen. Aber das hatte seine Mutter nicht davon abgehalten, wegzulaufen. Bestimmt war sie wegen ihm abgehauen, weil er so hässlich und tollpatschig war.

Dolf. So hieß sein Stiefvater. Ein starker Mann. Kleiner als sein Vater, aber in jeder Hinsicht stärker. Er war es gewesen, der ihn gezwungen hatte zuzusehen, wie er die Rehböcke tötete, nachdem er sie aus der Falle befreit hatte. Er hatte seinen Kopf von hinten festgehalten, ganz fest, und seine Hände waren so groß gewesen, dass er seinen Schädel mit nur einer Hand fassen konnte wie einen Ball, und er hatte so fest zugedrückt, dass die Blutzufuhr zum Gehirn gestört wurde, dass ihm noch beim Zusehen schummrig und ganz schwindelig geworden war.

Die Tiere traten aus, Krämpfe zuckten durch ihren Körper, das Blut rann, die Augen sahen zu ihm auf. Was hatte er in diesen Augen gesehen? Leere? Waren Tieraugen leer, wie die Leute immer behaupteten? Warum hatten die ihn überhaupt angesehen? Sie hatten ihn beobachtet, wie er sie beobachtete, dabei die Stimme seines Stiefvaters leise in seinem Ohr: *Sag mir, wenn das Licht erloschen ist. Sag mir, wenn das Licht erloschen ist …*

Das war der ganze Sinn der Sache gewesen: Er musste den Tieren in die angsterfüllten Augen sehen und seinem Stiefvater sagen, wann sie gegangen waren, tot, wann das »Licht« schließlich ihre Augen verlassen hatte wie eine elektrische Ladung, die in die Erde schoss. Und obwohl sich körperlich nichts änderte, obwohl die Augen ihn immer noch ansahen, während die Zuckungen immer langsamer wurden und die Angst der Resignation wich, konnte man dennoch den Moment erkennen, wenn sie zwar noch schauten, aber nicht mehr sahen. Um das zu gewährleisten – um diesen Moment sichtbar zu machen –, mussten die Tiere langsam sterben. Und dafür hatte sein Stiefvater für ihn gesorgt.

Plötzlich rollte er sich schwer atmend vom Bett. Die meisten Tiere mochte er sogar. Die einzigen, die er mit Freuden abmurksen würde, waren Katzen. Katzen verursachten ihm eine Gänsehaut.

Er wollte nicht darüber nachdenken. Sein Stiefvater war gut zu ihm gewesen. Er hatte ihm das Kämpfen beigebracht, hatte ihm gezeigt, wie man trainierte, Muskeln aufbaute, wie man auf sich selbst aufpasste. Natürlich war das hart gewesen, so war das nun mal. Er stand auf und ging auf die Frau zu. Sie wusste Bescheid, dachte er. Deshalb hatte sie so lange durchgehalten. Sie wusste, wie es laufen musste. Vielleicht hatte sie als Kind das Gleiche durchgemacht wie er. Weil sie wusste, dass er in jedem Fall noch weiter gehen musste, selbst wenn sie ihm sagte, wo ihr Bruder war. Der einzig mögliche Beweis für ihre Ehrlichkeit war, dass sie für ihre Aussage starb. Und selbst das war kein Beweis.

Man musste die Schmerzen so hoch treiben, dass sie alle anderen Loyalitäten auslöschten. Das erforderte Zeit und Sorgfalt. Was er mit ihr gemacht hatte, sollte reichen, aber der Effekt würde nicht sofort eintreten, erst nach ungefähr zwanzig Minuten. Er hatte das schon oft gesehen. Wenn die Verletzungen zu schwer waren, ging der Körper in einen Schockzustand über. Er brauchte eine Weile, dem Gehirn den Schaden zu melden. Bis dahin schrie und weinte sie nur, weil sie noch bei Bewusstsein war, weil sie wusste, was passieren würde, weil sie von Anfang an gewusst hatte, dass er sie nicht unbehelligt wieder laufen lassen würde.

Er nahm das Messer und stellte sich hinter sie. Er würde was mit ihren Augen machen. Nicht weiter wild, gar nicht kompliziert. Im Grunde sehr einfach. Er zog ihren Kopf nach hinten und schaute auf sie hinab. Er sah, wie ihre Augen sein Gesicht fanden. Wie sich ihre Brust hob und senkte, während sie erneut in blinde, wilde Panik geriet, wie sie sich gegen die Plastikfesseln stemmte, wie sie den Kopf hin und her warf, einen Schrei in der Kehle, wie sie ihn anflehte. Sie war praktisch nicht zu verstehen. Er musste sie an den Punkt bringen, wo sie nicht mehr kämpfen konnte, dann könnte er ihr den Knebel abnehmen und hören, was sie zu sagen hatte. Die Adresse hatte sie ihm bereits genannt, aber er musste auf Nummer sicher gehen.

Er hielt ihren Kopf im Nacken fest. Ihre Augen sahen ihn an. Dieser Blick. War das Angst? Hilflosigkeit? Was war es? Leere. Ganz tief unten: Leere. Als wäre da tief drin wirklich nichts. Er presste ihr das Messer an die Wange, machte sich bereit. Leicht war es nicht, was er vorhatte. Aber notwendig. Man musste sich nur daran erinnern, dass das ganze Aufbegehren nur eine automatische Reaktion war, dass es eine wirkliche Vorstellung vom Tod im Grunde nicht gab. Niemand konnte sich seinen eigenen Tod vorstellen. Nicht so klar und eindeutig.

»Wir haben nicht mehr lang«, sagte er. Es klang undeutlich, weil er seine Zähne herausgenommen hatte. Er bewegte das Messer ein Stück, und ihm war genauso schwindelig wie dem ungeschickten, dummen Teenager von damals. Die Beine wurden ihm weich, als würden sie gleich nachgeben. »Tut mir leid«, sagte er. »Aber ich muss sicher sein, dass ich es kann.«

41

Bains fuhr langsam durch die Autoreihen auf dem Parkplatz der Raststätte Hartshead Moor und hielt nach Diana Hanley Ausschau. Da er keine Ahnung hatte, was für einen Wagen sie fuhr, achtete er nur auf die Gesichter hinterm Lenkrad, nicht auf die Autos selbst. Sie war nicht da.

Er parkte ein Stück vom Hauptgebäude entfernt, blieb ein paar Minuten hinterm Lenkrad sitzen und beobachtete den Schnee, der in Wirbeln vom Himmel fiel. Möglicherweise war Diana Hanley ganz und gar unschuldig, das durfte er nicht vergessen. Auf dem Parkplatz standen ungefähr siebzig Autos, und nur gut ein Dutzend Fahrer hatten in ihrem Wagen gesessen, es war also gut möglich, dass sie drinnen war.

Er stieg aus und lief über die dünne Schneedecke zum Eingang. Er wollte gerade reingehen, als er einen Wagen der Verkehrspolizei mit Blaulicht auf die Autobahnauffahrt fahren sah. Er eilte durch den fallenden Schnee zu der kleinen Polizeiwache auf der Rückseite der Raststätte, in der die Autobahnpolizei stationiert war. Keine Fahrzeuge auf dem Hof. Er schob seine Karte in den Türschließer und trat ein. Niemand da. Gut, dass er nicht angerufen hatte. Er lief rasch zurück zum Hauptgebäude.

Zuerst sah er im Shop nach, dann ging er durch ins Restaurant. Eine Spur dreckigen Wassers führte vom Eingang zu den Selbstbedienungstresen, der Laden hatte was Liebloses an sich. Die Angestellten, die untätig hinterm Tresen herumstanden, sahen aus, als wäre es eine Zumutung, womöglich einen Gast bedienen zu müssen. Auf mehreren Breitbildfernsehern, die von Pfeilern und unter der Decke hingen, lief eine Soap, und der Lärm australischen Familienlebens vermischte sich mit der Popmusik, die in unangenehmer Lautstärke aus mehreren Lautsprechern plärrte. Der Essbereich war in Nischen unterteilt, aber so gut wie leer. Nach einer Minute hatte er sich vergewissert, dass sie nicht da war. Er betrachtete das schäbige, am Fußboden verschraubte Mobiliar und spürte, wie seine Anspannung wuchs.

Er zog sein Handy aus der Tasche und wählte noch einmal ihre Nummer. Sie ging nicht ran. Wahrscheinlich war sie schon auf halbem Weg nach London. Er ging wieder nach draußen und überlegte, ob es der Mühe wert war, zum

Manager zu gehen und sich die CCTV-Bänder aushändigen zu lassen. Schließlich hatte er nicht mehr als ihre Aussage, dass sie hier gewesen war. Einmal mehr war er froh, dass er Alan White nicht mit der Angelegenheit belästigt hatte.

Es schneite beständig, wahrscheinlich wegen der höheren Lage. Von links, hinter hohen Büschen versteckt, hörte er den Lärm der Autobahn, ein konstantes Brummen. Im Licht der Straßenlaternen an der Fahrbahn sah er den dichten Sprühnebel, der von den Autoreifen hochgeschleudert wurde, es sah aus wie der Nebel über einem Wasserfall. Er stand mitten im Schnee, spürte die feuchte, eisig kalte Berührung einer jeden Schneeflocke, die sich sanft auf seine Haut legte und dann hinabglitt. Es waren sehr große Flocken, Mairead hätte ihren Spaß daran. Wo war sie? Er biss sich auf die Unterlippe und ließ den Blick noch einmal über die Autos wandern, nahm methodisch eins nach dem anderen in Augenschein.

Letztes Jahr war es zu Weihnachten – das er mit den beiden verbracht hatte – klar, kalt und sonnig gewesen. Genau wie dieses Jahr, nur dass er diesmal gearbeitet hatte. Normalerweise schneite es auch zu Silvester nicht. Wenn überhaupt, dann schneite es meist erst lange nach den Feiertagen, Ende Januar oder im Februar. Alle Engländer kultivierten von klein auf die Hoffnung auf Schnee zu Weihnachten. Er begriff nicht, warum. Er konnte sich kaum daran erinnern, je eine weiße Weihnacht oder ein weißes Neujahr erlebt zu haben. Und auch der Schnee, der heute gefallen war, schmolz in Leeds und Bradford bereits wieder weg. Er würde kaum bis Mitternacht liegen bleiben. Hier oben vielleicht schon, auf Englands höchstgelegener Autobahn, wie es auf einem Schild an der M62 hieß.

Er stockte. Was hatte er gesehen? Er trat einen Schritt vor

und betrachtete den Wagen, an dem sein Blick hängen geblieben war: ein silberner Mondeo. Nein. Nicht der. Er ließ seine Augen zwei Autos zurückwandern, und sein Herz machte einen Sprung. Ein schwarzer BMW-Geländewagen. Er las noch einmal das Nummernschild. Stijns Mietwagen.

Bains rannte hin und schaute durch die Fenster ins Wageninnere. Leer. Er schaute zur Raststätte hinüber, plötzlich fühlte er sich wie auf dem Präsentierteller. Vielleicht wurde er beobachtet, genau in diesem Moment. Wenn Stijn dort drinnen saß und aß oder trank, würde er wahrscheinlich ein Auge darauf haben, ob sich jemand seinem Wagen näherte. Bains ließ den Blick von einem Fenster zum anderen wandern, fand ihn aber nicht. Ein eiskalter Wassertropfen fiel ihm in den Nacken und rann ihm den Rücken hinunter.

Er war gerade auf dem Weg zurück zum Restaurant, als ihm einfiel, dass er die Toiletten vergessen hatte. Er sprintete los und rannte fast einen LKW-Fahrer über den Haufen, der gerade durch die Tür kam. Der Mann rief ihm irgendeine rassistische Beleidigung nach.

Die beiden Frauen mittleren Alters, die in der Damentoilette an den Waschbecken standen, drehten sich nach ihm um, als er die Türen sämtlicher Kabinen aufstieß. Er war schon wieder draußen, bevor sie etwas sagen konnten. Die Herrentoilette war größer, aber ebenfalls fast leer. Wieder zurück zum Restaurant. War Stijn hier gewesen, als er das erste Mal reingekommen war? Er hatte nicht bewusst nach ihm Ausschau gehalten. Möglich, dass er ihn übersehen hatte, aber bei der Personenbeschreibung schien ihm das unwahrscheinlich. Er atmete durch, schritt langsam durch die Gänge und betrachtete die Gesichter. Da war niemand, der dem Mann auch nur entfernt ähnlich sah. Er ging zum Fenster, drückte das Gesicht an die Scheiben und schirmte sich die Augen mit den Händen ab. Stijns Wagen stand noch da, noch immer leer. Frustriert richtete er sich auf. Hatte Stijn den Wagen hier stehen lassen?

Eilig durchquerte er die Eingangshalle, um sich nun doch die Aufzeichnungen der Überwachungskameras geben zu lassen. Im Gehen zog er das Handy aus der Tasche und rief im Einsatzzentrum an, aber die Leitung war besetzt. Er versuchte, sich an Alan Whites Handynummer zu erinnern. Klar, er hatte sie in seinem Organizer, aber der lag im Auto. Er drehte sich zum Parkplatz um, und in diesem Moment fiel sein Blick auf das Motelschild des Days Inn am anderen Ende des Gebäudes.

Sein Herz fing an zu rasen. Er rannte auf das Motel zu und wählte im Laufen noch einmal die Nummer des Einsatzzentrums. Es klingelte noch, als er durch die Moteltür stürmte und vor einer Rezeptionistin im Teenageralter stehen blieb.

»Ich suche so einen großen Kerl«, sagte er keuchend. »Mit kahl rasiertem Kopf. Haben Sie ihn gesehen?«

Sie sah ihn an wie einen Irren und wich einen Schritt zurück.

»Ich bin Polizist«, sagte er, das Handy noch am Ohr. Es klingelte weiter. Mit der linken Hand zog er umständlich seinen Dienstausweis aus der Tasche und hielt ihn ihr vor die Nase. »Es ist dringend. Haben Sie einen großen, kräftigen Mann hier durchgehen sehen?«

Sie zog die Stirn in Falten. »Ja. Vor einer halben Stunde oder so. Warum?«

»Wo? Wo ist er hingegangen?« Sein Herz raste. »Ist er noch hier?«

»Ich glaube, ja. Er ist da durch.« Sie deutete auf eine Doppeltür. »Ich dachte, er wohnt hier.«

Er beendete die Verbindung und wollte losrennen, blieb

dann aber doch stehen und drehte sich wieder zu ihr um. »Ist hier jemand namens Stijn oder Gatz abgestiegen?«

Mit gerunzelter Stirn schaute sie auf den Computerbildschirm.

»Schnell«, sagte er. »Haben Sie die Namen schon mal gehört?«

»Ich habe erst vor ein paar Stunden angefangen. Ich weiß nicht …« Sie wurde nervös. »Nein«, sagte sie schließlich. »Keiner, der so heißt.«

»Was ist mit Hanley? Diana Hanley?«

»Ja, an die erinnere ich mich. Sie ist kurz vor …«

»Welches Zimmer?«

»Nummer 145. Auf der linken Seite, ganz hinten …«

»Rufen Sie die Polizei«, sagte er. »Haben Sie verstanden?« Er schaute auf sein Handy. Er hatte jetzt keine Zeit mehr, es noch einmal im Einsatzzentrum zu versuchen. »Wählen Sie die 999, sofort. Sagen Sie, ein Polizeibeamter sei in Gefahr. Verstanden?«

»Aber …«

»Sofort! Machen Sie schon!«

Er rannte los, sein Kopf wurde leer. Die Türen rasten an ihm vorbei, die Nummern wurden höher. Er versuchte, das Handy in die Tasche zu stecken, und bog um eine Ecke, da hörte er es: einen erstickten Schrei, der plötzlich abbrach. Der Magen zog sich ihm zusammen, er sprintete die letzten Meter.

Drinnen hörte er einen Fernseher, sonst nichts. Er spürte, wie ihm das Adrenalin in den Kopf stieg, er wollte sein Handy in die Tasche stecken, griff daneben und ließ es fallen. Er trat einen Schritt zurück und brüllte eine Warnung, zugleich trat er mit aller Kraft gegen die Tür. Das Schloss gab sofort nach, das Holz splitterte. Wieder schrie er: »Hier ist die Polizei. Ich komme jetzt rein.« Beim zweiten

Tritt schwang die Tür auf und schlug gegen die Wand. Er trat ein und schaute sich um.

Er stand in einem kurzen Flur, der am Bad vorbei ins Zimmer führte. Auf einer Kommode vor dem Doppelbett stand ein Fernseher, auf dem Fußboden vor dem Fenster lag ein großer, umgekippter Holzstuhl auf der Seite. Auf dem Boden vor dem Bett eine Frau, neben ihr ein Mann, der sich über sie beugte.

Bains' Beine trugen ihn weiter. Er konnte nicht erkennen, ob die Frau Hanley war. Sie war über und über voll Blut. Ihr Gesicht konnte er nicht sehen. Der Mann kniete neben ihr. Eine große, schwerfällige Gestalt. Stijn. Unverkennbar. Er hatte ihr ganz sanft die Finger an den Hals gelegt, als fühlte er ihr den Puls. Er reagierte nicht, als Bains reinkam. Dann schaute er hoch, er schien nicht überrascht. Er richtete sich auf.

»Zu spät«, sagte er. »Sie ist gegangen.« Er sprach mit einfühlsamem Tonfall, wie ein Arzt, der gerade seine Untersuchung abgeschlossen hatte. »Wir können nichts mehr für sie tun.«

Bains blieb stehen und kramte in der Jackentasche nach seinem Ausweis. Stijn machte Anstalten aufzustehen.

»Unten bleiben!«, schrie Bains. »Ich weiß, wer Sie sind.« Plötzlich überkam ihn die Angst. Der Mann war riesig. Er würde nichts gegen ihn ausrichten können. Auf dem Fußboden neben der Frau sah Bains ein langes Filetiermesser liegen. »Tun Sie, was ich Ihnen sage!«, schrie er. »Runter auf den Boden.« Auf dem Fußboden war überall Blut, aber Stijn sah makellos aus. Er trug einen leichten Anzug, ein helles Hemd, Krawatte. Er kam auf Bains zu.

Als der Mann schon fast vor ihm stand, zog Bains endlich den Ausweis aus der Tasche. »Ich bin Polizist!«, schrie er, doch dann ließ er den Ausweis fallen und schlug mit beiden Fäusten auf den Mann ein. Er traf ihn im Gesicht und am Brustkorb, aber Stijn ging einfach weiter, ohne zu zögern. Er packte Bains an der Kehle und warf ihn gegen die Wand. Er sagte kein Wort. Bains trat und schlug nach ihm, zerrte an seiner Hand, krallte ihm die Finger ins Gesicht. Stijn bog sich nach hinten, außer Reichweite. Er presste Bains' Kopf gegen die Wand und drückte ihm die Luftröhre zu. Bains fing an zu würgen.

Es ging schneller, als er erwartet hatte. Nach wenigen Sekunden schwand ihm die Kraft, konnte er nicht mehr treten und schlagen, dann wurde sein Blick verschwommen. Da war kein Schmerz. Nur das Gefühl der Enge und ein steigender Druck im Kopf. Zuerst versagten die Augen, dann konnte er nicht mehr hören. Wenige Sekundenbruchteile, bevor alles schwarz wurde, spürte er noch, wie sich sein Körper von der Wand abstemmte, wie er sich zu befreien versuchte, wie er weiterkämpfte.

42

Sie hatte viele Verletzungen davongetragen im Laufe der Jahre. Reichlich Knochenbrüche, zahllose kleine Narben. Zuletzt, im Juni 1997, hatte man ihr eine Kugel in den Oberschenkel gejagt. Sie humpelte immer noch, vor allem, wenn sie müde wurde. Und sie war müde. Nicholas Hanley hatte sie erzählt, die Narbe stamme von einem Autounfall.

Damals hatte sie auch ein Blutgerinnsel im Gehirn davongetragen, das operiert werden musste – sie hatte noch eine kleine Platte im Schädel, wo er geöffnet worden war –, und eine gebrochene Nase. Das war schon das dritte Mal gewesen, dass man ihr die Nase gebrochen hatte. Beim ersten Mal war es Sara Collins gewesen, damals vor der Pommesbude von Mrs. Kelly.

Sie hatte im Laufe der Jahre viele Monate im Krankenhaus zugebracht. Die körperlichen Verletzungen verheilten schnell, von den psychischen Folgen hatte man länger was. Sie hatte zahlreiche Psychiater, Psychiatrieschwestern, Therapeuten und Psychologen kennen gelernt. Sie hatte so viel Zeit damit verbracht, ihre Persönlichkeit wieder zusammenzusetzen, dass sie überhaupt nicht mehr wusste, wie das Original ausgesehen hatte – wenn es denn je eines gegeben hatte.

Doch die Schmerzen, die Sara Collins ihr zugefügt hatte, waren noch da. Sie war die Erste gewesen. Ihr Verlust hatte eine Lücke hinterlassen, ein klaffendes, schmerzendes Loch. Wenn sie sich darauf einstellte, konnte sie es immer noch finden, irgendwo tief in ihrer Brust. Nach dem Vorfall vor der Pommesbude war sie monatelang nicht zur Schule gegangen. Nicht wegen der gebrochenen Nase, sondern weil sie danach ein paar Fläschchen mit den Pillen ihrer Mutter geschluckt hatte. Ein Hilfeschrei, hieß es. Die Pillen ihrer Mutter zu schlucken war eine der wenigen Methoden, sich deren ungeteilte Aufmerksamkeit zu sichern.

Sara Collins hatte sie gelehrt, dass Rache auch Geduld erforderte. In Nordirland war diese Art der Geduld eine Tugend. Wenn Sara von älteren Jungs drangsaliert wurde, nahm sie es hin, aber irgendwann später schlug sie zurück, egal, wie lange es dauerte. Sie merkte sich so etwas über Jahre.

Lange Zeit war Helen Young für Sara nicht stark genug gewesen. Die anderen hatte sie sorgfältig geplant, nachdem sie in Erfahrung gebracht hatte, wer dabei gewesen war (die meisten sagten es ihr offen ins Gesicht). Sie beobachtete sie, knobelte einen Plan aus, ließ sich Zeit. Aber nicht bei Sara. Es sollten noch einmal sechs Jahre vergehen, bevor sie in der Lage war, ihre offene Rechnung mit Sara Collins zu begleichen.

Der Anführer bei der Sache an der Pommesbude war Paddy Carroll gewesen, zwei Jahre älter als sie, etwas zu fett und etwas zu blöd. Hinter einer Hecke, an der er jeden Tag auf dem Schulweg vorbeikam, wartete Helen mit einem halben Ziegelstein auf ihn. Er ging beim ersten Schlag zu Boden. Sie drehte ihn auf den Rücken, schlug ihm die Nase platt und ließ ihn liegen.

Fünf andere erledigte sie mit der gleichen Sorgfalt. Sie fand heraus, wer sie waren, welche Wege sie regelmäßig zurücklegten, und wartete ab, bis sie jeden Einzelnen allein erwischte. Sie war vierzehn, und ein paar der Übeltäter waren älter als sie, also trat sie ihnen nie ohne Waffe entgegen. Doch verglichen mit dem, was die Erwachsenen im Jahre 1976 so trieben, war das alberner Kinderkram.

Erst mit zwanzig konnte sie Sara und ihre Lektionen hinter sich lassen. Zu der Zeit eiferte sie bereits jemand anderem nach – einem Menschen, der über mehr Macht verfügte. Sara Collins, Harry Singleton, James Martin: Ihr ganzes Leben lang hatte sie anderen nachgeeifert, hatte sie imitiert, zu ihnen aufgeschaut und gewünscht, wie sie zu sein.

Dass sie mit dreizehn wild, schön und unabhängig gewesen war, hinderte Sara Collins nicht daran, in späteren Jahren in das klassische Rollenmuster zu verfallen. Als Helen – inzwischen zu Sinead Collins geworden – ihr 1982 wiederbegegnete, hatte sie zwei Kinder und einen versoffenen, arbeitslosen Ehemann und lebte in einem der übelsten Viertel im Norden Belfasts. Für Sinead Collins stellte sie eine Bedrohung dar, weil sie ihre wahre Identität kannte, sie hatte also einen wunderbaren Vorwand. Als die ganze Familie einmal übers Wochenende daheim in Cross auf Verwandtenbesuch war, ließ Sinead ihre Doppelhaushälfte in Brand setzen. Sie hätte es lieber etwas handfester gehabt, aber sie tröstete sich mit der Tatsache, dass Sara Collins' Besitz vollständig in Flammen aufgegangen war. Nach dem Vorfall zog Sara zurück nach Cross, in die gleiche Siedlung, in der sie aufgewachsen war. Wahrscheinlich lebte sie noch immer dort.

Als Kind aber war Sara ein interessanter Mensch gewesen. Es war nicht schwer zu verstehen, wie ein schwächeres Kind in ihren Bann geraten konnte. Sie war in der Lage, ihre Emotionen unter Kontrolle zu halten, konnte ihrer Wut in aller Ruhe Genugtuung verschaffen, konnte sie sich zunutze machen. Helen hatte das von ihr gelernt und an Sinead und später an Karen weitergegeben. Karen wusste sehr gut, wie nützlich Wut sein konnte.

Nachdem Imran Akhtar im Haus verschwunden war, wartete sie fünf Minuten, bevor sie ausstieg und zur Haustür ging. Er war auf direktem Weg hierhergefahren, hatte nicht darauf geachtet, ob er verfolgt wurde, hatte keinen Umweg gemacht. Er war eben neu im Geschäft. Während sie freundlich an die Tür klopfte, hoffte sie, das möge ihn der Vernunft zugänglich machen. Der Plan, zumindest für den Anfang, lautete lediglich, mit ihm zu reden.

Das Haus lag in einer Seitenstraße des Killinghall Drive in Undercliffe in einer gemischten Unterschichtgegend. Die Eingangstür war von der benachbarten Doppelhaushälfte durch eine hohe Leyland-Hecke abgeschirmt. Während sie an der Tür wartete, schaute sie sich um. Das Haus stand am Ende der Sackgasse, ein Stück von der Straße zurück, so dass die anderen Häuser in der Straße nicht zu sehen waren. Die Adresse war ihr unbekannt, sie war ihr bei ihren täglichen Streifzügen durch Nicholas Hanleys Unterlagen nie begegnet. Bei Akhtars Ankunft hatte kein Licht gebrannt, er hatte es beim Eintreten angemacht. Sein Auto parkte direkt vor dem kleinen Hof und blockierte ihn. Vermutlich hatten seine Onkel entschieden, dass er in diesem Haus sicher war, während sie die nötigen Telefonate tätigten und herauszufinden versuchten, was zu tun war. Nick Hanley hatte ihr erzählt, dass Akhtars Onkel mit Ahmed und Mohammed Rouf verwandt waren: die armen Cousins in Bradford. Aber immerhin Cousins.

Vorsichtig öffnete Akhtar die Tür, über der sich ein kleines Vordach befand, weshalb von den Fenstern im ersten Stock aus nicht zu sehen war, wer vor der Tür stand. Dabei war sie sich ganz sicher, dass Akhtar es trotzdem versucht hatte, bevor er aufmachte. Er zog die Tür ganz langsam auf, Zentimeter für Zentimeter, bis er ihr Gesicht erkennen konnte – was dumm war. Das Licht im Flur hatte er ausgemacht, weshalb es noch schwerer war, den ungebetenen Gast zu erkennen. Er presste sein Gesicht an die Tür, eine Kette gab es nicht. Sie legte den Kopf auf die Seite und schaute nach unten, so dass er die Tür noch weiter aufmachen musste. Sie wartete, bis sie sicher sein konnte, dass die Augen im Türspalt tatsächlich seine waren. Sie weiteten sich, sobald er sie erkannte. Sofort wollte er die Tür zuschlagen. Sie stemmte sich mit der Schulter dagegen.

Die Tür prallte gegen ihn und warf ihn nach hinten. Sie stieß sie auf und trat ein. Er kroch auf den Knien rückwärts durch den Flur, die Hand auf die Nase gepresst. Zwischen seinen Fingern lief Blut. So weit, so gut. Bis dahin kein Problem. Sie schloss die Tür hinter sich. Doch als er wieder auf die Füße kam, sah sie, wie er etwas hinten aus der Hose zog. Bevor sie bei ihm war, zielte er bereits auf sie: eine Pistole. Der Schock war wie ein Stromschlag, der durch ihren Körper lief. Er hatte den Finger schon am Abzug.

Sie stürzte auf ihn zu, trat ihm die Beine weg, während er noch auf sie zielte. Er ging zu Boden, rollte sich auf die Seite, ohne die Waffe loszulassen. Er stieß gegen den kleinen Telefontisch und warf ihn um. Neben dem Tisch stand ein gusseiserner Lampenständer ohne Birne und ohne Schirm. Sie packte ihn mit beiden Händen und hob ihn über den Kopf. Mit dem ersten Schlag traf sie ihn am Bein, er schrie auf. Dann war er auf den Füßen, versuchte, ihr auszuweichen, gleichzeitig hob er die Waffe. Sie holte ein zweites Mal aus.

Diesmal traf sie ihn am Kopf. Wo genau, konnte sie in der Dunkelheit nicht sehen. Er ging sofort wieder zu Boden, Arme und Beine von sich gestreckt. Wieder schwang sie den Lampenständer und ließ ihn in der Mitte seines Brustkorbs niedergehen. Sie hörte Knochen brechen, aber der Hieb erweckte ihn unverzüglich wieder zum Leben. Er wollte sich zur Seite drehen, seine Bewegungen waren schwerfälliger und unkoordiniert. Die Pistole fiel ihm aus der Hand. Sie veränderte ihren Griff um den Lampenständer und schwang ihn nun seitlich, traf ihn am Hinterkopf. Ein Zucken lief durch seine Arme und Beine, aber er versuchte weiter, sich über den Fußboden zu ziehen. Sie trat die Waffe weg und stellte sich neben ihn.

»Liegen bleiben, Imran. Schön liegen bleiben.« Sie sah ihm in die Augen. Er stand unter Schock, sein Blick war leer, auf seinem Gesicht waren Blutspritzer und Speichel. Der Mund stand weit offen, aus seiner Kehle drang ein krächzendes Geräusch. Sie schlug noch einmal zu, dann ging sie neben ihm in die Hocke. Jetzt waren seine Augen geschlossen. Er war ohnmächtig.

43

Es fühlte sich an, als wäre alles im Bruchteil einer Sekunde passiert. In einem Moment wehrte Bains sich noch, dann wurde die Blutzufuhr zu seinem Gehirn unterbrochen, und im nächsten Moment war er bewusstlos. Eine Sekunde später lag er keuchend und hustend auf dem Fußboden, tanzende Sterne vor den Augen. An die Zeit dazwischen hatte er keinerlei Erinnerung.

Er konzentrierte sich ganz darauf, Luft durch seine Kehle zu kriegen. Selbst als er merkte, dass es funktionierte, dass er atmen konnte, dass es keinen Grund zur Panik gab, fühlte es sich noch an, als hätte ihm jemand einen trockenen Tennisball in den Hals gestopft. Er fing an zu würgen.

Er hatte den Tag über zu wenig gegessen. Gallenflüssigkeit lief ihm aus dem Mund und auf den Teppich. Er wartete ab, bis er wieder hören und sehen konnte, dann drehte er vorsichtig den Kopf. Sofort kamen die Schmerzen, die sich von einer Schläfe zur anderen zogen, als hätte ihm jemand einen Nagel durch den Schädel geschlagen. Stöhnend brach er auf dem Fußboden zusammen. Dann fiel ihm wieder ein, was geschehen war. Wo war Stijn?

Es dauerte einige Minuten, bis er sich bewegen konnte. Diesmal ließ er es langsamer angehen. Er setzte sich an der Wand neben der Badezimmertür auf und wartete, bis er wieder klar sehen konnte. Die Frau lag noch da, still und reglos, nackt, voller Blut. Er schaute zur Zimmertür. Sie stand offen. Dahinter hörte er von weit, weit her jemanden rufen.

Er spürte einen Windzug im Gesicht und erkannte, woher der kam. Die Vorhänge raschelten und blähten sich. Das Fenster stand offen. Stijn war weg. Er hatte keine Ahnung, wie lange das her war. Er horchte auf das, was da geschrien wurde. Es war die Rezeptionistin oder eine andere Frau, sie rief nach ihm und fragte, ob alles in Ordnung sei. Er kroch zur Tür.

Auf Händen und Knien schaute er vom Türrahmen aus den Gang entlang. Sie stand an der Zwischentür zum Flur, hatte die Hände vor den Mund geschlagen und starrte ihn an. Mühsam hob er die Hand. Er wollte nicht, dass sie die Leiche der Frau sah. »Bleiben Sie da«, versuchte er zu sagen, aber es ging in einem Hustenanfall unter.

Er kroch hinaus auf den Flur und lehnte sich mit dem Rücken an die Wand. Zitternd kam sie ein paar Schritte auf ihn zu.

»Haben Sie die Polizei gerufen?«, fragte er, aber er sprach undeutlich und verzerrt. Sie verstand ihn nicht. »Polizei?« Er musste schreien, damit ein Flüstern rauskam.

Dieses Mal hatte sie ihn verstanden. Sie nickte.

»Gut. Einfach nur warten.«

Er ließ den Kopf nach hinten an die Wand sinken und schloss die Augen.

Dann ging alles ganz schnell. Erst ein Polizist in Uniform, der zu ihm rannte, ihn kurz in Augenschein nahm und dann ins Zimmer ging. Danach noch ein paar mehr, gefolgt von Sanitätern und Kriminalbeamten aus seinem Team. Als Bains wieder stehen und gehen konnte, war alles voller Menschen, überall Hektik.

Jon Hoyle traf ein und gab Befehle. Das Motel war ein Tatort, und jeder, der keine wichtige Aufgabe zu erfüllen hatte, kontaminierte diesen Tatort nur. Alle bis auf Zeugen, Sanitäter und die beiden Kriminalbeamten, die mit ihm gekommen waren, wurden nach draußen geschickt, einschließlich sämtlicher Motelgäste, die sich nun als kleine, klägliche Schar vor dem Eingang herumdrückten. Bains stand an der Rezeption und sah zu, wie die Schneeflocken auf ihnen landeten.

Er sprach mit einem Sanitäter, langsam, er konnte nur flüstern, das Sprechen tat weh. Seine Kehle schmerzte, ihm dröhnte der Kopf, aber er konnte wieder normal atmen. Der Sanitäter gab ihm eine Spritze ein Schmerzmittel oder Entzündungshemmer, er wusste es nicht.

Stijn hatte die Blutzufuhr zu seinem Gehirn unterbrochen, bis er ohnmächtig geworden war. Das musste man können, man musste wissen, wie man die Adern und nicht die Luftröhre traf. Die Luftröhre zudrücken dauerte länger. All das erklärte ihm der Sanitäter. Er hörte nur mit halbem Ohr hin, er wusste bereits, was geschehen war.

Sie wollten ihn ins Krankenhaus bringen, um sein Gehirn zu untersuchen und irgendwelche Scans zu machen. Er weigerte sich. Er konnte gehen und sprechen, konnte normal sehen und hören. Das einzige Problem waren die heftigen Kopfschmerzen und die wunde Kehle.

Jon Hoyle stand vor ihm und stellte ihm Fragen. Bains antwortete wahrheitsgemäß, mit der Zeit wurde seine Stimme wieder kräftiger, das Zittern in den Beinen ließ nach. Der Sanitäter schrieb es dem Schock zu.

»Sie hätten anrufen sollen, Pete«, sagte Hoyle. »Sie hätten da nicht allein reingehen dürfen.« Seine Stimme klang tief und ernst. Die Leiche hatten sie noch nicht aus dem Zimmer geholt.

»Ist es Diana Hanley?«

»Ja. Es geht ihr ziemlich schlecht.« Hoyle sprach leise. »Er hat sie übel zugerichtet.«

»Sie ist am Leben?«

»Noch. Aber sie kann noch nicht transportiert werden. Ich bin mir nicht sicher, ob sie durchkommt.«

»Was hat er gemacht?«

Hoyle schüttelte den Kopf. »Ich weiß es nicht genau. Ist ein schlimmer Anblick.« Er schaute weg. »Warten wir auf den Bericht.«

»Ich glaube, er ist durchs Fenster abgehauen.«

»Hab ich auch schon gesehen. Es gibt Fußabdrücke draußen im Schnee, sie führen zum Parkplatz. Unsere Leute durchkämmen gerade die Raststätte, damit alle Gäste nachsehen, ob ihr Wagen noch da ist. Entweder hat er ein Fahrzeug gestohlen oder ist zu Fuß abgehauen. Sein Mietwagen steht noch da.«

Von fern hörte Bains das Schlagen von Rotorblättern.

»Wir haben den Hubschrauber mit Infrarot hochgeschickt«, sagte Hoyle. »Wenn er zu Fuß los ist, kriegen die ihn. Er kann noch nicht weit sein.«

»Aber was machen wir, wenn wir ihn finden? Er wird uns nicht einfach erzählen, wo sie sind.«

»Wir werden ihn verhören. Mehr können wir nicht tun.«

Bains nickte. Hoyle legte ihm eine Hand auf die Schulter.

»Alles in Ordnung, Pete? Können Sie atmen?«

»Meine Kehle ist geschwollen.«

»Ihre Stimme klingt ganz komisch. Sie sollten mit dem Krankenwagen mitfahren.«

»Es tut nur weh. Er hat die Blutzufuhr unterbrochen, um mich auszuschalten.«

»Er hat versucht, Sie umzubringen.«

»Das glaube ich nicht. Wenn er das gewollt hätte, hätte er's getan.«

»Das Mädchen an der Rezeption hat schnell reagiert. Vielleicht hat sie ihm dazwischengefunkt. Sie hatte Ihren Namen in Ihrem Dienstausweis gelesen. Gott weiß, wie lange es gedauert hätte, bis wir hier gewesen wären, wenn sie Ihren Namen nicht gesagt hätte. Nach dem Anruf bei uns hat sie vom Flur aus nach Ihnen gerufen. Sie hat Ihnen vielleicht das Leben gerettet.«

Bains nickte. »Ich werde mich bei ihr bedanken.« Hoyle war zu schnell bei der Hand mit seinen Schlussfolgerungen. Bains weigerte sich zu glauben, dass Stijn ihn hatte umbringen wollen. Er weigerte sich zu glauben, dass er so hilflos, dass es so knapp gewesen war.

»Sie sollten wirklich mit dem Krankenwagen mitfahren«, beharrte Hoyle.

»Ich will aber nicht. Ich muss weitermachen. Karen ist …«

»Karen? Das ist immer noch ein verbotenes Wort, Pete. Wir werden Anna Hart auch ohne Sie finden. Steigen Sie in den Krankenwagen. Tun Sie, was man Ihnen sagt.« Er ging davon, um mit einem anderen Sergeant zu sprechen.

Bains stand am Haupteingang zum Motel. Es schneite immer heftiger, und er hörte einen der Uniformierten sagen, dass die M62 wohl bald gesperrt werden würde. Was immer der Sanitäter ihm verabreicht hatte, zeigte Wirkung, wenn auch anders als erhofft. Ihm fielen die Augen zu, und er musste die kalte Luft tief einatmen, um sich wach zu halten.

Er sah zu, wie der Tatort abgeriegelt wurde. Ein wohliges Gefühl durchflutete seinen Körper, er war schon viel entspannter. Die Kopfschmerzen schwanden mehr und mehr, dann waren sie ganz weg. Jon Hoyle war noch drinnen beschäftigt. Alan White war nicht gekommen. Er hörte, wie ein Sergeant Hoyle berichtete, dass kein Auto gestohlen worden war und X-Ray 99 – der Hubschrauber – nichts gefunden hatte. Er wartete, bis Diana Hanley, an zahllose Schläuche und Tropfe angeschlossen, rausgebracht und direkt in den Krankenwagen geschoben wurde, dann ging er zu seinem Auto.

Schläfrig saß er am Lenkrad. Offensichtlich hatten sie ihm irgendein Opiat gegeben. Er hatte nicht darum gebeten. Hinter dem Sitz lag eine Flasche Wasser. Durstig trank er und wartete, bis sein Kopf wieder so weit klar war, dass er fahren konnte. Er musste nach Hause. Der Sanitäter hatte ihm den Rest gegeben.

44

Karen hatte das Haus schnell durchsucht. Es war spärlich möbliert und unbewohnt. Im Wohnzimmer standen ein Sofa und Sessel, aber weder Fernseher noch Radio. Sie holte das Telefon aus dem Flur und stöpselte es ein, aber die Leitung war tot. In der Küche stellte sie fest, dass Strom und Wasser liefen, aber der Stecker des Kühlschranks war aus der Wand gezogen und die Tür stand offen.

Sie nahm seine Waffe – eine moderne Glock mit fünfzehn Patronen im Magazin, gesichert – und ging nach oben. Es gab drei Schlafzimmer, nur in einem stand ein Bett, aber ohne Laken. Im Badezimmer fand sie Toilettenpapier, eine Tube Zahnpasta und ein altes Stück Seife. Mehr nicht.

Es gab mehrere Wege, zum Ziel zu gelangen. Sie musste überlegen, welcher der schnellste war.

Im Flur war es ziemlich dunkel. Sie zog Akhtar ins Wohnzimmer, kniete sich neben ihn und prüfte seine Lebenszeichen. Er atmete, sein Puls ging langsam. Als sie ihm die Augenlider hochzog, weiteten sich in Reaktion auf das Licht die Pupillen. Sein Herzschlag wirkte kräftig, an seiner rechten Kopf- und Gesichtshälfte bildete sich eine Schwellung. Das rechte Auge war komplett zugeschwollen. Sie suchte seinen Schädel nach Wunden ab und fand zwei große Prellungen, aber keine Platzwunde. Die Lippe war aufgeplatzt, ein paar Zähne abgebrochen, und am Kiefer direkt unterm linken Ohr hatte sie ihm eine offene Wunde beigebracht. Sie blutete nur leicht, aber stetig. Der Schnitt war fast vier Zentimeter lang. Umbringen würde ihn das nicht.

Sie zog ihm den Gürtel aus der Hose, wickelte ihn mehrmals um seine Handgelenke und band ihn fest zu. Dann drehte sie ihn auf den Rücken und versetzte ihm mehrere Ohrfeigen. Einen Moment lang flatterten seine Augenlider, mehr passierte nicht. Sie versuchte es mit leichten Tritten in die Seite, dann gegen die Beine. Als sie sich vorbeugte, um ihm ins Ohr zu schreien, schloss sich sein Mund, und sie sah Blut herauslaufen. Was war mit ihm los?

Mit einem Kaffeebecher schleuderte sie ihm kaltes Wasser ins Gesicht. Dreimal ging sie zum Wasserholen in die Küche, aber ohne Erfolg. Sie hockte sich neben ihm auf den Teppich. Er atmete nur noch ganz flach. Seit sie das Haus betreten hatte, hatte sie sich in einer Blase dünner Luft bewegt – zu viel Adrenalin im Blut –, aber jetzt zerplatzte diese Blase. Sie wurde nervös.

Sie fasste ihm zwischen die Beine und quetschte ihm die Hoden. Sein Brustkorb bewegte sich leicht, nicht aber die Augen. Sie hielt ihm Nase und Mund zu. Selbst nach einer Minute ohne Luft zeigte er keine Reaktion. Hektisch beugte sie sich vor und presste das Ohr auf seinen Brustkorb. Das Herz schlug noch, aber schwach und unregelmäßig. Sie geriet in Panik.

Er war ihr einziges Bindeglied zu Hanley und Mairead. Sie hatte ihn doch gar nicht so fest geschlagen, hatte ihm keine üble Wunde beigebracht. Das konnte alles nicht wahr sein.

Auf seiner Brust war Blut, es sickerte langsam durch seinen Pullover. Sie dachte an den Schlag auf seinen Brustkorb zurück. Sie zog den Pullover hoch und sah das Blut darunter. Sie knöpfte sein Hemd auf und starrte fassungslos auf die Wunde. Die Kante des Lampenständers hatte direkt über dem Herzen zwei oder drei Rippen eingedrückt. Eine offene Wunde und eine tiefe Einbuchtung. Die gebrochenen Rippen hatten sich vermutlich in die Lunge gebohrt, oder, schlimmer noch, ins Herz. Hastig legte sie ihm die Fingerspitzen an den Hals. Kein Puls. Nicht zu fassen! Sie klappte seinen Mund auf, hielt das Ohr dicht davor. Nichts zu spüren. Er atmete nicht. Sie sah, dass sein Gesicht langsam blau anlief.

Sie versuchte es mit Mund-zu-Mund-Beatmung, ihre Hände zitterten, während sie sich Mühe gab, ihm nicht allzu heftig auf den Brustkorb zu drücken. Nach ein paar Minuten legte sie ihm wieder das Ohr auf die Brust, direkt über der Wunde. Schockiert richtete sie sich sofort wieder auf, Blut auf der Wange. Sein Herz hatte aufgehört zu schlagen.

Verzweifelt versuchte sie es ein ums andere Mal, versuchte, sich panisch an alles zu erinnern, was man ihr vor zehn Jahren beigebracht hatte. Sie gab nicht auf, bis sich ihr Mund irgendwann schmutzig anfühlte und ihre Handgelenke schmerzten. Er reagierte einfach nicht.

Unschlüssig stand sie auf, wusste nicht, was sie tun sollte, die Panik raste ihr durch den Körper. Sie musste einen Krankenwagen rufen. Sie musste alles tun, ihm das Leben zu retten. Sie stand da und blickte auf ihn hinab, und zum ersten Mal sah sie es. Da war kein Leben mehr, keine Bewegung. Vor wenigen Augenblicken hatte er noch geatmet. Sie kniete sich neben ihn und schrie ihn an, sie packte ihn beim Kragen, hob seinen Oberkörper hoch und schüttelte ihn. Sein Körper war vollkommen erschlafft. Langsam stand sie wieder auf und fing an zu weinen.

45

»Es ist ein Spiel«, hatte ihre Mama gesagt. »Ein Kinderspiel. Man tut einfach so, als wäre man jemand anders. Nach einer Weile macht es richtig Spaß.«

Für eine Weile war es wirklich einfach und lustig gewesen wie ein Spiel. Es hatte ihr gefallen. Aber jetzt war das anders. Sie war unglücklich, und sie hatte Angst.

Sie waren irgendwo in einem Haus mitten im Nichts. Mairead hatte keine Ahnung, wo sie war. Auf dem Weg hierher hatte sie nach Straßen- und Ortsschildern Ausschau gehalten, aber die meiste Zeit hatte es geschneit, und die Fensterscheiben waren beschlagen gewesen.

»Wo sind wir?«, hatte sie gefragt, als er von der Straße abgebogen war und den Volvo auf den holprigen Feldweg gelenkt hatte.

»In Sicherheit«, hatte Nick geantwortet. Aber angesehen hatte er sie nicht. Er war irgendwie anders als sonst. Sie wusste nicht genau, woran es lag. Sie war so erleichtert gewesen, ihn zu sehen, dass es ihr am Anfang gar nicht aufgefallen war.

Er war mit seinem Auto vorgefahren, ausgestiegen und auf sie zugerannt. Sie hatte fast geheult, als sie ihn erkannt hatte. Sie hatte ihn ganz fest drücken, ihn küssen wollen. Sie hatten ihn doch für tot gehalten. Davon hatte sie ihm erzählen wollen, aber er hatte sie nicht ausreden lassen.

»Wir müssen uns beeilen«, hatte er gesagt. »Lass uns fahren. Wir nehmen meinen Wagen. Deine Mutter kommt nach.«

Schon da waren ihr Zweifel gekommen. Sein Tonfall war irgendwie anders gewesen. Sie hatte ihm gesagt, wo ihre Mutter war, hatte Einwände erhoben, aber er hatte behauptet, er wisse das bereits. Er habe schon mit ihr gesprochen, sagte er, am Handy. »Sie ist bei Diana. Sie kommt in einer halben Stunde nach.« Er hatte sie angelächelt und die Hände gehoben. »Was soll ich sagen?«, fragte er. »Ich tue nur, was sie mir sagt. Sie hat gesagt, ich soll dich aus dem Wagen holen, dafür sorgen, dass du nicht frierst, und wir sehen uns dann später. Kommst du jetzt?«

Es war nicht ungewöhnlich, dass ihre Mutter ihre Pläne änderte, dass sie es Nick überließ, sie abzuholen oder irgendwo hinzubringen. Also war sie aus dem Wagen gestiegen und zu seinem gelaufen. Es war fast automatisch passiert. Seit über einem Jahr wohnten sie schon bei ihm. Sie kannte ihn. Aber als er losgefahren war und die Türknöpfe runtergedrückt hatte, waren ihr wieder Zweifel gekommen.

»Was ist los, Nick?«, hatte sie gefragt.

»Nichts, Rach. Du bist in Sicherheit.«

Und wieder hatte er sie nicht angeschaut.

Sie hatte sich Mühe gegeben, nicht darüber nachzudenken, ihm zu vertrauen, aber die Begeisterung über das Wiedersehen hatte nicht lange angehalten. Der Mund tat ihr weh, ihre Schneidezähne waren lose und wacklig, ihre Nase schmerzte und blutete. Sie hatte Kopfschmerzen und Hunger, und ihr war kalt. Ihre Kleider fühlten sich feucht an und ungemütlich. Und dann war da noch das, was sie an diesem Tag alles erlebt hatte. Sie wollte nicht darüber nachdenken, aber sie wollte wissen, was los war.

Sie hatte angefangen, ihm alles zu erzählen, hatte schnell und aufgeregt geredet. Sie kam bis zu ihrer Flucht an der Kirkstall Abbey, erst da bemerkte sie, wie er heftig den Kopf schüttelte und das Lenkrad so fest umklammerte, dass seine Knöchel weiß hervortraten.

»Ich kann mir das nicht anhören«, hatte er geflüstert. »Bitte, Rachel, ich kann das nicht ertragen.«

Also hatte sie den Mund gehalten.

Ihre Mutter hatte gesagt, es gäbe nur drei Regeln. Eine davon lautete: »Du lügst nicht.«

»Wenn du selbst von dir denkst, dass du lügst, dass du etwas vorspielst, dass alles nicht echt ist, dann kannst du es nicht gut machen«, hatte sie gesagt. »Du musst immer denken, dass du nicht lügst, dass du wirklich diese Person bist.« Die Regel funktionierte ziemlich gut. Als ihre Schulfreundinnen sie zum Beispiel nach ihrem achten Geburtstag gefragt hatten und sie behauptet hatte, sie habe den Tag mit Nick verbracht, ohne sich vorher zu überlegen, wie das sein konnte, war sie nicht etwa nervös geworden und hatte sich noch mehr Sachen ausgedacht, sondern hatte einfach behauptet, sie könne sich nicht mehr erinnern. Jeder vergisst mal was. Sollten die anderen sich darüber den Kopf zerbrechen, nicht sie.

Regel Nummer zwei war neben Regel eins erst einmal etwas verwirrend: »Wenn du lügen musst, bleib so nah wie möglich bei der Wahrheit.« Niemals eine komplette Lüge erzählen, nie so tun, als wüsste man etwas, das man nicht weiß. Mairead hatte diese Regel sehr gut verstanden. Sie hatte sich wegen ihres achten Geburtstags nur deshalb in die Patsche manövriert, weil sie sich die Geschichte von vorne bis hinten ausgedacht hatte.

Regel drei – die goldene Regel – war die allerwichtigste: »Hör niemals auf, solange ich dir nicht sage, dass es sicher ist.« Sie hatte gefragt, woher ihre Mutter denn wissen wolle, wann es sicher sei und wann nicht, aber das war kompliziert gewesen. »Das ist eine Frage des Vertrauens, Mairead«, hatte sie gesagt. »Du musst mir da vertrauen. Es kann passieren, dass Leute versuchen werden, dich auszutricksen. Dann denk an die Regel: *niemals aufhören.*«

Und genau das tat sie jetzt. Nick hatte sie Rachel genannt, ihre Mama war nicht da, um ihr zu sagen, dass sie aufhören konnte, und so war sie wieder Rachel.

Es war gar nicht schwer, Rachel zu spielen. Für sie gab es zwischen Rachel und Mairead keinen Unterschied, bis auf den Namen. Für ihre Mutter war das schon anders. Als die ihren Namen geändert hatte, war sie ein anderer Mensch geworden.

Sie schaute aus dem Fenster in die Landschaft, die immer tiefer im Schnee versank, und wieder kamen ihr die Tränen. Sie hatte praktisch den ganzen Tag geweint, ihre Augen waren rot und geschwollen. Er hatte gesagt, ihre Mama würde in einer halben Stunde nachkommen, aber sie hatten bis hierher schon eine halbe Stunde gebraucht, und das war mindestens zwei Stunden her. Sie war in einem Zimmer ganz oben im Haus, er hatte ihr gesagt, sie solle hier warten. Unten hörte sie ihn telefonieren. Manchmal hob er die Stimme, und sie konnte das eine oder andere Wort deutlich verstehen, aber meistens war es nur ein undeutliches Murmeln. Sie hatte keine Ahnung, mit wem er sprach.

Sie wusste, dass sie Autobahn gefahren waren, die M62. Oben auf dem Pass hatte sie das Schild gesehen: »Höchstgelegene Autobahn Englands.« Das musste bedeuten, dass sie irgendwo in Lancashire waren, dachte sie. Jenseits der Berge war er von der Autobahn abgefahren, die Straßen, die er danach genommen hatte, kannte sie nicht. Irgendwann waren sie auf einer einspurigen Serpentinenstraße gelandet. Je höher sie gekommen waren, umso dichter wurde der Schnee. Bevor sie den Feldweg zu diesem Haus erreicht hatten, waren sie nur noch ganz langsam vorangekommen. Ein- oder zweimal hatten die Reifen durchgedreht. Er hatte gesagt, weiter voraus sei die Straße gesperrt worden, wegen des Schnees. Was bedeutete, dass sie von der Außenwelt abgeschnitten waren.

Als sie auf den Feldweg eingebogen waren, hatte sie durchs Heckfenster zurückgeschaut und gesehen, wie sich immer größere Schneeverwehungen bildeten und auf die Straße hinausragten. Sie hatte sich gefragt, wie ihre Mama da durchkommen sollte, hatte aber nichts gesagt. Zu dem Zeitpunkt hatte sie schon gewusst, dass etwas nicht stimmte. Sie wollte ihm möglichst keine Fragen stellen. Wenn sie ihm Fragen stellte, würde womöglich auch er anfangen, sie Sachen zu fragen, oder wütend werden. Sie hatte ihn noch nie wütend gesehen und fragte sich, ob er das überhaupt konnte, aber sie wollte es nicht darauf ankommen lassen.

Ihr war schon ganz schwindelig vor Hunger. Die Magenschmerzen waren weg, aber sie hatte Durst, obwohl er ihr Wasser gegeben hatte, als sie danach gefragt hatte – vor einer Stunde ungefähr. Sie sah sich im Zimmer um. Die Tür war nicht abgeschlossen. Es sah nicht anders aus als im Rest des Hauses – schäbig, abgelebt, kaputt. Der Putz war in großen Stücken von der Decke gefallen, der Fußboden sah aus, als sei hier seit Monaten nicht sauber gemacht worden. Ein altes Metallbett stand im Zimmer, aber ohne Matratze. Das Fenster hatte ein breites Fensterbrett, auf dem sie bequem sitzen konnte. Die Scheibe an ihrem Arm war kalt, aber das machte ihr nichts aus.

Wahrscheinlich war es ein alter Bauernhof. Neben dem Haus, zu dem sie gelaufen waren, hatte sie noch drei oder vier Gebäude gesehen. Sie vermutete, dass hier schon lange niemand mehr lebte, aber es gab noch immer Strom und Wasser. Sie fragte sich, was Rachel Hart in dieser Situation wohl tun würde.

Nicht einfach rumsitzen. Sie kletterte vom Fensterbrett, ging zur Tür und öffnete sie. Sie war im obersten Stockwerk, es gab zwei Treppen, die nach unten führten, eine davon am Ende eines langen, schmalen Flurs. Sie nahm die, die ihr am nächsten war. Auf den Stufen lag kein Teppich, und sie knarrten sofort, aber sie ignorierte das. Sie war Rachel Hart, sie hatte nichts Böses getan – sie hatte nicht den geringsten Grund, durchs Haus zu schleichen. Im zweiten Stock hörte sie seine Stimme schon viel deutlicher. Sie rief nach ihm.

Kurze Zeit später kam er, er wirkte nervös und leicht verärgert.

»Ich hatte dich doch gebeten, oben zu bleiben, Rachel. Ich muss telefonieren. Es ist wichtig.«

Sie blieb stur, sah ihm gerade ins Gesicht. »Du hast gesagt, Mama würde auch herkommen.«

Er stand vor ihr, das Handy in der Hand, es war offensichtlich, dass er weiter telefonieren wollte. Sie sah, wie er mit sich rang – er fuhr sich mit der freien Hand durchs Haar, verzog gequält das Gesicht –, dann seufzte er.

»Okay«, sagte er. »Lass uns nach unten gehen und reden.«

Unten war es eiskalt. Vor einem der Fenster lag der Schnee bereits so hoch, dass sie ihn sehen konnte. Wäre das Haus noch bewohnt, wäre dies wohl das Wohnzimmer gewesen. Es gab einen alten Tisch mit vier Stühlen, bei einem war ein Bein gebrochen, und vor dem großen alten Kamin stand ein zerschlissenes grünes Sofa. Im Kamin lagen Holz und Papier. Sie bat ihn, ein Feuer zu machen. Er schien wenig begeistert von der Idee.

»Ob das so gut ist? In allen Zimmern stehen Elektroheizungen, die habe ich alle angestellt. Es dauert nur eine Weile, bis es warm wird. Das Feuer macht nur Rauch. Die Leute könnten den Rauch sehen.«

»Welche Leute, Nick?«

Er schnalzte mit der Zunge. »Das weißt du doch schon, Rachel. Es gibt ein paar ziemlich böse Menschen da draußen. Du weißt doch, was los ist.«

Sie wich seinem Blick aus und biss sich auf die Lippe.

»Ich weiß es nicht«, sagte sie. »Ich weiß nur, was mit uns passiert ist. Wo ist Mama?«

Er setzte sich an den Tisch. »Setz dich, Rachel. Wir müssen darüber reden.«

»Ich brauche was zu essen.«

Einen Moment lang sah er regelrecht panisch aus.

»Ich habe den ganzen Tag noch nichts gegessen«, erklärte sie.

»Das ist nicht so schlimm«, sagte er. »Davon stirbt man nicht.«

»Gibt es hier was zu essen?«

»Keine Ahnung, ich habe noch nicht nachgesehen.«

»Was ist das für ein Haus?«

»Hier sind wir sicher. Das habe ich dir doch schon gesagt.«

»Kommt Mama hierher?«

Er schwieg.

»Du hast gesagt, sie kommt her«, sagte sie.

»Das hoffe ich auch. Irgendwann. Ich weiß nicht, was ich dir sagen soll, Rachel. Ich weiß selbst nicht genau, was los ist. Es ist alles ziemlich durcheinander.«

»Eigentlich wollten wir doch wegfliegen.«

Er wich ihrem Blick aus, die Schuldgefühle standen ihm auf die Stirn geschrieben.

»Du wolltest dich doch mit uns treffen«, sagte sie. »Und stattdessen … stattdessen hatten wir diesen Autounfall …« Sie setzte sich aufs Sofa. Sie wusste nicht, wie viel sie ihm erzählen durfte. »Warum müssen wir uns verstecken?«, fragte sie stattdessen.

Wieder seufzte er. »Wir haben ein paar Fehler gemacht, Rach. Deine Mutter und ich. Deshalb müssen wir uns verstecken. Wir schweben alle in Gefahr. Ich bin dabei, die Sache wieder in Ordnung zu bringen. Deshalb muss ich telefonieren, deshalb musst du mich das machen lassen. Ich versuche, alles wieder geradezubiegen, damit wir wieder zusammen sein können.« Beim Sprechen schaute er auf den Fußboden.

»Mama auch?«

»Ja. Wenn's geht. Aber du weißt, dass das nicht so einfach ist, Rach.« Er schaute zu ihr auf.

Er war fünfzig Jahre alt, gut sieben Zentimeter kleiner als ihre Mutter und ein wenig dicker, er hatte graue Haare, die er sich dunkelbraun färbte. Normalerweise rasierte er sich jeden Tag außer samstags und sonntags. Jetzt hatte er dichte Stoppeln auf dem Kinn. Stellenweise waren die Stoppeln grau oder weiß. Sein Gesicht sah müde aus und gestresst, die Haut leicht fettig, er hatte dunkle Ringe unter den Augen. So hatte sie ihn noch nie gesehen. Normalerweise war er immer ganz locker, hatte immer einen Witz auf den Lippen und nahm sie ganz oft in den Arm. Doch seit sie in seinen Wagen gestiegen war, hatte er sie kaum angefasst. Er war immer großzügig, aufmerksam und liebevoll zu ihr gewesen, er hatte nie mit ihr geschimpft oder sie angeschrien. Das hatte er ihrer Mutter überlassen. Manchmal fand sie es schwer zu ergründen, was in einem Erwachsenen so vorging, manchmal wusste sie es ganz genau. Jetzt dachte sie, dass er verletzt aussah. Sie hatte das Gefühl, ihm wehgetan zu haben, aber sie hatte keine Ahnung, wie.

»Ich verstehe nicht, was daran so schwierig sein soll, Nick«, sagte sie. »Doch ich bin froh, hier bei dir zu sein. Aber ich habe auch Angst. Ich möchte meine Mama bei mir haben.«

»Daran hätte sie früher denken sollen, meinst du nicht?«

Er klang verbittert. Sie fragte sich, was er über sie beide wusste. Würde es für ihn eine Rolle spielen, wenn er wüsste, dass sie ihre Namen geändert hatten?

»Kommt sie her oder nicht?«

»Ich weiß es nicht.«

Sie fing an zu weinen. Sie wusste nicht, was sie ihm sagen sollte, wie viel er wusste, wie sie sich verhalten sollte. Ihr fiel nichts Besseres ein, als zu weinen.

Er kam zu ihr und nahm sie in die Arme, aber als sie den Kopf an seine Schulter drückte, spürte sie, dass es anders war als sonst. »Ich liebe dich, Rachel«, flüsterte er ihr ins Ohr. »Das weißt du doch, oder?«

Sie nickte unter Tränen.

»Wenn ich dir jetzt eine Frage stelle, versprichst du mir, die Wahrheit zu sagen?«

Wieder nickte sie und verharrte in seiner Umarmung; in ihrem Kopf schrillten die Alarmglocken. Er saß jetzt neben ihr auf dem Sofa. Sanft drückte er sie von sich weg, so dass er ihr in die Augen sehen konnte. Sie erwiderte seinen Blick und wischte sich die Tränen ab.

»Weißt du, worum es hier geht?«, fragte er.

Sie zog die Stirn in Falten. Die Frage war schwammig.

Er formulierte noch einmal neu. »Weißt du, wer du bist? Wer du wirklich bist?«

Wieder runzelte sie die Stirn, ihr Herz fing an zu rasen. Regel Nummer drei. Die goldene Regel.

»Du weißt, was ich meine, oder?«, fragte er. Er sprach sehr langsam und sehr sanft. »Dir wird nichts passieren, wenn du mir die Wahrheit sagst. Ich werde dich immer noch lieben, Rachel. Du kannst ja nichts dafür. Was zwischen mir und dir ist, wird sich niemals ändern.« Er schaute ihr gerade in die Augen. »Kannst du mir sagen, wer du wirklich bist?«

Sie ließ ihren Tränen wieder freien Lauf, ohne seinem Blick auszuweichen. »Du machst mir Angst, Nick. Wovon redest du? Du weißt doch, wer ich bin.«

Sie erwiderte seinen Blick, während er auf seiner Unterlippe herumkaute und die Stirn in tiefe Falten zog.

»Sag mir, wer du bist«, sagte er schließlich.

»Du weißt, wer ich bin.«

»Sag es mir.«

Jetzt fing sie wirklich an zu weinen. »Ich bin Rachel Hart, Nick. Das weißt du doch.«

Er gab es auf und ließ sich von ihr umarmen, aber sie spürte, dass er nicht überzeugt war, dass er noch zweifelte.

Sie saßen eine ganze Weile so da, bis sie an der Tür ein Kratzen hörte. Wahrscheinlich war es schon länger da gewesen. Sie löste sich aus der Umarmung.

»Was ist das?«, fragte sie und war froh über die Ablenkung. Jetzt hörte sie ein Miauen, es klang klagend und jämmerlich. »Da ist eine Katze.«

Sie gingen zusammen zur Tür und öffneten sie. Ein eisiger Windhauch blies ihnen eine Wolke feiner Schneeflocken ins Gesicht. Eine kleine schwarzweiße Katze rannte an ihnen vorbei und sprang aufs Sofa. Sie lief sofort zu ihr. Die Katze sah halb erfroren und verhungert aus, trotzdem drückte sie sich schnurrend an sie und machte einen Buckel.

»Du musst was zu essen für sie finden, Nick«, rief sie. »Wenn du mir schon nichts zu essen gibst, die Katze kannst du nicht sterben lassen.«

Er stand an der Tür und sah ihr zu. Er sah traurig und verwirrt aus.

»Ich werde euch beiden was zu essen geben«, sagte er.

46

Als Bains seine Haustür aufschloss, war er kurz davor, im Stehen einzuschlafen. Mit ungutem Gefühl trat er ein und machte sich darauf gefasst, dass Doyles Männer sein Haus auf den Kopf gestellt hatten, aber es gab keinerlei Anzeichen dafür, dass sie überhaupt da gewesen waren. Er ging von einem Raum zum anderen, schaltete überall das Licht ein und sah sich um. Alles war so, wie es sein sollte.

Unten löschte er alle Lichter wieder und ließ sich im Wohnzimmer in einen Sessel fallen. Zu viele Gedanken jagten ihm durch den Kopf, er kam zu keinem sinnvollen Ergebnis. Er musste was essen und, wenn die Zeit es erlaubte, vielleicht ein wenig schlafen. Danach konnte er weiterdenken.

Durch die Terrassentüren konnte er über den Rasen bis hinunter zum Ende des Grundstücks sehen, wo der Swimmingpool gewesen war. Er hatte ihn vor fast einem Jahr zuschütten lassen. Jetzt war dort ein Steingarten, der kahl und braun aussah wie der Erdhügel auf einem frischen Grab.

Seine Tochter war in dem Swimmingpool ertrunken. Millie. Sie war drei Jahre alt gewesen und fast einen Meter sieben groß. Es war am 30. Juli 1989 geschehen. Auf den Tag genau einen Monat später hatte sich seine Frau – die zu der Zeit bei ihren Eltern gewohnt hatte – mit einer Überdosis Tabletten das Leben genommen. Als man sie fand, war es bereits zu spät gewesen. Das war zehn Jahre her.

Erst seine Begegnung mit Karen und Mairead hatte ihm die Kraft gegeben, den Pool zuschütten zu lassen. Er hatte sogar daran gedacht, aus diesem Haus auszuziehen. Die riesige Villa in Heaton, die zum Teil der Firma seines Vaters gehörte, war entschieden zu groß für ihn. Doch es gab da etwas, das ihn an dieses Haus band, eine Fessel der Schuld. Er wollte, dass die Erinnerung daran ihm jeden Tag aufs Neue ins Gesicht geschleudert wurde. Sonst würde er die beiden noch vergessen, würde vergessen, was er getan hatte, und einfach weiterleben. Aber das wollte er nicht. Er wollte sie nicht ein zweites Mal sterben lassen.

Er fuhr sich mit beiden Händen durchs Haar. Er musste duschen, sich rasieren. Er ließ den Kopf in den Nacken sinken. Wenige Augenblicke später war er eingeschlafen.

Er wachte auf, weil er jemanden weinen hörte. Sekundenlang wusste er nicht, wo er war. Nicht im Schlafzimmer. Dann erkannte er es. Er saß im Wohnzimmer im Sessel, die Verandatür stand offen, ein kalter Wind wehte ihm ins Gesicht. Er blinzelte in die Dunkelheit, hob den Kopf, und da stand sie, direkt vor ihm.

Er reagierte nicht. Er hielt die Erscheinung für einen Traum. Sie trug eine Art Overall, ihr Haar war so kurz wie auf dem Foto von Anna Hart. Sie stand einfach da, die Hände an den Seiten, und weinte.

Er stand auf. »Karen?«

Sie antwortete nicht. Er trat hastig auf sie zu, plötzlich hatte er Angst, dass sie sich in Luft auflösen könnte, dann auf einmal begriff er, dass er wach war, dass sie wirklich war.

»Gott! Karen!« Er blieb wie erstarrt stehen, Erleichterung flutete durch seinen Körper.

»Ich brauche Hilfe, Pete«, sagte sie flüsternd. »Bitte hilf mir.« Sie versuchte, sich zusammenzureißen, aber es war, als wäre tief in ihrem Inneren etwas zerbrochen. Sie konnte nicht aufhören zu weinen.

Er nahm sie in die Arme. »Schon gut, Karen«, flüsterte er.

»Ich hab alles falsch gemacht«, stieß sie hervor. »Mein ganzes Leben. Ich hab alles vermasselt. Und jetzt ist alles noch viel schlimmer.«

Er schwieg. Er drückte sie fest an sich, die Hände auf ihrem Rücken. Sie vergrub das Gesicht an seinem Hals und ließ die Tränen fließen. Sie konnte nicht aufhören.

»Ich habe Mairead verloren«, keuchte sie. »Die haben sie mitgenommen. Ich weiß nicht, was ich tun soll.«

Er trat einen Schritt zurück, die Angst packte ihn. »Du hast sie verloren?«, hörte er sich sagen. Aber sie schluchzte jetzt hemmungslos, presste sich an ihn und weinte sich die Seele aus dem Leib.

In dem Zimmer, in dem sie immer DVDs geschaut hatten – zu dritt –, stand ein großes weißes Sofa. Sie ließ sich von ihm auf das Sofa setzen, und er machte das Licht an. Als er sie sah, atmete er scharf ein. Sie sei dünn geworden, sagte er, aber sie konnte sehen, wie er seine Reaktionen zu kontrollieren versuchte. Sie wusste, wie sie aussah: abgemagert, das Haar schmutzig, blaue Flecke und Schürfwunden im Gesicht, geronnenes Blut in der Nase, das ihr beim Weinen über die Lippen lief.

»Was ist mit dir passiert, Karen? Was ist?« Seine Stimme klang heiser. Er setzte sich neben ihr auf die Sofakante, eine Hand auf ihrem Bein. Sie sah, wie er ihr Gesicht und ihren Körper musterte und die Augenbrauen zusammenzog.

»Das spielt jetzt keine Rolle«, sagte sie. »Das war nicht ich. Das alles …« Sie deutete mit einer Geste auf ihr zerschundenes Gesicht und ihren Körper. »Das alles ist jemand anderem passiert. Jetzt geht es nur um Mairead. Du musst mir helfen.«

»Das werde ich. Aber du musst mir sagen, was passiert ist.«

Sie erzählte es ihm, konnte aber nicht aufhören zu weinen und rieb sich immer wieder mit den Ärmeln die Augen trocken. Nach jedem zweiten Satz musste sie innehalten und tief durchatmen. Sie erzählte ihm, dass sie achtzehn Monate lang verdeckt ermittelt hatte. Mairead hatte sie mitgenommen.

»Das weiß ich«, sagte er.

»Ich war so eine blöde affektierte Zicke namens Anna Hart«, sagte sie. »Mairead war Rachel Hart.«

»Ich weiß.«

Sie hielt inne. »Woher?«

»Ich war in dem Team, das nach dir gesucht hat. Der Ermittlungsleiter hat es mir erzählt.«

»Die wissen, dass ich das bin?«

»Nur der Ermittlungsleiter. Er hat es mir erzählt, nachdem ich es schon selbst rausgefunden hatte. Die hatten ein Foto in deinem Gepäck gefunden, wo du irgendwo am Strand stehst. Es hat eine Weile gedauert, bis mir klar geworden ist, dass du das bist.«

»Woher weiß der Ermittlungsleiter das?«

»Sutherland ist bei ihm.«

Sie rieb sich die Augen trocken. »Wenn ich dir alles erzähle, Pete, musst du mir versprechen, dass du damit nicht zu Sutherland gehst.«

»Sei nicht albern.« Er klang gekränkt. »Du weißt, dass ich das nicht machen würde. Wir werden tun, was du für richtig hältst.«

Sie erzählte ihm von Nicholas Hanley, der geplanten Reise, der Taxifahrt vom Motel, dem Mann mit der Waffe, dem Schlachthof, der Vergewaltigung, dem Besuch bei Diana Hanley und Maireads Verschwinden. Sie erzählte ihm die ganze Geschichte und gab sich Mühe, möglichst unbeteiligt zu klingen, dabei betrachtete sie ihre Knie, ohne ihn anzusehen. Nur eines ließ sie aus: Akhtar. Sie wusste immer noch nicht recht, was sie dazu sagen sollte.

Als sie fertig war, sah er sie vollkommen erschüttert an.

»Du musst mir helfen«, wiederholte sie. Sie nahm seine Hand.

Er kriegte kein Wort über die Lippen. Sie sah, wie er mit seinen Emotionen zu kämpfen hatte.

»Du darfst nicht darüber nachdenken, Pete. Dazu haben wir jetzt keine Zeit. Wenn du zum Ermittlungsteam gehörst, kannst du doch bestimmt was machen.«

Er nickte und schluckte.

»Ich habe alles versucht, was mir eingefallen ist«, sagte sie. »Ich weiß nicht mehr weiter. Vielleicht, wenn du denen den Namen dieses Mannes gibst – Stijn –, vielleicht führt uns das weiter.«

Er schüttelte mit düsterer Miene den Kopf. »Wir wissen schon über ihn Bescheid.«

»Ihr wisst von Stijn?«

»Ja. Sein richtiger Name ist Jan Gatz.« Er stand auf und rieb sich die Kehle. »Ich bin ihm heute schon begegnet«, sagte er. »Ich war auf der Suche nach Diana Hanley. Es gibt da irgendeine Verbindung zwischen den beiden. Allem Anschein nach hatten sie sich an der Autobahnraststätte Hartshead Moor verabredet. Und ich bin ihm in die Quere gekommen.«

Er lief auf und ab und erzählte ihr, was passiert war. »Offensichtlich hat er versucht, irgendetwas aus Diana Hanley herauszukriegen«, sagte er schließlich. »Sie haben mir nicht erzählt, was er mit ihr gemacht hat.«

»Ist sie am Leben?«

»Als ich losgefahren bin, war sie das noch. Aber es ging ihr ziemlich schlecht. Stijn hat geglaubt, sie sei tot.«

»Du hättest ins Krankenhaus fahren sollen.«

Er winkte ab. »Mir geht es gut. Ist ja nichts passiert. Verglichen mit dem, was …« Er stockte, er konnte es nicht in Worte fassen. »Wir müssen herausfinden, wer Mairead hat«, sagte er. »Das ist jetzt das Wichtigste.«

»Ich habe dir doch gesagt, wer sie hat. Nicholas Hanley. Deswegen bin ich doch zu seiner Schwester gefahren.«

»Er ist tot, Karen. Ich habe die vorläufige Autopsie gesehen.«

»Es hat ihn doch nur seine Schwester identifiziert, und die hat gelogen.«

Er runzelte die Stirn. »Das kannst du nicht wissen«, sagte er. »Er hat einen Geschäftspartner namens Imran Akhtar. Der hat ihn ebenfalls identifiziert.«

»Ja, ich weiß. Ich habe schon versucht, Akhtar zu finden. Ich habe mit seiner Frau gesprochen …«

»Wir suchen den auch. Er ist untergetaucht.«

»Ja.« Sie stockte einen Moment. Sie wollte ihn nicht anlügen. »Mir ist er auch entwischt.« Was nicht ganz falsch war. »Akhtar hatte Dreck am Stecken«, fuhr sie fort. »Er war mit Stijn in Pudsey. Die beiden steckten unter einer Decke.«

»Glaubst du, Akhtar ist vielleicht tot?«

»Tot? Warum?« Sie gab sich Mühe, nicht gereizt zu klingen.

»Du sagtest, er *hatte* Dreck am Stecken.«

Sie wich seinem Blick aus. »Du weißt, was ich meine.«

»Warum glaubst du, dass Hanley noch am Leben ist?«

»Weil Stijn die Nachricht von seinem Tod im Radio gehört hatte und mir das trotzdem angetan hat, um herauszufinden, wo Hanley ist. Er hat das nicht aus Spaß gemacht.« Es klang, als müsste sie die Worte ausspucken.

Bains blieb an der Terrassentür stehen und steckte die Hände in die Taschen. »Mir ist übel«, sagte er. »Ich kann nicht daran denken.«

»Es ist nicht wichtig.«

»Doch, das ist es.« Er stützte sich mit den Händen am Türrahmen ab. Sie wartete, bis er sich unter Kontrolle hatte. »Wir haben Stijn auf den CCTV-Aufnahmen vom Spencer Tower«, sagte er schließlich und drehte sich zu ihr um. »Er hat die Wohnung in Brand gesteckt. Das ist so gut wie sicher. Akhtar war vermutlich dabei. Auf den Bändern ist jemand, der aussieht wie er. Warum sollte Stijn Hanley suchen, wenn er ihn gerade eigenhändig umgebracht hat?«

»Weil er weiß, dass es nicht Hanley war. Er muss gewusst haben, dass es nicht Hanley war.«

»Und wer war es dann?«

»Keine Ahnung. Ist das wichtig? Irgendjemand. Du glaubst nur, dass es Hanley ist, weil Akhtar und seine Schwester das behauptet haben.«

»Und du glaubst, die Schwester steckt mit drin. Aber Stijn hat sie fast umgebracht. Für mich ergibt das keinen Sinn. Das ergibt alles keinen Sinn. Mir hat man gesagt, es ginge um Drogengelder. Stimmt das? Warum haben die dich auf Hanley angesetzt?«

»Er hat Geld gewaschen. Ich sollte herausfinden, wer von bestimmten großen Immobiliengeschäften, von denen man annahm, dass sie nur der Geldwäsche dienten, profitiert hat. Die haben gesagt, es sei ein leichter Job, ohne Risiko.« Sie lachte erbittert auf. »Ohne Risiko. Leichter Job. Ich muss verrückt sein.«

»Und hast du was rausgefunden?«

»Ja. Er hat für zwei Brüder aus Pakistan Geld gewaschen: Ahmed und Mohammed Rouf.«

»Mit Absicht?«

Sie zuckte mit den Achseln. »Am Anfang hat er es vielleicht nicht durchschaut, aber zum Schluss wusste er Bescheid.«

»Stijn arbeitet für die Roufs. Das wurde mir so gesagt.«

»Liegt ja auf der Hand.«

»Und darum soll es hier gehen?«, fragte er. »Dafür müssen Menschen sterben?«

»Es müssen schon für weniger Menschen sterben.«

»Weniger als was?«

»Die Roufs sind groß im Geschäft. Die Gelder, die Hanley bewegt hat, machen nur einen kleinen Prozentsatz aus. Aber es geht nicht nur um die Summen, es geht darum, was sie mit dem Geld machen. Es gibt da noch mächtigere Leute, die über den beiden stehen, und die kennen nicht die geringsten Skrupel. Ich hätte sofort aussteigen sollen, als mir das klar geworden ist.« Sie vergrub den Kopf in den Händen. »Einiges von dem Geld ist an extremistische Araber gegangen. Man hätte mir das sagen müssen, bevor man mich da reingeschickt hat. Sutherland hätte mir das sagen müssen …«

»Kann es sein, dass Stijn euch alle umbringen sollte? Einer von Sutherlands Leuten meinte, es könnte eine ›Säuberungsaktion‹ sein.«

Verwundert sah sie ihn an. »Keine Ahnung. Wenn sie Hanley umbringen wollten, warum dann seinen Tod fingieren und die falsche Leiche in Brand setzen? Für mich sieht das so aus, als wollten die uns glauben machen, dass es Hanley war.«

»Und seine Schwester steckt mit drin?«

»Ja.«

»Das haut nicht hin. Wenn sie mit drinsteckt, warum bringt Stijn sie dann fast um?«

»Es haut alles nicht hin. Wenn ihr Bruder mit drinsteckt, warum sucht Stijn ihn dann? Ich weiß es doch auch nicht. Deshalb bin ich hier. Ich weiß nicht mehr weiter.« Wieder war sie den Tränen nahe.

Er setzte sich aufs Sofa, ein Stück von ihr entfernt. »Gut, wenn Hanley am Leben ist«, sagte er, »warum hat er Mairead entführt?«

»Das weiß ich auch nicht. Aber wir verschwenden nur unsere Zeit mit diesen Grübeleien. Du musst mir glauben. Mairead kann nur bei Nicholas Hanley sein. Als die Arbeiter mir die Geschichte erzählt haben, dachte ich erst, es wäre James gewesen. Aber dann ...«

»James?«

»James Martin.«

Bains nickte. Er wusste, wer das war.

»Aber ich habe das überprüft. Er sitzt in Nordirland im Knast. Dann dachte ich, du wärst es gewesen.« Fast blieben ihr die Worte in der Kehle stecken. »Du, ihr Vater und Hanley seid die Einzigen, mit denen sie freiwillig mitfahren würde.«

»Sie hat sich gut verstanden mit Hanley?«

Sie nickte, sie konnte ihn nicht ansehen. »Ich hätte sie nicht mitnehmen sollen. Das weiß ich ...«

»Du hättest erst gar nicht weggehen sollen.«

»Ich weiß.« Sie schwieg, die Augen gesenkt, sie zitterte.

»Mairead vertraut ihm also. Ist das so?«

Sie nickte. »Die beiden waren so eng miteinander wie ihr beide damals ... Sie haben sich sehr gut verstanden. Sie wusste nicht, dass er die Zielperson war. Sie dachte, ich hätte ihn einfach so ihn in der Galerie kennen gelernt. Sie ist mit ihm umgegangen, als wäre er ihr Vater.«

»Und du? Wart ihr auch sehr eng miteinander?« Er verzog die Lippen, als er die Frage stellte.

Sie schüttelte den Kopf. »Bitte. Ich komm mir vor wie ein Flittchen ...« Wieder traten ihr die Tränen in die Augen. »Ich weiß auch nicht, was mit mir los ist. Du hattest recht. Ich muss mir Hilfe holen deswegen.«

Er räusperte sich. »Ich verstehe das alles nicht«, sagte er. »Ich verstehe gar nichts mehr. Aber ich weiß, was wir tun müssen. Du musst zu Sutherland gehen. Was anderes bleibt dir nicht übrig.«

Sie sprang sofort auf. »Du hast mir versprochen …«

»Ich hab ja nicht gesagt …«

»Ich hau ab, sofort. Ich bin zu dir gekommen, weil du der einzige Mensch warst, dem ich vertrauen konnte.« Sie schrie ihn an.

Er stand ebenfalls auf und legte ihr eine Hand auf die Schulter. »Ich werde nichts unternehmen«, sagte er. »Ich liebe dich, Karen. Ich würde nie etwas tun, das dir schaden könnte. Niemals.«

Er berührte sie am Arm. »Ich werde nichts tun, was du nicht willst«, sagte er. »Das musst du doch wissen. Aber sag du mir, welche Alternativen wir haben.«

47

In der Küche sah es nicht besser aus als im Rest des Hauses. Der Gasherd war an eine Gasflasche angeschlossen, die leer war. Es gab weder Töpfe noch Pfannen, dafür Schränke mit kaputten Türen. In einem fanden sie angeschlagene Schüsseln, einen Dosenöffner, ein paar Teller und drei Konserven: Steak Pie von Fray Bentos, Baked Beans und Ananasringe von Del Monte.

»Das ist doch eine ganze Mahlzeit«, sagte Nick. »Fleisch mit Bohnen und zum Nachtisch Ananas.«

Ihr wurde schon bei der Vorstellung schlecht. »Und wie machen wir das warm?«

»Gute Frage.« Er schaute sich um. »Wir tun es auf einen

Teller und stellen es in den Ofen. Ich glaube, der läuft mit Strom.«

»Geben wir das Fleisch der Katze«, sagte sie. »Ich esse die Ananas.«

Die Katze hatte dichtes und sauberes Fell, aber nur wenig Fett. Am Hals konnte man noch sehen, dass sie früher einmal ein Halsband getragen hatte.

»Die Arme hat bestimmt den Leuten gehört, die hier gewohnt haben«, sagte sie, während er mit dem Dosenöffner hantierte. »Die haben sie bestimmt hier zurückgelassen.«

»Sieht aber ziemlich gesund aus.«

»Sie ist viel zu dünn. Du musst mal richtig hingucken.«

»Hier lebt schon seit Monaten keiner mehr, und sie ist nicht verhungert. Von irgendwas muss sie also leben.«

»Katzen sind Überlebenskünstler«, sagte sie, ihre Mutter zitierend. »Sie können sich auf jede Situation einstellen.« Wieder vermisste sie ihre Mama und schaute zu Nick hinüber, der die geruchsintensiven Fleischstücke in Soße mit der Gabel auf einen Teller beförderte. Die Katze zu ihren Füßen drehte fast durch, rieb sich an ihren Beinen und schnurrte. Sie streichelte sie.

»Warum sind die Leute hier weggezogen?«, fragte sie. Sie wollte ihn zum Reden bringen, wollte herausfinden, wo sie waren.

»Keine Ahnung«, sagte er. »Sie haben das Haus verkauft. Ist bestimmt nicht einfach, hier oben zu leben.«

»Hast du es ihnen abgekauft?«

»Die Firma hat es gekauft.«

»Und willst du es weiterverkaufen?«

»Nein, wir behalten es.«

»Warum?«

Er drehte sich zu ihr um und sah sie an. »Wollen wir jetzt die Katze füttern?«, fragte er.

Die war schon ganz aus dem Häuschen, rannte zum Teller, schnüffelte, kostete – und ließ es stehen.

»Die weiß auch, dass das Zeug Mist ist«, sagte sie.

»Es ist vollkommen in Ordnung. In Dosen hält sich das jahrelang.«

»Es war schon Mist, als es in die Dose reinkam.«

»Du sollst nicht so reden.«

Sie musste lachen. »Mist ist doch kein schlimmes Wort, Nick. Scheiße ist vielleicht ein schlimmes Wort.«

»Du weißt, was ich meine.«

Er reichte ihr einen Teller mit Ananasringen und spülte eine Gabel für sie. Es gab keinen Küchentisch, also setzte sie sich zu der Katze, die immer noch das Fleisch inspizierte, auf den Fußboden.

»Die verlegen sich wieder aufs Mäusejagen«, sagte Nick. Er stand an die Wand gelehnt da. »Wenn die wieder in Freiheit leben, lernen sie, für sich selbst zu sorgen, und dann trauen sie dem Futter nicht mehr, das man ihnen vorsetzt.«

»Ist ja keine besonders tolle Überlebenstechnik.«

»Manchmal ja, manchmal nein. Hängt davon ab, wie viele Mäuse es gibt.«

»Das dürfte hier draußen ja kein Problem sein.« Sie steckte sich einen Ananasring in den Mund, er war zuckrig und weich, schmeckte aber nicht sehr nach Ananas.

Nick sah ihr zu, ein leichtes Lächeln auf den Lippen. Er mochte sie, das wusste sie. Normalerweise kriegte sie alles von ihm, was sie wollte.

»Und erzählst du mir jetzt, was los ist?«, fragte sie.

»Ich weiß es selbst nicht«, antwortete er. »Wenn ich es wüsste, würde ich es dir sagen.«

»Wir bleiben doch nicht über Nacht hier, oder?«

Er schaute sich um. »Nein«, sagte er nicht sehr überzeugend. »Ich hoffe nicht.«

»Können die uns hier finden?«

»Wer?«

»Die Leute, vor denen du Angst hast.«

Seine Miene verdüsterte sich. »Nein. Niemand weiß von diesem Haus. Nur Diana.«

»Und kommt sie auch her?«

Er zog die Stirn in Falten. »Man merkt, dass du die Tochter deiner Mutter bist. Ich weiß, was du hier versuchst.«

»Ach ja?«

Beim Kauen taten ihr die Schneidezähne weh. Sie machte den Mund auf und zeigte darauf. »Der Mann heute Morgen hat mich geschlagen«, sagte sie ruhig. »Hierhin. Nicht der, der dann gestorben ist, sondern der Große. Ich bin noch nie so doll geschlagen worden.«

Er trat von einem Bein aufs andere, die Schuldgefühle waren ihm ins Gesicht geschrieben. »Das tut mir leid, Rachel«, sagte er. »Ich habe einen Fehler gemacht ...«

»Es war ziemlich interessant«, fuhr sie fort. »Am Anfang hat es ganz doll wehgetan, weil die Lippe geplatzt war und die Zähne locker sind ...«

»Deine Zähne sind locker?«

»Ja. Willst du mal sehen?«

Er drehte sich weg, als könne er den Anblick nicht ertragen. Sie wusste, dass er sich selbst die Schuld daran gab, aber sie hatte keine Ahnung, warum.

Er ging zum Küchenfenster und schaute in die Dunkelheit hinaus. »Ich sollte dich zum Arzt bringen«, sagte er. »Das ist doch lächerlich, das alles.«

»Nach einer Weile hatte ich mich an den Schmerz gewöhnt«, sagte sie. »Als ich angefangen habe, darüber nachzudenken, statt nur zu reagieren, war es gleich nicht mehr so schlimm.«

Er ging neben ihr in die Hocke. »Zeig mal.«

Sie machte den Mund auf. »Aber nicht anfassen«, warnte sie.

»Tut es immer noch weh, sind sie noch locker?«

»Ja, aber das macht nichts. Die werden wieder fest. Nadine Clough aus meiner Klasse ist letzten Monat vom Fahrrad gefallen und hat sich fast die Zähne ausgeschlagen. Sie konnte sie hin und her bewegen. Mrs. Ashton hat gesagt, dass sie in ein paar Tagen wieder fest sein würden, und so war es auch. Ist also alles nicht so schlimm.«

Er stand auf. »Du hörst dich an wie deine Mutter«, sagte er. Sie hörte auf zu essen. Seine Stimme klang wieder traurig. »Ich habe deine Mutter wirklich geliebt, Rachel. Weißt du das?«

Sie nickte und fragte sich, warum er in der Vergangenheit sprach.

»Ich habe geglaubt, dass wir beide uns wirklich lieben, sie und ich. Deshalb habe ich euch in mein Haus geholt. Ich habe noch nie für jemanden so viel empfunden wie für deine Mutter. Mein ganzes Leben vor ihr war reine Zeitverschwendung.« Er sah aus, als würde er gleich in Tränen ausbrechen.

»Aber sie ist doch nicht weg, Nick. Sie hat dich gesucht. Wir beide haben dich gesucht. Sie hat gedacht, dass du in Gefahr bist. Sie wollte dir helfen.«

Er drehte sich von ihr weg, er stand vor dem Herd und atmete mehrmals tief durch. »Sie ist weg«, sagte er nach einer Weile. Seine Stimme klang zittrig.

»Ich weiß, wie der Mann heißt, der mich geschlagen hat«, sagte sie. »Er heißt Stijn. Der andere hat ihn so genannt, das habe ich gehört.«

Er wischte sich verstohlen über die Augen und drehte sich zu ihr um. Hinter ihm sah sie, wie durch das Fenster Licht hereinfiel und über die Zimmerdecke wanderte.

»Ich weiß«, sagte er. »Ich weiß, wer das ist.«

Woher wusste er das? Wieder hörte sie die Alarmglocken in ihrem Kopf schrillen. Der Lichtschein draußen wurde zu einem Scheinwerferstrahl. »Ich glaube, da ist ein Auto auf der Straße«, sagte sie hastig und sprang auf. Er schaute aus dem Fenster.

»Du hast recht. Schnell, gehen wir nach oben. Wir müssen rausfinden, wer das ist.«

Sie rannten hoch in den ersten Stock. Eines der Schlafzimmerfenster ging nach vorne raus, zu dem Feldweg, der zum Haus führte. Es war beschlagen, sie rieben ein Guckloch frei und spähten hinaus, ihre Gesichter berührten sich fast.

Sie sahen ein Auto unten auf der Straße, es kurvte langsam um die Schneeverwehungen herum.

»Geradeaus kommt der nicht weiter«, sagte Nick. Er klang besorgt. »Die Straße ist gesperrt.«

Es bog in den Zufahrtsweg zu ihrem Haus ein.

»Könnte Diana sein«, sagte sie. »Oder Mama.«

Er warf ihr einen kurzen Blick zu. »Deine Mama ist es bestimmt nicht«, sagte er. »Vielleicht Diana.«

Warum nicht? Warum nicht ihre Mutter? Sie rückte ein Stück von ihm ab. Sie beobachteten, wie die Scheinwerfer auf Nicks Wagen fielen.

»Ein Landrover«, sagte Nick.

Er blieb direkt hinter ihrem Wagen stehen.

»Ich glaube, das ist Dianas Auto, ihr Mietwagen.« Mit zusammengekniffenen Augen versuchte er, das Nummernschild zu lesen.

Die Scheinwerfer verloschen, der Motor erstarb, und die Fahrertür ging auf. Jemand stieg aus. In der Dunkelheit war nur schwer zu erkennen, wer es war. Die Person schaltete eine Taschenlampe ein, leuchtete auf den Boden und ging langsam und vorsichtig durch den Schnee aufs Haus zu. Seine Schwester konnte es nicht sein, die war viel kleiner. Mairead hörte, wie ihm der Atem stockte.

»Scheiße!«

Sie beobachtete, wie die Person in den Lichtschein trat, der aus dem Fenster fiel. Ihr war sehr kalt, und sie hatte große Angst. »Das ist der Mann, der mich geschlagen hat«, flüsterte sie. Der Mann, der ihrer Mama wehgetan und sie mit einem Eimer Blut übergossen hatte. Sie trat weg vom Fenster. Sie wagte es kaum, ihn auch nur anzusehen.

Nick stand stockstarr da und schwieg. Plötzlich trat auch er vom Fenster zurück. »Wie hat der uns gefunden? Scheiße! Scheiße! Scheiße!«

Er wusste, wer dieser Mann war. Er hatte Angst vor ihm. Sie sah zu, wie er hektisch zur Tür lief und wieder zurück, wie er sich die Hände vors Gesicht schlug. Er zitterte am ganzen Körper. Unten klopfte der Mann an die Haustür.

»Was soll ich bloß machen?«, wimmerte er. »Was soll ich jetzt bloß machen?« Er war außer sich, in seinem Gesicht war Angst zu lesen.

Sie fing an zu weinen. »Wir müssen weglaufen«, sagte sie.

»Wir können nicht weglaufen! Wir sind hier mitten im Nirgendwo. Der kriegt uns doch sofort. Ich muss mit ihm sprechen. Ich muss.« Er blieb vor ihr stehen. »Ich weiß nicht, ob ich die Situation unter Kontrolle halten kann, Rachel. Wenn irgendwas passiert, musst du wegrennen. Ich werde versuchen, ihn aufzuhalten. Die Gegend hier heißt High Top, die nächste Ortschaft ist Delph, in Lancashire.«

»Wir müssen die Polizei rufen, Nick. Du musst …«

»Nein, das geht nicht.« Mit bebenden Lippen sah er sie an. »Du verstehst das nicht, Rachel. Wir können nicht die Polizei rufen. Noch nicht …«

Er ging aus dem Zimmer und ließ sie allein. Sie folgte ihm bis zur Treppe, hockte sich hinter das Geländer und horchte, was unten vor sich ging. Sie hörte, wie er das vordere Zimmer durchquerte und die Haustür aufzog.

»Hallo, Nick.« Wieder dieser Akzent, wieder die hohe Stimme. Sie hörte, wie er eintrat. »Ich hoffe, ich komme nicht ungelegen.«

»Wie haben Sie … Warum sind Sie … Wie …?«

»Wie ich Sie gefunden habe? Ihre Schwester hat's mir verraten. Machen Sie die Tür zu. Es wird kalt werden heute Nacht.«

Die Tür fiel ins Schloss.

»Meine Schwester? Wo ist sie? Ist das nicht ihr Wagen?«

»Doch, ich bringe ihn nur zurück. Ich bin davon ausgegangen, dass sie schon hier bei Ihnen ist. War das nicht der Plan?«

»Wieso haben Sie ihren Wagen?«

»Sollte ich hier nicht die Fragen stellen, Nick?«

»Was wollen Sie?«

»Das ist aber kein sehr freundlicher Empfang. Dabei habe ich mir solche Mühe gegeben, dieses Haus zu finden. Sie sind ziemlich clever, Nick. In gewisser Weise.«

»Was wollen Sie?« Nick klang verzweifelt, seine Stimme brach.

»Sind sie hier?«

»Wer?«

»Versuchen Sie nicht, mich für dumm zu verkaufen.«

»Rachel ist hier.«

»Rachel? Sie meinen Sharpe?«

»Ja.«

Das Herz rutschte ihr in die Hose.

»Sie kennen nicht mal ihren Vornamen, oder?«

»Sie heißt Rachel.«

»Ihren richtigen Namen.«

»Nein.«

Sie sah sich um, den Flur entlang, der zur anderen Seite des Hauses führte. Konnte sie abhauen, durch ein Fenster rausklettern? Sie waren hoch oben im Moor. Auf dem Weg hierher hatte sie keine Häuser gesehen. Wie weit mochte es sein bis zum nächsten Haus?

»Und die andere – ihre nervtötende Mutter?«

»Das weiß ich nicht.«

»Lügen Sie mich nicht an.«

»Ich lüge nicht. Sie ist nicht hier. Sie sollten Ihren Boss anrufen, Stijn. Sie sind nicht auf dem neuesten Stand.«

Sie hörte ein Scharren, eine schnelle Bewegung, dann plötzlich rannte die Katze die Treppe hoch auf sie zu.

»Scheiß Katzenviech. Ich kann Katzen nicht ausstehen.«

Die Katze rannte geradewegs an ihr vorbei den Flur hinunter.

»Und wie lautete nun der Plan?« Ein Stuhl wurde über den Fußboden gezogen. Einer setzte sich. »Erzählen Sie es mir, ich bin neugierig.«

»Rufen Sie Ahmed Rouf an, Stijn. Die Sache liegt nicht mehr bei Ihnen.«

»Ach nein?«

Es folgte eine lange Stille.

»Nein«, sagte Nick schließlich. »Wir haben mit ihm gesprochen.«

»Wir?«

»Diana und ich.«

Stijn lachte. »Ist das so?«

»Ja. Wir haben eine Vereinbarung getroffen.«

»Ich hörte davon. Wo sind die Bonds?«

»Nicht hier.«

»Nein?«

»Nein.«
»Wo dann?«
»Das brauchen Sie nicht zu wissen.«
»O doch. Deswegen bin ich ja hier.«
Wieder Stille.
»Diana hat sie. Werden Sie jetzt mit Rouf sprechen?«
»Ich denke eher nicht. Nicht, solange ich keine guten Nachrichten für ihn habe.«
»Wie meinen Sie das?«
»Erst wenn ich weiß, wo die Bonds sind.«
»Sie sind nicht hier.« Nicks Stimme wurde lauter.
»Das sagten Sie bereits.«
»Meine Schwester hat sie.«
»Wenn das stimmt, wäre das ein großes Pech.«
»Was soll das heißen?«
Wieder wurde der Stuhl über den Fußboden geschoben.
»Sie haben sich entschieden zu weit aus dem Fenster gelehnt, Hanley. Die Schlampe ist also nicht hier, sagten Sie?«
»Nein.«
»Und die Kleine ist oben?«
»Ja, aber halten Sie sie da raus. Ich warne Sie.«
Wieder Gelächter von Stijn. »Sie haben sie da reingezogen, nicht ich.«
»Wo wollen Sie hin?«
»Nur mal nach ihr sehen. Sie bleiben hier.«

48

»Du musst mein Handy holen. Ich habe es im Taxi verloren, aber das kann Hanley ja nicht wissen. Er wird versuchen, mich auf dem Handy anzurufen.«

Bains stand neben der Badewanne und betrachtete sie.

»Du musst es unbedingt holen«, wiederholte sie. »Weißt du, wo es ist?«

Sie duschte mit weit offener Tür, als würde sie noch hier bei ihm wohnen, als hätte es die letzten achtzehn Monate nicht gegeben.

»Ja, weiß ich«, antwortete er. »Es wurde hinten im Taxi gefunden. Wenn es noch nicht bei der Kriminaltechnik gelandet ist, liegt es noch in einem Karton im Einsatzzentrum in Weetwood. Aber das ist nicht der richtige Weg.«

Er verfolgte ihre Handbewegungen, wie sie die Seife verteilte, sich das heiße Wasser über die geschundene Haut laufen ließ. Ihre Bewegungen waren schnell und präzise, seine Gegenwart ließ sie unberührt. Er hatte die Tür schließen und sie allein lassen wollen, aber sie hatte darauf bestanden, dass dazu keine Zeit war. Also diskutierten sie weiter, während sie unter der Dusche stand.

»Du wäschst da Beweismittel weg«, sagte er. »Das ist ein Fehler, Karen.«

Sie lachte, das Wasser lief ihr in die Augen und über die Brüste. »Beweismittel? Der Fall kommt sowieso nie vor Gericht.«

»Das kannst du doch nicht wissen.«

»O doch. Selbst wenn wir ihn kriegen und selbst wenn wir ihn lebend kriegen, ich würde niemals gegen ihn aussagen. Du weißt doch, wie das ist. Vergewaltigungsopfer werden vor Gericht noch einmal richtig fertiggemacht.«

»Aber es gibt keinen anderen Weg. Wenn du nichts tust, kommt er ungeschoren davon. Du musst es anzeigen. Du musst …«

»Willst du, dass ich mich an der Schulter irgendwelcher Beamten ausheule wie ein kleines Mädchen? Soll ich mich allen Ernstes auf unsere Gesetzeshüter verlassen, auf Recht und Gesetz? Dass ich nicht lache, Pete. Du weißt doch, wie das läuft. Ich nehme die Sache selbst in die Hand.«

»Du bist Polizistin. Du kannst nicht ...«

»*Du* bist Polizist. Ich war das mal. Und das bedeutet auch nicht mehr, als dass wir wissen, wie die Dinge sind. Verschone mich, Pete. Mir sind die Vergewaltigungsopfer dieser Welt scheißegal, mit eurer Gerechtigkeit könnt ihr mir den Buckel runterrutschen. Ich denke an mich. Das Vergnügen werde ich ihm gönnen. Anna Hart wird mit dieser Sache leben müssen.«

Sie redete über Hart wie über einen völlig anderen Menschen.

»Wir werden ihn kriegen«, sagte Bains. »Er fällt doch überall auf.«

»Vielleicht hat er keine Lust, sich festnehmen zu lassen.«

Er begriff, worauf sie hinauswollte. »Wir werden ihn lebend festnehmen«, sagte er. »Wir werden ihn hinter Gitter bringen.«

Sie antwortete nicht und wusch sich zwischen den Beinen. »Du musst mein Handy holen«, beharrte sie. »Hanley wird mich anrufen. Vielleicht versucht er es gerade jetzt. Er kann nicht wissen, dass ich es nicht mehr bei mir habe.« Sie hatte bereits versucht, Hanley auf seinem Handy zu erreichen. Es war ausgestellt. Bains war der Meinung, dass Hanley, wenn er denn noch am Leben war und seinen Tod fingiert hatte, wohl kaum so dumm sein würde, sein altes Handy zu behalten. Er würde sich ein neues besorgen.

»Das ist doch reine Spekulation, Karen«, sagte er. »Vielleicht wusste er Bescheid über das Taxi und die Entführung. Vielleicht steckt er mit drin. Du bist viel zu schnell bei der Hand mit deinen ...«

»Nein, ich kenne ihn. Er würde Mairead nie etwas antun. Er liebt sie. Wenn er sie entführt hat, dann nur, weil er was von mir will. Wenn er weiß, wer ich bin, denkt er vielleicht, dass ich eine Bedrohung für ihn darstelle – weil ich so viel über ihn weiß. Vielleicht glaubt er, dass er was in der Hand haben muss gegen mich. Ich glaube nicht, dass er mir wehtun will. Er wird mich anrufen. Wir brauchen mein Handy.«

»Er tut Mairead doch schon was an – er hat sie von ihrer Mutter getrennt, um sie für seine Zwecke zu benutzen. So geht man nicht mit Menschen um, die man liebt. Dir fehlt dein klarer Kopf, Karen. Der Mann wäscht Geld für Terroristen.«

»Ich habe einen klaren Kopf.« Sie stellte das Wasser ab und trat tropfnass aus der Dusche. Er reichte ihr ein Handtuch. »Ich kenne ihn besser als du. Er ist ein harmloser Trottel mit mehr Geld als Verstand. Er kann nicht mal richtig lügen. Er hat moralische Vorbehalte gegen das Lügen.« Sie grinste verächtlich. »Seine Schwester hat ihn da reingezogen. Sie war mal mit einem der Roufs zusammen, sie hatten sich bei einem Polo-Turnier in Bahrain kennen gelernt. Rouf hat sie um einen Gefallen gebeten, und sie hat Hanley überredet, ein paar Immobiliengeschäfte für ihn zu tätigen. Sie wusste nicht, was dahintersteckte. Als die Sache größer wurde, haben sie Hanley Imran Akhtar vor die Nase gesetzt, er sollte ein Auge auf Hanley haben. Akhtar ist mit den Roufs verwandt. Nettes Arrangement. Akhtar hat dafür gesorgt, dass Nick sämtliche Geschäfte für die Roufs abwickelte. Wer würde schon einen reichen Weißen mittleren Alters verdächtigen, seine Finger im Terrorismus-Geschäft zu haben?«

»Diese Informationen hätte man doch auch kriegen können, indem man einfach seine Geschäftsräume durchsucht. In Weetwood stapeln sich die Kartons mit Unterlagen über verdächtige Geschäfte. Es gab keinen Grund, dich da reinzuschleusen.«

»In den Papieren werden die nicht viel finden. Die Transaktionen sind zu undurchsichtig. Die Spuren führen alle zu irgendwelchen anonymen IBCs oder Offshore-Banken. Die hatten keine Ahnung, wer dahintersteckte, bis ich reingegangen bin.«

»Und wie hast du es rausgefunden?«

»Nick hat mir alles erzählt: von den Roufs, von seiner Schwester, die ganze Geschichte. Er brannte regelrecht darauf, mir alles zu berichten. Für ihn muss das wie eine bleierne Last gewesen sein, er wollte sich jemandem anvertrauen, wollte die Last teilen. Und ich war willig.« Sie beugte sich vor, schloss die Augen und rubbelte sich die Haare trocken. »Er ist nicht gefährlich, Pete. Er wäscht das Geld für die, mehr nicht. Er könnte Mairead nie was antun, selbst wenn sein Leben davon abhinge. Er wollte mich heiraten, Herrgott.« Sie hielt inne, als ihr klar wurde, was sie da gesagt hatte. Bains spürte, dass der Schmerz, den er empfand, sich in seinen Augen spiegelte, und schaute weg.

»Tut mir leid. Ich sollte nicht so mit dir reden.«

»Warum nicht? Wir sind nicht mehr zusammen. Wir sind Kollegen, mehr nicht.«

Sie kam auf ihn zu. »So fühle ich aber nicht«, sagte sie. »Meine Gefühle für dich haben sich nie verändert. Das war ein anderer Mensch da mit Hanley. Das war Anna Hart, nicht ich. Das musst du verstehen.«

Er seufzte. Sie wollte, dass er sie anfasste, dass er etwas Aufbauendes sagte, aber das konnte er nicht. »Das warst du, Karen«, sagte er. »Deine Psycho-Theorien sind ganz schön verschwurbelt.«

Sie schaute zu Boden, sie stand direkt vor ihm, nackt, eine Armeslänge entfernt.

»Trockne dich ab«, sagte er. »Dann suchen wir dir was zum Anziehen.«

»Ich wusste nicht, was ich tat, Pete. Es tut mir leid.«

Er trat einen Schritt von ihr weg. »Mir auch.«

Sie trocknete sich ab. Sie hatte so viele Blutergüsse am Körper, dass er wegschauen musste.

»Hast du was gegessen?«, fragte er.

Sie schüttelte den Kopf. »Ich brauche nichts.«

»Du bist total dürr, Karen. Du solltest was essen.«

»Ich habe abgenommen«, sagte sie. »Nachdem wir hier weg sind, habe ich ziemlich stark abgenommen.« Sie schaute sich im Badezimmer um und lächelte. »Fühlt sich alles noch ganz vertraut an. Sogar der Geruch.«

»Ich habe auch abgenommen«, sagte er. Er fühlte sich nicht wohl in seiner Haut. Wieder versuchte er, sie nicht anzustarren. Sie blickte zu ihm auf und wartete. »Warum hast du mich verlassen, Karen?«

Sie schüttelte langsam den Kopf. »Ich weiß es nicht, Pete. Es war ein Fehler.«

»Es war ziemlich hart ohne dich.« Er kam sich dumm vor bei diesen Worten.

Sie gingen in sein Schlafzimmer. Es hatte sich nicht sehr verändert, seit es »ihr« Schlafzimmer gewesen war. Er zeigte ihr ihre Sachen, sie lagen in den Schubladen im Kleiderschrank. Er hatte sie weggeräumt, aber nicht weit weg.

»Maireads Sachen habe ich auch noch«, sagte er. »Alles, was du zurückgelassen hast. Ist alles noch hier.«

Sie suchte sich schlichte Unterwäsche heraus, Jeans, ein T-Shirt und einen Fleece-Pulli.

»Ich habe dich verlassen, weil ich einen Job hatte«, sagte sie. »Sie haben mich drum gebeten.«

»Ja, ist das so? Die haben dich gefragt?«

»Ja.« Sie stieg in die Unterwäsche.

»Sieh mich an, und sag das noch mal. Sag mir die Wahrheit.«

Sie sah ihn nicht an. »Okay«, sagte sie. »Nein.«

»Du hast sie gefragt?«

»Ja.«

»Warum?«

Sie rückte sich den BH zurecht und zog sich das T-Shirt über den Kopf. Ihre eigenen Kleider. Sie hielt sich den Stoff an die Nase und roch daran. »Ich habe es getan, weil ich dachte, James Martin wäre hinter uns her. Wenn er Mairead gefunden hätte, hätte er sie mir weggenommen. Ich musste verschwinden. Das war die beste Lösung.«

Er packte sie am Arm und drehte sie sanft zu sich. »Sieh mich an, Karen. Du hast mich doch sonst nicht angelogen. Das war nicht der Grund. Das weißt du genau.«

Sie sah ihm ins Gesicht, sie trug nur das T-Shirt. Er stand sehr dicht vor ihr. »Nein. Das war nicht der Grund«, sagte sie. Sie vergrub ihr Gesicht in den Händen, ihr Atem ging stoßweise. »Ich weiß nicht, warum ich es getan habe, Pete. Das ist die Wahrheit.«

»Was hat dir denn gefehlt? Wir waren doch glücklich, Karen. Wir waren rundum glücklich. Was war denn nicht in Ordnung?«

»Es war alles in Ordnung.« Sie fing an zu zittern. »Aber ich hab es einfach nicht mehr ausgehalten. Ich weiß nicht, warum, Pete. Es lag nicht an dir. Du bist der Mensch, mit dem ich am glücklichsten war, als *ich selbst*. Aber das ist genau das Problem. Ich will nicht ich sein.«

Er sperrte sich nicht länger und umarmte sie. Er hielt sie fest, bis das Zittern aufhörte und sie zu ihm hochschaute. Er hatte das Gefühl, in einen Abgrund zu rutschen, und er konnte nichts dagegen tun. »Du wirst das wieder machen«, sagte er. »Wenn das hier vorbei ist und wir noch mal von vorn anfangen würden – du würdest mir das Gleiche wieder antun, stimmt's?«

Sie schüttelte den Kopf, dann sah sie verunsichert aus und setzte sich aufs Bett. »Ich weiß es nicht«, sagte sie. »Ich weiß es wirklich nicht. Aber ich will es nicht, und was ich dir damals über meine Gefühle für dich gesagt habe, ist immer noch da.«

»Was?«

»Du weißt, was.«

Sie zog sich die Jeans an. Er atmete tief durch. »Angenommen, Nicholas Hanley ist noch am Leben«, sagte er, »hast du irgendeine Ahnung, wo er sein könnte?«

»Es gibt so viele Möglichkeiten.«

»Im Ausland? Warum sollte er nicht außer Landes sein?«

»Kann ich mir nicht vorstellen. Abgesehen von dem Ferienhaus hat er kein Eigentum im Ausland, keine Kontakte. Seine Welt ist hier. Wenn er Ärger hat, wird er sich irgendwo hier in der Nähe verstecken. Und er wird mich anrufen.«

»Um was zu sagen? Was könnte er von dir wollen?«

»Keine Ahnung.«

»Wir müssen damit zum Ermittlungsteam gehen, das sind ohne Ende neue Informationen. Wir müssen denen sagen, was wir wissen. Wenn nicht zu Sutherland, dann eben zu Alan White.«

»Alan White steht unter Sutherlands Kuratel. Das hast du selbst gesagt.«

»Dann eben doch zu Sutherland. Warum nicht? Du arbeitest für ihn, Karen.«

»Ich habe für ihn gearbeitet. Ich bin draußen. Die Sache ist geplatzt. Ich hätte mich nie wieder auch nur entfernt auf ihn einlassen dürfen. Stijn ist hier, weil irgendjemand meine Deckung hat auffliegen lassen. Gut möglich, dass das Sutherland selbst war.«

»Das ist doch Quatsch, Karen. Er arbeitet für die Regierung.«

»Du hast keine Ahnung, wozu die fähig sind.«

»Warum denn? Wozu?«

»Ich weiß es doch nicht.« Sie wurde lauter und lief rot an. »Aber die haben mich schon mal verraten, und die würden das wieder tun. Ich kann ihm nicht trauen.«

Er atmete tief durch. Es hatte keinen Sinn, sie zu drängen. Sie benahm sich irrational und paranoid. »Okay«, sagte er. »Jemand von drinnen hat dich also auffliegen lassen, vielleicht. Aber das war damals. Jetzt gibt es eine Sonderkommission aus vierzig Mann, die nach dir und Mairead suchen. Die müssen wir mit einspannen. Wir schaffen das nicht allein. Wie können die dir noch schaden, wenn wir jetzt zu ihnen gehen?«

»Sie könnten meine Deckung auffliegen lassen und Mairead in Gefahr bringen. Bis jetzt wissen wir noch gar nichts. Ich bete, dass sie bei Hanley ist, aber womöglich steckt Hanley irgendwie mit Stijn unter einer Decke ... oder Stijn spürt ihn auf ... Vielleicht hat Stijn Hanleys Schwester gefoltert, um in Erfahrung zu bringen, wo ihr Bruder steckt, und vielleicht hatte er Erfolg. Dann ist er jetzt bei ihnen. Maireads einzige Chance ist es, alles zu leugnen und ihre Rolle weiterzuspielen. Wenn wir zu Alan White gehen und irgendwer ihre Deckung auffliegen lässt, hat sie verloren.«

»Ich weiß, was du meinst, Karen, aber das könnten die jetzt genauso gut tun. Die wissen doch jetzt schon, wer du bist. Inwiefern würde es einen Unterschied machen, wenn du zu ihnen gehst? Sie könnten deine Deckung auch jetzt schon auffliegen lassen, wenn sie das wollten.«

Darauf wusste sie keine Antwort. Sie runzelte die Stirn und zog sich Socken und Schuhe an. »Ich weiß es nicht. Du bringst mich ganz durcheinander, Pete. Das ist ja auch nur ein Grund. Wir können denen sowieso nicht trauen.«

»Warum nicht?«

»Weil die's vermasseln werden. Wenn die rausfinden, wo Mairead ist, setzen die ihr einen Hubschrauber auf den Kopf, oder sie schicken einen ganzen Autokonvoi los. Sie werden Scharfschützen aufstellen und viel zu viele Leute reinbringen. Sie werden's vermasseln. Das tun sie immer. Sie werden sich ankündigen wie eine Blaskapelle. Nick – oder Stijn – wird sie kommen hören und in Panik geraten, und die Katastrophe ist vorprogrammiert. Man kann denen nicht trauen, Pete – nicht dem MI5, nicht dem MI6, der bescheuerten Polizei oder der Inneren Sicherheit, keinem von denen.«

Sie stand auf, komplett angezogen. »Holst du jetzt mein Handy oder nicht?«

49

Als er die Treppe hochkam, sah er die Kleine gerade noch wegrennen. Auf halber Höhe merkte er, dass Hanley ihm folgte. Er blieb stehen, zog die Waffe aus dem Schulterholster, drehte sich um und zielte auf ihn.

»Sie warten unten«, sagte er.

»Das kann ich nicht«, sagte Hanley. Er zitterte wie Espenlaub. »Ich kann nicht zulassen, dass Sie ihr was antun.«

»Ich habe nicht vor, ihr was anzutun. Ich will nur nachsehen, ob ihre Mutter hier ist.«

»Ich hab's doch schon gesagt, sie ist nicht hier. Ich lüge nicht.«

»Nein?« Er ging die Treppe wieder runter und schob Hanley bis ins Wohnzimmer vor sich her. »Und warum ist die Kleine dann hier?«

»Ich wollte meine Schwester abholen, und da waren sie da – vor dem Haus. Sie hatte Rachel im Wagen gelassen. Bis dahin dachte ich noch, Sie hätten die beiden.«

Stijn grinste. »Sie hätten Ihre Freunde nicht bestehlen müssen, wenn Sie gewusst hätten, dass die beiden entkommen waren.« Er sah, wie Hanley ein Schweißtropfen aus dem Haar lief. »Sie sind ein erbärmliches kleines Würstchen, Hanley. Ich wusste, dass Sie das nicht durchziehen würden. Als Sie nicht aufgetaucht sind, wusste ich sofort, dass Sie versuchen würden, das Weibsstück und ihr kleines Balg zu retten. Sie hätten es besser wissen müssen.«

»Ich habe mit Ahmed gesprochen. Ich habe schon mit ihm gesprochen ...«

»Ahmed Rouf verhandelt nicht über sein eigenes Geld. Die Bonds gehören ihm. Denken Sie drüber nach, während ich nach der Kleinen sehe.«

Er wandte sich zum Gehen, doch Hanley streckte tatsächlich die Hand aus, als wollte er ihn aufhalten.

Stijn verharrte in der Bewegung und betrachtete die Hand, die über seinem Arm schwebte. »Und jetzt?«, fragte er. »Na los. Fassen Sie mich an. Wollen doch mal sehen, was dann passiert.«

Hanley zog die Hand zurück. »Ich werde nicht zulassen, dass Sie Rachel was antun.« Seine Stimme war schrill geworden.

Stijn lachte. »Weiß ›Rachel‹, wo wir hier sind?«

»Keine Ahnung.«

»Haben Sie es ihr gesagt?«

Hanley schaute auf den Fußboden.

»Haben Sie ihr gesagt, wo wir hier sind?«

»Ja.«

»Gut. Ich gehe jetzt hoch. Wenn Sie nachkommen, jage ich ihr eine Kugel ins Bein. Kapiert?«

»Das kann doch nicht Ihr Ernst sein.« Hanleys Gesicht war kreideweiß, er starrte ihn voller Entsetzen an.

»Ich kann noch ganz anders«, sagte Stijn. »Sie wissen, wozu ich in der Lage bin. Sie wird tun, was ich will, und wenn sie schon halb tot ist. Verstanden? Sie warten hier und rühren sich nicht vom Fleck, dann bleibt sie unversehrt. Wenn Sie hochkommen, mach ich sie fertig. Kapiert?«

Hanley nickte hastig. Er war ein Waschlappen, ein jämmerlicher Waschlappen. Hätte er nicht so viel Geld, er wäre sein Leben lang von anderen drangsaliert worden.

»Wo ist Ihr Handy?«

Hanley zog es aus der Tasche. »Es ist neu. Ich habe mir ein neues besorgt, wie Sie gesagt haben …«

»Gibt es hier ein Festnetztelefon?«

Hanley schüttelte den Kopf. Stijn riss ihm das Handy aus der Hand, drehte sich um und trat auf die erste Treppenstufe. Hanley stand immer noch wie angewurzelt da, als er die Tür zur Treppe hinter sich schloss.

Das Mädchen war in einem Zimmer im obersten Stock, sie hockte hinter einem Bettgestell in der Ecke. Als er sah, dass sie allein war, steckte er die Pistole zurück ins Holster. Er konnte es sich sparen, das ganze Haus zu durchsuchen. Ihre Mutter hätte sie hier nicht alleingelassen. Er schloss die Tür.

»Ist deine Mutter hier?«, fragte er, um ganz sicherzugehen. Sie schüttelte den Kopf, ihre Augen waren ganz groß vor Angst.

»Komm her«, sagte er und setzte sich auf die breite Fensterbank. »Ich werde weder dir noch sonst jemandem etwas tun, wenn du machst, was ich dir sage.«

Zögernd stand sie auf, sie hatte die Unterlippe nach innen gesaugt, ihre Arme hingen schlaff herunter. Sie hatte noch dieselben Kleider an. Er sah die Flecke von dem Blut, das er ihr übergeschüttet hatte.

»Komm her«, wiederholte er.

Langsam ging sie auf ihn zu und warf hastig einen Blick zur Tür.

»Denk gar nicht erst dran abzuhauen«, sagte er. »Du weißt genau, was ich dir antun kann. Es sind schon zu viele Fehler gemacht worden heute.« Er könnte es ihr mit Gewalt entlocken, aber das würde dauern. Vielleicht hatte sie auch so schon genug Angst. Noch nie zuvor hatte er ein Kind so schwitzen sehen. »Was ich heute Morgen getan habe, war ein Fehler«, sagte er. »Es tut mir leid. Was ich deiner Mama angetan habe und dir. Aber es ist geschehen. Wir müssen nach vorn blicken und dafür sorgen, dass es nicht wieder passiert. Willst du das?«

Sie brachte kein Wort über die Lippen, starrte ihn nur an wie ein wildes Tier.

»Ich muss mit deiner Mutter sprechen«, sagte er. »Von Angesicht zu Angesicht. Dann wird sich alles klären. Weißt du, wo sie ist?«

Sie schüttelte den Kopf.

»Wie bist du denn hier gelandet? Erzähl mir, wie du ...« Wie war noch mal das Wort, das er suchte? »Erzähl mir, wie du deine Mutter verloren hast.«

»Nick ist gekommen und hat mich mitgenommen.« Ihre Stimme war ganz dünn und leise, kaum hörbar. Ein Geruch stieg ihm in die Nase, und er begriff, dass sie sich in die Hosen gemacht hatte. Er betrachtete den Fleck, der sich auf ihrer Hose ausbreitete.

»Du kannst ruhig sagen, wenn du aufs Klo musst«, sagte er. Er versuchte ein Lächeln, aber lächeln gehörte nicht zu seinen Stärken. Sie ging nicht darauf ein.

»Von wo hat Nick dich mitgenommen?« Er hörte ein

Kratzen an der Tür, schaute hin und sah, wie sie seinem Blick folgte. »Von wo hat Nick dich mitgenommen?«, wiederholte er.

»Wir standen vor dem Haus seiner Schwester.«

»Und wo war deine Mutter?« Es war die Katze, die an der Tür kratzte und reinwollte. Sie miaute.

»Drinnen.«

»Bei Diana Hanley im Haus?«

»Ja.«

»Und du?«

Sie schaute zur Tür. Die Kratzerei ging ihm auf die Nerven. Unten hatte das Viech schon versucht, ihm um die Beine zu streichen. Er hatte nach ihr getreten, aber offensichtlich hatte sie daraus nichts gelernt.

»Und du? Wo warst du?«

»Im Auto«, sagte sie. »Ich habe gewartet.«

»Gut.« Diana Hanley hatte ihm in allen Einzelheiten von Sharpes Besuch berichtet. Bis jetzt sagte die Kleine also die Wahrheit. Diana Hanley hatte ihm auch erzählt, dass Sharpe nicht bei ihrem Bruder war. Mehr wusste sie nicht, weil ihr Bruder ihr nicht erzählt hatte, dass er Sharpe und ihr Kind mit den gestohlenen Bonds hatte freipressen wollen.

»Hat deine Mutter heute Morgen mit Nicholas Hanley gesprochen? Nachdem ihr aus dem Schlachthof raus wart?«

»Nein. Sie hatte ja kein Telefon.«

Er stand auf. Hastig wich sie zurück. Er spürte ein Kribbeln auf der Haut, wenn er nur an die Katze dachte. Er ging zur Tür und machte auf. Das Vieh rannte an ihm vorbei zu dem Mädchen. Sie versuchte, sie wegzuscheuchen – sie spürte, dass dem Tier Gefahr drohte –, aber die Katze war einfach zu dämlich. Einen Moment lang stand er da und betrachtete die beiden, dann ging er zu ihnen und zog sein Handy aus der Tasche.

»Weißt du, wo wir hier sind?«, fragte er. Er gab sich Mühe, die Katze gar nicht erst anzuschauen, die sich wieder gegen seine Beine drückte.

Sie schüttelte den Kopf.

»Heißt das nein?«, fragte er.

»Ja. Ich weiß es nicht.« Nicht die leiseste Regung in ihrem Gesicht. Sie konnte also lügen.

»Hanley hat es dir gesagt«, erklärte er.

Sie sah ihn an, das Gesicht ausdruckslos. »Ich hab's vergessen.«

»Ist deine Mutter Polizistin?«

Sie runzelte die Stirn, dann schüttelte sie den Kopf.

»Wie ist der Name deiner Mutter?«

»Anna Hart.«

Er nickte verbissen. Sie hatte Angst vor ihm, und trotzdem log sie. Er ließ sich wieder auf der Fensterbank nieder.

»Setz dich«, sagte er und zeigte auf den Fußboden.

Sie kauerte sich neben die Katze, ohne sie zu streicheln. Jedes Mal, wenn das Vieh sich an sie drückte, schob sie es weg. Sie ließ ihn nicht aus den Augen.

»Würdest du gern mit deiner Mutter sprechen?«

Sie nickte und biss sich auf die Lippe. Tränen traten ihr in die Augen.

»Weißt du, wie wir sie erreichen können?«

»Nein.«

»Zu wem würde sie gehen, wenn sie dich vermisst?«

»Zur Polizei. Wahrscheinlich suchen die mich schon.«

Erst vor zehn Minuten, noch auf dem Weg hierher, hatte er erneut die Suchmeldung gehört. Sharpe war nicht zur Polizei gegangen. Warum, wusste er nicht. Gesucht wurden immer noch beide, und zwar unter den Namen Anna und Rachel Hart.

»Sie hätte direkt heute Morgen zur Polizei gehen können«, sagte er. »Nachdem ihr entkommen wart. Ist sie zur Polizei gegangen?«

»Nein.«

Er legte sein Handy auf die Fensterbank und hielt der Katze die Hand hin.

»Warum nicht?«

»Das weiß ich nicht. Sie hat angerufen.« Sofort stieg ihr die Röte ins Gesicht, sie hatte ihren Fehler bemerkt. »Aus einer Telefonzelle«, fügte sie hastig hinzu. »Sie hat von einer Telefonzelle aus angerufen.«

»Ist das wahr?«

Die Katze kam zu ihm. Er zwang sich, das Ding anzusehen. Es schien überhaupt nicht zu merken, wie es auf ihn wirkte. Er spürte, wie es in seinem Magen rumorte, wie ihm die Galle hochkam. Er öffnete den Mund und atmete tief durch. Das Vieh buhlte um seine Zuneigung. Sie war genauso wie die Katze, die sie damals auf dem Hof hatten, als er noch klein gewesen war. Er bemerkte, wie das Kind ihn beobachtete.

»Katzen machen mich krank«, sagte er, ohne das Vieh aus den Augen zu lassen. »Körperlich krank. Sie verursachen mir eine Gänsehaut.« Er sprach mit zusammengebissenen Zähnen. Das Tier schlängelte sich um seine Beine, hinterließ überall seine Haare und schnurrte. »Sieh gut zu und denk nach«, sagte er.

Er wartete, bis sie zwischen seinen Beinen war, dann beugte er sich runter und packte sie an der Kehle. Bog den Kopf nach hinten und fasste fester zu, mit der anderen Hand packte er ihren Körper. Er hörte, wie sie zu fauchen und zu kreischen versuchte, wie das Mädchen nach Luft schnappte, aber er musste die Augen schließen. Er konnte das Vieh nicht ansehen.

Er brach der Katze das Genick wie einem Huhn. Mit einer drehenden und ziehenden Bewegung verdrehte er ihr den Kopf, hörte die Wirbelsäule knacken, dann das Knirschen der Knochen. Als er ihr den Kopf um 360 Grad gedreht hatte, ließ er sie auf den Fußboden fallen.

Er öffnete die Augen. Die Kleine saß noch da, wie erstarrt, beide Hände in den Haaren, Entsetzen im Gesicht, den Mund weit aufgerissen. Er schaute auf die Katze hinab. Ihre Hinterbeine zuckten noch, der Kopf rollte hin und her, die Zunge hing ihr aus dem Maul, und die Augen waren trübe geworden. Genau wie bei Hühnern: Sie war tot, bevor das Herz hinterherkam und zu schlagen aufhörte.

Er wischte sich die Hände an der Hose ab, er blutete. Das Vieh hatte ihn gekratzt. Ihm war übel, weil er es angefasst hatte. Er räusperte sich und spuckte auf das Tier. Das Mädchen zuckte zusammen.

»Hat deine Mutter ein Handy?«, fragte er. Sie klappte den Mund zu, aber sie konnte den Blick nicht von der Katze abwenden. Er sah, wie sich der Brustkorb immer noch hob und senkte. Er wartete, bis es aufhörte und die Kleine wieder zu ihm hochschaute. Ihr liefen Tränen über die Wangen, aber sie gab keinen Laut von sich.

»Hat deine Mutter ein Handy?«

Sie nickte.

»Weißt du die Nummer?«

»Nein.« Sie starrte wieder auf die Katze.

»Vergiss die blöde Katze«, sagte er. »Wenn du mir nicht die Wahrheit sagst, mache ich das Gleiche mit dir.«

Jetzt hatte er ihre volle Aufmerksamkeit.

»Woher hat sie das Handy?«

»Von dem toten Mann.«

»Ach ja, natürlich.« Er nahm sein Handy und ließ sich Michael Kennys Nummer anzeigen. »Ruf sie an und sag ihr genau, was ich dir jetzt sage – hörst du mir zu?«

Sie nickte. Sie zitterte am ganzen Körper.

»Sag ihr, wo wir sind – du weißt doch, wo wir sind, oder?«

»Ja.«

»Du sagst ihr, wo wir sind und dass sie allein kommen soll, sonst musst du sterben. Sag ihr: ›Komm allein, oder ich muss sterben.‹ Kapiert?«

»Ja.«

Er drückte auf »Wählen« und lauschte. Es klingelte zwanzig- oder dreißigmal, dann war die Leitung tot. Log das Blag ihn schon wieder an? Er versuchte es noch einmal. Wieder das Gleiche.

»Hast du mich angelogen?«, fragte er.

Sie schüttelte heftig den Kopf.

»Komm her.«

»Ich will nicht.«

»Komm her, damit ich dich anfassen kann.«

»Ich will aber nicht.«

Er ging zu ihr und legte ihr die Hand auf den Kopf. Sie war so leicht, dass er sie wahrscheinlich an den Haaren hochheben konnte. Er ließ sich neben ihr auf dem Fußboden nieder, so dicht, dass seine Oberschenkel ihre berührten. Sie machte sich steif wie ein Brett.

»Denk nach, ob dir noch eine andere Nummer einfällt«, sagte er. Sie zitterte. »Zu wem würde deine Mutter gehen? Wir müssen unbedingt mit ihr sprechen.« Er zog ihr am Haar den Kopf zur Seite und in den Nacken, so dass ihr Gesicht ihm zugewandt war. Es war so nah, dass er sich vorbeugen und sie küssen könnte, wenn er wollte. Sie fing an zu plärren. »Denk nach«, sagte er. »Zu wem könnte sie gegangen sein?«

Sie sagte etwas, aber sie schluchzte so heftig, dass er es nicht verstand.

»Sprich deutlich«, sagte er.

»Zu Pete Bains.«

»Pete Bains?« Wo hatte er den Namen schon gehört? War das wieder ein Trick? »Wer ist das?«

»Wir haben bei ihm gewohnt, bevor wir Nick kennen gelernt haben.«

»Und du meinst, sie ist wieder zu ihm zurück?«

Sie versuchte zu nicken.

Er ließ sie los. »Okay. Nummer zwei. Versuchen wir es bei Pete Bains. Wenn er rangeht, sprichst du nicht mit ihm. Sprich nur mit deiner Mutter. Weißt du seine Nummer? Hast du die noch im Kopf?«

»Ich glaube schon.«

»Dann raus damit.«

50

Irgendetwas stimmte nicht mit ihr. Es hatte eine Weile gedauert, bis ihm das klar geworden war. Am Anfang war sie so am Boden zerstört gewesen, dass er nichts anderes hatte sehen können. Die Gefühle, die auf sie einstürmten, waren so stark, dass sie nur noch gezittert und geweint hatte. Er hatte nach Kräften versucht, sie zu trösten, sie zu halten und zu beruhigen. Da hatte er noch Karen in ihr gesehen – eine gebrochene, verzweifelte Karen, aber doch die Frau, die er kannte. Bei all ihrer Angst und ihrer Traurigkeit war es ihm unmöglich gewesen, die Veränderungen zu erkennen. Doch dann hatte sie duschen wollen.

In gewisser Weise konnte er das sogar verstehen – sie war vergewaltigt worden, fühlte sich schmutzig und befleckt –, aber ihm brannte die Zeit unter den Nägeln. Beim Anblick ihrer Verletzungen überkam ihn eine unbändige Wut, und er konnte nicht umhin, daran zu denken, was mit ihr geschehen war. Dennoch gab es jetzt sehr viel Wichtigeres zu tun. Sein Herz raste vor Angst, während sie untätig hier rumstanden. Mairead wurde irgendwo festgehalten, und sie hatten keine Ahnung, von wem. Sie schwebte in Gefahr. Mit jeder Minute, die verging, wuchs die Wahrscheinlichkeit, dass man ihr etwas antat. Sie hatten nicht die Zeit, unter der Dusche locker über Nicholas Hanley zu plaudern oder darüber zu sinnieren, was genau vor achtzehn Monaten zwischen ihnen beiden passiert war. Sie hatten keine Zeit zum Duschen, zum Umziehen, zum Reden. Sie hatten Informationen, und sie mussten diese Informationen weitergeben, und zwar schnell. Sie mussten zu Alan White.

Sie verlangte, dass er Anna Harts Handy holte, als hätte es einen Sinn, aufgrund irgendwelcher abstruser Vermutungen rumzusitzen und auf einen Anruf zu warten. Sie hatte Angst vor Sutherland und dass er die Sache vermasseln würde – so war sie nun mal, war schon immer so gewesen, aber jetzt hatte diese Angst ein neues Ausmaß erreicht. Es war eine Paranoia, es war pathologisch. Sie hatte keine Ahnung, wie sie Mairead finden sollte. Nicht die geringste Ahnung. Ihnen blieb überhaupt nichts anderes übrig, als zu Alan White zu gehen.

»Das Telefon hat geklingelt«, sagte sie und hielt ihm ein Handy hin. »Es gehört diesem Kerl, den ich abgestochen habe, Kenny. Er muss irgendwas dran verstellt haben, es speichert keine Anruferlisten. Irgendwer hat gerade zweimal angerufen, während wir im Bad waren.«

Der Kerl, den ich abgestochen habe. Sie sagte das ohne jede Emotion. Es lief ihm kalt den Rücken hinunter. Was tat er hier eigentlich? In der ganzen Stadt lagen irgendwelche Leichen verstreut. Dieser »Kenny« rottete wahrscheinlich noch auf irgendeinem Schlachthoffußboden vor sich hin, wo sie ihn liegen gelassen hatte. Bestimmt waren dort Hinweise zu finden, die zu den Hintermännern führen würden. Sie mussten diese Hinweise sichern und mit dem ganzen Rest in Beziehung setzen. Auch das Telefon – er hatte es erschrocken auf den Tisch fallen lassen, als hätte er sich die Finger daran verbrannt – war voller kriminaltechnischer Spuren. Und sie hantierte damit herum wie mit einem Spielzeug.

»Karen«, hob er an, »wir müssen reden.«

»Es gibt nichts zu bereden. Wir fahren nach Weetwood. Du holst Anna Harts Telefon und kopierst alle Unterlagen, die uns weiterhelfen können. Wir müssen uns reinknien und herausfinden, worum es hier geht. Selbst wenn er nicht anruft, werden wir Hinweise finden, denen wir folgen können, du und ich. Wir können sie finden. Wir haben so was doch schon mal gemacht.« Sie klang wie eine Irre.

»Da sind vierzig Mann, die nur darauf warten, das tun zu können«, sagte er. Er kam sich hilflos vor. Sie war vollkommen irrational, aber wenn er sich allein an Alan White wandte, würde das einen Verrat an ihr bedeuten.

Vor wenigen Minuten hatte sie sich noch die Augen ausgeweint. Ihre Stimmung war von Trauer in Kälte umgeschlagen, sie war nur noch fixiert auf dieses Telefon und tat so, als sei alles völlig normal. Sie drehte ihm den Rücken zu und schob die Verandatür auf.

»Das Auto steht vorn«, sagte er.

»Wir können nicht vorn raus. Dein Haus wird beobachtet.«

»Von wem?«

»Von Sutherlands Leuten. Die warten auf mich. Ich habe einen seiner Männer gesehen, als ich herkam. Wir müssen hinten raus.«

»Aber mein Wagen steht vorn …«

»Dann nehmen wir einen anderen. Das ist sicherer.«

»Ich habe aber keinen anderen.«

»Ich meinte ja auch nicht deinen.«

Sein Handy klingelte. Wollte sie einen Wagen stehlen? Er zog es aus der Tasche und hielt es sich ans Ohr. Er musste sie nach Weetwood bringen. Die Sache musste ein Ende haben.

»Hallo?«

Er erstarrte. Eine Kinderstimme.

»Mairead?«

Im gleichen Moment stand sie neben ihm und riss ihm das Telefon aus der Hand. Sie war so grob, dass er glaubte, sie habe ihm die Finger gebrochen. Er beobachtete, wie sie kalkweiß wurde. Sie taumelte, hielt sich mit einer Hand am Tisch fest. Er hörte sie nach Luft schnappen.

»Mairead?«, schrie sie. Ihre Stimme brach, und sie drehte sich hastig zu ihm um.

»Sie ist weg.« Verzweifelt starrte sie auf das Telefon. »Wie kann ich zurückrufen? Wie kann ich die Nummer sehen?«

»Was hat sie gesagt?«

»Hilf mir!«, schrie sie ihn an. *»Ich muss zurückrufen!«*

Er nahm ihr das Telefon ab und suchte die Nummer. »Wurde nicht gesendet«, sagte er.

»Nein, nein, nein.« Zitternd sank sie auf den Boden. »Ich habe ihn gehört«, sagte sie. »Ich habe gehört, wie er sie angeschrien hat …«

Er ging neben ihr in die Hocke. »Wer? Wen hast du gehört?«

Sie zerrte sich mit beiden Händen an den Haaren. »Diesen Mann. Ich habe diesen Mann gehört. Stijn …«

Ihm stockte der Atem. »Was hat sie gesagt, Karen? Wo ist sie?«

»Sie hat gesagt, dass sie mich liebt … Scheiße … ich hab sie Mairead genannt. Vielleicht hat er es gehört …«

»Hat sie gesagt, wo sie ist?«

»High Top, Delph. In Lancashire.«

Delph. Er kannte es von Wanderungen im Saddleworth-Moor. »Okay«, sagte er. »Ich habe Wanderkarten von da oben. Wir werden High Top finden und es melden. Die Polizei von Lancashire kann in ein paar Minuten da sein.«

»Nein.« Sie stand zu hastig auf und taumelte rückwärts gegen den Tisch. Er streckte die Hand aus, um ihr zu helfen, aber sie stieß ihn weg. »Nein, das geht nicht.«

»Karen …«

»Es geht nicht. Er hat gesagt, ich soll allein kommen. Ich habe ihn schreien gehört. Sie hat geweint, Pete, sie hat geweint. Sie hatte Angst. Er hat gesagt, er bringt sie um, wenn ich nicht allein komme.«

51

Mairead hatte kaum Zeit, alles zu sagen, was er ihr aufgetragen hatte, bevor er ihr das Telefon aus der Hand riss und hineinbrüllte. Sie fing an zu weinen, versuchte, ihrer Mama unter Tränen alles Mögliche zu sagen, und hoffte, sie möge es hören. Aber Stijn lachte nur. Er schmiss das Telefon weg und riss ihr den Kopf an den Haaren in den Nacken. Er presste sein Gesicht an ihres, sie wusste nicht, was er da tat. Sie wollte zurückweichen, aber er hielt ihren Kopf mit beiden Händen fest an sich gedrückt und wollte ihr Gesicht nach oben drehen. Sie fing an zu plärren und zu schreien.

Plötzlich wurde die Tür aufgestoßen. Stijn ließ sie los und drehte sich um. Nick stand in der Tür. Er hielt eine

Waffe in beiden Händen – ein langes Gewehr mit Zielfernrohr. Sie hatte es schon mal gesehen, er benutzte es zum Zielschießen. Er brachte es an der Schulter in Anschlag. Ein lauter, dumpfer Knall war zu hören. Sie sah den Rückstoß des Gewehrs, Stijn rollte sich über den Fußboden und stieß zischend Luft aus. Eilig kroch sie von ihm weg. Nick zog an dem Hebel, um eine zweite Patrone in die Kammer zu befördern.

Seine Bewegungen waren fahrig, seine Hände zitterten, der Schweiß rann ihm übers Gesicht. Er war viel zu nervös. Stijn rappelte sich auf die Füße.

»Lauf, Rachel«, schrie Nick. »Raus hier!« Er drehte die Waffe um und holte mit dem Kolben aus. Er traf Stijn seitlich am Kopf, die Füße rutschten ihm weg. Sie zwang sich, aufzuspringen und zur Wand neben der Tür zu rennen. Wieder schrie Nick: »Los, raus! Mach, dass du rauskommst!«

Aus Stijns linkem Oberschenkel, direkt unterhalb der Leiste, lief Blut. Er rutschte an der Wand runter, bis er vor Nick auf dem Fußboden lag. Nick holte aus und ließ das Gewehr auf seinen Rücken niedergehen. Aus Stijns Mund drang ein tiefer, heiserer Laut. Nick trat einen Schritt zurück und hantierte wieder an der Waffe herum. Sie hätte am liebsten weggesehen. Seine Hände waren viel zu zittrig und zu glitschig vom Schweiß. Es war unerträglich, ihm zuzusehen, aber abwenden konnte sie sich auch nicht. Mit fliegendem Atem stand sie wie gebannt an der Tür.

Stijn rührte sich wieder. Er war wie ein riesiger Bär, seine Bewegungen waren schwerfällig und langsam. Er kroch über den Fußboden zu Nick, dabei hinterließ er eine Blutspur. Vor Anstrengung traten ihm die Augen aus den Höhlen. Nick wich weiter zurück und hantierte immer noch an dem Gewehr herum. Als er mit dem Rücken zur Wand stand, streckte Stijn die Hand aus und packte seinen Fußknöchel. Nick drehte die Waffe wieder um, um ihn zu schlagen, doch Stijn riss ihm so plötzlich und so kräftig das Bein weg, dass er rücklings stürzte und mit dem Kopf gegen die Wand schlug. Wie ein Sack Zement kam er auf dem Fußboden auf. Das Gewehr glitt ihm aus der Hand.

Stijn packte mit beiden Händen sein Bein und zog ihn zu sich heran. Nick blutete am Kopf, und seine Augen gingen hektisch auf und zu. Jetzt grub Stijn seine Hände in Nicks Hemd und zerrte ihn mit aller Kraft zu sich heran.

Sie schrie. Nick bewegte sich nicht mehr. Sein Kopf hing auf der Seite, als wäre etwas gebrochen. Stijn robbte sich auf ihn, er knirschte mit den Zähnen vor Anstrengung. Als sein Gesicht über Nicks war, sein Brustkorb auf seinem lag, hob er den Kopf weit in den Nacken und ließ ihn in Nicks Gesicht niedergehen. Sie hörte Knochen brechen. Stijn drehte den Kopf, um sie anzusehen, sein Gesicht war blutüberströmt. Sie stieß sich von der Wand ab und rannte los.

Noch während sie wegrannte, hörte sie, wie er Nick einen Kopfstoß nach dem anderen verpasste. Irgendwann fing er an zu schreien. Am Ende des langen Flurs stolperte sie die nackte Holztreppe hinunter, sie stürzte fast und konnte nicht aufhören zu weinen. Noch im nächsten Stockwerk und auf der nächsten Treppe nach unten ins Wohnzimmer hörte sie ihn oben schreien und immer wieder den dumpfen Aufprall, wenn er seinen Kopf in Nicks Gesicht rammte.

Sie riss die Haustür auf, eine eiskalte Windböe und tiefschwarze Nacht schlugen ihr entgegen. Einen Moment lang zögerte sie. Stijn fluchte noch immer lauthals. Dann hörte sie ein gewaltiges Krachen, als hätte er etwas quer durchs Zimmer geschleudert. Sie holte tief Luft und rannte hinaus in die Nacht.

52

Die M62 war gesperrt. Vor Frust hämmerte Karen mit den Fäusten aufs Lenkrad ein. Die Schilder standen an der Ausfahrt Chain Bar: Schnee und Eis in den Bergen, die Autobahn war ab Ainley Top nicht mehr befahrbar. Sie ließ den Wagen durch den Schneematsch bis zur Auffahrt rutschen und blieb auf der Standspur stehen.

»Gib mir die Karte.«

Pete, der auf dem Beifahrersitz saß, war noch immer nicht wohl bei der Sache. »Wir sollten Alan White anrufen, Karen. Die können vor uns da sein.«

»Bei dem Wetter werden die nirgendwo vor uns da sein.«

»Sie können einen Hubschrauber hochschicken.«

Das war bei ihm zur fixen Idee geworden. White anrufen, Hilfe holen. Er verstand sie nicht, weil er von diesen Dingen keine Ahnung hatte. Er hatte Trauer und Verlust durchgemacht in seinem Leben, aber er hatte es nicht mit Soziopathen, Psychopathen und Mördern verbracht. Er hatte keine Gelegenheit gehabt, zu beobachten, wie sie funktionierten, wie sie auf Drohungen reagierten. Wenn Stijn auch nur von fern Rotorblätter hörte oder einen Wagen mit blauen Streifen sah, würde er durchdrehen.

»Ein Hubschrauber ist das Letzte, was wir jetzt brauchen«, sagte sie. »Gib mir die Karte.«

Er gab sie ihr. Sie hatten High Top schnell gefunden, weil Karen den Namen schon zweimal gesehen hatte – einmal in den Papieren, die sie aus Akhtars Haus in Pudsey mitgenommen hatte, und einmal in den Unterlagen bei Diana Hanley. Akhtars Papiere lagen in dem Auto, das sie zurückgelassen hatte, aber sie erinnerte sich noch an ein Foto von dem Haus.

Als sie es auf der Karte sah, fiel ihr die vollständige Adresse wieder ein: High Top, Brun Clough, Delph. Brun Clough war eine kleine Schlucht am Eingang zu einem schmalen Tal, das von Delph zu den Pennines lief. Auf Bains' Wanderkarte waren dort mehrere Gebäude namens High Top Farm eingezeichnet. Darüber lag Standedge – der höchste Kamm dieser Moore, die Wasserscheide zwischen Lancashire auf der einen und West Yorkshire auf der anderen Seite.

Ein abgelegener Ort. Die Straße, die über die Berge nach Marsden, Slaithwaite und Huddersfield führte, lief ganz in der Nähe vorbei, aber sie war schmal und kurvig. Wenn die M62 gesperrt war, war es so gut wie ausgeschlossen, dass eine kleinere Straße noch passierbar war. Die M62 war der schnellste Weg über die Berge, aber es gab noch andere. Sie studierte die Karte.

»Wir kommen auch von der anderen Seite ran«, sagte sie. »Von Marsden führt auch eine Straße hoch.«

»Die A62. Die wird auch gesperrt sein.« Auf der Auffahrt krochen die Autos an ihnen vorbei durch den Schneematsch.

»Das weiß ich auch. Aber wir fahren hoch, so weit es geht, und gehen dann zu Fuß weiter. Nach High Top müssen wir nur noch über den Gipfel. Wenn wir Glück haben, kommen wir mit dem Wagen bis zu den Häusern hier.« Sie zeigte sie ihm auf der Karte. »Da lassen wir das Auto stehen und gehen zu Fuß weiter. Anders geht es nicht.«

»Wenn wir Alan White anrufen …«

»Wird er nichts tun. Wenn wir da nicht hinkommen, schaffen die es auch nicht. So einfach ist das. Und bei der Suppe schicken die auch keinen Hubschrauber hoch.«

Sie fuhr auf die Autobahn und weiter bis nach Ainley Top. Dort standen Straßensperren über allen Fahrspuren, bunte Lichter blitzten, davor zwei Wagen der Verkehrspolizei. Dahinter sah die Straße schneefrei aus, aber der höchstgelegene Abschnitt war noch gut fünfzehn Kilometer entfernt. Sie fuhr ab und schlängelte sich über schmale Seitenstraßen durch die Täler zwischen der M62 und Marsden. Die Nacht war schmutzig und dunkel, eine dichte Wolkendecke hing am Himmel, aber es schneite nicht.

In den Tälern Richtung Slaithwaite sahen sie kein einziges Auto, und auf den umliegenden Feldern lag kein Schnee, doch auf dem langen Abhang runter zur A62 fing es an zu hageln, dicke Eiskörner prasselten auf die Windschutzscheibe ein wie Steine. Sie fuhr durch Slaithwaite und passierte kurz dahinter ein Warnschild mit Blinklichtern, das am Straßenrand stand: »Schnee und Eis – A62 ab Standedge gesperrt.« Sie sagte kein Wort. Bains hockte stumm neben ihr und sah sie nicht an.

Inmitten der dunklen Flächen des Moors sah Marsden trostlos aus, enge Reihenhäuser an den steilen, kopfsteingepflasterten Straßen, die hohen Mauern der Textilmühle, eine Brücke über den reißenden, angeschwollenen Fluss: den Colne. Der Hagel wurde immer dichter und vom Wind, der über die Moore kam, in Böen über die Straße getrieben. Am Ortsausgang, wo die Straße langsam aufwärtsführte, wieder ein beleuchtetes Schild: »Standedge – Schnee und Eis – bei Blinklicht Straße gesperrt.« Die Lichter blinkten.

»Wir schaffen das schon«, sagte sie. Bains sah sie an, machte den Mund auf, um etwas zu sagen, und schloss ihn wieder.

»Sag's ruhig«, sagte sie. »Sag, was du denkst.«

Er seufzte und fuhr sich mit der Hand durchs Haar. »Ich habe Angst, Karen«, sagte er. »Ich habe wirklich Angst.«

»Das ist normal«, sagte sie.

Plötzlich hörte es auf zu hageln, als hätte jemand einen Schalter umgelegt. Sie versuchte, die Berge um sie herum zu sehen, doch es war zu dunkel. Als die Scheinwerferkegel an einer Kurve über die Felder leuchteten, sah sie weiter oben auf den Hängen frischen Schnee. Die Luft sah klar und kalt aus, stellenweise glitzerte der Straßenbelag.

»Du siehst nicht aus, als hättest du Angst«, sagte er.

»Ich denke nicht darüber nach.«

»Ich kann gar nicht anders. Warum wollte er, dass sie dich anruft? Warum hat er dir die Adresse gegeben?«

»Weil er will, dass ich da hinkomme.«

»Warum?«

Sie zuckte mit den Achseln. »Er will mich umbringen.«

Er nickte, die Falte auf seiner Stirn war dunkel und tief. »Den Gedanken hatte ich auch schon«, sagte er.

»Darüber mache ich mir keine Sorgen.«

»Ich auch nicht. Damit werden wir fertig. Aber wenn er dich da hinlockt, um dich umzubringen … und er hat Mairead … dann gibt es keinen Grund …« Er stockte.

Sie hatte diesen Gedanken aus ihrem Gehirn verbannt, seit sie in Heaton losgefahren waren. »Mairead am Leben zu lassen?«, brachte sie seinen Satz zu Ende.

Pete starrte durch die Windschutzscheibe in die Nacht.

»Darüber kann ich jetzt nicht nachdenken«, sagte sie. »Sie ist am Leben.« Sie musste den Atem anhalten, weil er ihr in der Kehle stecken blieb.

Schweigend fuhr sie weiter, die Anspannung wuchs. Die Straße wurde zusehends steiler. Rechts und links waren die ersten Schneeverwehungen zu sehen.

»Ich habe Angst vor dem, was uns da vielleicht erwartet«, sagte er. Seine Stimme klang heiser, er musste seine Emotionen zurückhalten. »Ich habe wirklich Angst, Karen.«

»Ich kann dich hier rauslassen«, sagte sie. »Du musst nicht mitkommen.«

»Das ändert doch nichts.«

»Aber dann ersparst du dir den Anblick.«

Er sah sie wütend an. Sie schaute weiter geradeaus auf die Straße. Im Scheinwerferlicht trieben die ersten Schneeflocken.

»Schnee«, sagte sie.

»Ich habe das schon mal erlebt«, sagte er. »Das weißt du.«

Sie antwortete nicht. Sie wollte nicht, dass er wieder davon anfing, dass er ihr diese Bilder in den Kopf pflanzte.

»Ich habe Millie gefunden«, fuhr er fort. »Sie war tot, sie trieb mit dem Gesicht nach unten im Wasser.«

Millie. Seine verstorbene Tochter. Sie versuchte, an etwas anderes zu denken.

»Ich habe dir nicht alles erzählt«, sagte er. »Ich habe telefoniert zu dem Zeitpunkt ...«

Sie dachte an Anna Harts Kunstgalerie in York, die von der Regierung für sie angemietet worden war, weil Nicholas Hanley dort schon seit Jahren seine amateurhaften Bilder ausstellte. Ein sicherer Weg, ihn kennen zu lernen. Sie dachte an all die Wochen zurück, in denen sie sich Wissen über moderne Kunst angeeignet hatte.

»... ich habe mit jemandem telefoniert, als ich eigentlich auf sie aufpassen sollte ...«

Es schneite immer heftiger. Sie ging vom Gas. Die Straße war noch frei, aber zu beiden Seiten türmten sich im Scheinwerferlicht hohe Schneewehen.

»... ich habe mit einer Frau telefoniert ... Ich habe telefoniert, als ich eigentlich auf sie aufpassen sollte ...«

Es ging nicht. Sie musste ihn zum Schweigen bringen. »Sei still, Pete, bitte«, sagte sie mit sanfter Stimme. »Du hast mir das schon erzählt. Du hast mir das alles schon erzählt.«

»Das habe ich noch nie jemandem erzählt. Ich habe mit einer Frau gesprochen. Ich hatte damals eine Affäre mit einer anderen Frau. Deshalb war ich abgelenkt …«

Sie hielt an. »Bitte hör auf, Pete. Das ist jetzt wirklich nicht der richtige Zeitpunkt.«

Er sah sie an, seine Augen waren grau und müde. »Es ist meine Schuld«, sagte er. »Erst als ich aufgelegt hatte, ist mir klar geworden, dass sie gerufen hat. Ich bin zu ihr gerannt … Und da war sie, mitten im Pool. Meine Tochter.«

Sie hatte den Ellbogen auf den Fensterrahmen gestützt und legte den Kopf in die Hand. Im Stillen fing sie an zu zählen und wartete, bis er fertig war.

Aber er war bereits fertig. Sie sah ihn an. »Können wir jetzt weiterfahren?«

»Ich weiß nicht, ob ich das noch mal durchstehe«, sagte er.

Sie fuhr los. Sie war wütend auf ihn. »Das musst du auch nicht«, sagte sie. »Mairead ist nicht deine Tochter.«

Die Reifen drehten durch. »Eis«, sagte sie. »Die Straße ist vereist. Wie weit müssen wir noch?«

Er sah sie mit düsterer Miene an, als hätte sie nicht ein Wort von dem gehört, was er gesagt hatte. »Gut eineinhalb Kilometer weiter ist eine Gaststätte«, sagte er. »Kurz vor dem Pass. Wahrscheinlich ist die über den Winter geschlossen, aber wenn du es bis dahin schaffst, haben wir es nicht mehr weit über den Kamm.«

Sie saßen in einem alten Renault, der nicht für Schnee und Eis gebaut war, aber es war der erste Wagen gewesen, den sie unverschlossen angetroffen hatten. Es brauchte fast zehn Minuten stures Zureden, bis er sie hoch zur Gaststätte gebracht hatte. Zu dem Zeitpunkt war die Straße bereits vollständig zugeschneit. Die Gaststätte war groß, aber komplett dunkel und verrammelt. Über die Einfahrt zum Parkplatz war ein Seil gespannt. Sie fuhr geradewegs hindurch und blieb stehen.

»Weiter kommen wir nicht«, sagte sie. »Von hier müssen wir laufen. Wie weit ist es noch bis zum Pass?«

»Nicht weit. Im Sommer keine zwanzig Minuten. Aber bei diesem Wetter werden wir ihn vielleicht nicht einmal finden.«

Sie öffnete die Tür. »Ich finde ihn. Kommst du mit?«

Er griff hinter den Sitz und reichte ihr eine Stirnlampe, die zweite setzte er sich selbst auf.

»Das weißt du doch genau.«

53

Mairead rannte durch den Schnee, nur weg von dem Lärm, sie wollte einfach immer weiterlaufen, egal wie tief der Schnee wurde, wie weit es bis zum nächsten Haus war. Sie rannte an den Autos vorbei auf den Zufahrtsweg, doch bevor sie oben an der Straße angekommen war, drang ihr die Kälte mit Macht in die Brust, und sie musste stehen bleiben. Sie wusste nicht genau, wie es war zu erfrieren, aber sie wusste, dass es möglich war. Sie würde keinen Autos begegnen auf der Straße – höchstens Stijn, wenn der ihr folgte –, da war niemand, der sie retten konnte. Ohne Taschenlampe und warme Kleider würde sie es nie bis runter ins Tal schaffen.

Sie drehte sich zum Haus um, dann kletterte sie über die Steinmauer, die den Zufahrtsweg säumte, weil ihr eingefallen war, dass man den Weg von dem Zimmer, in dem Stijn war, sehr gut im Blick hatte. Der Acker auf der anderen Seite war zugeschneit, der Schnee reichte ihr fast bis an die Hüften. Sie sackte ein, kam unglücklich auf, stolperte und fiel lang hin. Jetzt war sie total durchnässt, ignorierte den schmerzenden Fußknöchel und rannte zurück auf das beleuchtete Haus zu. Der Wind, der übers Feld blies, war so eisig kalt, dass ihr Gesicht und Hände brannten. Sie spürte die Schmerzen im Fußknöchel nicht mehr, spürte ihre Finger und Zehen nicht mehr. Ein gutes Stück hinterm Haus kletterte sie wieder über eine Mauer. Aus der Ferne, oben vom Haus, hörte sie wieder ein Geräusch, das vom Wind zu ihr getragen wurde. Es klang wie das Heulen eines Hundes.

Das Anwesen bestand aus mehreren Gebäuden, zu vielen, um sie in der Dunkelheit richtig erkennen oder sie zählen zu können. Sie suchte sich das größte aus, eine alte Scheune mit hohem Runddach. Die riesigen Tore waren mit einem Vorhängeschloss gesichert, genau wie die hölzerne Schiebetür hinten. Sie trat den Schnee beiseite und entdeckte unten an der Tür einen schmalen Spalt, wo ein paar Latten fehlten. Sie legte sich flach auf den Bauch und kroch hinein.

Es dauerte eine Weile, bis ihre Augen sich an die Dunkelheit gewöhnt hatten. Durch ein dreckiges Fenster voller Spinnweben oben im Runddach fiel vom Haus her Licht herein. Sie hatte damit gerechnet, dass die Scheune leer sein würde, doch als sie sich aufrichtete, türmten sich riesige, metallisch glänzende Ungeheuer vor ihr auf. Sie hielt den Atem an und zwang sich, still stehen zu bleiben. Die Umrisse wurden deutlicher: Es waren irgendwelche landwirtschaftlichen Geräte, die an den Wänden und in der Mitte der Scheune standen und normalerweise wohl an den Traktor angehängt wurden, der ganz hinten stand, halb unter

Heuballen vergraben. Er stand auf Böcken, weil ihm die riesigen Reifen fehlten. Die Luft war muffig und feucht, es roch nach Maschinen und nassem, fauligem Heu. Aber immerhin ging hier kein Wind, und es war ruhig. Sie schaute sich nach einem Versteck um.

In gut sechs Meter Höhe lief rings um den Innenraum eine Art Galerie, die über zwei Leitern zu erreichen war. Am hinteren Ende der Scheune war es so dunkel, dass sie dort nichts erkennen konnte. Sie lief in die Dunkelheit hinein und tastete sich mit den Händen vor. Sie berührte scharfe Zinken, die wohl zu einem Pflug oder Grubber gehörten, der an einem stufig aufgetürmten Berg fauliger Heuballen lehnte. Sie drückte sich an dem Gerät vorbei und kletterte an den Heuballen hoch. In manchen versank sie mit den Füßen wie im Schlamm, Spinnenweben legten sich ihr übers Gesicht, aber das war ihr egal. Es spielte keine Rolle, ob es hier Spinnen, Ratten und Mäuse gab. Hauptsache, weg von Stijn.

Das Heu türmte sich fast bis zu den Dachbalken. Die Galerie reichte auf beiden Seiten bis an den Heustapel heran. Auf Höhe der Galerie blieb sie stehen und tastete mit den Händen nach einer Lücke zwischen den Ballen. Sie fand eine, zwängte sich hindurch und zog einen Ballen herunter, um die Lücke zu verdecken, so dass nur noch oben ein Loch blieb, damit Luft reinkam. Dann ließ sie sich ins Heu sinken und wartete, bis ihr Atem wieder gleichmäßiger wurde. Erst dann fing sie richtig an zu zittern.

Sie hörte nichts, nicht einmal den Wind draußen. Es war ganz anders, als sie es in Büchern gelesen hatte. Das Heu wärmte überhaupt nicht. Noch nie in ihrem Leben hatte sie so gefroren. Ihre Kleider waren vom Sturz in den Schnee ganz nass, jetzt gefror die Feuchtigkeit, so dass der Stoff steif wurde wie Pappe.

Sie hatte kein besonders gutes Zeitgefühl, und ihre Uhr hatte sie irgendwann im Laufe des Tages verloren, aber sie schätzte, dass es über eine halbe Stunde her war, seit sie mit ihrer Mutter gesprochen hatte. Ihre Mama würde kommen, da war sie sich ganz sicher, aber würde sie auch schnell genug sein? Sie wusste nicht, wie lange sie das alles noch aushalten würde.

Die Kälte sickerte in sie hinein wie eine Droge. Das Zittern hörte zur gleichen Zeit auf wie die Schmerzen in ihren Gliedern. Alles wurde taub. Auf einmal wurde sie richtig müde. Sie versuchte verzweifelt, die Augen offen zu halten, zu horchen, aber es war so anstrengend. Sie wusste genau, was mit ihr passierte, dass sie dabei war zu unterkühlen. Sie zwang sich, an nichts anderes zu denken als daran, wach zu bleiben.

Sie hoffte inständig, dass Stijn sie hier niemals finden würde, wenn er schon nicht tot war. Wenn sie ganz still blieb und sich nicht rührte, würde er sie nicht entdecken können, selbst wenn er das große Tor aufmachte und hereinkam. Sie würde bestimmt nur noch eine halbe Stunde oder so wach bleiben müssen, höchstens. Dann würde ihre Mama hier sein.

Sie tat, was ihre Mutter sie zu tun gelehrt hatte, wenn sie in Panik geriet. Sie fing an zu zählen. Sie konzentrierte sich ganz auf die Zahlen und schob alle anderen Gedanken beiseite. Das Bild von Nick, wie er mit ganz schrecklich verdrehtem Kopf auf dem Boden lag, wollte immer wieder vor ihrem inneren Auge aufblitzen, aber sie ließ es nicht zu. Wenn sie darüber nachdachte, was passiert war, würde sie nur anfangen müssen, zu zittern und zu weinen. Dazu hatte sie jetzt nicht die Kraft.

Sie war bei 2 747, als sie vorn am Tor ein Krachen hörte. Jemand brach das Schloss auf. Ihr Atem beschleunigte sich, sie wollte die Luft anhalten und gleichzeitig noch schneller atmen. Sie wollte die Hand heben und sich den Mund zuhalten, aber ihr Arm ließ sich nicht bewegen.

Über sich sah sie einen schwachen Lichtstrahl, der die Dunkelheit zerschnitt, und hörte ein lautes Rattern. Er schob das Tor auf. Sie wollte ein Stück nach vorn kriechen, um durch den Spalt zwischen den Ballen hinauszuschauen, aber ihr Körper rührte sich nicht. Sie wollte schreien. Alle ihre Glieder versagten ihr den Dienst.

Sie schloss die Augen und konzentrierte sich, im Geiste ließ sie ihre Finger knacken. Noch einmal versuchte sie, die Beine zu bewegen. Sie lösten sich mit einem plötzlichen Ruck aus der Starre, und ein heftiger Schmerz schoss ihr die Oberschenkel hinauf. Sie presste sich die Hand auf den Mund. Ihre Finger waren wie Eiszapfen. Dann stützte sie sich mit einer Hand hinter sich ab und schob sich zentimeterweise nach vorn. Sie hielt den Atem an und bewegte sich ganz langsam.

Der Spalt war schmal. Sie presste das Gesicht davor und wartete, bis ihr Auge sich an das Licht gewöhnt hatte. Das Tor ihr gegenüber stand weit offen, aber den Raum direkt vor ihr konnte sie nicht sehen. Das Gerät, das am Heustapel lehnte, versperrte ihr die Sicht. Sie sah nur die Zinken. Sie rutschte ganz leicht zur Seite, um an ihnen vorbeischauen zu können.

Er stand an die Wand gelehnt da, direkt neben dem Scheunentor, und stützte sich auf eine Holzlatte oder eine Metallstange, die er sich wie eine Krücke unter den Arm geklemmt hatte. In der Hand hielt er eine Waffe, aber er schaute sich nicht um. Er hielt den Kopf gesenkt und keuchte. Sie sah das Blut auf seinem Gesicht und auf der Hose. Sie sah sogar den Widerschein des Lichts in den kleinen Blutlachen, die von ihm weg nach draußen in den

Schnee führten. Das Bein hatte er sich ganz oben fest abgebunden, dort, wo Nick ihn getroffen hatte.

Sie sah, wie er ganz leicht den Kopf neigte, und begriff, was er da tat. Er horchte. Sie hielt den Atem an und erstarrte. Ihr Herz schlug so laut, sie war sich sicher, dass er es hören konnte.

»Ich weiß, dass du hier bist«, sagte er plötzlich. Seine Stimme klang dumpf, er stieß die Wörter keuchend hervor. »Ich weiß, dass du hier bist. Ich weiß, dass du mich siehst. Ich kann dich spüren.«

Sie glaubte, das Herz müsste ihr vor Angst zerspringen. Ein kleiner, erstickter Schluchzer arbeitete sich ihre Kehle hinauf. Sie ließ sich nach hinten ins Heu sinken und presste sich beide Hände fest auf den Mund.

Bitte, Mama, bitte. Komm schnell.

54

Unter der Schneedecke war die Straße auf den nächsten hundert Metern gerade noch zu erkennen. Dahinter: nichts als Dunkelheit. Karen rannte los, folgte zwischen den Schneeverwehungen der Straße. Bains war ungefähr zehn Schritte hinter ihr.

Minuten später standen sie mitten in einem Schneesturm. Sie schaltete die Stirnlampe ein und hielt nach einem Zaun Ausschau, nach einer Linie im Schnee, nach irgendetwas, das ihr verraten konnte, wo die Straße verlief. Nichts. Um sie herum gab es nur noch Schnee und Dunkelheit. Sie ging weiter, den Berg hinauf. Nach ein paar Schritten sackte sie bis zu den Oberschenkeln ein.

Bains holte zu ihr auf, nahm sie beim Arm und schrie ihr

etwas ins Ohr. »Da drüben.« Er zeigte in die Dunkelheit. »Von da halten wir nach dem nächsten Ausschau.« Der Wind war so stark, dass er laut schreien musste. Sie lief hinter ihm her. Gerade voraus sah sie im Licht der Taschenlampe weit hinten im Schneegestöber einen dunklen Umriss. Bains steuerte darauf zu, er war vor ihr. Sie hetzte hinter ihm her, stolperte über den unebenen Untergrund und betete, sie möge sich jetzt nicht den Fuß verstauchen.

Es war ein breiter, gedrungener Steinturm, keine fünf Meter hoch. An einer Seite hatte sich eine Schneewehe gebildet, die ihn fast unter sich begrub. Bains ging um den Turm herum, bis er den Eingang gefunden hatte, zu dem ein paar Stufen hinaufführten. Dort blieben sie stehen, vorm Wind geschützt, und pressten sich an die Turmmauern. Bains hatte Mühe, die Karte aus der Tasche zu ziehen.

»Das ist ein Belüftungsschacht«, erklärte er. »Es gibt mehrere davon, sie laufen in einer Reihe direkt über den Kamm, auf der anderen Seite gibt es einen ganz in der Nähe von High Top Farm.« Er zeigte es ihr auf der Karte.

»Belüftung wofür?«

»Durch die Berge hier läuft ein dreihundert Jahre alter Kanaltunnel, der nicht mehr benutzt wird. Und Eisenbahntunnel. Die Fernverbindung nach Liverpool verläuft direkt hier unter uns.« Er schlug mit der Hand gegen das Mauerwerk und zeigte in den Turm. Sie sah hinein.

Die Wände waren voller Graffiti, es stank nach Pilzen und Urin. An der Wand sah sie eine Öffnung, nicht größer als ein Mannloch, durch die dünner grauer Dampf aufstieg. Sie spähte über die Kante in einen tiefen schwarzen Schacht.

»Ich hätte einen Kompass mitnehmen sollen«, sagte Bains.

Sie traten wieder hinaus in den Sturm, gingen um den

Turm herum und betrachteten die Konturen der Landschaft. Auf der anderen Seite des Turms stießen sie auf die zerbrochenen Überreste einer Rutsche, die aus dem Mauerwerk herausragte.

Bains schrie: »Als die Tunnel gebaut wurden, hat man die Erde durch diese Schächte hochbefördert.« Er deutete auf einen steilen Hang, der hinunter zum Moor führte: eine Geröllhalde. Dann zeigte er es ihr auf der Karte. »Da müssen wir lang«, sagte er und deutete den Berg hinauf.

Sie machten einen Bogen um die Geröllhalde und kamen schnell voran. Der Schnee wurde dünner, darunter kamen die harten, langen Gräser zum Vorschein. Nach zehn Minuten war sie schweißgebadet und rang nach Luft. Sie hielt sich hinter Bains, folgte dem Lichtschein seiner Stirnlampe. Der nächste Turm war kleiner, eher rund als eckig, mit spitzem Dach und unbenutzt. Sie konnten nicht hinein.

»Wir sind schon fast oben«, schrie Bains. »Ist nicht mehr weit.« Der Wind war jetzt so stark, dass er ihr direkt ins Ohr schreien musste.

Als der Untergrund endlich wieder ebener wurde, war sie vollkommen außer Atem. Sobald es dann wieder abwärtsging, lag kaum noch Schnee, und der Wind ließ nach. Keine hundert Meter über ihr rasten die Wolken in langen, zerrissenen Schleiern über den Himmel, sie sahen aus wie Nebel. Zwischendurch konnte sie die Sterne sehen und das Licht des Mondes. Vor ihr auf dem Abhang waren mehrere Steinmauern zu erkennen. Sie hörte ihren eigenen keuchenden Atem, das Knirschen des Schnees unter ihren Füßen, ihr Herz. An der ersten Mauer blieb sie stehen und wartete, bis Bains zu ihr aufgeschlossen hatte.

»Ich sehe nichts«, sagte sie. »Wo ist es?«

»Wir sind jetzt über den Kamm«, sagte er keuchend. »Es müsste direkt vor uns sein.«

Sie ging weiter, so hastig, dass sie fast über die nächste Mauer stolperte. Weiter vorn sah sie in der Dunkelheit einen diffusen Lichtschein und lief direkt darauf zu. Sekunden später erkannte sie ein Gebäude, in dem Licht brannte. Sie blieb stehen und schaute, am Himmel über ihr wurden die Wolken vom Wind zerrissen. Es war ein Gehöft.

»Das ist es«, sagte Bains hinter ihr.

Aber da war sie schon losgerannt.

55

Er stand so lange mit geneigtem Kopf da und lauschte, dass Mairead fürchtete, ohnmächtig zu werden. Dann kam wieder Leben in ihn. Sie sah, wie er den Kopf hob und in die Dunkelheit spähte, wie er den Blick langsam durch die Scheune schweifen ließ. Sie sah, wie er die Nase in die Luft hielt, schnüffelte. Er trat einen Schritt vor, er war unsicher auf den Beinen, lehnte sich auf die Krücke, dann hob er die Pistole und schwang sie in hohem Bogen durch die Luft, von einem Ende der Scheune zum anderen. Seine Beine zitterten.

»Ich kann dich riechen«, hörte sie ihn flüstern. »Ich kann deinen angsterfüllten Körper riechen.« Dann plötzlich hob er den Kopf und schrie aus vollem Halse: »Komm raus!«

Sie zuckte zusammen, sie konnte es nicht verhindern. Der Heuballen, an den sie sich gelehnt hatte, kam ins Rutschen, der Spalt wurde breiter. Jetzt kam er auf sie zu, zog dabei das verwundete Bein mühsam hinter sich her, wedelte mit der Waffe durch die Luft. Dann blieb er stehen und hantierte an der Waffe herum. Sie hörte ein Klicken, dann ein Geräusch wie ein Gleiten. Dann ging er humpelnd weiter. Sie presste sich ganz weit nach hinten, wollte am liebsten in den Heuballen versinken. Aber sie konnte ihn trotzdem noch sehen, das Loch vor ihr stand weit offen. Er zielte mit der Waffe auf die unteren Heuballen. Jetzt stand er direkt unter dem Ackergerät, das an die Ballen gelehnt war.

Beim ersten Schuss rutschte ihr das Herz in die Hose. Es war ein gewaltiger, ohrenbetäubender Knall. Sie hielt sich die Ohren zu. Er feuerte ein zweites, ein drittes Mal, wedelte mit der Waffe durch die Luft; die Kugeln schlugen an verschiedenen Stellen im Heustapel ein. Ein Schrei wollte sich aus ihrer Kehle lösen. Sie sah, wie er hochschaute, wie er sie direkt ansah. Ihre Blicke begegneten sich, und sie verlor die Nerven.

Ihr Gehirn reagierte ganz automatisch, es katapultierte sie vorwärts. Sie schrie, so laut sie konnte. Ein Sprung bis an den Rand des Heuballens, noch einer auf den Eisenrahmen des Ackergeräts. Sie warf sich selbst nach vorn, sprang ins Nichts, landete mit beiden Füßen auf der dicken Metallstange und stieß sich ab. Sie spürte, wie der gewaltige Rahmen unter ihren Füßen anfing zu kippen, sah, wie unter ihr wieder ein Schuss explodierte, dann flog sie durch die Dunkelheit.

Sie landete flach auf dem Bauch, die Luft wurde ihr aus der Lunge gepresst, dann rollte sie sich weiter, zwang sich, nicht liegen zu bleiben. Sie war von einem Heustapel zum anderen gesprungen. Sie rutschte ab, kam vorn auf dem Traktor auf, dann landete sie auf dem Fußboden. Sie prallte mit dem Kopf gegen etwas Hartes, sah Sterne, hinter sich hörte sie ein lautes Krachen. Sie rappelte sich auf die Füße und rannte auf das offene Tor zu. Sie schaute sich erst um, als sie schon auf dem Hof stand.

Das Ackergerät war umgestürzt, daher das laute

Krachen. Zuerst sah sie nur den Eisenrahmen, der dort auf dem Fußboden lag, wo vorher Stijn gestanden hatte. Dann erst sah sie ihn. Auf dem Rücken lag er, unter dem Gerät. Er hatte den Kopf verdreht und starrte sie an, aus seinem offenen Mund drang ein lautes Heulen. Es hatte ihm die Pistole aus der Hand geschlagen, unter ihm bildete sich eine Blutlache. Ein Zinken hatte ihn durchbohrt, ganz oben am Oberkörper in der Nähe des Armes. Er war wie festgenagelt. Unschlüssig trat sie einen Schritt vor. Entweder müsste sie jetzt, wo er noch am Boden lag, die Waffe nehmen, oder sich umdrehen und wegrennen. Hinter sich hörte sie jemanden rufen.

Als er die Hand nach der Pistole ausstreckte, begriff sie, dass es ihre Mutter war.

56

Drei Schüsse rasch hintereinander, Pause, dann wieder ein Schuss, dann der Schrei eines kleinen Mädchens, schrill und voller Angst. Bains sah, wie Karen aus dem Tritt kam, wie sie das Gleichgewicht verlor und stürzte. Als sie wieder auf den Füßen war, gellte das Geheul eines Mannes durch die Nacht.

Bis zum Gehöft mussten sie zwei weitere Mauern überqueren. Noch im Rennen rief Karen Maireads Namen. Sie war vielleicht zwanzig Schritte vor ihm. Er sah, wie sie über die erste Mauer sprang, dann sah er ein Kind über den Hof vor dem Hauptgebäude rennen. Er blieb stehen, formte mit den Händen einen Trichter vorm Mund und schrie, so laut er konnte: »Hinlegen, Mairead! In Deckung!«

Er konnte sie klar und deutlich sehen – sie war größer, als er sie in Erinnerung hatte. Er wünschte sich, sie möge sich flach auf den Boden legen, außer Sicht, und sich nicht mehr rühren. Hektisch suchte er die Fenster des Gebäudes ab. Von wo waren die Schüsse gekommen? Wieder schrie er, den gleichen Befehl: »Leg dich hin!«

Sie wandte sich in seine Richtung, dann hörte er Karen rufen. Sie kletterte gerade über die letzte Mauer. Mairead rannte auf sie zu. Er zog das Handy aus der Tasche. Kein Empfang. Mit einer Hand schaltete er die Stirnlampe aus, dann rannte er los.

Er fiel über die erste Mauer, stolperte über den steinigen, schneebedeckten Acker, an der zweiten Mauer sah er, wie Karen in die Hocke ging und Mairead mit sich in einen Graben zog, wo sie sicher waren. Sie hatte die Stirnlampe noch an, der Lichtkegel war weithin zu sehen, so dass alle Welt wissen konnte, wo sie waren. Er warf sich auf den Boden und robbte auf sie zu.

»Lampe aus!«, schrie er. Dann rappelte er sich auf die Knie und rannte halb gebückt im Zickzack weiter, das Blut dröhnte ihm in den Ohren. Er rannte an den beiden vorbei und warf sich in eine Schneewehe hinter einem parkenden Volvo.

Bains kroch unter die Räder und schaute über den Hof zwischen den Gebäuden. Er sah, wie sich in der großen Scheune etwas regte, und schaute zu Karen und Mairead zurück. Er hörte Mairead weinen, konnte sie aber nicht sehen.

Dann kam ein Mann aus der Scheune, er ging vornübergebeugt und taumelte: Stijn, eine Waffe in der Hand.

»Unten bleiben«, schrie Bains. »Köpfe runter!« Der Mann hörte ihn, wirbelte zu ihm herum und richtete die Waffe auf den Wagen. Er sah eine Rauchwolke aus dem Lauf kommen, ein Knall wie ein Peitschenhieb, dann zerbarst über ihm ein Fenster. Er machte sich so flach wie möglich.

Er zählte bis zehn, dann hob er ganz kurz den Kopf. Stijn

ging von ihnen weg, lief zwischen den beiden Gebäuden hindurch in die Dunkelheit, er humpelte und hielt sich die Brust. Bains wartete, bis er außer Sicht war, dann kroch er zu Karen zurück.

Sie hielt Mairead fest an sich gedrückt und versuchte, sie zu beruhigen, damit sie aufhörte zu weinen. Er ließ sich neben ihnen auf den Rücken fallen und wartete, bis er wieder zu Atem gekommen war.

»Es ist Stijn«, sagte er. »Ich glaube, er ist abgehauen. Er hat auf mich geschossen. Er hat eine Pistole. Ist Hanley hier, Mairead?«

»Im Haus«, sagte Karen. »Stijn hat ihn verletzt. Nick hat Stijn ins Bein geschossen. Stijn ist schwer verwundet. In welche Richtung ist er gegangen?«

»Nach hinten, am Haus vorbei. Ich glaube, er haut ab.«

Karen löste sich aus Maireads Umklammerung. »Wir müssen ihn aufhalten.«

»Er ist bewaffnet, Karen. Wir können nichts machen.«

Sie ging in die Hocke und schaute zum Haus hinüber. »Funktioniert dein Handy?«

»Nein, kein Empfang.«

»Scheiße.«

»Wir sollten einen der Wagen nehmen und abhauen.«

»Ich geh ins Haus. Nick ist da drin. Mairead sagt, er hat ein Gewehr. Ich kann Stijn nicht laufen lassen. Du bleibst hier bei Mairead.«

»Nein, Karen ...«

Aber sie war bereits aufgesprungen und rannte auf die offene Haustür zu. Er sah Mairead an, die sich zitternd die Augen rieb. Sie sah so verängstigt aus, dass er sich nicht einmal sicher war, ob sie ihn erkannt hatte. Er nahm ihre Hand.

»Alles in Ordnung, Mairead«, sagte er. Sie unterdrückte ein Schluchzen.

57

Karen sprintete durch die offene Tür ins Haus und vollführte drinnen eine Hechtrolle, weil sie nicht sicher war, ob Stijn wieder kehrtgemacht hatte und durch den Hintereingang reingekommen war. Die Stirnlampe fiel ihr vom Kopf. Sie nahm sie in die Hand, inspizierte das leere Zimmer und ging dann durch in die Küche. Auf dem Fußboden ein Teller mit Fleisch, unberührt, die Hintertür zu. Gebückt lief sie durch den Raum und probierte den Türknauf. Abgeschlossen.

Eilig durchsuchte sie den Rest des Hauses. Im dritten Stock fand sie Hanley. Tot. Sie musste ihn nicht einmal berühren, um das zu wissen. Sie spürte nichts, als sie ihn so daliegen sah. Sie konnte an nichts anderes mehr denken als an Stijn. Hanleys Jagdgewehr – eine große 7.62er Parker-Hale M85 mit Zielfernrohr – lag neben ihm auf dem Boden. Der Kammerverschluss hatte sich verkantet, sie löste ihn vorsichtig und warf eine leere Patronenhülse aus. Es war eine zweite Patrone im Lager. Sie schulterte das Gewehr und ging wieder nach unten.

Mit einem Tritt stieß sie die Hintertür auf und trat hinaus in die eiskalte Nacht. Jenseits des Lichthofs, der vom Haus kam, war nichts zu erkennen. Sie horchte. Es ging ein starker Wind, ansonsten hörte sie nichts. Sie zog sich die Stirnlampe wieder auf den Kopf und ging mit schnellen Schritten an einem Schuppen vorbei auf den Hof zwischen der großen, offenen Scheune und dem Wohnhaus. Im Schnee war ganz deutlich eine Blutspur zu erkennen, außerdem große, undeutliche Fußspuren. Mit den Augen folgte sie den Spuren von der Scheune weg, bis sie sich in der Dunkelheit verloren. Sie schaltete die Stirnlampe aus und folgte der Spur, wobei sie sich tief duckte, bis sich ihre Augen an die Dunkelheit gewöhnt hatten.

Nach zwanzig Schritten sah sie ein Stück voraus ein Bauwerk, eine ganz ähnliche Konstruktion wie die Belüftungstürme, denen sie vom Parkplatz aus bis hierher gefolgt waren. Sie legte sich flach auf den Bauch und robbte sich durch Stijns Fußspuren bis an den Turm heran. Dort endeten die Spuren, doch sie sah keinen Eingang. Vorsichtig stand sie auf, und im gleichen Moment hörte sie über sich ganz schwach ein metallisches Geräusch. Sie kletterte an der Mauer hinauf und spähte über den Rand.

Das Turm hatte kein Dach. Sie schaute in einen großen, kreisrunden Ventilationsschacht hinab, in ein schwarzes Nichts. An der Innenwand waren nebeneinander zwei vergitterte Leitern angebracht. Das Geräusch, das sie hörte, stammte von Stijn, der die Leiter hinabstieg. Er war dort unten, er versuchte zu fliehen. Sie schaltete die Stirnlampe ein und ließ den Lichtstrahl über die glatten, feuchten Wände gleiten. Sie konnte vielleicht fünfzehn Meter tief blicken, doch er war schon weiter unten, in der Dunkelheit verborgen.

Sie richtete sich auf und atmete durch. Höhen und Dunkelheit machten ihr keine Angst. Sie war nicht mehr Anna Hart. Sie musste ihm folgen. Sie schaute zum Haus zurück und sah Pete Bains an der Hintertür kauern, hinter ihm Mairead. Die beiden hielten nach ihr Ausschau. Pete hatte das Handy am Ohr, er telefonierte. Sie stand auf und rannte zu ihnen.

»Er ist in den Ventilationsschacht gestiegen«, sagte sie. »Ich werde ihm folgen.« Sie beugte sich zu Mairead hinunter und drückte sie an sich, küsste sie. Pete sagte etwas, er protestierte, er habe Empfang und die örtliche Polizei sei bereits auf dem Weg, sagte er. Aber sie fiel ihm ins Wort.

»Sorg dafür, dass sie warm wird«, sagte sie. »Sie soll im Haus bleiben. Weißt du, wie viele Tunnel es da unten gibt?«

Jetzt schrie er sie an. Mairead fing an zu weinen. Sie hob die Hände, hielt sich die Ohren zu und wiederholte ihre Frage. Zwei Eisenbahntunnel und einen Kanaltunnel, sagte er, alle drei miteinander verbunden, alle ungefähr fünf Kilometer lang.

»Aber nicht mehr von hier«, sagte sie. Sie rief sich seine Karte ins Gedächtnis und die Linie, die die Tunnel markierte. »Sobald er unten ist, sind es bis zum Ausgang auf dieser Seite des Berges keine anderthalb Kilometer mehr. Der ist draußen, bevor bei dem Schnee ein Wagen da sein kann. Ich muss ihn aufhalten.«

Sie drehte sich um, ohne Mairead anzusehen, und rannte zum Turm zurück, im Laufen schulterte sie das Gewehr. Als sie sich jetzt über den Schacht beugte, war Stijn nicht mehr zu hören. Er war stark, ein Bär von einem Mann, aber er war verwundet. Vielleicht war er abgerutscht und in die Tiefe gestürzt. Wenn nicht, hatte er jetzt einen Vorsprung, aber wahrscheinlich kam er nur langsam voran. Sie kletterte bis zur Leiter, ließ sich auf die erste Sprosse hinab und begann den Abstieg. Noch während sie im Schacht verschwand, konnte sie Mairead weinen hören.

58

Es war, als steckte sie in einem Windtunnel, der Luftstrom von oben war gewaltig. Die Metallsprossen eiskalt, nass und rutschig, die Feuchtigkeit gefror. Wenn sie nach unten schaute, erhellte der Lichtstrahl ungefähr fünfzehn Meter Mauerwerk unter ihr und verlor sich dann in einem Vorhang aus winzigen Wassertropfen, die in dichten Lagen wie Regen an ihr vorbei in die Tiefe stürzten.

Sie hielt sich gut fest und nahm langsam eine Sprosse nach der anderen. Die Leiter war schmal, vielleicht dreißig Zentimeter breit. Sie fing an, die Sprossen zu zählen. Das Klettern wurde schnell mechanisch, und sie musste sich darauf konzentrieren, weiter Arme und Beine bewusst zu koordinieren. Die Stirnlampe verwirrte sie nur – bei jeder Kopfbewegung wurde das Licht vom feuchten Mauerwerk zurückgeworfen –, also schaltete sie sie aus und ließ sich von der Dunkelheit verschlucken. Alle fünfzig Sprossen blieb sie mit beiden Füßen auf einer Sprosse stehen und horchte auf ihren eigenen Atem. Dabei ließ sie erst den linken, dann den rechten Arm hängen, um sie auszuruhen.

Als sie gut dreißig Meter tief im Schacht war, dröhnte ihr der Luftzug um die Ohren wie in einem Sturm. Je tiefer sie kam, umso stärker wurde er, er wirbelte durch den Schacht wie in einem Strudel. Sie schaute nach oben, um den Himmel zu sehen. Die Öffnung des Schachts war kaum noch zu erkennen, war nicht mehr als eine blasse Lichtscheibe, deren Umrisse vom Regen verwischt wurden.

Irgendwann nach der dreihundertsten Sprosse hörte die Leiter plötzlich auf. Sie ruhte sich kurz aus, dann tastete sie mit den Füßen durch den leeren Raum darunter und zu beiden Seiten. Da war nichts. Entweder war die Leiter hier zu Ende, oder sie war weggebrochen. Sie schaltete ihre Stirnlampe wieder ein. Über ihr war nichts anderes zu sehen als die Wassertropfen, die ihr ins Gesicht fielen. Als sie den Lichtstrahl nach unten richtete und ihn an der Mauer des Schachts entlanglaufen ließ, sah sie, dass sich direkt unter ihr eine Öffnung befand, ein großer gemauerter Bogen, vielleicht zweieinhalb Meter unterhalb der Leiter. Darunter konnte sie gerade noch festen Boden ausmachen. Sie setzte sich die Lampe wieder auf den Kopf, hangelte sich zur untersten Sprosse hinab und ließ los.

Der Boden des Schachts war mit Steinen und tiefen Wasserpfützen übersät, und sie kam unglücklich auf. Sie rappelte sich hoch, riss sich die Lampe vom Kopf und leuchtete rasch einmal in die Runde. Er war nicht hier, war nicht gestürzt. Sie suchte nach einer Blutspur, aber bei den Wassermengen, die den Schacht hinunterströmten, war die wohl schon wieder weggespült worden. Sie nahm das Gewehr in die Hand und trat durch den Mauerbogen.

Jetzt stand sie in einem gewölbten, gut sechs Meter hohen Tunnel. Der Sprühregen aus dem Schacht bauschte sich wie dichter Nebel in den Tunnel hinein. Hier unten war der Windzug ebenfalls stark, aber nicht so heftig wie im Schacht. Nach links, wo Osten sein musste und das Haus, wurde die Dunkelheit nach wenigen Metern undurchdringlich. In der anderen Richtung war ganz in der Ferne ein schwacher, diffuser Lichtschein zu erkennen. Von Stijn keine Spur.

Sie nahm an, dass sie sich in einem alten, längst stillgelegten Eisenbahntunnel befand. In der Mitte lief ein schnelles, flaches Rinnsal. An den Wänden lagen die Überreste von Eisenbahnschwellen gestapelt. Die Schienen selbst waren nicht mehr da. Die Tunnelwände waren gemauert, aus dem gleichen Stein wie die Wände des Schachts, aber hier war die Mauer wie ein Sieb. Wo immer der Lichtstrahl hinfiel, schossen kleine Wasserfontänen aus dem Mauerwerk, liefen an den Wänden hinab und vereinten sich mit dem Rinnsal in der Mitte. Stellenweise war die Mauer eingestürzt, das Geröll lag im Tunnel. Karen leuchtete umher und horchte auf den Wind, der an ihr vorbeiraste, und auf das Tröpfeln und Fließen des Wassers in der Dunkelheit. Das waren die einzigen Geräusche.

Das Wasser floss Richtung Westen. Es dauerte eine Weile, bis sie begriff, dass der Tunnel eine Neigung hatte. Tastend bewegte sie sich auf den Lichtschein zu, der aus dieser Richtung kam. Von weitem war nicht viel mehr zu erkennen gewesen als eine diffuse Nuance in der Dunkelheit, dabei handelte es sich um eine schmale Öffnung in der Tunnelwand. Sie führte in einen engen Durchgang, in dem sie gerade so aufrecht stehen konnte und der wiederum in einen anderen Tunnel führte, der parallel zum ersten verlief.

Ein Eisenbahntunnel für den Fernverkehr, der noch genutzt wurde. Das Licht, das sie gesehen hatte, war künstlich. An den Wänden verliefen Kabel, und in einem Abstand von je fünfzig Metern waren auf beiden Seiten gelbe Leuchten angebracht. Dieser Tunnel war breiter und höher als der erste, trocken und in gutem Zustand. In der Mitte verliefen zwei Gleise, die Schienen schimmerten im Licht. Um sie herum Stille. Kein Wind, kein Wasser. Das schwache gelbe Glimmen drang durch den dünnen, sanft schwebenden Nebel, der an den Birnen hell leuchtete und in den Zwischenräumen schnell verblasste. Es roch nach Ruß und Maschinenöl. Die Tunnelwände waren eingerußt, und auf allem, was sie berührte, lag eine dicke schwarze Schicht.

Sie knipste die Lampe aus und horchte.

In der Ferne hörte sie jemanden keuchen und über die Bahnschwellen stolpern. Sie spähte ins Zwielicht, aber der Nebel war zu dicht.

Karen rannte los. In diesem Moment bemerkte sie ein Summen im Hintergrund, das langsam stärker wurde – eine Entlüftungsanlage, ein Generator oder das vereinte Surren der Glühbirnen. Schwer zu sagen. Es war zu leise und zu tief, um von einem Zug zu stammen. Sie lief in der Mitte des ersten Gleises auf einem ebenen Untergrund aus schwarzem Kies.

Zwischen mehreren kurzen Sprints blieb sie immer wieder stehen, um zu Atem zu kommen und zu horchen. Die Schritte vor ihr wurden lauter. Sie holte zu ihm auf.

Sie lief an einem Verbindungsschacht vorbei, der zu den älteren Tunneln führte, dann noch einer, und sie begriff, dass die in regelmäßigen Abständen angelegt worden waren. Vor ihr immer noch das Keuchen, und immer noch war der Nebel zu dicht, um weiter als bis zur nächsten Leuchte sehen zu können. An den Geräuschen, die er von sich gab, erkannte sie, dass Stijn nicht lief, sondern ging. Sie würde ihn kriegen.

Dann trat sie neben eine Schwelle, stolperte und fiel. Sie schaute auf, der Nebel um sie herum bewegte sich, mitgerissen von ihrem Sturz. Plötzlich war es vor ihr still. Der Nebel vor der nächsten Leuchte teilte sich. Im Gegenlicht war eine menschliche Silhouette zu erkennen. Stijn stand reglos mitten im Tunnel.

Sie legte eine Hand auf die Schiene neben ihr und spürte, wie sie vibrierte. Sie hielt den Atem an. Das Summen wurde rasch lauter. Sie spürte, wie der Boden unter ihr zu beben begann. Ein Zug. Sie stand auf und hielt nach einem Durchgang in den tiefer gelegenen Tunnel Ausschau. Zwischen den Gleisen und den Tunnelwänden war nicht genug Platz. Sie musste einen Weg hier raus finden, und zwar schnell. Sie ging weiter, auf den Lärm zu.

Das Summen verwandelte sich in ein tiefes Grollen. Der Boden unter ihren Füßen bebte. Der Nebel senkte sich, geriet in Bewegung. Jetzt konnte sie Stijn deutlich sehen. Sie spürte einen kalten Luftzug im Gesicht. Innerhalb von Sekunden wurde er so stark, dass er den Nebel unter sich einsaugte. Auf der Suche nach einem Durchgang trat sie in die Mitte des Tunnels. Der Wind traf sie mit solcher Gewalt, dass sie fast das Gleichgewicht verlor. Sie sah ein Licht, das sehr schnell heller wurde, plötzlich verschwanden die gelben Leuchten in der Ferne hinter einem riesigen, immer größer werdenden schwarzen Etwas, das den Tunnel komplett auszufüllen schien.

Der einzelne Scheinwerfer, der immer näher kam, zerschnitt die Dunkelheit mit einem grellen, blendenden Licht. Sie stolperte zur Wand und hob die Hände vor die Augen. Dann sah sie in dem hellen Licht eine Öffnung in der Tunnelwand, keine drei Meter von ihr entfernt. Sie sprintete darauf zu. Der Lärm war ohrenbetäubend. Mitten im grellen Licht sah sie Stijn stehen, der Zug eilte mit hoher Geschwindigkeit auf ihn zu. Seine Silhouette zeichnete sich tiefschwarz vor dem gleißenden Licht ab. Sie hatte gerade noch Zeit zu sehen, wie Stijn zur Seite sprang, als sie den Verbindungsschacht erreichte und auf die Knie fiel.

Es kam ihr vor, als raste die Zugmaschine direkt vor ihrer Nase an ihr vorbei. Sie presste sich an die Wand, als der donnernde Blitz aus Licht und Metall in der Dunkelheit an ihr vorüberratterte. Hinter der Lok folgten die Waggons, eine endlose Reihe undeutlich aufblitzender Bilder. Sie sah, wie die Räder auf den Schienen ratterten und quietschten, wie die Fenster zu einem langen Band aus Licht verschmolzen, und vergrub den Kopf in den Händen. Zum Schluss kam der gewaltige Luftzug, der so sehr von schwarzem Rauch verpestet war, dass sie den Atem anhalten musste. Sie wartete ab, bis es wieder dunkel war, erst dann stand sie auf. Ihre Beine zitterten.

Sie trat hinaus in den Tunnel.

Stijn war nicht wieder herausgekommen, also machte sie auf dem Absatz kehrt und rannte durch den Verbindungsschacht in den tiefer liegenden Tunnel, dabei schaltete sie die Stirnlampe ein. Als sie unten ankam, sah sie, wie Stijn ein Stück weiter vorn den Tunnel durchquerte. Er hielt auf eine Öffnung in der gegenüberliegenden Wand zu. Ganz automatisch, ohne nachzudenken, ließ sie sich auf ein Knie fallen, stützte das Gewehr ab und spähte durch das Zielfernrohr. Die Lichtverhältnisse waren erbärmlich, das Ziel so klein, dass an einen präzisen Schuss nicht zu denken war. Als sie im Zielkreuz eine Bewegung wahrnahm, drückte sie ab.

Der Knall war gewaltig, wurde von den Wänden zurückgeworfen und hallte durch den Tunnel. Der Lichtblitz aus dem Lauf war so hell, dass sie sekundenlang nichts sehen konnte. Sie verharrte in ihrer Position, die Augen geschlossen, das Gewehr im Anschlag. Als der Widerhall verklang, hörte sie ein leises Knirschen, das durch die Tunneldecke über ihr lief. Das Mauerwerk war in Bewegung geraten, es stöhnte und zersprang. Millionen Tonnen Erde, keine zehn Meter über ihrem Kopf. Mit angehaltenem Atem schaute sie zur Decke hoch. Keine Risse zu sehen. Dann schaute sie zu der Stelle, wo Stijn gewesen war. Nichts. Ein Schuss, und sie hatte ihn verfehlt.

Sie warf das Gewehr auf den Boden, sprang auf und sprintete wieder los. Wo er verschwunden war, fiel der Lichtstrahl ihrer Stirnlampe in einen weiteren Schacht, der klaustrophobisch eng aussah und so niedrig, dass sie nur gebückt darin gehen konnte. Er verlief steil über Treppenstufen nach unten. Das Wasser, das durch den alten Tunnel lief, rann auch in einem steten Strom die Stufen hinab. Sie nahm je zwei auf einmal und achtete darauf, auf den feuchten Steinen nicht auszurutschen. Unten war das Tunneldach eingestürzt, sie musste über einen Haufen Geröll klettern und fiel um ein Haar kopfüber in ein langgezogenes Bassin mit reglosem schwarzem Wasser. Sie leuchtete mit der Stirnlampe über die Oberfläche. Das Becken ging in den nächsten Tunnel über, der noch tiefer lag als die beiden anderen und vollständig unter Wasser stand. Der Kanal. Der älteste der drei Tunnel. Eine tiefe, unterirdische Stille senkte sich um sie.

Die Wasseroberfläche war glatt und unbewegt. Stijn war nicht abgetaucht. Sie leuchtete mit der Taschenlampe zur gegenüberliegenden Wand. Das Wasser stand bis ungefähr einen Meter unterm Tunneldach, es war unmöglich, zu erkennen, ob es dort jemals einen Leinpfad gegeben hatte. Sie beugte sich vor und schaute nach rechts und links den Tunnel hinab. Er verlief schnurgerade, das Wasser darin stand. Unter der Oberfläche war nichts zu erkennen, so dass sie nicht wusste, wie tief das Wasser war. Die Atmosphäre hier unten war beklemmend. Sie spürte, wie ihr Herz immer schneller schlug, wie in ihrem Bauch die Panik aufstieg.

Das Dach des Verbindungsschachtes war vollständig eingebrochen. Als sie nach oben leuchtete, sah sie, dass ein Hohlraum von gut zehn Meter Höhe entstanden war. Das Wasser tropfte vom nackten Fels. Sie hockte hier in gut 150 Meter Tiefe in einer einsturzgefährdeten Höhle, 150 Meter unter Licht und Luft. Sie musste hier raus, und zwar schnell.

Es war dumm gewesen zu schießen. Um ein Haar hätte sie den Tunnel zum Einsturz gebracht, außerdem war sie mehrere Sekunden lang geblendet gewesen. Stijn war nicht hier unten, was bedeutete, dass er noch im Tunnel über ihr sein musste.

Vorsichtig kletterte sie über die scharfkantigen, zerklüfteten Felsbrocken, die von der Decke gestürzt waren. Erst oben auf dem Geröllhaufen sah sie das Blut, das auf den Steinen zu ihren Füßen klebte. Im gleichen Moment nahm sie zu ihrer Rechten eine Bewegung wahr. Sie drehte sich hastig nach rechts, um in die Dunkelheit zu leuchten. Schon kam er auf sie zu, stürzte sich in einem blinden, schwerfälligen Angriff auf sie. Sie war noch in der Drehung, als er sie packte.

Rücklings fiel sie auf die Steine, ein stechender Schmerz durchfuhr sie, sie knallte mit dem Kopf auf. Die Stirnlampe verlosch. Er landete auf ihr, sein ganzes Gewicht schien ihr auf dem Brustkorb zu liegen und presste ihr die Luft aus den Lungen. Sie spürte, wie er nach ihrer Luftröhre tastete, spürte seinen pfeifenden Atem. Er presste sie auf die Felsen, wollte sie erwürgen.

Sie drehte und wand sich, stieß seine Hand von ihrer Kehle weg und schlug ihm ins Gesicht. Für einen kurzen Moment kriegte sie seinen Hals zu fassen, rutschte aber sofort wieder ab. Seine Haut war nass vom Blut oder vom Schweiß. Dann presste sie ihm eine Hand ins Gesicht, um ihn auf Abstand zu halten, und tastete mit der anderen über den Boden. Ihre Finger schlossen sich um einen losen Stein, den sie packte und ihm damit gegen den Kopf schlug. Sie spürte, wie ihm die Kraft schwand. Es gelang ihr, ihn von sich runterzustoßen, so dass sie sich auf die Seite rollen und wegkrabbeln konnte. Im nächsten Moment war er wieder da. Sie versuchte, sich aus seinem Griff zu lösen, dann spürte sie etwas Hartes, das sich ihr zwischen die Rippen bohrte.

Eine Pistole. Sie packte sie mit der linken Hand und drückte sie weg. Sie hörte ihre eigene Stimme, die ihn anschrie. Wenn er hier unten einen Schuss abgab, würden sie beide sterben, der Tunnel würde einstürzen und sie unter sich begraben.

Verzweifelt kämpfte sie um die Waffe. Irgendwann saß er wieder auf ihr, eine Hand an ihrer Kehle, mit der anderen versuchte er, die Pistole zu ihrem Gesicht zu heben. Sie wollte sich auf die Seite drehen, aber er war zu schwer. In einer Sprache, die sie nicht verstand, schrie er auf sie ein. Sie geriet außer Atem, rang nach Luft. Ihre Arme wurden schnell müde, während sie die Waffe von sich wegdrückte. Sie kam ihrem Gesicht immer näher, Stijn schrie weiter mit zusammengebissenen Zähnen auf sie ein.

Sie würde es nicht schaffen. Die Waffe war schon ganz nah. Er konnte jederzeit abdrücken. Sie brüllte und schrie und versuchte, sich aus der Schusslinie zu drehen. Dann konnte sie ihm die Hand auf den Mund pressen und sein Kinn nach oben stemmen. Aber er war noch immer zu stark. Sie schaffte es nicht, seinen Kopf nach hinten zu drücken. Also konzentrierte sie sich auf seine Augen, versuchte, ihm die Finger in die Augen zu stechen, während sie mit der anderen Hand weiter die Waffe von sich wegdrückte. In der Dunkelheit hörte sie ihre eigene Stimme, die ihn anflehte aufzuhören. Sie war schwächer als er. Selbst verwundet war er noch stärker und außerdem sehr viel schwerer. Sie würde den Kampf verlieren. Als sie ihm endlich ein Auge zudrückte und mit den Fingern zustieß, spürte sie die Pistole bereits am Hals. Sie konnte nicht mehr klar denken. In wenigen Sekunden würde er ihr mitten ins Gesicht zielen.

Plötzlich war es vorbei. Es kam ganz unvermittelt, er brach einfach über ihr zusammen. Sie schob die Pistole weg von ihrem Kopf. An der anderen Hand, die in seinem Gesicht war, spürte sie, wie sich seine Augen schlossen, wie sein Kopf nach vorn fiel. Er atmete in kurzen Stößen.

Er hatte zu viel Blut verloren, wurde ohnmächtig. Sie tastete an der Waffe entlang, bis sie seinen Finger fand, der am Abzug lag. Sie versuchte, sie ihm aus der Hand zu winden, seinen Griff zu lösen. Sie musste sich beeilen. Er war dabei, das Bewusstsein zu verlieren, aber es war nicht ausgeschlossen, dass er wieder zu sich kam. Sie schob ihren Finger unter seinen auf den Abzug. Sein Oberkörper war über ihr zusammengesunken, der Kopf nach vorn gerollt. Plötzlich wurde er von Krämpfen geschüttelt, und sofort wurde ihr klar, was passieren würde. Sie spürte, wie sich sein Finger um den Abzug schloss. Sie konnte nichts mehr tun.

Der Blitz war so grell, als wäre ein Stern explodiert, der Knall hallte ihr in den Ohren wider und donnerte in den Hohlraum über ihr, so dass die einzelne Explosion rasch zu einem gewaltigen, ohrenbetäubenden Echo anschwoll. Der Hall wurde immer lauter, er füllte den ganzen Hohlraum aus, prallte von den Felsen zurück und erschütterte die Erde. Durch den Boden lief ein Zittern.

Sie stieß Stijn zur Seite, rollte sich unter ihm weg und kroch hastig zum Eingang zurück. Im gleichen Moment, als sie die erste Stufe fand, hörte sie, wie über ihr die Felsen nachgaben. In einer Wolke aus Staub und Geröll stürzte das Dach ein. Es hörte sich an wie ein Erdbeben. Sie rollte sich zusammen, legte sich die Arme über den Kopf und wartete darauf, getroffen zu werden.

59

Als wieder Stille einkehrte, nahm sie die Hände herunter und tastete mit den Fingern in die Dunkelheit. Sie konnte nichts sehen. Dicht neben ihr waren Steine aufgeschlagen, aber nicht ein einziger hatte sie getroffen. Das Blut, das ihr am Hals hinunterlief, kam von der Wunde am Hinterkopf, die sie sich bei Stijns Angriff zugezogen hatte. Als sie danach tastete, merkte sie, dass die Lampe noch auf ihrem Kopf saß. Sie zog sie herunter und untersuchte sie mit zittrigen Fingern. Ein Kabel hatte sich gelöst. Es war nicht leicht, es wieder anzuschließen, und sie hielt den Atem an, als sie den Schalter betätigte. Die Lampe funktionierte.

Um sie herum eine einzige Staubwolke. Sie sah, dass die Stufen, die nach oben führten, noch intakt waren. Vorsichtig stieg sie eine nach der anderen hinauf, bis in der Dunkelheit vor ihr der Eingang zum Haupttunnel auftauchte. Sie war nicht gefangen. Dann stieg sie wieder nach unten in die Höhle und hielt nach ihm Ausschau.

Er war halb verschüttet; seine Beine ragten aus einem Steinhaufen am Rande eines größeren Geröllbergs heraus. Sie fing an, die Steine beiseitezuräumen. Es dauerte eine Weile. Ein Brocken war so groß, dass sie hoch in den Eisenbahntunnel gehen und eine lange Holzstange suchen musste, die sie als Hebel einsetzte. Sie arbeitete sich rasch vorwärts und warf die losen Steine in den Kanal.

Es war ein zerschmetterter Körper, den sie da ausgrub. Ein Bein lag verdreht unter ihm, sie richtete es gerade aus. Der Oberschenkelknochen ragte aus dem Fleisch und hatte sich durch einen Riss in der Hose gebohrt. Er zeigte keine Reaktion, als sie das Bein bewegte. Der Knochen sah aus wie von einer Kuh oder einem Schwein: Er war groß und lang und gesplittert.

Die Beine waren über und über rot vom Blut, große Blutlachen reflektierten das Licht der Stirnlampe. Sie sah, wie es ihm pulsierend aus der Hose lief, und begriff, dass, solange das Blut noch pulsierte, sein Herz noch schlug.

Mühsam drehte sie ihn um, so dass er mit dem Gesicht nach oben lag, und sah ihm in die Augen. Sie standen weit offen und starrten sie an. Sein Gesicht war schwarz vom Ruß, das Weiße seiner Augen leuchtete daraus hervor. Nicht ausdruckslos, sondern lebendig und sehend. Die Pupillen waren vom Schock geweitet und leicht glasig, aber er war am Leben.

»Ich kann nichts mehr spüren«, flüsterte er. Beim Klang seiner Stimme fuhr sie zusammen; leise, aber klar durchschnitt sie mit ihrem südafrikanischen Akzent die Stille.

»Mir ist kalt, und ich kann nichts mehr spüren …« Die Worte kamen ihm zitternd über die Lippen. Das Unbekannte war schon bei ihm, es griff nach ihm, um ihn mit sich in die Tiefe zu reißen. Er hatte Angst.

»Das liegt daran, dass du stirbst«, sagte sie. Ihre Stimme war ausdruckslos, ohne jede Emotion.

»Sie müssen mir helfen. Wenn Sie mir nicht helfen, komme ich hier nicht mehr raus.«

Sie lachte, es hallte von den Wänden wider. Es klang brüchig und irre. »Dazu ist es zu spät.«

Sie packte den Knochen, der aus seinem Bein ragte, bewegte ihn leicht hin und her und beobachtete dabei sein Gesicht. Er reagierte nicht.

»Du hast dir das Rückgrat gebrochen«, sagte sie.

Er versuchte zu weinen, aus seiner Kehle kam ein Wimmern, aber seine Augen blieben trocken. Sie trat einen Schritt zurück und betrachtete ihn. Er sah aus wie ein plärrender Clown mit Maske.

»… Sie müssen mir helfen … Wenn Sie mir helfen, kann ich weiterleben …« Die Worte kamen in kurzen, hastigen Stößen, dazwischen rang er nach Luft.

»Sag mir, wer dich auf mich angesetzt hat, und ich helfe dir.«

»Ahmed Rouf.« Die Antwort kam wie aus der Pistole geschossen.

»Das weiß ich. Erzähl mir, woher er über mich Bescheid wusste.«

»… Akhtar … der Kaffer … Er kannte Sie noch aus Bradford …«

Sie seufzte. Also war es Imran Akhtar gewesen, der alles in Gang gesetzt hatte. Nicht Sutherland, niemand von innen.

»Und wie lautet dein Auftrag?«

»Sie.«

»Nur ich?«

»Sie und Ihre Tochter.«

»Warum? Um was zu tun?«

»Euch beide umbringen.«

Sie fuhr sich mit den Händen durchs Gesicht und dachte nach, ging in Gedanken alles durch. Er rang nach Luft. Sie beugte sich über ihn. »Steckte Hanley mit drin? Wollte er, dass ich sterbe?«

»Er wollte … Hanley wollte Sie retten …« Seine Stimme brach, und er fing an zu würgen. Nachdenklich betrachtete sie ihn und fragte sich, ob es das gewesen war, ob er hier und jetzt sterben würde. Sie war vollkommen emotionslos. Sie fasste ihm in den Mund, löste ihm das Gebiss vom Gaumen und warf es über die Schulter nach hinten in den Kanal. Jetzt atmete er wieder, aber er hatte schaumiges, helles Blut im Mund, das aus der Lunge kam. Sie wischte sich die Finger an seiner Jacke sauber.

»Wollte er, dass ich sterbe?«

»Er wollte Sie retten … Er hat Rouf mehrere Bonds gestohlen, er wollte mit ihm verhandeln …«

»Aber er wusste, was Rouf vorhatte?«

Er antwortete nicht, verdrehte die Augen. Dann fielen ihm die Lider zu. Er hatte nicht die geringste Ähnlichkeit mehr mit dem Mann, der Anna Hart vergewaltigt hatte. Er sah kleinmütig und bemitleidenswert aus.

»Was sollte mit Hanley passieren?«

»Wir wollten ihn rausbringen … Seinen Tod fingieren … Ihn rausbringen. Weil Sie über ihn Bescheid wussten. Weil er loyal war. Die wollten ihm eine neue Identität geben. Sie hätten ihn einfach abknallen sollen. Sie haben ihm eine Chance gegeben, aber er hat's nicht fertiggebracht … Er konnte die Kleine nicht sterben lassen … Nach dem Feuer habe ich ihn aus den Augen verloren … Er hat die Bonds an sich gebracht und hat Rouf angerufen, um Sie beide zu retten … Ich musste ihn finden, um die Bonds zurückzuholen … Und ich dachte, Sie wissen, wo er ist …«

»Wer war der Mann, den ihr mit Benzin übergossen und aus dem Penthouse geworfen habt?«

Er versuchte, den Kopf zu bewegen, seine Augen waren geschlossen. »Niemand … Ein Niemand … Er schuldete ihnen Geld … Mehr nicht … Ein Dealer …«

Plötzlich riss er die Augen wieder auf und starrte zu ihr hoch. Er fing wieder an zu betteln, seine Stimme war so schwach, dass sie ihn kaum hören konnte. Sie ging neben ihm in die Hocke und sah ihn an.

Nichts war, wie es schien. Als Kind war sie öfter im Zoo gewesen. Sie erinnerte sich noch daran, wie sie den Tigern in die Augen gesehen hatte. Da war völlige Leere in den Augen eines Tigers. Ob er nun in seinem Gehege auf und ab lief oder dir das Fleisch von den Knochen riss, seine Augen blickten immer gleich. Aber die, die nun zu ihr aufschauten, waren anders. Es waren normale menschliche Augen. Die Augen eines Menschen, der Angst hatte und hilflos war. Er hatte sich sogar in die Hose gemacht, sie konnte es riechen. Sie betrachtete das Blut, das sich unter ihm in einer dreckigen Pfütze sammelte, und war so angewidert, dass sie würgen musste.

Sie stand auf. Er fing an zu wimmern. Einen Moment lang dachte sie daran, einfach zu gehen und ihn dort liegen zu lassen, ihn seinem Tod zu überlassen.

Aber sie konnte es nicht. Sie packte ihn unter den Achseln und zog ihn hoch. Sein Körper war ein totes Gewicht, es war anstrengend. Er versuchte, irgendetwas zu sagen, wollte ihr danken. Zum Kanal hin fiel der Boden ab, überall lagen Steine. Es war harte Arbeit, ihn zum Wasser zu schleifen.

Noch als sie ihn ins Wasser hievte, versuchte er, sich bei ihr zu bedanken. Sie zog ihn mit Kopf und Schultern zuerst hinein, dann schob sie den Rest seines Körpers hinterher. Am Anfang ging der Kopf unter, dann balancierte der Körper sich aus und wurde wieder nach oben geschwemmt. Sie trat zurück und sah zu. Er lag bäuchlings im Wasser, das Gesicht untergetaucht, Arme und Beine trieben nutzlos auf der Oberfläche; um seinen Kopf herum stiegen hektische Luftblasen auf.

Sie fing an zu zählen. Sie war schon bei fünfzig, als sich der Körper langsam neigte, erst die Füße und Beine absackten, dann der Oberkörper. In diesem Moment kam der Kopf noch einmal hoch, er schnappte wild nach Luft, er war noch am Leben. Als er unterging, fing er an zu schreien, schrie nach seiner Mutter. Dann schloss sich die Wasseroberfläche über ihm, und es wurde still.

Luftblasen stiegen zur Oberfläche auf. Sie leuchtete mit der Stirnlampe an die Stelle, versuchte, unter der Wasseroberfläche Bewegungen wahrzunehmen. Der Lichtstrahl wurde zu ihr zurückgeworfen. Sie wartete. Er tauchte nicht wieder auf. Kleine Wellen liefen in konzentrischen Kreisen auseinander, schwappten gegen die Wände.

Es war, als hätte es ihn nie gegeben.

60

Als sie sich zum Gehen wandte, fing die Lampe an zu flackern. Erst jetzt spürte sie die Anspannung. Ihr Atem ging viel zu schnell, ihr Herz raste. Sie taumelte durch die Tunnel wie unter Drogen, prallte gegen die Wände, strauchelte. Sie konnte keinen klaren Gedanken fassen, in ihrem Kopf war nur Verwirrung.

Irgendwann spürte sie den eiskalten Luftzug, der aus dem Belüftungsschacht kam, schaute nach oben und fragte sich, ob sie noch die Kraft hatte, zurück ins Freie zu klettern.

Die Leiter schien endlos. Schon bald waren ihre Arme und Beine so steif, dass sie alle zehn Stufen stehen bleiben und sich ausruhen musste. Mehrmals rutschte sie mit den Füßen ab, verfehlten ihre Hände die Sprossen. Auf halbem Weg nach oben fiel ihr die Lampe vom Kopf und zerschellte unter ihr in der Dunkelheit. Schon die ganze Zeit hörte sie über sich jemanden rufen. Sie wusste, dass es Mairead war, aber sie konnte sie nicht verstehen.

Als sie schon fast oben war, sah sie, dass die beiden sich über den Rand beugten und nach ihr Ausschau hielten. Langsam zog sie sich hoch auf die Mauer. Bains hielt Mairead so lange fest, bis sie sicher oben war. Dann stürzten die beiden sich auf sie, Mairead klammerte sich an ihr fest, sie weinte, Pete redete wie ein Wasserfall. Sie fühlte sich, als wäre sie verprügelt worden, jeder einzelne Knochen in ihrem Körper schmerzte. Sie spürte keine Erleichterung.

Sie brachten sie zu dem Haus, in dem Hanleys Leiche lag. Weiter unten im Tal sah sie in der Dunkelheit Blaulicht, aber hier oben war noch niemand angekommen. Sie schlossen die Tür hinter sich, die Kälte sollte draußen bleiben, und setzten sich schweigend an den Tisch im Wohnzimmer. Zwei Stockwerke über ihnen lag Hanley, keiner konnte das vergessen. Noch vier Stunden bis Mitternacht, sagte Bains. Mairead drückte sich fest an sie, Bains hielt sie beide im Arm.

»Ist es jetzt vorbei?«, fragte Mairead.

Karen nickte und starrte ins Leere.